花煞

葉兆言

王德威主編　當代小說家 11

Edited by David D. W. Wang,
Professor of Chinese Literature, Columbia University.
Published by Rye Field Publishing Company,
(A division of Cité Publishing Group)
11F, No. 213, Sec. 2, Hsin-Yi Rd., Taipei, Taiwan.

當代小說家11
花煞

作　者／葉兆言
主　編／王德威
責任編輯／黃秀如
發 行 人／陳雨航
出　版／麥田出版股份有限公司
發　行／城邦文化事業股份有限公司
台北市信義路二段213號11樓
電話：(02)23965698　傳真：(02)23570954
郵撥帳號：18966004　城邦文化事業股份有限公司
香港發行所／城邦（香港）出版集團
香港北角英皇道310號雲華大廈4／F，504室
電話：25086231　傳真：25789337
新馬發行所／城邦（新、馬）出版集團
Penthouse, 17, Jalan Balai Polis,
50000 Kuala Lumpur, Malaysia
電話：(603)2060833　傳真：(603)2060633
印　刷／凌晨企業有限公司
登 記 證／行政院新聞局局版臺業字第五三六九號
初版一刷／一九九八年六月十五日
售　價／二六〇元

ISBN／957-708-524-5

【當代小說家】

編輯前言

王德威

八〇年代以來，海峽兩岸的文學相繼綻放新意，而且互動頻仍。其中尤以小說的變化，最爲多彩多姿。或由於毛文毛語的衰竭，或由於解嚴精神的亢揚，新一代的作者反思家國歷史的變化，觀察欲望意識的流轉，深刻動人處，較前輩只有過之而無不及。

回顧前此現代小說的創作環境，我們還眞找不出一個時期，能容許如此衆聲喧嘩的場面。政治依然是多數小說家念之寫之的對象，但「感時憂國」以外，性別、情色、族羣、生態等議題，無不引發種種筆下交鋒。更不提文字、形式實驗本身所隱含的頡頏玩忽姿態。宋澤萊、張承志從小說見證意識形態的眞理，王文興、李永平則由文字找到美學極致的依歸。共產烏托邦裏興出了莫言、賈平凹的《酒國》與《廢都》，而白先勇、朱天文的孽子荒人正要建立同志烏托邦。蘇童《妻妾成羣》，李昂《暗夜》《殺夫》。尤有甚者，平路的國父會戀愛，張大春的總統專撒謊。歷史流散，主義量產。彼岸要說這是「新時期」的亂象，我們不妨稱之爲「世紀末的華麗」。

我們的世紀雖自名爲「現代」，但在建構文學史觀時，貴古薄今的氣息何曾稍歇？魯迅曾被神化爲絕世宗師，彷彿新文學自他首開其端後，走的就是下坡路。而寫實主義萬應萬靈，從當年的爲人生爲革命，到今天的爲土地爲建國，正是一脈相承。所幸作家的想像力遠超過評者史家。他（她）們不但勇於創新，而且還教我們「溫新」而「知故」。阿城、韓少功的「尋根」小說，使沈從文的風采重見天日；林燿德、張啓疆的台北都會掃描，竟似向半世紀前的海派作家致敬。而張愛玲傳奇的歷久彌新，不正來自張迷作家的活學活用？文學史的傳承其實是由無數斷層所組合。當代小說家的成就未必呼應任何前之來者。但也正因此，他（她）們所形成的錯綜關係更凸顯新文學的傳統，原就應當如此曲折多姿。

然而反諷的是，小說家如今文路廣開的局面，也可能是一種反高潮。從魯迅到戴厚英，從吳濁流到陳映眞，小說家曾與國族的文化想像息息相關。他（她）們作品的流傳或查抄，無不成爲社會象徵活動的焦點。影響所及，甚至金庸或瓊瑤的風行或禁刊，也可作如是觀。但曾幾何時，小說家發現他（她）們越能言所欲言，他（她）們在家國「大敍述」中的地位反而每下愈況。經過半世紀的磨鍊，現代中國小說的可讀性與日俱增，昔日的讀者卻不可復求。世紀末影音文化的風靡騷動，不過是問題的一端而已。

一種文類的興盛與消亡，在過往的文學史裏所在多有。中國「現代」小說，果不其然要隨著二十世紀成爲過去？有能耐的作家，早已伺機多角經營。他（她）們或爲未來的作品累積經驗，或藉已有的文名隨波逐流，是非功過，都還言之過早。與此同時，就有一批作者寧願獨處一隅，以千言萬語博取有數讀者的讚彈。寫作或正如朱天文所謂，已成一種「奢靡的實踐」。彼岸的王安憶更以一本《紀實與虛構》，道盡小說家無中生有、又由有而無的寓言。從自我創造，到自我抹銷，滿紙是辛酸淚，還是荒唐言？兩百五十多年前曹雪芹孤獨的身影，依稀重到眼前。而我們記得，

《紅樓夢》寫了原是爲一二知音看的。

這大約是當代中文小說最大的弔詭了。小說世紀的繁華看似方才降臨，卻又要忽焉散盡。以時間的觀念而言，當代意味浮光掠影的刹那，但放大眼光，（文學）歷史正是無數當代光影的投射。〔當代小說家〕系列的推出，即是基於這樣的自覺。以往全集、大系的編輯講究回顧總結、成其大統。這套系列既名爲當代，注定首尾開放，而且與時俱變。所介紹的作者都是以其精鍊風格或實驗精神，在近年廣被看好。世紀將盡，這羣當代小說家也許只能捕捉一時光芒——他（她）們甚至可能是羣末代小說家。但只要說故事仍是我們文化中重要的象徵表義活動，下個世紀的中文小說風景，應由他（她）們首開其端。

在編輯體例上，這套系列將維持多樣的面貌。除了精選作品外，也收入評論文字及作者創作年表。作爲專業讀者，我對每位作者各有看法，也有話要說。這些話將見諸每集序論部分。評者的讚彈，當然是見仁見智之舉。以一己之（偏）見與作家對話，我毋寧更願藉此機會表示對他（她）們的敬意：寫小說不容易，但閱讀好小說，眞是件快樂的事。

王德威，文學評論家，美國哥倫比亞大學東亞系及比較文學研究所教授。

目次

序論

豔歌行

——葉兆言的新派人情小說

王德威

葉兆言是八〇年代中期，與莫言、蘇童、余華等同時崛起的大陸小說家。過去數年來，他在臺灣結集出版的作品已有十冊以上。但以知名度而言，他的氣勢還嫌弱了些。臺灣文壇的大陸熱本來就是曇花一現，葉沒能趕上好時候，原是無奈。而比起莫言、蘇童等人最好的作品，葉也的確欠缺一種頭角峥嶸的特色。但刻意標榜特定風格或素材，未必是葉的所欲或所長。他的小說由言情寫到偵探，由擬舊寫到新潮，在在可見其人興趣的寬廣。這應是我們看待葉兆言風格的起點。

一

論者談葉兆言，常不免提到他的家世：葉的祖父即爲五四時期的重要小說家葉紹鈞（葉聖陶；一八九四—一九八八）❶。一門文學薪火，三代相傳，自是文壇佳話。但在世紀末創作的葉兆言，所思所述，畢竟與父祖輩頗有差距。而這正可作爲我們觀察葉兆言的起點。葉紹鈞曾是文學研究會的健將。他的作品平易雋永，饒富抒情意味。即使揭發社會的不義與不公，亦能秉持怨而不怒的敬謹姿態。比起同輩魯迅的吶喊徬徨、郁達夫的沉淪頹廢，葉紹鈞代表了新文學寫實主義的又一種可能。三〇年代以後，葉紹鈞一脈的風格在革命喧囂中逐漸消失，自是可想而知的事。

或者得自家傳，葉兆言的小說也以平易取勝。但細細讀來，內裏精神何其不同！葉紹鈞一輩作家強調「爲人生而藝術」，儘管力求貼近民生疾苦，骨子裏不脫菁英本色。寫實主義本身原就是一西方引進的敍寫模式，五四以後雖躍居文學主流，但從未能徹底解決內蘊的意識形態與形式的兩難問題，更不提面對廣大市場的雅俗之爭[2]。葉紹鈞的重要長篇《倪煥之》（一九二七），處理一個胸懷革命大志的新青年，如何在獻身教育、改化民氣的過程中，遭遇重重困難，終於委頓而死。這部小說向來被視爲新文學長篇小說的先聲，但也不妨看作是本寓言——一本有關「寫實」的文學理想在現實壓力下，由妥協而終致變調、失聲的寓言[3]。

半世紀後葉兆言開始創作時，由各種運動所帶來的血光之災剛剛掩退。新中國的問題顯然不比舊中國的少，革命的激情卻已然不再。八〇年代「新時期」文學裏，胸懷壯志的作家雖仍占一席之地，但爲「人生」——或爲「人民」——而藝術的高調，到底越彈越覺空洞。西方現代及後現代作品的譯介，消費取向的市場機制，還有時鬆時緊的檢查網絡，在在牽扯作家的創作想像與實踐。在這樣的環境裏，葉兆言不能無所感，而他的因應之道也別具意義。對流行的先鋒後設、魔幻寫實風格，葉顯然能玩上兩下，但這並非他所長。更值得注意的反是他作品中強烈的通俗化傾向。葉對市井人間的興趣，不僅得見於題材的選擇上，尤其得見於小說形式的斟酌上。鴛鴦蝴蝶派以迄張愛玲的言情小說，他必有好感；而偵探、狹邪等文類也經常是他仿之效之的對象。這些作品五花八門，不易歸類，但也因此顯現一種駁雜又包容的世俗情懷。相較於當年葉紹鈞悲憫抒情的寫實精神，葉兆言的文字實驗毋寧更具民間氣息。

葉兆言爲他在臺出版的第一本小說，取名《豔歌》。「豔」是古代楚方言「歌」的別稱，又有雜劇滑稽小戲的涵義。所以豔在方言中有噱頭和好笑的意思。葉兆言自謂：「我喜歡豔歌這兩個字，放在一起，有些俗氣的好看。當然更喜歡它的來頭和涵義。在決定定它爲小說名的時候，事實上我根本不知道要寫什麼……豔歌可以作爲我打算寫的任何一部小說的篇名。」❹這段自白，值得細思。葉兆言立意避雅趨俗，頗有放下身段，與民同樂的意思。但他的率性也未嘗不是一種新的抱負：舊瓶如何裝新酒、俗曲如何表深情，對作家及讀者永遠是一種挑戰。綜觀葉的作品，他的努力未必總達到水準。但比起激烈求新求變的先鋒作家，葉以退爲進的手法，仍值得我們的重視。

在《中國小說史略》裏，魯迅曾以「人情小說」一詞，指稱晚明清初描寫人情世故、悲歡離合的小說。這類作品的人物始於才子佳人，但絕不避諱匹夫匹婦。上焉者成就了如《紅樓夢》的絕代悲劇，下焉者也演出了《金瓶梅》這樣的警世傳奇。而出入種種愛恨癡嗔間，小說的作者（或敍述者）恆以其世故練達的聲音，娓娓講述人情冷暖，世事升沉。道德是非的判斷，或許不在話下，但讀者更有興趣發現一個不同社會時空裏，有多少家門恩怨、兒女轇轕，可以是如此的親切熟悉。明乎此，看葉兆言寫民初風情，或是文革插曲，就更讓我們有種似遠實近的感覺。葉的小說範圍廣博，我獨以爲在描摹世情方面，他秉持了一以貫之的熱忱。

二

葉兆言自一九八〇年開始發表作品。眞正使他確立文名的，是《夜泊秦淮》系列。這一系列包含了四個中篇：〈狀元境〉、〈十字鋪〉、〈追月樓〉、〈半邊營〉。「夜泊秦淮」一題自是截自杜牧的名詩，顧名思義，題下四篇小說講的都是有關南京過去的故事。金陵花雨、六朝煙粉，南京古爲帝都，在近現代史上尤多政治擾攘。石頭城下，太平軍曾暴起暴落，民國政府亦在此成就一番盛衰氣運。葉兆言生長於南京，追記秦淮遺事，必多感喟。但他並未因此重寫帝王將相的此起彼落；恰相反的，他以南京四處地點，編織了四個有笑有淚的市井傳奇軼事，而民國史一頁頁的往事，於焉浮現。

〈狀元境〉寫一個二胡琴師與軍閥小妾的一段患難姻緣；〈十字鋪〉寫革命男女青年間移花接木的愛情悲喜劇；〈追月樓〉寫民國遺老勇拒日僞政權的忠義事蹟；而〈半邊營〉則細述抗戰勝利後，一個家族敗亡的最後一頁。這四個中篇情節也許並不新鮮，但經葉兆言細心點染堆砌，讀來頗能引人入勝。葉對民國史的種種，想來下了功夫，但若無充分的想像傳承，他的「仿古」風格未必如此惟妙惟肖。

中共文學的前三十年並不多見白描世俗人生的佳作。葉兆言應是汲取了「解放」以前的言情小說傳統。在這方面，可能的源頭有二：一是張恨水、李涵秋等人領銜的鴛鴦蝴蝶說部；一是張愛玲獨家炮製的海派傳奇。張愛玲當然曾受教於鴛蝴小說，但以她的超絕才情，終能賦予那舊派花月世界一華麗蒼涼的視野。然而張的小說，每多浸染孤峭犬儒的貴族氣息，這是她的本命，別的作家模仿不來。葉兆言的〈半邊營〉刻畫一個年華老去的華夫人與她三個子女間的怨懟關係，擺明了是向張愛玲〈金鎖記〉的敬禮之作。故事中的華夫人像曹七巧一樣的尖酸陰毒，一樣的與兒女鉤心鬥角。但少了曹七巧那樣驚心動魄的愛欲及物欲動機，〈半邊營〉僅止好看而已。葉所依戀的，畢竟是個有恩有義的人生，典麗而不華麗，有些淒涼而未必蒼涼。是在這些地方，他更趨近於鴛鴦蝴蝶派作家的趣味。〈狀元境〉裏的琴師與小妾一輩子的啼笑姻緣，即是佳例。

而當葉兆言糅合了民國言情小說的這兩種傳統，並挪爲己用時，他才眞正令我們眼界一開。〈十字鋪〉頗有些張愛玲〈五四遺事〉的諷刺趣味，卻有一較溫馨的結局。故事中的新青年陷入老掉牙的三角關係中，原不足奇。但革命的風暴吹得大家不分東西；一陣陰錯陽差、李代桃僵後，才子與佳人，烈士與英雄，居然各就各位，成就了新時代的佳話——及史話。原來「歷史的血淚」就是這樣形成的，故事裏的人物又哭又笑，故事外的讀者哭笑不得。作爲敍述者，葉兆言遊走其間，以莞爾又不無同情的眼光看待一切，確是舉重若輕。而他藉此顚覆革命與歷史大敍述的用心，猶其餘事。

但另一作〈追月樓〉才是《夜泊秦淮》系列中的佼佼者。主人翁年逾七旬的丁老先生，集舊派文人特徵於一身。丁老先生書房與臥房兩皆得意，除了學富五車外，育有十位千金。葉兆言以正經八百的口氣，細述丁家家事，但怎麼樣也不禁要讓我們會心竊笑。這位遺老的迂闊原不足論，但是在抗戰的煙火中，他拒下藏書所在的追月樓，反成就了一股凜然正氣。老先生終於發揮了「學以致用」的能耐，把前朝遺民義民的精神注入亂世。但他到底是走在時代的前端還是後端呢？葉兆言把價值論斷輕輕帶過，感慨自在其中。如〈十字鋪〉一般，他的寫法將歷史瑣碎化、世俗化了；三〇年代以來巴金（《家》）、老舍（《四世同堂》）等示範的家史加國史的演義式小說傳統，因此有了弦外之音。

按照葉兆言的說法，《夜泊秦淮》系列原應有五篇，各篇題目暗藏五行象徵之一。但構思中的第五篇〈桃葉渡〉終未能寫出。創作活動的起與訖總難盡遂作者原意，信然。葉也曾以類似風格，寫出如〈棗樹的故事〉等作，但刻意加入後設情境，冗長鬆懈，不如《秦淮》系列遠矣。至於最近幾年引起注目的《花影》及《花煞》，將於下節論及。

三

葉兆言另有一系列故事，以文革至當前大陸中低社會爲背景。這些作品速寫社會主義中的小悲小喜，時有佳作出現。臺灣的讀者，或囿於生活經驗，或囿於審美判斷，未必會一見傾心。但如果前述「人情小說」的風格眞是葉之所長，這些故事才是驗證他本事的地方。剝除了仿古擬舊的外衣，葉如何的揣摩一種人同此心的世故、一種亦嗔亦笑的風情，可爲我們閱讀的焦點。

以〈豔歌〉爲例，此作寫一對知識分子夫婦的感情變奏，極其冷雋犀利。男女主角由相識到結婚到交惡，雖曰個性缺憾使然，也有太多偶發因素介入。凡夫俗女的感情其實較才子佳人的韻事，更難掌握。葉學得了錢鍾書寫《圍城》的那種諷刺，卻猶多一種包容。比起《圍城》中方鴻漸、蘇文紈當年的得意或失意，眼前社會中的知識分子畢竟要面對更卑微無奈的人生。

但像〈去影〉這樣的小說，更能彰顯葉的才情。小說寫文革中期，下廠勞動的青年遲欽亭（與〈豔歌〉男主角同名）一段性啓蒙經驗。遲愛慕的對象，是他大太多的女師傅張英。張是過來人，爲了點化遲，不惜以「身教」代替言教。兩人間的曖昧著墨不多，但場場令人莞爾感動。待文革結束，遲復返學校，種種眞假風流，彷若春夢了無痕。〈去影〉乍看十分瑣碎，但葉說故事的本領不可小覷。在文革那樣一個天翻地覆的歲月裏，什麼樣有血有淚的題材找不著？葉卻能在工廠卑微的角落裏，發掘了一個少男成長的故事。寫青春期的情欲、寫母性愛的包容、寫周遭世界的嘈雜與變異，皆能絲絲入扣。

循著這一線索，其他作品，像〈懸掛的綠蘋果〉、〈路邊的月亮〉等，以葉兆言成長過程中所熟悉的劇團生活爲題材[5]，勾勒臺上臺下的風月好戲，皆以平實取勝。〈紅房子酒店〉、〈關於廁所〉等夾議夾敍，也能討好。後者講文革時期一個女孩子逛上海找不著廁所尿褲子的故事，暗諷政治、情欲的禁忌與生理的壓抑，時有神來之筆，允爲傑作。最近出版的《愛情規則》中的三作：〈愛情規則〉、〈人類的起源〉、〈燭光舞會〉，或嘲弄婚外情緣，或暴露混亂情欲關係，或解剖婚姻僵局，則應使臺灣讀者更心有戚戚焉：怎麼改革開放短短數年，「大陸人」因情纏欲鎖所引發的轇轕，已直追臺港文學的標準？撇開明白的時、地標誌，《愛情規則》中的故事，很可以發生在臺北或高雄。其中〈人類的起源〉，處理一羣任職婚姻及性生活雜誌的編輯本身婚姻及性生活問題，嬉笑怒罵，最爲引人。故事裏各已嫁娶的男女主角在情愛遊戲中進退失據，終於無功而退，空留無限訕笑與悵惘。這是葉世情小說的魅力——通俗的題材，但是並不媚俗的寫法。

葉兆言另對偵探推理小說寫作，情有獨鍾。像〈綠河〉、《綠色陷阱》、《今夜星光燦爛》等，都有一個探案的架構。葉似乎希望藉西方偵探文類，進一步擴充他的通俗想像天地。但我要說這幾部作品的實驗，並不很成功。不但兇案本身不能引發撲朔迷離的懸疑性，探案的過程亦乏抽絲剝繭的效果。西方傳統的偵探小說，當然是五花八門，但究其極不脫一套追求眞相，由隱而顯的詮釋邏輯。葉兆言志不在此，他毋寧更有興趣由此觀看人世風景；誰是兇手的情節設計反成較粗糙的一環。像《今夜星光燦爛》這樣的作品，甚至由兩個案例組成，而少關聯。若非負責探案的警官老李造型上仍有相當特色，全作說服力更弱。除非葉能更自覺的表達他模仿或諧仿偵探文類的用心，他未必能突破現狀。

在《夜泊秦淮》系列之後，葉兆言曾另開一系列的「輓歌」小說：〈戰火浮生〉、〈殤逝的英雄〉及〈殉情記〉。這三個中篇原來發表時都沿用了「輓歌」爲題；可想而知，內容皆與死亡有關。〈戰火浮生〉又是篇民國背景的小說，重點是一對朋友的生死之契。亂世偷生，已經不易，卻有像故事中名喚江賡的主角，爲了與久病老友仲癸訣別，一再冒險還鄉。這個故事取材獨特，寫江賡與仲癸對死亡之約不可言說的迷戀與抗拒，尤有特色。但全作過分誇張像格非《迷舟》那種虛無的歷史感，迷離恍惚，反而削減原有張力。〈殤逝的英雄〉突出一位垂垂老矣的昔日英雄，沉迷在回憶及死亡的想像裏，不能自拔。小說寫到老者以悼念亡子亡妻爲樂，感傷之餘，竟有三分鬼趣。這一篇作品藉各種悼亡懷舊儀式——從喪禮到墳場——來烘托老人面臨生命大去的不甘與悲愴。葉把握分寸、毫不濫情。小說最後倏然而止，留給讀者一縷憂戚。至於〈殉情記〉以冷筆寫青年男女殉情悲劇，又是一種對死亡的詮釋。唯寫來拖泥帶水，不能與葉要傳達的古典謹約的風格相稱。

四

《花影》及《花煞》是葉兆言繼《夜泊秦淮》系列後，再以民初江南軼事爲背景的兩部小說創作。《花影》由於得到導演陳凱歌的青睞，改編爲電影，尤其引起注意。懷舊式的小說曾是大陸文壇過去幾年的主力之一；知名作家幾乎都曾一試身手。像莫言的《紅高粱家族》、格非的《大年》、《迷舟》、王安憶的《小鮑莊》、《長恨歌》等，皆是顯著的例子。而因《妻妾成羣》等作一砲而紅的蘇童，更是其中的佼佼者。懷舊小說的興起，當然與八〇中期的尋根文學有密切關係。經過了三十幾年革命樣板文學的壟斷，新一輩作家亟圖推陳出新。尋根運動探勘人生僻陋幽黯的層面，發掘歷史湮沒扭曲的遺跡，正與前此既光且亮的毛記文學，背道而馳。也因此，隱於其下的意識形態頡頏動機，不言可喻。

尋根文學裏的重要嘗試之一，是回到四九以前的舊社會，重勘新中國興起的來龍去脈。這一作法，五〇年代的「革命歷史」小說曾有先例，但動機大有不同。從清末到民國，新作家們不僅看到了擾攘紛爭的史事，也看到了種種繽紛炫目的人事。或傳奇，或悲壯，或頹靡，這段舊社會的歷史顯然比百孔千瘡的新社會更值得探索。擺脫了革命歷史小說「由黑暗到光明」的公式寫法，年輕作家們努力開拓他們的想像空間：有的緬懷往事，有的藉古諷今，更有的由仿舊而創新。於是有了像莫言《紅高粱家族》那樣瑰麗的英雄演義，或蘇童《妻妾成羣》那樣豔異的家族外傳。更有的作者，承襲了邇來西方創作的影響（從海明威到卡繆到博赫斯到賈西亞•馬奎斯），發展出風格化的作品。像格非的《迷舟》、《錦瑟》等作，以古典情境爲舞臺，擺弄現代（中國）人的生存遭遇，出眞入幻，往往能引發我們哲學玄思的興趣。

「懷舊」是西方後現代風潮中的一大現象。在政經文化極其有別的中國大陸，懷舊文學兀自能發展出一套獨特的敍事邏輯，的確值得有心人繼續追蹤。到了九〇年代，這種懷舊風也有了質變。當中國的文化、文學大門重對世界打開，有點舊，又不太舊的民初百態，已成了新的賣點。而天安門事件後的政經情勢，顯然也另有催化作用。前些年懷舊小說所饒富的批判及實驗精神逐漸消失。蘇童或格非在近作裏，重複讀者已然熟悉的敍述風格題材，甚至已成一種耽溺或逃避。至於像陳忠實《白鹿原》般的小說，又顯現向革命歷史小說回歸的「政治正確」性軌跡了。

在這樣一個小傳統裏，葉兆言的《花影》及《花煞》出版，有什麼樣的限制或突破？《夜泊秦淮》曾博得好評，因爲葉好生的運用了通俗小說傳統，戲仿民國春色、重現鴛蝴風月。更重要的，葉的敍事者與他的筆下人事，保持了一親切而又不失嘲諷的距離，一則掌握了今昔的時間差距，一則帶出了敍事者本身的世故與矜持。從《夜泊秦淮》到《花影》，不過是幾年的時間，文學的生態卻已有了劇變。蘇童把他頹廢的江南家族故事寫之再寫，格非的虛無歷史小說已流爲學院誦之念之的大陸「後現代」教材。而張藝謀、陳凱歌等導演藉影像的渲染，更把民初包裝成對本國及外國觀衆兩皆相宜的異國情調聖品。葉兆言寫《花影》，自不免透露了這種種的流變軌跡。

《花影》有個極動人的故事。在二〇年代一座江南小城裏，大戶人家甄府正發生著驚天動地的改變。甄老太爺白晝宣淫，死在性事高潮。少主乃祥前此已神祕中毒，成爲一息尚存的活動木乃伊。年屆摽梅的女兒妤小姐現下是唯一的繼承人。妤小姐驕縱任性，如今大權在握，更是專斷跋扆。生活在這樣一所妻妾成羣、逸樂淫猥的宅院中，妤小姐哪裏能夠出污泥而不染？《金瓶梅》是她最熱中的枕邊讀物，抽鴉片是她最大的日常娛樂。然而豪門巨室的「閨訓」，斷絕了妤小姐「知行合一」的可能性，以致她滿腦子的巫山雲雨，卻竟然保持著處子之身。如今妤小姐掌管甄家，各方莫不覬覦。遠房兄弟懷甫，嫂嫂的弟弟小云，還有曾經悔婚的查良鐘，都在各種動機下，拜倒她的裙邊。妤小姐要何去何從呢？

《花影》的篇首引用了三〇年代著名詩人卞之琳的名作〈斷章〉：

你站在橋上看風景，
看風景人在樓上看你。
明月裝飾了你的窗子，
你裝飾了別人的夢。

這首小詩，寓意深遠。對照《花影》的情節，葉兆言應是意在詩中所投射的人我關係。懷甫深戀妤小姐，甘冒亂倫之忌，成了她的入幕之賓。妤小姐與懷甫初試雲雨後，明白小云才是她情之所鍾；而小云陰鷙憂鬱，似乎又別有心事。外加好色好財的查良鐘，以及一件駭人聽聞的家族陰謀，更使這場風月遊戲，益發複雜。這是個層層移情別戀、反致濫情失戀的故事。至於原詩中要傳達的那種人我相看、物我兩忘的抒情意境，似乎不復得見。在葉兆言的世界裏，亂倫花癡、誘姦偷情的事件層出不窮，唯有眞情最爲難得。故事的悲劇終場，已由此可見端倪。

葉兆言鋪陳沒落而頽唐的家族傳奇，儘管別出心裁，也不免使我們聯想到蘇童。〈罌粟之家〉、〈一九三四年的逃亡〉，還有〈妻妾成羣〉等作，誇張豪門裏的空虛浪蕩，還有民國時期的慵散風情，已爲後之來者，樹下標準章法。蘇童善於製造曖昧荒誕卻又縟麗陰濕的環境，他的人物像幽靈一般的遊走飄動，十足的世紀末風格。葉兆言的擬舊小說其實一向人味遠多於鬼氣。但這回他的人物局限在一個誼屬蘇童式的大宅院裏，難怪憋也要憋得氣體虛浮了。

以好小姐來說吧，她的熱烈追求情欲，原可以細作，而非僅是大作，文章的。衞道者對她盡可以變態視之，但擺在五四之後的大環境裏，好藉自我墮落所作的自我「解放」，成爲一種面對外在世界最詭異的叛逆：她是位最令人意外的「新青年」。以好小姐這樣畸形的成長背景，以及強烈的自戀加自毀性格，葉兆言似乎希望我們相信即使她早有離開家門的可能，她還是會選擇留在甄家宅院內。好小姐的悲劇是身不由己的悲劇，也更是故步自封的悲劇。

好小姐的造型，堪稱張力十足，但葉兆言並未充分發揮。他寫好小姐的抽大煙、看春宮，「奇觀」的意味大於其他。在好小姐與三個男人間的戀愛遊戲裏，懷甫扮演了愛情故事中常見的第三者，默默愛人卻不被愛。好所鍾意的小云心懷鬼胎，想愛而不能愛。這類的男女好戲，我們看過讀過的已不算少。如果要避免讓角色們流於俗套，不是把他們擺在民初布景裏即可解決。恰恰相反的，由於故事的民初背景所限，好小姐及其他角色不能令我們完全信服。葉是我所謂新派「人情小說」的好手。《花影》所欠缺的，正是一種對世故人情及動機更細膩的想像與描畫。我無意說好的色情狂不可盡信；相較於《金瓶梅》裏的那些人物，好所表現的無非是小巫見大巫。我要強調的是，葉如果不急於說他四角戀愛的故事，而讓他的人物與甄府內外那個天翻地覆的世界，多有些互動，《花影》應更爲可觀。

女性主義評者亦應會對《花影》產生愛恨交織的興趣。好小姐的名字即暗富玄機。好者，「女」「予」或「女」「我」也。這位小姐對情欲的嚮往是由父兄所挑逗出來，以後卻發展成獨特的模式，眞個是予取予求，毫不妥協。她對貞操權的漠視，對祕戲圖的好奇，對性愛自主權的追求，都點明她作爲「豪爽女人」的潛能。然而葉兆言筆鋒一轉，又企圖說明好小姐雖然有淫蕩的身體，卻無礙她「天眞」無垢的本心。當她在小云身上尋得眞愛後，不惜以血肉之軀證明一己的癡情。在小云的挑釁下，她服下毒藥，成爲白癡。我們不禁納罕這一下場到底證驗了什麼？是玩火者必自焚？是情到深處無怨尤？還是女性寧爲玉碎，不爲瓦全的悲劇意識？同樣令人疑惑的是好的嫂嫂，乃祥的妻子素琴，在丈夫癱瘓後的偷人養漢，及乃祥小妾愛愛與素琴的同性戀等情節。這些其實都可與好的色情狂傾向相互交織，構成一怵目驚心的（男性）禮教吃人圖畫。但葉並未好生發展是類可能，反而依循了傳統淫娃怨婦的述寫模式。所可論者，唯有前述的女性變態奇觀了。

我們就此又想到了張愛玲。的確，《花影》依稀仍有「張派」小說寫情誌愛的影子。生命是如此紊亂蒼涼，素樸的、原始的情色本性，來去只如電光石火。身陷其中的男女，不粉身碎骨怕也要去掉半條性命。但爲什麼不呢？好小姐是更墮落的葛薇龍，還是更瘋狂的曹七巧？從張愛玲的成就來看，葉兆言對他的女主角可以有更多感喟反思，但《花影》僅止於敍述了一個熟悉而好聽的故事。

五

繼《花影》後推出的《花煞》，才算是葉兆言懷舊神話的又一高峯。小說依然以葉所擅的江南小城——梅城——風光爲背景，而這回葉兆言走出了《花影》畫地自限的藩籬，呈現了一幅五光十色的清末民初浮世繪。不僅此也，他久違了的說書人聲音重又出現，繪影形聲的爲我們追述一段段可笑可怪的事蹟。葉有意仔細經營這一說書人的聲音，「他」不只有傳統話本的淵源，也更有十八世紀歐洲小說全知敍述者的影子。《花煞》每章章首的情節簡介，堪爲例證。小說的情節圍繞著一個胡姓家族的興衰發展——這一家族既非莫言鐵馬金戈式的紅高粱家族，也不是蘇童頹廢耽美的罌粟之家。主人翁胡大少是出身大戶的紈袴子弟，時勢使然，成了火燒教堂的「暴民」領袖。胡大少後被捕判處死刑，地方爲了感念他的英勇，安排少女到牢房「度種」，以求胡門有後。這一開場饒有江湖演義趣味，已令人嘖嘖稱奇，而後名妓矮腳虎自願薦身，果眞一舉得子，更是傳爲「佳話」。但好戲還在後頭。胡大少其實早已另有所歡，並留下風流孽種。他死後，兩個兒子，胡天與胡地，分別出世，注定要興風作浪，把梅城推向現代歷史舞臺。

《花煞》與《花影》最大的不同處，在於葉兆言放棄對男女情欲的獵奇寫法，也避免刻意故作微言大義的「深度」。《花煞》的世界原本無奇不有，說故事者及他的聽衆也樂得抱持見怪不怪的態度，但觀其變。葉再次掌握了通俗小說的練達與圓滑；他的人物儘管殊少內心掙扎或言行自覺，卻在相互來往間，演出幕幕活色生香的悲喜鬧劇。

《花煞》的故事採集錦寫法，胡天胡地的英雄劣跡，情場醜聞，自是重點。但小說如果僅寫了清末民初新舊人物的百態，將不過是重複了晚清的《二十年目睹之怪現狀》、《官場現形記》等譴責加黑幕小說傳統。葉顯然別有野心。書中讓一羣洋人登上舞臺，扮演吃重腳色，使我們大開眼界。其中重要人物包括精通管理的冒險家老鮑恩，梅城教堂的浦魯修教士，還有半弔子的中國問題專家哈莫斯等。隨著清末洋槍洋礮的侵入，西洋神職人員、無賴商人及冒險混混一齊湧向中國。上海天津等通商口岸，華洋雜處，還看不出這羣人的重要，到了梅城這樣的閉塞小城，他們才大顯神通。葉兆言眞心誠意要描寫這羣二等洋人的起落，而且頗有所得。老鮑恩在梅城大展經營長才，成了令人難以置信的暴發戶。他的兒子小鮑恩不學無術，非但使偌大的家業急遽中落，更與女僕爆出性醜聞，最終自己的妻子還成了胡地唯一的洋人情婦。相對於此，浦魯修教士簡直成了洋聖人，普渡衆生，鞠躬盡瘁，死而後已。浦後被胡天的土匪隊伍作爲肉票綁架，居然能以基督精神感化部分嘍囉，也算得是小說的外一章。

但沒有一個洋人比得上哈莫斯。這一角色應可成爲現代中國小說中最令人回味的洋鬼子之一。哈莫斯最初露面時，是英國《泰晤士報》的遠東記者，志大才疏，滿腦子的殖民主義思想。但在梅城待了一段時日，哈莫斯居然逐漸「變心」了。古怪的中國印證（或反證）他的幻想後，卻也擄獲了他沒有止境的異國情懷。哈莫斯終被《泰晤士報》解聘，數年後卻搖身一變，以《梅城的傳奇》一書轟動英倫；他成了中國問題專家。哈莫斯的「學問」好，生活上則是「禁欲主義者兼性無能者」。葉兆言這一描寫，想來讀者要發出會心微笑。哈莫斯有個中國女傭人兼「生活祕書」陳媽，兩人相依爲命，倒是親愛精誠。日後哈莫斯著作等身，成了梅城一景。他的衆多出版中，以考據《中國妓女的生活》及小說《懺悔》最受歡迎，實則這兩本書性質不妨互調，充滿了臆想及僞說。但這又何妨？哈莫斯成了我們討論「東方主義」現成的教材。

近幾年來西方後殖民理論大爲風行，兩岸學者也紛紛追逐熱潮，如響斯應，亦爲奇觀。倒是像葉兆言這型作者，自顧自的寫出一本有關半殖民時期中國社會的奇書。久居中國的哈莫斯對世紀初中國的劇變身歷其境，但執筆爲文時，他依然回到心目中理所當然的中國神話中。哈莫斯的不中不西，誠爲笑柄。梅城的中國人在處理他的存在上，也未必高明。他們又何嘗不依賴另一套成見，把哈莫斯看作怪胎呢？但葉兆言沒有刻意誇張這些衝突。世紀初的怪現狀何止千百，哈莫斯的僞中國學不過是其中之一。就在中國人對自己的家國前途都鬧不明白時，哈莫斯現象也可思過半矣。祛除了哈莫斯的標籤意義，葉兆言反使這一人物更爲可親。

哈莫斯最後死在他所愛戀的中國。他的奇行劣跡，終將爲人淡忘，他的書卻會繼續流傳。「存在的將是一段不斷被修改的歷史，是一系列誤會和歪曲。存在的將是梅城這座被人虛構出來的城市。存在的將是那些不存在。」葉兆言這一結語講的是哈莫斯寫中國，但也不無夫子自道的意思。由世紀末看世紀初，葉兆言不妨自膺爲一中國籍的哈莫斯，爲那古老的清末民初，勾勒出又眞又假，啼笑皆非的風俗畫。葉以世情小說見長，在《花煞》的高潮，他不只幽了筆下人物一默，也幽了自己一默。這樣的通達圓融姿態，代表了他寫作最重要的心得。

❶有關葉紹鈞的創作與背景，可參見夏志清《現代中國小說史》（臺北：傳記文學，一九九一），第四章。

❷Marston Anderson, *The Limits of Realism* (Berkeley: U. of California P., 1990).

❸同上。

❹葉兆言〈自序〉，《豔歌》（臺北：遠流，一九九一），頁一—二。

❺葉的父母皆參與劇團工作。

自序

風乾中的標本

我很喜歡周作人的散文。枕頭邊胡亂放幾本，睡覺前翻一翻，睏意朦朧進入夢鄉，醒來時，天已亮了。枕書而眠是件美好的事情。「花煞」這兩個字，就是我在周作人的作品中，無意翻到的。我喜歡這兩個字。

對這兩個字的解釋，好像周作人自己也沒有說清楚。似乎還展開了一番討論，一會說是神，一會說是鬼，反正和結婚與性有關，和某種禁忌有關。像周作人這樣有學問的人，都說不清楚的話題，我自然也不想去把它搞明白。搞明白「花煞」兩個字的確切涵義，那是民俗學家的任務，而且最終究竟能不能搞明白，也很值得懷疑。難怪周作人在他的考證文章結尾處說，關於這些緣起和傳說，最好還是去問三埭街的老媼，雖然附會傳訛免不了，多少還可以得到一些線索。

按照周作人的意思，花煞只是一種喜歡在結婚時捉弄人的凶鬼。在文化幼稚的時代，鬼和神沒什麼太大的區別。據說從前有一個新娘在轎子裏用剪刀自殺了，於是就成了花煞神。所以有的地方結婚忌見鐵，凡門上的鐵環、壁上的鐵釘之類，都要用紅紙蒙住。我想新娘子要穿大紅大綠，恐怕也源於避邪，喜氣洋洋那是後來的事。天下事無奇不有，在浙江紹興的某些地方，新娘子要借穿別人的「壽衣」。而在歐洲的希臘，新娘的服色和沐浴塗膏等儀式都和死人入殮時相同，這些驚人的相似之處，實在可以作爲我們茶餘飯後清談的資本。

我很早就準備用「花煞」來寫一部長篇小說。這其實是我的慣伎，因爲我通常都是先有小說的名字，然後才慢慢吞吞地構思小說。一個必要的好名字，通常是一部好小說的前奏。《花煞》這個長篇寫了整整十個月，寫完以後，我自己都不敢相信。寫長篇總讓人有一種又暗無天日的感覺，記得開始動筆的那天，莊嚴地敲出了「花煞」兩個字以後，因爲害怕，我的腦子裏竟然一片空白。

無疑這是我近年來，最用心的一部作品。我決心寫一部讓新派的人看起來太老，而老派的人又嫌太新的小說。我不會爲懷舊而懷舊，也不知道什麼叫爲懷舊而懷舊，事實上，以我幼稚的看法，大部分的讀者既不新潮，也不古板。讀者自有讀者的高明之處，我想也許該寫一部普通讀者樂意接受的東西。當我們在寫作時，常常被告誡不要迎合讀者，其既然說到了迎合，就應該明白眞正的迎合，談何容易。我試圖寫出一本能反射出漢語小說演變的書，我想從話本小說切入，筆調越來越現代，最後以隨筆結束。形式追求是不可避免的，我只是希望自己不要太做作，我只是希望能博得讀者閱讀時的會心一笑。

《花煞》中我虛構了一個叫梅城的城市，這個城市是中西文化大碰撞產生的結晶。它是一個泡在酒精瓶裏的怪胎，是一個被釘子戳在牆上正逐漸風乾的標本，當然也可以說是一個作家辛苦培育出來的盆景。今天的中國成了現在這個樣子，自然有它形成的道理，一篇小說就想把這道理說清楚是不可能的。一百多年前，一位仕宦數十年的安徽人夏燮，有感於外國資本主義的入侵，有感於大清王朝的衰落，「蒿目增傷，裂眦懷憤」，撰寫了一本有趣的書《中西紀事》。在這本記載中外關係史的書裏，夏燮秉筆直書，錄存了大量的原始資料，這些資料對我構思《花煞》起到了十分重要的作用。

我作爲一個用電腦寫作的現代作家，不可能用清朝士大夫的目光去回顧歷史。一想到倔強的前輩們，試圖用精神去戰勝西方的物質，我就覺得好笑。同樣更好笑的，是外國的月亮比中國的圓這個比喻。我們總是羞答答地處於搖擺中心，怨天尤人，總覺得今天的現狀是別人的過錯。《花煞》一邊寫，一邊就在大陸很有影響的《鍾山》雜誌上連載了。寫完了以後，又給出版者，一切都很快，第一版印了許多册，據說銷路還可以。初版時，在我完全不知道的情況下，出版經營者急就章地用一篇報紙上捧場的文章代序。這顯然是不合適的。此外，在第七頁上，刪去了幾個字，刪就刪吧，卻故意用引人注目的方框代替，彷彿我是存心在學一本火爆的暢銷書一樣。這些都是不大不小的遺憾，藉再版之際，重新補上了一篇小序。亡羊補牢，不知道是否來得及。再版本中錯字仍然很多，這次在臺灣出版，我就手校了一遍。

《花煞》將是一系列作品的開始。既然已經杜撰出梅城這座城市，便有義務使它繁榮昌盛起來，盡量使它成爲一座有血有肉的城市。我已寫好了一些短篇小說，如果可能，我打算寫一本新書叫《梅城的演義》。一個作家總是有許多美好的願望，這些願望能不能實現，完全看他的運氣，看他能不能吃得了這份苦。

一九九六年五月

花煞

【卷一‧胡天胡地誕生】

列位鄉鄰，信聽好言。我中國人用心爲好，名正言順。天朝國衰敗，洋鬼子來者不少，姦淫壞事太多。鬼子其形，與中國人大有不同，羊眼猴面，淫心獸行，非人也。口說入教行善，嘴說邪禮，臉面無恥，身穿人衣，行狗事，專門姦淫婦女，人人可恨。小孩子用蒙汗藥迷心，再用小孩子眼心配蒙汗藥迷人。見鬼子面，蒙汗藥入心，男女不古，羞恥以爲美事。壞事不可說也。

約初十日燒教堂，殺洋人，並打教民，務須同心戮力，羣起攻之，一言既出，絕不停留。各鋪各户執棒一根，來者君子，不來者男盜婦娼。

——小西門東頭人首事告白

第一章

1

一座華貴的紫呢大轎由八位轎夫擡著，在一羣看熱鬧的老百姓簇擁下，聲勢浩大耀武揚威地來到了縣衙門口。緊跟在八擡紫呢大轎後面的是一座兩人擡的小轎子，因爲沒有門簾遮著，坐在小轎子上那位尖嘴猴腮的傢伙，正回過頭來，用傲氣十足的目光和神情，打量追在後面看熱鬧的人羣。紫呢大轎是省級行政大員出來巡視時才能享受的規格，因此這時候正在公案上打著瞌睡的董知縣，被手下衝進來報訊的聲音，嚇得觸電一般地驚跳起來。一位衙役連滾帶爬地跌進了大堂，由於緊張，口吃了大半天，才哆哆嗦嗦把話說清楚。

「老爺，省城來了大——官了，」衙役跪在地上，手往外面指了指，「都——都到了門、門口。」

董知縣慌忙整理了一下衣冠，率領手下誠惶誠恐地去迎接。紫呢大轎的出現可不是一件鬧著玩的事。董知縣不知上峯何故突然光臨梅城，他忐忑不安地到了縣衙門口，看見紫呢大轎放著門簾已歇在那裏，坐後面小轎子上那位尖嘴猴腮的傢伙，已經跳了下來，正神氣活現對著守縣衙門的衙役吆喝。那些衙役吃不準坐紫呢大轎裏的人的來頭，然而對於眼前的這位卻早已熟悉，也不太把他放在眼裏。尖嘴猴腮的傢伙是本縣有名的無賴，綽號叫地老鼠，偷吃扒拿嫖賭，無一不沾無一不精。半年前城東趙老爺家的當鋪失竊，都懷疑是地老鼠所爲，趙家報了官，縣裏派人去捉他，竟沒有捉到。誰想到士別三日，地老鼠居然敢人五人六地在縣衙門門口耍起威風。

「文大人來了，你們還不趕快叫縣太爺出來迎接。」地老鼠板著臉，轉身跑到紫呢大轎面前，把瘦骨嶙嶙的手從門簾裏伸了進去，緩緩地抽出一個偌大的封筒來，對衙役們揚了揚那封筒，指著封筒蓋上鮮紅的官印說，「看見沒有，這是道臺的印子，看清楚了。」他的動作有些誇張，脖子上纏著的那根又粗又黑油光光的辮子滑落下來，他隨手抓住辮梢，十分麻利地一甩，腦袋一擰，辮子又纏在了脖子上。這時候，他看到了急忙奔出來的董知縣，腿肚子便軟了，非凡的得意一下子都從腳底下溜走了，彷彿老鼠見了貓，威風頓時矮下去一大截。地老鼠嚇唬嚇唬衙役還可以，見了官還是情不自禁的怕和心虛，畢竟縣太爺狠狠打過他的板子。他突然有了些畏懼，眼睛不敢再看董知縣，張口結舌不知說什麼好。

紫呢大轎的門簾終於掀開，一個金頭髮藍眼睛的洋人探出頭來，對外面看了看，下了轎子，向董知縣走過去。圍觀的人羣立刻議論紛紛，羣情激憤。自從梅城建了教堂和來了一對能替人治病的傳教士夫婦以後，大家見了洋人已不是太吃驚，然而洋人耀武揚威地和道臺大人一樣坐紫呢大轎，這到底還是頭一遭見到。董知縣也有些忿忿不平，覺得這事太荒唐了，臉色陡然從恐慌變成了不高興。洋人自然是惹不起的，可董知縣怎麼說也是一縣之長，他知道自己剛才的恐慌有失身分。

董知縣站在臺階上不說話，那洋人走到他面前，手放在胸口，深深鞠了一躬。圍觀的人羣一陣譁然。董知縣不知道自己應該如何向洋人還禮，呆呆地怔在那裏，心裏有些滿足，他覺得洋人乖乖地向他鞠躬，自己已經挽回了面子。地老鼠見董知縣和文森特面對面站著不說話，只得顧不上冒昧，斗膽上前介紹。

「冬大人，」洋人聽了地老鼠的介紹，手放在胸口又鞠了一躬，他的中國話口齒不清，把董念成了冬。然而這時候他的態度已經不是太客氣，他不屑一顧地看著站在自己面前發呆的董知縣。

圍觀的人羣只顧自己看熱鬧，有知道和了解地老鼠底細的，便遠遠地起著鬨，大聲叫：「地老鼠，你他娘怎麼給洋人幹起事來了？」

「喂，你小子是不是吃了洋人的蒙汗藥？」

「地老鼠，你給洋人幹事，不得好死。」

那洋人顯然是懂中國話的，回過頭來，看了看他身後起鬨的人羣，很不友好地白了白眼睛。他感到有些惱火，因爲他和董知縣面對面已站了好一會兒，可對方卻還沒有邀請他到衙門裏去作客的意思。他又往前走了一步，突然想到在地老鼠手上捧著的那個偌大的封筒，回過身來，從地老鼠手上拿過封筒，微笑著看了看封筒上的大紅官印，再把它往董知縣面前一遞。

董知縣仍然雲裏霧裏，呆呆地想伸手去接，又不知道該不該從洋人手上去接，正猶豫著，跟在他身後的朱師爺是個老公事，一看這情景不對頭，連忙彎下腰行了一個禮。他這一行禮提醒了董知縣，董知縣光想著不能在洋人面前丟了面子，竟忘了自己如此傲慢，便是對道臺大人的大不恭敬，於是手忙腳亂地趕緊還禮，還了禮，手一攤，說了聲：「請。」

那洋人生得人高馬大，站在臺階下，看上去和生得矮小的董知縣一般高，一旦他走上臺階，與董知縣並排，作爲一縣之父母官的董知縣，便顯得像個大孩子。董知縣不得不擡頭仰起脖子，才能和那洋人說話。

董知縣又說了一聲：「請。」

那洋人也笑了，用生硬的中國話回了一句：「請。」

地老鼠屁顛顛地跟在後面。譁然的人羣開始向地老鼠發出一連串的咒罵，大家紛紛撿起路邊的泥塊和石子，接二連三地向地老鼠扔過去。有個無賴趁亂從一小販的竹籃裏搶了幾枚雞蛋，他的舉動立刻有人仿效。小販的哭聲和圍觀者的哄笑聲響成一片。雨點似的泥塊石子落在了衙門口。地老鼠回頭看了一眼，一枚雞蛋正朝他面門飛來，他連忙蹲下，躲過了那來勢洶洶的雞蛋。緊接著是來勢更凶猛的第二枚，正好砸在了一名衙役的後背上，衙役莫名其妙遭殃，大怒，一手護著臉，大叫著向人羣撲過去。

地老鼠脖子上那根辮子又一次滑了下來，他不敢再怠慢自己，只當什麼也聽不見也沒看見，手拎住了辮梢，腦袋很僵直地晃了晃，手用力一甩，將辮子繞在了脖子上，大步往衙門裏跑。

2

反洋教的激烈情緒在梅城中徘徊，一場久已盼望的熊熊燃燒的大火，正在人們的心頭醞釀。文森特教士坐著紫呢大轎來到梅城的消息，當天就在梅城的角落裏傳開了，彷彿乾柴遇到了火星子，到處議論紛紛義憤填膺，添油加醋地訴說著文森特教士的種種不是。

矮腳虎香雲閒著沒事，也在街面上聽男人們議論。她生得十分矮，肥肥的一身肉，一張很俏的臉蛋，是梅城大名鼎鼎的風騷女人。因爲自己沒有親眼見到文森特教士，她很好奇地追著別人問新來的洋人究竟什麼模樣。幾個男人正眉飛色舞地說著，被她追問得有些不耐煩，笑著說：「什麼樣，說給你聽了都不會相信，不信你問劉奎，總有你兩個人那麼高吧。」

矮腳虎不相信天下當眞會有那麼高的人，吃準了是在哄她，眼睛一瞪說：「瞎說什麼，別以爲老娘沒見著，就來瞎蒙我。一個人，怎麼高，總不會有兩個人那麼高的。」

「洋人又不是人，」被問的男人一本正經地說，「連縣太爺他老人家，也只到那洋人的肚臍眼那裏，你矮腳虎嗎，能到那洋人的褲襠處，就不錯了。」

矮腳虎笑起來，惡狠狠地罵了一句極難聽的話。她是個敢說敢當的潑辣女人，什麼話也說得出口。

男人們一向和矮腳虎調笑慣了，一看她有些發急，都來了精神，索性拿她開起心來。「你矮腳虎再厲害，遇上了洋人，還不成了矮腳貓。告訴你了，總當著是在哄你。」矮腳虎知道這幫男人的狗嘴裏吐不出象牙來，翻了翻眼白，剛想說出幾句罵他們的話，那位被叫作劉奎的已接著話茬引申下去。劉奎說得有聲有色，幾個男人都爲這豐富的想像力引得哈哈大笑。

矮腳虎面紅耳赤地正準備開罵，一眼看見胡大少躊躇滿志地正從街那邊走過來，眼睛頓時就亮了，她無心再和身邊的男人糾纏，似恨帶怨打情罵俏地大聲說：「乖乖，不得了，如今見了老娘，就好像不認識一樣，這眼睛呢，彷彿老鼠見了貓，要緊躲開了。好你個無情無義的東西，你躲著我幹什麼，老娘又不是在癡等著你娶我呢！」

胡大少一路正有滋有味地想著他的大事，被矮腳虎這麼當頭一吆喝，不由地嚇了一大跳。他走到了這幾個人面前，很不滿意地白了矮腳虎一眼。矮腳虎不當一回事地笑著，繼續挑逗他：「你別跟老娘白什麼眼睛，我矮腳虎不吃你這一套，有本事，你和洋人賭狠去。」

「難道我胡大少還會怕洋人，」胡大少讓她一激，頓時急了，「你也不去打聽打聽，我是什麼人？」

那幾位和矮腳虎說笑的男人，對胡大少都有幾分敬佩，搭訕著向他問好請安，連聲說胡大少在梅城中是最不怕洋人的大英雄。「你胡大少若怕了洋人，那還不成了笑話，」劉奎十分肉麻地捧了胡大少一句。

胡大少被誇得有些得意，嚥了口唾沫在喉嚨口，潤了潤嗓子，問道：「都在說什麼呢？又是在談洋人是不是，娘的，光是嘴上說說又有什麼鳥用。」

劉奎呵呵傻笑了幾聲，又拿矮腳虎尋開心：「是啊，光嘴上說說有什麼用，像人家矮腳虎，就想貨眞價實地開個洋葷，嘗嘗洋人到底是個什麼滋味。」

「你娘才想開洋葷呢，」矮腳虎怒不可遏，胡大少對她愛理不理的態度已讓她不高興，跳起來在劉奎的後腦勺上就是一記，又一把攬住了他頭上的辮子，跺著腳惡狠狠地拉了幾下。劉奎被她拉得哇哇直叫，一旁看笑話的男人，除了胡大少都起鬨，樂不可支。劉奎終於掙脫開了，摸著一陣陣發麻的頭皮，自嘲著說：「活該，眞正是活該，說這樣的話不該打，還有什麼樣的話才該打。誰不知道矮腳虎是個貞節的女子，對咱中國的男人，個個肯的，兩扇大門朝外開，只要有錢請進來。對那洋鬼子自然不一樣了，即使是用了蒙汗藥，矮腳虎也不開門的。」

「眞要是中了蒙汗藥，那也由不得人了，」一個男人的臉上顯出一種見多識廣的表情，「到那時候，再貞節也沒用了，只要你中了洋人的蒙汗藥，便是在劫難逃。要知道那蒙汗藥其實就是一種媚藥，只要吃了，那念頭馬上就上來，熬都熬不住，不要說是拒絕洋人，到那時候是一點臉面也顧不上，自己保證會不要臉地湊上去。沒聽說楊希伯的老太婆，都五十多歲的人了，又是吃素念過佛的人，一入了那什麼天豬叫，讓那神父用水往那玩意上一噴，不得了，一下子就變成了如狼似虎的騷婊子，做出的那媚態來，連她那年輕的媳婦都沒辦法跟她比。因此，你矮腳虎只要中了那洋人的蒙汗藥，想不開門，也由不得你，欲火中燒，不開也只好開了。」

矮腳虎齜牙咧嘴地又要發急，說話的人怕被打著，連忙笑著往後退縮。胡大少還有大事等著他去商量，不屑於參加這種無聊的調笑，他突然板起臉來，很嚴肅地說道：「初十那天打教民燒教堂，一個個都知道了吧，娘的，到時候誰敢不去，就不是人日出來的，聽見沒有。」

「只要你胡大少領頭，我們哪敢不去，」立刻有人呼應他的號召。

「那洋人的教堂，早就他娘的該燒了。」

「不光是燒教堂，」劉奎十分賣力地說著，「這一次，非得把那幫教民，好好地收拾一番。這幫狗雜種，平日裏仗著有洋人撐腰，連縣太爺都不放在眼裏，實在是太猖狂了。」劉奎的對門住著一個叫小七子的癩痢頭，平日裏見了劉奎一向有幾分畏懼，自從入了教以後，罵還口打還手，劉奎已經有些奈何他不得，所以一提到打教民，劉奎便首先想到要好好教訓教訓小七子。

「這會兒不要說狠話，到時候多拿點膽子出來，才是眞的。」胡大少說完便想走，矮腳虎一把拉住了他，直往他懷裏鑽，她纏著他，非要胡大少爺答應了初十那天帶著她一起去燒教堂，才肯撒手。胡大少有些嫌煩，白她一眼，說：「你一個女流之輩，湊什麼熱鬧起什麼鬨。」

「你娘也是女的，」矮腳虎對胡大少一向是另眼相看，可今天已是第二次遭受胡大少的白眼，一股怒火直衝了上來，她不甘示弱地說：「老娘偏要去，你又能怎麼樣？天要澆雨娘要嫁，老娘我高興，難道你還能用手揑著我下面的玩意，不讓老娘撒尿不成。」

3

文森特下榻在安教士的家裏。安教士的家就在教堂旁邊，是一幢中西合璧式的房子，安教士帶著妻子和妻子的外甥女沃安娜，來到梅城已經好幾年。這位來自荷蘭的鄉間醫生，出於對傳播上帝福音的熱愛，在四十歲那一年，毅然放棄了舒適安定的生活，不遠萬里一路顚簸，來到貧窮落後的中國行醫傳教。安教士既不是一名出色的醫生，也算不上是稱職的傳教士。雖然醫療是免費的，然而中國人強烈的反洋教心理，使得人們寧願病死，也堅決拒絕洋人的醫治。事實上，在梅城除了替教民治病之外，安教士的醫術幾乎沒有任何用武之地。

安教士和文森特的叔叔文森特神父成了好朋友。文森特神父創建了梅城的第一座教堂。在一次對文森特神父的造訪中，安教士對梅城的寧靜和純樸留下了極好印象，正是因爲這一難忘的美好印象，安教士在第二年把妻子和沃安娜帶來定居。他自己沒有小孩，沃安娜從小就和他們在一起生活，跟自己的親女兒一樣。

文森特神父死於一年前的春天。由於他的努力，不僅在梅城裏發展了二十幾名教民，而且在四郊的鄉下也建立了兩座小教堂。文森特死了以後，因爲一時派不出新的神職人員來，教堂的具體工作都由文森特當年的中國僕人洪順主持。洪順在文森特神父的影響下，對教堂的一套已經很熟悉。由於面對的是中國的教民，這中間有虔誠的教徒，更有蹭吃教飯的混子和無賴，作爲一名稱職的神父，洪順幹得似乎比死去的文森特神父更出色。

年輕的文森特教士這一次來到梅城，不是出於對已故叔叔的懷念，也不是想成爲梅城新的神父。他來到梅城的目的很簡單，只是爲了再一次看望漂亮的沃安娜小姐。沃安娜小姐已到了接近出嫁的年齡，而文森特對放蕩的單身漢生活，也早就開始感到厭倦。他來到梅城只是爲了結束或者開始一種全新的生活。

今年剛剛三十七歲的文森特，已經有了一番很不平常的經歷。這位出生於英國的義大利人的後裔，早在十五歲的時候，就因爲在家鄉鬥毆出了人命，四處逃命躲藏。他的傳奇故事可以寫一本很厚的書。他當過水手，當過走私販，去過澳大利亞，甚至在軍隊裏混了兩年。他聲名狼藉臭名昭著，到處遭人咒罵，他殺過人也不止一次差一點被殺。很長一段時間內，他只跟鴉片和妓女打交道。所不同的是，對於鴉片，他始終是不小的賣主，而對於妓女，他只是買主。對鴉片和妓女的一度執迷不悟，爲他帶來了兩種嚴重不同的後果，前者使他大發橫財，後者卻讓他染上了梅毒。

在做神父的叔叔的引導下，文森特也成了一名傳教士。他戒了鴉片，治好了梅毒，開始改邪歸正。但是他注定不是一名虔誠的教徒，因爲他當傳教士的目的，不過是考慮到有了傳教士的身分，更有利於他在中國的旅行。他穿著黑顏色的長布袍到處招搖。文森特是那個年代裏，在中國跑的地方最多的外國人。他整日遊山玩水四處考察，打算成爲一名名副其實的旅行家。文森特計畫好好地享受享受自己聚斂的錢財，他新近的宏偉理想，是訂做一條豪華的木船，沿江而上，一直到達長江的源頭。他的旅行計畫對於沒見過世面的沃安娜，是一個不得了的誘惑，自從第一次見過文森特，沃安娜就盼著自己能嫁給他。

文森特領著漂亮的沃安娜小姐參觀他的紫呢大轎。坐著紫呢大轎周遊中國，是文森特在一次陪同中國的一位官員一起出訪時，忽然爆發出來的奇想。在古老陳舊的中國，紫呢大轎是一種權力的象徵，而所有的中國人最折服的就是權力。文森特僅僅用幾粒能治療氣喘的藥片，一副扎縛在肚子上能托住疝氣的帶子，便很輕易地換來了一位權勢顯赫的巡撫大開綠燈的信任。因為有過治癒梅毒的經驗，文森特又略施小技，很輕易地為一位道臺解除了這既會丟掉烏紗帽，又會送去小命的花柳病。

坐著紫呢大轎的文森特，在那位患有嚴重疝氣的巡撫治下暢通無阻，一個偌大的蓋著道臺大紅官印的封筒，又使他足可以在一個不小的範圍裏，為所欲為想幹什麼就幹什麼。沃安娜用十分驚奇的目光，打量著紫呢大轎上的華麗裝潢，她小心翼翼伸出手，撫摸掛在邊框上金色的流蘇，不住地發出天真無邪的感嘆。她早就得到了文森特要來梅城的消息，為了迎接他的到來，沃安娜已經偷偷地照了無數遍鏡子。她知道自己是一個金髮碧眼的漂亮女孩子，然而在一個見不到什麼外國人的中國，能嫁一個如意的丈夫的機遇並不太多。她知道文森特領著她去參觀他的紫呢大轎，不過是製造一個單獨和她在一起的機會。她和他都應該充分利用這個機會。

他們終於一起坐到了紫呢大轎上，沃安娜的本意只是想看看那捲起的門簾究竟是怎麼一回事，但是手一鬆，那門簾卻嚴嚴實實地落了下來。這無意的小動作害得沃安娜心口咚咚直跳，當她伸出手，想試著把門簾再一次捲上去的時候，文森特一把抓住了她的纖手。驚慌失措的沃安娜連忙想把自己的手縮回來，可是文森特手上用的力氣越來越大，他把她的手拉到嘴邊長長地吻了一下，就勢把她摟到了自己的懷裏。

沃安娜漫無目的地做著徒勞的掙扎，文森特熱烈的親吻，弄得她透不過氣來。她把腦袋拚命地向後仰，以至於整個身體都躺在了文森特坐著的膝蓋上。文森特突然把下巴往下移，隔著衣服吻起她正感到發脹的乳房。沃安娜覺得自己有一種就要暈過去的感覺，她想對文森特說一聲不行，想讓他不要這樣做，然而她的手卻緊緊地拉住了文森特的頭髮，用力把他的腦袋往自己的胸脯上按。

吃晚飯前，文森特莊嚴地宣布了他要向沃安娜求婚的消息。安教士夫婦重重地鬆了一口氣，自從文森特第一次出現以後，他們似乎一直在等待著這一時刻的到來。作爲慶祝，安教士開了一瓶好酒，高興了一陣，安教士夫婦想到結婚後的沃安娜會和文森特一起遠走高飛，想到自己即將來臨的孤獨晚年，不由地感到了有些悲哀。

梅城寧靜的生活使安教士一家養成了早睡的習慣。吃完晚飯，在客廳裏稍坐了一會兒，安教士夫婦和沃安娜便各自回房間睡覺。文森特也回自己的房間看書，他的心情十分平靜，因爲一切都和預料的差不多。他知道沃安娜迫切地想嫁給他的願望，也許要比他想娶她的願望更強烈。

文森特在一盞昏暗的油燈下看書看得很遲。在他的肚子感到有些飢餓難忍的時候，他聽見門外傳來了輕輕的腳步聲。他最初的反應是沃安娜偷偷地跑來和他相會，然而當他拉開房門時，才明白原來是年輕的女僕一覺醒來，發現他房間的燈還亮著，突然想起女主人的吩咐，專程跑來問他還需要不需要什麼吃的。文森特立刻表示要幾片麵包和一杯不加糖的咖啡，穿著寬大布衫的年輕女僕轉身走了，不一會兒便送來了他要的食物。

文森特一邊吃著咖啡麵包，一邊忍不住偷偷地打量在一旁等他吃完的年輕女僕。年輕女僕必恭必敬的樣子，讓文森特想起了自己曾用過的一位貼身女傭人。他想起了他第一次占有她的情景。那是在一個天氣悶熱的夏天，他的女傭人爲他收拾房間，當她拿著雞毛撣子正準備撣灰的時候，文森特將她掀翻在了床上。那是他第一次和中國女人發生性的關係，他顯得有些粗暴和野蠻。事情進行得太快也太突然，一切已經結束了，文森特發現腳掛在床沿上的女傭人，手上還高高地舉著那根雞毛撣子。

年輕的女僕似乎注意到了文森特眼神裏的異樣表情，她流露出來的恐慌引起了他的一種強烈的占有衝動。文森特太熟悉中國女人特有的這種恐慌，她們除了害怕失去貞節之外，更害怕會懷孕生出一個被人們譏笑的雜種來。文森特慢呑呑地喝完了最後一口咖啡，年輕女僕小心翼翼上前收拾，她的手在顫抖，差一點碰翻了咖啡杯。當她轉過身來的時候，文森特果斷地伸出手去，在年輕女僕飽滿結實的胸脯上抓了一下。這位已入了教的年輕女僕像讓子彈擊中一樣，身子猛然繃直。輕輕地喊了一聲「上帝」，搶了咖啡杯就往外跑。文森特沒有攔住她，明知道這事輕而易舉，明知道她不可能聲張出去，然而今天畢竟是他向沃安娜求婚的日子，文森特不想做對不住自己未婚妻的事。

時間已經是深更半夜，文森特聽見不遠處傳來一陣陣狗叫的聲音。他毫無倦意地上了床。想到他剛剛給年輕女僕的驚嚇，不由地暗暗好笑起來。沃安娜美麗的臉龐讓他感到有些陶醉，他情不自禁拿她和那些與自己有過關係的女人作起比較。沃安娜還是一個純潔的處女，一想到這一點，文森特便有些心旌搖盪不能自已。他終於有些按捺不住自己的衝動，就像當年當水手寂寞時常有過的事一樣，文森特把手伸到了被子裏，心猿意馬地摸索著，重複著他曾一再後悔的動作。他想像著沃安娜的模樣，開始沉重地喘起氣來。

4

胡大少來到春在茶館的時候，發現只有諸葛瑾一個人在那恭候，心裏頓時有些不痛快。諸葛瑾是胡大少的祖父當知縣時的僕人，胡家敗了以後，諸葛瑾自立門戶，娶了個小寡婦，做點小生意，天天喝幾盅酒，因為見多識廣能說會道，在梅城的小市民中，他便算是個很特殊的角色。諸葛瑾對胡大少仍然有幾分尊重，一來他畢竟是舊日的小主人，二來胡大少已成了梅城中敵視洋教的人心目中的偶像，是一個反洋教的大英雄，呼風喚雨，儼然又是一尊人物。諸葛瑾在胡大少的身上，彷彿又看到了他祖父當年做知縣時的威風。

「少東家，你先坐下喝茶。」諸葛瑾很殷勤地招呼胡大少坐下，讓茶館老闆裕順上茶。

梅城只有諸葛瑾一個人會稱呼胡大少為少東家，事實上，胡家曾經有過的萬貫家財，早在胡大少的父親手上就敗光了。胡大少的祖父出生在一個省吃儉用的小財主家庭，守著幾十畝地，一心想讀聖賢書考出個什麼名堂來。一直考到四十多歲還是個秀才，眼見著前途茫茫，一賭氣賣房子賣地捐了個官做。這烏紗帽來之不易，因此胡大少的祖父不得不在撈錢上面狠下功夫，前後做了不到五年的官，白花花的銀子卻撈了不少。老人家終於死在了任上，於是輪到胡大少的父親當家。胡大少的父親和祖父完全是兩種不同的風格，年紀輕輕的，凡是不好的事，用不著多教，很快就都學會了。胡大少挨了這麼一位敗家子的父親，沒過上幾天好日子，家裏就窮得揭不開鍋。胡大少的母親也算是大戶人家的千金，跟了胡大少的父親以後，眼睜睜地看著自己男人吃喝嫖賭，活生生地把家財蹧蹋乾淨。胡大少八歲的時候，他那個不爭氣的父親，由於還不出賭債，拎了根細麻繩，吊死在債主的門前。他這麼死似乎有些壯烈，嚇得債主再也不敢重提欠債的事。

胡大少的本名叫胡俊瑞，但是梅城的人老老少少都稱他爲胡大少。喊多了便喊順了耳，結果胡大少也差不多忘記了自己的本名是什麼。他和窮人家的孩子一起長大，舞槍弄棍打架鉗毛偷雞摸狗，漸漸成了梅城中大名鼎鼎的刺頭。使胡大少最出名的，莫過於兩年前領著幾個盟兄盟弟和教民打架，打著打著，最後胡大少帶頭衝進教堂大鬧。這一次是胡大少吃了苦頭，因爲當時的縣太爺謝知縣是個怕洋人的鳥官，胡大少領著弟兄們在教堂裏鬧得正歡，霍管帶的手下蔣哨官領著七八名官兵趕來，不由分說，用鐵鏈子把胡大少他們拴了就走。押到了大堂上，那謝知縣也不分青紅皀白，讓衙役拉下按倒了就打屁股。一五一十只管往下打，疼得一個個殺豬似地死叫，胡大少嘴硬不服氣，還了幾句嘴，謝知縣大叫掌嘴，於是又上來一條黑大漢，伸出毛乎乎的手掌，左右開弓，打得胡大少滿嘴是血。胡大少和洋教的仇因此越結越深。幸好新來的董知縣骨子裏也討厭洋教，因此梅城教民的氣焰和謝知縣在時相比，已沒了往日的囂張。胡大少整日想著要洗盡公堂上被打屁股和搧耳光的奇恥大辱，想盡了種種辦法要和洋教鬥。他最有效的一招，是新近剛剛想出來的，這便是讓那些盟兄盟弟收集了死貓死狗的骨頭，偷偷地埋在了教堂的圍牆腳下，然後當著衆人的面掘出來，由此證明教堂的人蒸吃了小孩。蒸吃了小孩這種事本來是不可以亂說，然而因爲大家都仇教，不管眞的假的，這消息便長了翅膀到處亂飛，大家立刻深信不疑。流言蜚語在人們心頭徘徊，仇教的情緒好像乾柴遇到了火，一下子燃燒了起來。不僅梅城城裏的老百姓摩拳擦掌，四處的鄉下人也羣情激憤，胡大少決定趁熱打鐵，利用五月初十廟會，痛痛快快地大鬧一下。約好了各路召集人今天在春在茶館聚會，可是胡大少沒想到在茶館等他的，只有諸葛瑾一個人。

「都什麼時辰了，」胡大少無心喝茶，對諸葛瑾抱怨道，「這幫狗雜種，到現在還不來。」

「少東家，心急吃不了熱豆腐，先喝茶，」諸葛瑾一眼看見茶館的小老闆裕順一瘸一拐，拎著一把銅壺過來，趕緊咂吧一口，把茶喝了，讓裕順添水，「不管三七二十一，你先喝了一氣茶再說。」

「今天誰要是敢不來，就不是他娘的人日出來的，哎，你把那鳥拿開，」胡大少喝了一口茶，吐著黏在嘴唇上的茶葉末，眼睛瞪著諸葛瑾掛在那裏的鳥籠，「我看著你那鳥籠子就來氣。既是養鳥，你弄個大點的籠子好不好，瞧你那鳥，大得連在裏面轉身都快轉不過來了。」

諸葛瑾知道他是借題發揮，上前放下鳥籠上的布罩。「這籠子呢，是小了些，這鳥呢，又大了些，也沒辦法，只好委屈著點鳥了。你爺爺當知縣那些年，我那鳥籠子你知道有多大，不瞞你說，連養雞都行。」

茶館裏沒什麼人，裕順聽見諸葛瑾的話，不相信地笑起來。諸葛瑾又說：「裕順，你別笑，你這一笑，少東家又以爲我是在蒙他了。」

胡大少懶得搭理諸葛瑾，一回頭，看見裕順媳婦在櫃臺上端端正正地坐著。裕順媳婦過門已經好幾年了，到現在還沒生過孩子。這女人老是情不自禁地引起胡大少一種特殊的感情。胡大少每次看到她，都有一種說不出的順眼。他喜歡她那白皮膚，喜歡她那雙羞怯得好像不敢看人，然而又不時流露出一種不安分的一雙眼睛。胡大少看著她的時候，她無意中也轉過頭來，看見胡大少呆呆地看著自己，連忙把眼睛轉向別處。

「裕順，我跟你說，你這茶館以後不許再讓教民進來喝茶，」胡大少突然一拍桌子，板著臉對裕順說，「老子這就讓人給你這茶館上寫個匾，就寫洋人教民，不得入內。你要再敢做洋人和教民的生意，我就砸了你的茶館。」

裕順立刻有些急，他是天生的佝僂，挺直了身子，涎著臉剛想說什麼，袁春芳紅光滿面地來了，笑著問：「胡大少想砸茶館，這是怎麼啦？」他大大咧咧地坐下，往四下掃了一眼，「不行，這茶館不能砸，砸了茶館，我們跑哪去喝茶？」裕順一聽他這話，彷彿找到了支持。接著袁春芳的話茬說：「袁公子說得對，這茶館嘛，本來就是排開八仙桌，招待四方客。那洋人和教民，若是要硬坐下來喝茶，我難道還能攆他們走不成。」

胡大少瞪了裕順一眼。諸葛瑾突然很嚴肅地說：「裕順，跟你說了，這給洋人和教民喝幾口茶，也許算不了什麼。不過，你真要是入了什麼豬叫羊叫，可就別怪大家翻臉不認人。你老實說，你媳婦那幾天去教堂幹什麼了？」

裕順嚇了一跳，連忙矢口抵賴，咬定絕無此事。諸葛瑾冷笑說：「我老婆親眼所見，她和你媳婦無怨無仇，難道她還想陷害你媳婦不成？」裕順支支吾吾繼續抵賴。諸葛瑾又說：「教堂那地方，哪是女人家可以隨便去的地方？漂漂亮亮的媳婦往那種地方鑽，你倒是放得下這個心。」

裕順叫諸葛瑾說得十分不自在。胡大少臉色鐵青看著他，又轉過頭來盯著裕順媳婦看。那櫃臺離這邊還有一段距離，裕順媳婦知道他們正在說什麼，但是聽不清楚，而且她也不想聽。她發現說著話的幾個男人突然都掉過腦袋來看她。當她注意到胡大少的臉憋得通紅，眼睛裏彷彿要冒出火來的時候，心裏的那點好奇，便開始轉變成了害怕。

這時候，老二和楊氏二雄一同走進茶館。楊氏二雄是郊區七里莊的菜農，弟兄兩個都好習武，老大叫楊德興，老二叫楊德武，他們已經事先約好了一大幫人，準備在初十那天進城大鬧。今天，他們弟兄只是作爲一路人馬的召集人，來春在茶館和胡大少商量對策。楊氏二雄進來之後，雙手抱拳，和早已先到的幾位一一招呼。諸葛瑾笑著和楊氏二雄敷衍，然後對姍姍來遲的老二說：「老二，你怎麼也是到現在才來，不比楊家二兄弟，人家是住得遠，你小子拖到現在，讓我們和胡大少在這乾坐，這像話嗎？」

老二與胡大少和諸葛瑾住在同一條街上，他紅著臉剛要解釋什麼，馬家驥也火燒火燎地趕到了。馬家驥是離梅城幾十里路外一名殺豬的屠夫，長得人高馬大，油光滿面，一臉殺氣。和楊氏二雄一樣，他也召集好了一批人馬，只等著時間一到，殺進城來。「你們他娘的到了多少時候，」馬家驥搶過胡大少面前的茶碗，端起來一飲而盡，沒頭沒腦地說道，「殺洋人，打教民，我老馬絕不含糊。還有什麼好說的，初十那天，大家豁出去了，放開膽子，幹他娘的就是了。好，胡大少，我可是個粗人，你說，到那天怎麼辦？」

5

老二一回到家，便對媳婦牛氏大發脾氣，先是喊肚子餓了，怎麼到現在還沒有把飯準備好，緊接著又嫌新燒的泡飯太燙。「你想餓死了老子，再嫁人是不是？」他一把抓住媳婦的頭髮，沒頭沒腦地在後頸子上就是一拳，「老子打死你個小娼婦。跟你說，你不要心裏還想著那姓楊的老東西，到日子，我不把姓楊的那個幹壞事的玩意割下來燉湯吃，我老二是你養的。」

牛氏不敢吭聲，自從她和楊希伯的事敗露以後，她已經挨了老二無數次的揍。老二原來就是個不講理的主，在一條街面上混，除了大名鼎鼎的胡大少，第二位敢做敢當的刺頭就算是他了。牛氏和楊希伯沾著些遠親，平時一家窮一家富，也沒什麼來往。有一次老二和別人推牌九，一下子栽了，把做豆腐買黃豆的錢也輸光。老二是靠賣豆腐過日子的，沒有了買黃豆的本錢，不得不硬著頭皮去向人借。他住的那條街上都是窮人，誰手頭都沒有富裕錢，又知道老二是賭輸的，借給他就等於替他還賭帳，因此不要說沒有，就是有，也不肯借給他。

老二於是想起了牛氏的闊親戚，他涎著臉到了楊希伯的客廳上，張嘴就說要借多少多少。楊希伯說：「我和你媳婦是親戚，要是你媳婦來求我，外甥女找舅舅借錢，我或許還能答應。」老二二話沒說，回到家，讓媳婦借錢去。媳婦說：「你是當家的，借錢這種事，自然應該你出面。怎麼能讓我一個女人家衝在前面呢？」老二光火說：「哪來的那麼多廢話，什麼叫你衝在前面，老子不是去過了，要你去，就乖乖地去，要不然，別怪我耳光搧上來。」牛氏只好紅著臉去借錢，幾次錢一借，楊希伯見機會已成熟，便把她哄到僕人的房間裏，堂而皇之地占了她的便宜。

老二因此和楊希伯結下了不共戴天的仇恨。楊希伯入了教是教民，老二和楊希伯的仇恨，也因此擴大成和教民的仇恨。入了教的楊希伯不僅越來越有錢，而且還越來越有了勢，根本不把老二放在眼裏。老二拎了把柴刀想衝進楊家撒野，沒想到楊家的僕人個個如狼似虎，一直沒機會打架玩，老二傻乎乎地送上門，正好讓他們練練手腳。老二被打趴在了地上，楊希伯出來警告他說，這一次只是給他一個小小的教訓，下次如敢再來胡鬧，便要綁了去見官。

老二從地上擡起頭來，咬牙切齒地說：「楊希伯，你日了我媳婦，我不還日了你媳婦，就不是人。」

楊希伯當場就把自己已成了老太婆的婆娘叫出來，把她拉到了老二面前，冷笑著說：「我媳婦就在這，你媳婦我已經日了，你想日我媳婦，她活生生地站這，你亮出傢伙來，我成全你怎麼樣？」

老二回家躺了足足三天。牛氏一邊服侍他，一邊嘆著氣說：「我表舅入了教，不要說是你，就是縣太爺都要讓他幾分。」老二怒火中燒，只好靠搧牛氏的耳光出氣：「你個不要臉的騷貨，你怎麼知道縣太爺見了他，也要讓幾分。是不是那個老狗趴在你身上的時候說的。」牛氏被打得兩眼冒金星，明擺著和老二這樣的人，沒道理好講。但是不管怎麼說，老二是她男人，牛氏心裏的確有些怕，怕楊希伯會像他吹牛的那樣，只要和知縣打個招呼，就可以把老二送去吃官司。她聽人說過《水滸》中「逼上梁山」這個段子，楊希伯如果真是高俅，她男人老二像林沖一樣充軍發配不是不可能。

罵罵咧咧地吃過晚飯，老二想到初十一到，自己便可以報仇雪恨洗恥，情緒陡然就好起來。牛氏在灶頭洗碗，他在房間裏來回踱著步，興沖沖地說：「這一次，我要不好好收拾姓楊的這條老狗，你說我是什麼都行。」牛氏埋頭洗碗，老二這種狠話說得太多，她根本不往心上去。老二陶醉在報仇那天的想像中，躊躇滿志地自顧自上床睡覺。他的兩個兒子不知道老二今天爲什麼這麼高興，一起跳上床和他的那位難得高興的爹打鬧起來。老二力氣大，打鬧了一陣，他一手擰住了一個，使兩個兒子誰也動彈不得。小的那一位用不出勁，急了，張嘴就咬老二，老二疼得連忙甩手，翻手給小兒子一記耳光，小傢伙樂極生悲，放開了嗓門號咷開了。大兒子見勢頭不好，也不敢鬧了。老二不高興地說：「小雜種，鬧就鬧，你咬老子幹嘛？」

牛氏收拾完畢，端了半腳盆熱水進來上馬桶洗屁股，準備睡覺。看見小兒子在哭，以爲是大兒子欺負他了，便坐在馬桶上教訓大兒子。大兒子委屈地喊冤，牛氏一聽是老二動的手，也無話可說。老二覺得無趣，厲聲叫兩個兒子立刻睡覺，不許再有聲音出來。牛氏洗完了屁股，要去倒水，老二突然性起，伸手拉住了牛氏就往床上拖，牛氏不耐煩地說：「兩個娃兒還沒睡著呢，發什麼瘋？」老二側過頭來，見兩個兒子都瞪著大眼睛看他，自己也忍不住笑了，噗哧一聲吹了燈，在黑暗中嘀咕道：「我日你親娘，有什麼好看的。」

牛氏第二天趁老二不在家，偷偷地跑去楊家，向楊希伯報告老二他們初十的計畫。楊希伯捻著那一小撮山羊鬍子，笑著說：「到了初十那一天，他們又能怎麼樣。燒教堂，打教民，我姓楊的不信邪，就讓他們試試看。」牛氏苦著臉說：「這一次恐怕是眞的，我們家老二說得有鼻子有眼。」楊希伯鼻子裏吭了一聲：「你男人哪次不是說得有鼻子有眼？」

楊希伯壓根不把老二放在眼裏，年輕的時候，他也是一條在街面上混出來的漢子。牛氏前言不搭後語地說著，越說，他越覺得不會有什麼事。胡大少和教民作對從來沒沾過什麼大便宜，他楊希伯難道還怕了胡大少不成。然而當楊希伯聽牛氏說袁舉人的公子袁春芳也湊在了一起，心頭不由地一怔。如果舉人老爺的公子也參與了這一陰謀，事情恐怕就眞有些嚴重。袁舉人可是能在縣太爺那裏說上話的角色。楊希伯皺著眉頭對牛氏說：「你能肯定，袁春芳那小子，也和你男人，還有那胡大少在一起？」

牛氏紅著臉說：「要不是有袁公子，我幹嘛要來告訴你表舅呢？」

楊希伯沉思著點點頭，他仍然有些不相信地說：「你男人眞要想殺我，難道你會不願意？」

牛氏的臉色更紅了，她急得張嘴結舌，不知怎麼向楊希伯解釋才好。楊希伯忽然想明白，他伸出手，在牛氏的臉蛋上捏了一把。「我知道你怎麼想的，你是怕事情根本不會成，你男人卻吃了官司，是不是？老二那個雜種，還有那個什麼胡大少，遲早有一天，我姓楊的有好戲讓他們看的，」楊希伯看見牛氏嚇得臉色由紅變白，又惡狠狠地加了一句，「老子這就上縣衙門去告他們去。」

6

霍管帶正躺在炕床上過著癮，小喜子在一旁打菸泡。小喜子曾是醉仙居裏一位很不出色的小妓，霍管帶喜歡她的菸泡燒得好，便把她從妓院接了出來，在離武廟不遠的地方，租了間小屋供起來。朱師爺奉了董知縣的命令，去請霍管帶，在防營前面下了轎子，那些營兵見了朱師爺，推說霍管帶留下話來，說他身子骨不舒服，不見客，板著臉便要攆朱師爺走。霍管帶是地方的軍事長官，按理也歸董知縣管，但霍管帶仗著自己是旗人，又有一位堂兄在京城做事，根本就不把小小的一個縣太爺放在眼裏。朱師爺知道秀才碰到兵，有理說不清，和這些吃糧當差的大兵沒什麼好說的，掉頭便往花柳巷走，他吃準了霍管帶肯定在那。

「霍大人，」朱師爺當年和小喜子也有過一手，霍管帶金屋藏嬌後，他沒膽子和霍管帶爭風吃醋，然而這地方他卻也不是第一次來了，因此大大咧咧地便走了進去，「我知道霍大人準在這，怎麼樣，叫我猜到了。」

霍管帶一見是朱師爺，有些尷尬，支撐起身體。那朱師爺是一肚子心計的人，連忙說：「霍大人快躺下，躺下，過完了癮再說。」

「朱師爺，什麼事呀，有勞大駕屁顛顛地跑到我這小地方來，」小喜子嗲聲嗲氣地說，「無事不登三寶殿，有什麼話你就說吧。」

朱師爺笑著說，「不急，不急，天大的事，也等霍大人過足了癮再說。」

霍管帶狠狠地抽了一盅，精神煥發，坐了起來。「是不是董知縣有請，你看，我就知道是那姓董的有事，」他端起茶碗，慢吞吞地喝了一口茶，繼續說，「還是你朱師爺知道我的為人，來，公急不如私急，你也躺過來抽兩口。就你那句話，任憑他天大的事，咱們過足了癮再說。」

朱師爺知道今天要想請動霍管帶，這兩口大菸是免不了的，他沒什麼太大的鴉片癮，然而恭敬不如從命，客隨主便，便坐到了炕沿上。小喜子已把菸槍遞了過來，朱師爺接過菸槍，往炕上蝦一樣一躺，不重不輕地吸了一口，沒想到竟嗆住了，一連串地咳了一陣，他笑著對霍管帶說：

「好土，這是洋土，還是川土、雲土？勁可眞夠大的！老怡和行的，難怪難怪，只有洋土，才有這麼大的勁。你知道，霍大人，本來董知縣想親自來請，但想到這樣的地方，怕霍大人有所不便，董知縣他自然不敢隨便出入。」

「不礙事，不礙事的，」霍管帶嘿嘿地笑著。

「在你霍大人，那當然是不礙事的，可對董知縣來說，你霍大人的地盤，他不能不有所顧忌。我朱某人就顧不了許多了，既然今天是有要事一定要請霍大人，我便也只有拚著惹你霍大人生一回氣，冒昧走這一趟了。」

霍管帶讓朱師爺一番話說得心癢癢的，正好大菸的勁也到位了，得意忘形地哈哈大笑。「你龜兒子的眞會說笑，其實縣爺眞要我去，我還是會去的。大家都是吃公家飯的，有什麼事，不好商量？小喜子，這菸具也不用收了，待會兒我回來，還得過他娘的癮呢！」

朱師爺和霍管帶一人一頂轎子來到縣衙門。董知縣和袁舉人在花廳已經恭候多時，左等不來，右等不來，董知縣的臉上露出了不高興。在一旁等著的還有一位魯師爺，這魯師爺和朱師爺一向有些小糾葛，霍管帶遲遲不來，魯師爺便趁機說了朱師爺幾句不是。袁舉人對霍管帶也有成見，言語中也流露出了不敬，這袁舉人可以算是董知縣的幕僚，是梅城內唯一的舉人老爺。他本也是當過官的出身，當的是京官，可惜日子太短，還沒成什麼氣候，便被莫名其妙地貶了官。袁舉人仕途受阻，只得在本城靠過去的功名充當紳士，按資歷他似乎比董知縣還老，然而他畢竟是被貶的官，硬不起來。

霍管帶進了花廳，一邊和諸位招呼，一邊賠不是。「既然縣爺有要事找，我霍某人只得抱病前來了，」霍管帶神色嚴肅地說著，「縣爺有什麼吩咐？」

董知縣哭笑不得地說：「霍大人，時到今日，你恐怕生不得病了。如今這民教之爭，已到了水火不容的地步。霍大人大概還不知道，這梅城已見到了好幾張匿名的揭帖，說是在初十廟會那天，要燒教堂，要殺洋人，打教民。這事可得千萬當心，事情眞鬧起來，你我怕是擔當不起的。」

「眞是胡鬧，」霍大人一聽是這事，根本不往心上去，「縣爺，在下立刻派人去捉拿貼揭帖的刁民，多抓他幾個，初十那天，統統關在大牢裏，我倒要看看他們還有什麼好鬧的。」

朱師爺連連點頭，他知道事情不會這麼簡單，笑咪咪地說：「霍管帶說的極是，然而這揭帖既然是匿名，霍大人又怎麼捉拿得到呢？」

董知縣把頭轉向霍管帶，看他怎麼回答。霍管帶怔了怔，眼見著董知縣眼珠子一動不動地盯著自己，笑著說：「我當然只管抓人，至於要在下抓什麼欽犯，自然是要縣爺指示。我豈敢貿然行事，胡亂抓幾個人搪塞。」

袁舉人忍不住了，笑著說：「地方治安，當然要首先借重你霍大人了，養兵千日，用兵一時。」

「對對，袁舉人說的是，」董知縣愁眉苦臉地說，「事到如今，你我怕是都推託不了，據教民楊希伯報告，初十那天不僅城裏的老百姓要鬧事，四處鄉下的民衆也會打進城來。據報領頭的就是兩年前鬧過事的胡俊瑞——」

「這還得了，想反了天還不成，這叫聚衆鬧事，是他娘的死罪。」霍管帶也有些慌了，他是吃空額的老手，手下雖還有幾十名兵丁，但都是中看不中用的東西，「縣爺的報告既然屬實，那還不趕快向上峯搬兵，就靠我的那幾個人馬，怕是彈壓不了的。」

一直不開口的魯師爺憋足了勁，終於發話：「不就是燒教堂，打洋教，打教民嗎？我看這事也好辦，教堂自然是不能燒的，這洋人呢，也不能殺，要是出了事，上面怪罪下來，誰也得吃不了，兜著走。可如果是打打教民，小人看也不是什麼大事。有道是民心不可欺，這民教之爭已非一日兩日，教民仗著有洋人撐腰，爲非作歹魚肉鄉里，這一次如果只是給那幫信教的教民吃些苦頭，怕也未必就一定是什麼壞事。」

霍管帶一時聽不明白魯師爺一番話的含義，袁舉人便把話點破了：「霍大人，事情明擺著，現如今就算是去省城搬援兵，遠水救不了近渴，也來不及，因此援兵還是要搬的，但在援兵到來之前，讓民衆教訓教訓教民，又有什麼大不了的。眼下洋人的氣焰也太囂張，光天化日之下，竟敢坐著紫呢大轎在縣衙門口耀武揚威，這眞是成何體統，也太丟我大淸國的臉面了。還有這教民，讓洋人換了心肝以後，比洋人還壞，眞叫人討厭。」

「如今這教民，狂妄得竟然敢不把官府放在眼裏，」魯師爺火上澆油地說。

霍管帶看了看董知縣的臉色，突然明白今天叫他來的本義。「縣爺的意思是，民衆要鬧，就讓他們鬧一鬧？」這話太直截了當，在場的幾個人一時不敢接口，霍管帶毫無顧忌地接著說，「這些鳥教民，也太他娘不知自重，其實就算是那洋人吧，又有什麼大不了的。在下要不是吃著朝廷的供奉，對那些黃頭髮藍眼睛的洋人，見一個殺他一人。」霍管帶平時對教民也有怨氣，不久前，他手下的一名親信調戲了一個教民的媳婦，那教民不來向他告狀，卻直接找了教堂的神父洪順，洪順呢，又直接稟告董知縣，結果弄得他霍管帶很下不了臺。

董知縣用手指敲了敲腦門，作沉思狀。兩位師爺輕聲鬥起嘴來，朱師爺比魯師爺更有心計，他知道利用民衆的仇教心理，好比是手上抓著一大把乾柴去玩火，弄不好就會出大亂子。魯師爺和袁舉人顯然沆瀣一氣，他們已經向董知縣灌輸了不少迷魂湯。董知縣一向厭惡洋人，兩天前文森特坐著紫呢大轎闖到縣衙門口，使他對於洋人的厭惡進一步加深。雖然文森特隨身帶著道臺大人的手諭，指示各地方官員不許怠慢了傳教的洋人，然而董知縣的內心深處，真恨不得能殺幾個洋人解解氣。在官場上混久了，董知縣深知如何和洋人打交道，絕不是件容易的事，他的前任謝知縣是出了名的怕洋人，可是謝知縣的烏紗帽一樣也沒有戴得長。這裏面的關係很微妙，得罪了洋人和討好洋人，弄不好都會出紕漏。

霍管帶等董知縣的話等得太長，終於有些不耐煩，他拍了拍手說道：「縣爺難道還有什麼妙計不成。我看事情就這樣，咱們就睜隻眼閉隻眼，落得好好地看一次熱鬧，這打教民嘛，打死幾個活該。事後，上峯果然怪罪下來，胡亂抓他幾個起鬨的無賴，這事不就結了嗎？」袁舉人和魯師爺深表贊同，滿臉堆笑連連點頭，都說霍管帶所言極是。朱師爺畢竟是一個老公事，他知道袁舉人和魯師爺兩人所以感情用事，都是懷有著不小的私心。袁舉人的公子袁春芳這些日子一直在和胡大少等人密謀起事，這事瞞得了別人，卻瞞不過消息靈通的朱師爺。至於魯師爺，他因爲在董知縣面前，一直得不到重用，因此極想做一些迎合董知縣心理的事，一來可以討好，二來也想藉此壓倒他朱師爺。

董知縣苦思冥想了半天，仍然拿不出個主意來。袁舉人知道他是下不了這個決心，索性推波助瀾地說：「董大人，連霍大人都下了決心，你老人家還猶豫什麼？」

魯師爺也說：「這教民的氣勢再不壓一壓，到明天這偌大的一個梅城，只怕是大家光知有洋教和教堂，卻不知有縣衙門了。」

「這事事關重大，恐怕還要想周全一些才是，」董知縣心裏已有了主意，他做出愼重和老謀深算的樣子，「朱師爺的意思——」

「諸位說的都不錯，可是大家想過沒有，眞鬧起來，也許不是打打教民就能結束的，」朱師爺慢吞吞地說著，「火要是燒了起來，想撲滅就不容易了，萬一到時候眞要燒教堂，殺洋人，怎麼辦？」

魯師爺不服氣地說：「眞殺了洋人，燒了教堂，又怎麼樣？」

董知縣想不到魯師爺會說出這種糊塗話來，很嚴肅地說：「眞要是殺了洋人燒了教堂，那還了得。魯師爺你也太不知輕重了。此等大事，豈可兒戲，霍大人，這洋人是一根汗毛也不能碰的，教堂嘛，自然也不能燒。初十那天，你帶著你的全班人馬，把教堂和洋人都集中保護起來，萬萬不能出一點差錯。此外，」董知縣轉向袁舉人，話裏有話地說，「有煩袁兄的，便是立刻傳出話去，初十那天，想鬧點事打幾個教民什麼的，本官可以裝作不知，可洋人和教堂，這老兄怕是已經明白本官的意思了吧？」

第二章

1

作爲平湖村膽子最小的男人，阿貴做夢也不會想到自己能在初十廟會那天，大開殺戒大出鋒頭。他長得很平常的樣子，有一雙大而無神的眼睛，一說話就口吃。阿貴的媳婦紅雲是全村最潑辣的女人，她嫁給了阿貴以後，還沒過完蜜月，就把一個婆婆活生生地氣得上了吊。老實巴交的阿貴自從娶了老婆，膽子變得更小，口吃得更厲害，凡事都要看老婆的臉色行事。這紅雲天生了男人的脾氣，說話帶娘，眼睛裏揉不得沙子，當著人面打呃放屁全不臉紅，凡事大包大攬，說一不二。阿貴平時小心翼翼做人，誰也不敢得罪。他媳婦紅雲嫌他窩囊，老是爲這事罵他。

小小的平湖村上居然也出了一個教民，那教民是一個極小的土財主。土財主城裏有位親戚入了教，頓時混得像個人樣，這親戚跟土財主說了入教的種種好處，土財主眼紅了，也不管三七二十一跟著一起入了教。入教的目的自然是爲了保護自己的利益，果然入教不久，土財主爲了祖墳前的那塊地，和人爭執起來。要說道理，土財主明顯有幾分不是，打官司打到縣裏，土財主在城裏的那位親戚託文森特神父到謝知縣那去打了個招呼，結果竟斷土財主贏了。

土財主贏了一場官司，嘗到了入教的甜頭，便想在村上稱王稱霸起來。誰知這平湖村的村民，熬到謝知縣卸了任，一氣之下，把土財主一頓好打，打了還不算，一不做二不休，乾脆把土財主家的東西搶了個精光。鄉下人撒起野來一向沒分寸，等到紅雲知道消息，拎著阿貴的耳朵去撿便宜，土財主家早已像失過火一樣，什麼值錢的玩意都沒了，只有土財主的婆娘坐在門檻上嚎喪。紅雲當即氣得跳腳，把自己男人的祖宗八代一頓惡罵，罵男人沒出息，是大膿包窩囊廢，現成的財都不會去發。

初十廟會的前幾天，阿貴便聽說要打教民燒教堂，心裏有些害怕。村上的人因爲搶過土財主家，知道了造反的好處。土財主家畢竟沒多少油水，初十廟會那天燒教堂打教民殺洋人，趁這機會動手搶一次，肯定會大大地撈一把。日子還沒到，大家的議論都是到那天該如何如何。議論來議論去，順帶著控訴洋人教民的罪惡，以此證明到那天大家怎麼出格都不算錯。

洋人假稱是傳教，其實只是爲了拐騙男女幼孩，吸取精髓。對婦女則不管妻妾老少，一概姦淫。對於洋人所以有錢這一點，大家一致相信是洋人有妖法。洋人挖了人的心肝，熬成了油，然後用熬的油點上燈，向地上各處照過去，由於人心都是貪財的，一照到藏有寶貝的地方，火頭便會彎下去。因此只要把那地方掘開，寶貝很輕易就可以到手。中國地大物博，那寶貝不知有多少，難怪洋人喜歡在中國到處亂轉。心肝之外，中國人的眼睛也可以大派用場，洋人挖了去，一是配成一種極奇妙的藥，用以點鉛成銀，一百斤鉛可出八斤銀，其餘的九十二斤仍可賣原價；二是能做鏡子，將人的眼睛和草藥，加上女人的經血，還有胎丸配在一起搗成糊狀，塗在玻璃上，這就成了照人「眉目絲毫盡肖眞」的快鏡，常人被它一照，魂就被勾了去。

不僅洋人有錢，教民因爲向洋人出賣了自己的靈魂，也和洋人一樣有錢。譬如平湖村的土財主，家裏的銀元居然是用壜子裝的。又譬如仍然是那位土財主，都年近花甲了，居然還討妾，討了妾以後，兒子又娶媳婦。討了妾又娶了媳婦，家裏還有那麼多錢，可見是錢多得不得了。因此大家團結起來，把洋人和教民的錢搶來分了，這乃是天經地義，不搶白不搶。

阿貴喜歡聽大家講洋人和教民的種種不是，瞪大了眼睛跟著吃驚，跟著感嘆，跟著激動和憤怒。他口吃得太厲害，和人在一起，向來是聽話的時候多，插嘴的時候少。聽了回來想討好講給紅雲聽，結結巴巴，又說不清楚。紅雲聽了心煩，說：「那洋人怎麼不把你的眼睛和心肝挖了去的，對了，挖了你的心肝也未必有用場，你那膽子，還沒碰到什麼事，就準把屎嚇了出來。」

「我什麼時——，時候，把屎、屎嚇、嚇出來過的？」阿貴不服氣地說。

「你有膽子的話，初十那天拿出來呀，」紅雲鼻子裏出著冷氣，不屑一顧地冷眼看他，「別把頭縮在烏龜殼裏撐大了，那好，我等著你到那天像個男人樣子，搶根針回來好了，我等著你。」

阿貴不知道紅雲是在挖苦他：「搶，搶根針幹什麼？」

紅雲冷笑說：「謝天謝地，有一根針，我也就心滿意足了。我跟了你，不指望你能發財，只盼著你能拿出點男人的樣子來。雖說是嫁雞隨雞，嫁狗隨狗，嫁了塊石頭抱著走，可男人總得像個男人才是，你別以爲你已經生了兩個兒子，你就是個大男人了。」

阿貴和紅雲這樣的女強人在一起，總有一些莫名其妙的理虧。初十廟會越來越接近，平湖村上當眞有人舞槍弄棍，蠢蠢欲動，準備到日子衝進城裏去大鬧一場。阿貴想這還了得，這分明是要明火執仗地搶劫。這種事弄不好就要殺頭，怎麼大家都跟瘋了一樣。說給紅雲聽，紅雲知道他的想法，立刻好一頓羞辱。阿貴不服氣地說：「青天白日，遇到縣裏那些拿槍的兵、兵大爺怎麼辦？」

紅雲譏笑他說：「你不就是怕死嗎，怕死你明天就不要去了，免得樹上掉下片樹葉子來，打爛了你的狗頭。」

阿貴被她噎得無話可說。到晚上上了床，紅雲氣猶未消，又是好一頓數落和惡罵。阿貴一向受氣受慣的，越是縮著腦袋不肯吭聲，紅雲越是火冒三丈。話越說越多，越說越惡，說到臨了，阿貴忍無可忍，光火說：「家有賢妻，可以免災，沒見過你這樣的女人，逼著自己男人，好像——」好像什麼，阿貴也說不清，他一光火，紅雲竟不吭聲了。

第二天，紅雲梳光了頭，又換了一身鮮亮的衣服，挽了個籃子，帶了一大一小兩個兒子，也不和阿貴打招呼，便去趕廟會。阿貴說他也要去，紅雲白了他一眼，說：「你不怕去了以後，掉了你的狗頭。」阿貴知道她這是氣話，由她去說，屁顛顛地跟在老婆後面上了路。去梅城必定要路過七里村。紅雲的娘家就在這，剛到村口，便看到楊氏二雄耀武揚威，領著大隊人馬正準備出發。紅雲和楊氏二雄一起長大，與老大楊德興更是非同一般的要好，頓時親熱地打起招呼。楊德興和楊德武兄弟倆這時候神氣十足，活像舊小說中準備前去殺富濟貧的起義首領，紅雲過分親熱地出現在他們兄弟的面前，老二楊德武沒覺得什麼，老大楊德興卻有些不自然，臉上的表情僵硬了好一會兒，和阿貴點了點頭。

阿貴心裏頓時不是滋味。紅雲似乎什麼也沒察覺，仍然很興奮地和老大楊德興搭話。阿貴看著眼前這支烏合之衆的人馬，沒想到聲勢眞會鬧得這麼大。楊德興笑著走過來，拍了拍阿貴的肩膀，說：「大妹夫難道就這麼赤手空拳地打教民、燒教堂？」

「你們眞的要燒、燒教堂？」他這一口吃，引得正整裝待發的隊伍，一片哈哈大笑聲。「有他娘什麼好笑的，」楊德武惡狠狠地說，他知道阿貴這人厚道老實，不許別人譏笑他，「想笑，等燒了教堂再笑也來得及。」

紅雲羨慕地說：「你們村上去的人眞多，不像我們村，亂哄哄的，也沒個領頭的。」「沒人領頭，就叫阿貴領頭好了，」楊德武隨口說道，他注意到紅雲臉上不屑的神情，笑著又說，「阿貴，你就出回頭，讓紅雲看看，你也是條漢子。我跟你說，你不用怕的，今天我們人多勢衆，連城裏袁舉人的公子，都要和我們一起幹。今天不轟轟烈烈幹一場，還想等什麼日子？」

老大楊德興也說：「對，大妹夫，你就領回頭。」

「舉、舉舉人老爺的公子，也在一起，和你們在一起？」阿貴的臉色有些紅了，他側過頭來看老婆紅雲，發現紅雲正向楊德興眉眼傳情亂送秋波，楊德興礙著衆人的面，不敢做得太過分，那紅雲卻是敢做敢當的樣子，兩眼珠子脈脈傳情，直直地瞪著楊德興，早把身邊的自家男人忘到九霄雲外去了。阿貴內心立刻翻了醋壜子，一肚子窩囊，又不便當場發作，正板著臉不高興，楊德武已從別人手上奪過一把磨得雪亮的大刀遞給他：「阿貴，有了這玩意，你還怕什麼？」阿貴賭氣接過那把大刀，抓在手上舞了幾下，竟然覺得十分順手，紅雲回過頭，看他手上抓著把大刀滿像回事，眼睛也亮了，眉開眼笑嬌媚地說：「你看你那神氣的樣子！」

2

蔣哨官帶著幾個兄弟把守在教堂門口，教堂裏正在做禮拜。難得有一個廟會，卻落得這麼一個看大門的差事，弟兄們不由地牢騷滿腹。

一個綽號叫三爺的弟兄說：「日他洋人的姑奶奶，我們又不拿洋人的錢，憑什麼替他們看門。」另一個弟兄笑著說：「看門也就算了，這給洋人看門，還要遭他娘的人罵。今天這日子是什麼日子，沒聽說要鬧起來燒教堂嗎？」

蔣哨官打了個偌大的呵欠，昨天晚上他在城東馮寡婦家快活了一晚上，又抽大菸又喝酒，打牌手氣又特別好，臨了又有馮寡婦的女兒陪著睡覺。可惜因爲有公差在身上，大清早的還魂覺也沒辦法睡了，因此蔣哨官和弟兄們一樣，也是一肚子的不痛快。「燒，燒他娘的才好呢，」蔣哨官又是一個大呵欠，嘴張大得能放下一個拳手，「輪到這差事，倒了八輩子的窮楣。」

「蔣爺，這縣太爺見洋人怕，咱霍管帶又不怕什麼鳥的洋人，」三爺拍了拍手中的槍，「咱和洋人一樣，這手裏不是也有洋槍嗎，你說咱怕什麼？」

「怕個鳥！」蔣哨官不停地打呵欠，把口水和鼻涕全都引了出來，「洋人嘛，你不怕，我也不怕，你問問弟兄們，誰怕了。可是咱朝廷怕，洋人的鐵甲船說是一生氣，就能一直開到他娘的北京。」

胡扯了一通，三爺突然想到問：「蔣爺，給弟兄們說說，是大英帝國大呢，還是法蘭西大。」

這是個很有學問的問題，馮寡婦的女兒也在床頭問過他，蔣哨官想了想，見弟兄們大眼小眼都瞪著自己，一本正經地說：「什麼大英帝國和法蘭西，告訴你們，這洋人嘛，還不都是一個國家。你們沒聽過舉人老爺說過，這洋人就是夷，你知道洋人和咱中國人，主要是什麼地方不一樣？」

弟兄們答不出來，有的說是黃頭髮藍眼睛，有的說是個子高，有的說是說話喜歡舌頭拐彎，蔣哨官笑著說都不是。「洋人嘛，主要是這心長的位置和我們不一樣，中國人，這心是長在中間的，因此為人方正，洋人卻是長在旁邊的，因此為人就圓滑。」

大家第一次聽到這樣的高論，連連點頭，但是仍然不滿意，因為蔣哨官還沒有回答究竟大英帝國大，還是法蘭西大的問題。蔣哨官見弟兄們心裏老放不下這事，搖著頭說：「我一說穿，就沒意思了，其實這只要是洋人，有什麼大英帝國和法蘭西，都是他娘的鬼話。洋人都是一個國家的，這亂七八糟的名字，都是隨口胡編出來的。弟兄們好好想想，這洋人多鬼啦，那肚子裏拐著彎全是心眼，為什麼要胡編出這許多國家的名字，你們想他們哪好意思老叫咱朝廷賠錢，賠了一次，又賠了一次，幾次下來，這洋人也知道要臉面，便換一個名字來向咱朝廷討錢，今天是大英帝國，明天是法蘭西，再下來，可能就是一個羅絲國，反正只要找一個別人都不知道的名字就行了。這種事，眞是戳穿不得。」

弟兄們頓時恍然大悟，不住地點頭，對蔣哨官的話深表佩服。一個弟兄想不通地問：「既然這樣，朝廷難道就不知道？」

蔣哨官的精神已經讓弟兄們給提了上來，他笑容可掬地說：「知道，怎麼會不知道。俗話說，打人不打臉，明知道這洋人是變著法子訛錢，你就算是戳穿了，又能怎麼樣？錢不是什麼壞東西，又有誰不想要，有了錢還嫌少，越有錢越嫌少，因此洋人逼著要錢，這中間隔著一張紙，戳穿了他們是給，不戳穿也是給，這不如少說幾句廢話，痛痛快快拿出錢來省事。」

弟兄們一番感嘆，都覺得蔣哨官的話太有道理。這時候，教堂裏的禮拜已接近尾聲，做禮拜的人在洪順的帶領下，開始唱讚美主的歌。這幫大兵都是第一次挨近教堂，聽見教堂裏怎麼突然唱了起來，一個個都好奇地伏在門縫上向裏窺探，那門本來是虛掩的，哪裏禁得起這麼多人的壓著，猛地打開了，一幫弟兄便連滾帶爬地跌了進去，嚇了正在做禮拜的人一大跳，都回過頭來，神色恐怖地對他們看。

蔣哨官連忙面帶笑容地對做禮拜的人擺擺手，領著弟兄們退出去，他試圖從外面將那門帶上，可是手只要一鬆，門就自動打開。關上了，鬆開，又關上，又鬆開，門這麼一來一去吱吱地叫著，正在唱讚美詩的教徒再也集中不了思想，不時回過頭來對門口看。三爺低聲說：「蔣爺，別關了，就讓門敞在那，叫咱弟兄們也開開眼。」蔣哨官實在也沒本事將那扇門關上，便鬆了手，讓那扇門開在那。

在教堂裏做禮拜的教徒，知道這些大兵是派來保護他們的，因此心裏的那陣短暫的恐慌很快就過去了。今天來做禮拜的人，要比往常少一些，因為外面傳說的燒教堂殺洋人打教民的消息，早就傳得沸沸揚揚人心惶惶。主持儀式的是代理神父洪順，唱完了讚美詩以後，老態龍鍾的洪順神父，大聲地向教徒們念了一段《哥林多前書》中的經文：

「上帝卻揀選了世上愚拙的叫有智慧的羞愧，又揀選了世上軟弱的叫強壯的羞愧。上帝也揀選了世上卑賤的、被人厭惡的，以及那無有的，為了廢掉那有的。使一切有血氣的，在上帝面前一個也不能自誇。但你們得在基督耶穌裏，是本乎上帝，上帝又使他成爲我們的智慧，公義，聖潔，救贖……」

洪順神父一邊拖著腔念，大家一邊跟著哼。在做禮拜的人當中，除了洪順神父，就只有安教士夫婦最爲虔誠。文森特和沃安娜並排站在一起，都是走神走得十分厲害。至於來的那幾位教民，在今天這火藥味太濃的日子裏，想讓他們安心祈禱也不可能。

蔣哨官領著手下的弟兄津津有味地看著。他們感到奇怪和不解的是，爲什麼洪順那麼一個中國糟老頭子，竟然堂而皇之主持著洋人的儀式。看那架式，那些洋人也不得不聽洪順神父的話。和梅城的老百姓一樣，站在教堂門口的這些大兵，永遠也不知道洪順神父的來歷，大家只記得若干年前，有一個叫文森特的神父，留著中國滿清式的小辮子，穿著洗得很乾淨的黑色長袍馬褂，十分滑稽地出現在梅城街頭。當這個滑稽的洋人在街上第一次傳播上帝的聲音時，人們看見洋人帶來的中國僕人開始在一旁向窮人布施。這位老實巴交的中國僕人就是今天的洪順神父。洪順神父的口音聽上去和洋人一樣滑稽，他的本地話甚至還沒有文森特神父說得流利。

「蔣爺，那位站在上面的老頭，會不會是扮作中國人的洋人呢？」看著熱鬧的三爺忽發奇想，低聲地問蔣哨官，「要不，憑什麼他老人家站上頭，那洋人反倒要屈居底下？」

蔣哨官懶得去思考三爺的話，他的眼睛滴溜溜地直盯著沃安娜的後腦勺看。剛剛沃安娜回過頭的時候，蔣哨官第一次意識到洋人中，也有如此絕色的妞。他盯著她的那頭金髮，腦子裏在想，沃安娜若是脫光了，會是什麼樣子。這念頭一起，他頓時感到有點衝動，情不自禁地便拿沃安娜和馮寡婦的女兒作起比較。轉了一會兒下流的念頭，他突然彎下腰，遠遠地打量沃安娜的那雙腳。

「這洋女人再漂亮，可惜也是一雙大腳。」蔣哨官做出不屑一顧的樣子。

衆弟兄一聽他的話，都彎下腰來研究沃安娜的那雙腳。那門口地方小，大家都彎下腰，又心裏都存著不良的念頭，免不了有說有笑碰撞起來，引得正在做祈禱的教徒又一次回過頭。大家這次又有機會盯著沃安娜的正面看，笑得更得意，一得意更忘形。蔣哨官也跟著笑，突然看見回過頭來的文森特面帶慍色，連忙拜託他的手下小點聲。

祈禱終於結束，洪順又把一隻手捂在了胸口，慢呑呑地說道：「那麼今天就到此了，我的教友。願主永遠和我們在一起！願我們的心常存憐憫，盡力減少四周人的痛苦，拯救一切人，從洪水之中。一切祈求，都奉獻給我們爲他捨身的主的聖名。阿門！」

「阿門！」教堂裏久久回響著這一聲音。

祈禱結束後，最先走出來的是沃安娜和文森特。站在門口的一幫大兵趕快嘻笑著讓開道。沃安娜挽著文森特的胳膊，很傲氣地從大兵們的眼皮底下走過，緊跟在他們後面的是安敎士夫婦和他們家那名健壯的年輕女僕。然後才是本城已入敎的部分敎民。蔣哨官的目光和他的那幫弟兄一樣，都追著沃安娜走。安敎士的家就在敎堂旁面，蔣哨官看著十分親密的沃安娜和文森特，消失在一扇門背後，忍不住輕輕地長嘘了一聲。就在這時候，敎堂的大門，在他們的身後嘭地一聲，很沉重地關上了。

3

春在茶館裏亂哄哄，吵翻了天。各路人馬陸續在這齊聚，罵罵咧咧打打鬧鬧吵個不歇。胡大少和幾位領頭的還在商量，外面等得不耐煩的羣衆大呼小叫，說有什麼好商量的，反正人都來了，抄著傢伙直奔教堂不就行了。

袁春芳混在這幫身著短褂的平民百姓中，顯得格外刺眼，他既興奮，又有些擔心。「這教堂萬萬不能燒，縣裏已經派兵在那把守了，我們這麼冒冒失失地去，非壞事不可。」袁春芳想起他爹袁舉人的一再囑咐，對幾位領頭的說：「今天的事，我們只要拿教民煞煞氣就行。平日裏教民仗著有洋人撐腰，我們動他不得，今天可不一樣——」

「今天怎麼不一樣？依著你，不燒教堂，不殺洋人，光打打教民，有什麼鳥的意思！」楊德武見袁春芳事到臨頭，軟下來了，不高興地反駁著，「有理無理，先燒了他娘的教堂再說。胡大少，我們聽你的，你說，怎麼辦？」

胡大少有些拿不定主意，今天這麼輕易地就聚了這麼多人，很有些出乎他的意外。他胡大少向來是一個說一不二的人，依他的脾氣，和楊德武所說的一樣，如果不燒教堂不殺洋人，還有什麼鳥的意思。但是前一天的晚上，朱師爺偷偷地找過他，向他透露了官府的態度。正如袁春芳所說的那樣，只要不燒教堂不殺洋人，今天怎麼痛痛快快地大鬧都可以。他胡大少在今天這態勢中，很有些起義首領的味道，他知道自己不能由著性子胡來。

胡大少的人馬都是梅城中的下層百姓，中間不乏雞鳴狗盜之徒，如何駕馭這麼一幫烏合之衆，他不得不聽諸葛瑾的一句話，這就是愼重愼重再愼重。拉屎再痛快，屁股總要擦的，他胡大少既是領了弟兄們幹，這就得爲手下的弟兄們想一想，幹了以後，後果會怎麼樣。燒了教堂殺了洋人，禍就闖大了，官府一定不會放過，民衆不怕洋人，卻怕官府，以老二和諸葛瑾爲代表的一大批城裏的窮人，他們的死敵是教民，因此難得今天有一個機會，官府若擋著，那便是他們和我們過不去。

袁春芳笑著說：「官府眞要和我們過不去，我們又能有什麼辦法。這胡大少最清楚了，上一次我們又不是沒試過，可結果呢，拖到了公堂上，那一頓板子打的，不信，你問問胡大少？」

楊德武叫了起來：「照你這麼說，胡大少原來是叫縣太爺一頓板子打了，便再也不敢燒教堂殺洋人。原來那到處貼的揭帖，竟然也是假的……」

「怎麼會是假的，」胡大少被深深地戳痛了，「我堂堂正正的胡大少，難道是一頓板子就能打垮的，你問問在場的諸位，我胡大少當時可裝孬哼過一聲。」胡大少的名氣，誰不知道便是當年那一頓板子打出來的，好漢不提當年勇可以，但是他怎能容忍別人這麼損他。

楊氏二雄見胡大少眞來了氣，也不好再說什麼，胡大少畢竟是首領，他們知道他絕不是孬種。胡大少事實上是大家心目中的英雄好漢，是這次起事公認的領袖，楊氏二雄向來對他十分敬重。就在這時，茶館外兩路人馬不分青紅皀白地對罵起來，都說對方是入了邪教的教民，罵著罵著，抄起手上的傢伙就想動手。胡大少領著幾位首領趕緊奔出去，見那吵得最凶的，便是七里莊楊氏二雄的一個本家兄弟，一個叫二呆子的楞頭青。大家已經不出聲了，二呆子還在那直著嗓子叫道：「你娘是教民，你奶奶是教民，老子日你娘，日你奶奶。」

楊德興覺得這事自家臉上很沒面子，衝二呆子大喝了一聲：「二呆子，你要狠，給我留著待一會兒狠。現在少在這出他娘的洋相。」那二呆子當著衆人的面，被這麼一說，嚇了一跳，過了一會兒，自己也忍不住傻笑起來。他一傻笑，周圍的人也跟著笑。矮腳虎混在人羣中，突然充滿風情地大聲喊起來：「喂，胡大少，你們幾個鳥男人，還在商量什麼，老娘早等不及了，有什麼好商量的。」她的話，使得剛要冷落下來的笑聲，又熱烈起來。

胡大少到了這種時候，豈能開這樣的玩笑，厲聲喝道：「閉起你的臭嘴！」他這一聲斷喝，很是威嚴，亂哄哄的人羣立刻沒了聲音。很多鄉下人，都是只聞胡大少的英名，今天有機會第一次親眼目睹，都覺得他果然貴人貴相氣度不凡。諸葛瑾想胡大少在這樣的場合，有必要說幾句話，舉起手，在空中拍了幾下，等大家都看著他的時候，他很嚴肅地說道：「國不可一日無君，家不可一日無主，今日這事，大家都得聽我們少東家的，下面，讓我們少東家說幾句。」

一直到胡大少開了口，不認識諸葛瑾的人，才知道那老頭所說的少東家，原來就是胡大少。胡大少根本沒準備要說什麼話，事到臨頭，他只好將就著說幾句：「我胡大少不是一個玩嘴的，今天也不說什麼，只希望待會兒動起手來，大家都別給我含糊就行。」

「含糊個鳥，胡大少放心，你指到哪，我們跟你打到哪。」底下的人熱烈地響應著。

胡大少情緒受了感染，充滿煽動性的話，自然而然地就有了，他扯著嗓子叫了一通，說了些什麼，自己也記不太清楚。下面的反響非常強烈，很多人閒在那早等得不耐煩，胡大少的話正好給他們鼓了氣。諸葛瑾意識到如果再讓胡大少這麼信口說下去，說的人和聽的人互相刺激和打氣，大家很可能說幹就幹，管他什麼官府的忠告，一鼓作氣殺到教堂去。趁胡大少講話停頓之機，諸葛瑾連忙插起話來：「諸位好漢豪傑，請大家再恭候片刻，我們還有一些要緊的事，不得不商量，此外，馬家驥的那一路人馬還沒到，我們就算要動手，也得等人齊了，才動手，諸位說是不是？」

他拱了拱手，不由分說地把胡大少重新拖進了茶館，壓低了嗓子說，「少東家，越是到這時候，你越要冷靜。」

幾位領頭的跟著一起進了茶館。諸葛瑾拿腔拿調地叫裕順趕快送上茶來。都到了這節骨眼上了，誰還有心思喝茶，老二迫不及待地叫道：「老諸葛，你搞什麼鬼名堂，老子早就等不及了，就等著親手宰了楊希伯這條老狗，你卻要我坐下來喝茶。」幾位領頭的，除了袁春芳，也都覺得此時再喝茶，有些莫名其妙。那裕順的媳婦拎了一把銅壺過來，替諸位一一斟上了茶。她顯然知道今天的胡大少不比平常，第一個替他倒了水，又用眼梢偷眼看他。胡大少一見裕順媳婦，便有些說不出的滋味，眼睛頓時就直了，裕順媳婦被他這麼一看，臉刷地一下紅起來。諸葛瑾向大家解釋爲什麼要再等一等，他頭頭是道地說著，老謀深算一頭一臉見過大世面的樣子。胡大少只顧呆呆地盯著裕順媳婦看，胡亂地點著頭，其實諸葛瑾嘮嘮叨叨說了些什麼，他根本沒往心上去。他的臉色一陣陣發青，好像茶館內外轟轟烈烈的氣氛已和他沒什麼關係。

裕順媳婦在胡大少的注視下，慌亂地有些失分寸，她早就注意到胡大少每次看到她，都很失態。她覺得胡大少呆呆的目光中，很有些讓她不寒而慄的東西。諸葛瑾一本正經地還在說著什麼。裕順媳婦突然感到一種從來沒有過的心虛，她偷偷又看了胡大少一眼，只見他仍然目不轉睛地盯著自己，就彷彿中了邪一樣。

就在這時，劉奎衝了進來，激動萬分地喊著：「唉呀，胡大少，你們還在這乾坐著，那邊已有人領著，和他娘的教民打起來了。」

茶館裏立刻亂成一片。

4

胡大少和衆首領在春在茶館裏一邊商量，一邊等馬家驥的到來，誰知這馬家驥也太心急了，進了城，還沒來得及趕到茶館，已和教民先衝突起來。梅城的教民雖然還談不上已成了大氣候，但這些年來，仗著洋教撐著腰，連官府都要讓幾分，因此也不是誰想打就可以打的。教民中有窮光蛋，然而更有像楊希伯這樣的暴發戶，家中雇了如狼似虎的僕人，一旦有了什麼衝突，吃虧的照例都是別人。

這一天活該有事，楊希伯預先知道廟會這天不會太平，早一天就關照家中的僕人，明天一概不許出門。他倒想到過可以把家眷送到教堂去，因爲他知道縣裏已派了兵大爺將教堂保護起來。按照他的想法，只要教堂沒事，只要洋人沒事，教民就不該有事。因此，如果膽小把家眷送走，反而會被家中的僕人恥笑。楊希伯心想自己不出去惹別人，別人難道還能硬闖進來。

偏偏是楊希伯家的僕人惹了事。因爲主人的關照，僕人們不許出門，就只好站在門口臺階上看街上的熱鬧。因爲這和春在茶館隔著兩條街，楊家的僕人對發生在茶館內外的事一無所知，大大咧咧地想看點什麼熱鬧，可就是沒任何熱鬧可看。這時候，街那面走過來幾個本地的姑娘，嘻嘻哈哈笑個不歇。楊家的一名僕人認識其中一位姑娘，本來只是很隨便地打了個招呼，沒想這邊另一位僕人起了聲鬨，兩邊便你一句我一句，從調笑發展到了互相謾駡。於是有了圍觀的人。楊希伯在裏面聽見外面的聲音響成一片，連忙出來觀看。他本是耀武揚威慣的，早忘了今天這日子應該有所禁忌，喝住了僕人以後，又教訓那幫看熱鬧的看客。這看客中便有劉奎，大聲喝道：「姓楊的，你別神氣，今日自然會有人好好地收拾你！」

「那好，我就等著，」楊希伯被他一提醒，立刻有了收斂，但是也不肯就此服軟，「我還眞有些怕了你們，也不撒泡尿照照，自己是什麼東西。」

「照一照，老子還是老子，不像你，早讓洋人換了心肝了。還有你老婆女兒，也早就讓洋人睡了。」劉奎也不是省油的燈，況且今天這日子讓他實在有些興奮。楊家的僕人手早就癢了，也不管主人攔著，便向劉奎撲過去。劉奎好漢不吃眼前虧，撒腿就跑，那幾個僕人還想追，被楊希伯喊住了。

劉奎跑到岔路口，正好碰著領了一隊人馬準備去春在茶館的馬家驥。劉奎一路逃跑，一路聲嘶力竭地大叫：「教民打人了，教民打人了。」

馬家驥像撈小雞似的，一把撈住了劉奎，氣洶洶地問：「你說淸楚了，教民他奶奶的在哪？」劉奎指著不遠處的楊家大門，說：「就是有人的那地方。」馬家驥手一鬆，罵道：「沒用的傢伙，你裝孬跑什麼。」說完，領著人馬奔楊家而來。楊家的僕人見來者不善，也有些慌張，紛紛往大門裏退，待到馬家驥一馬當先，衝到大門口的時候，大門已經嚴絲合縫地關上了，裏面手忙腳亂正在上門閂。

劉奎等人便在外面大叫：「姓楊的，你這條信了邪教的老狗，有種，就把門打開。」一邊喊，一邊用勁捶門，那門很厚實，沒什麼反應。外面的人隔著大門，叫罵了一陣，便撿了地上的泥塊石子，用力往圍牆裏扔。裏面的僕人剛開始還不服氣，也撿了泥塊石子往外面扔。其中一塊石子，不偏不倚地落在了馬家驥的額角上，把這位殺豬的漢子氣得嗷嗷亂叫：「我日你奶奶，老子今天不收拾了你們，我就是你們養的！」他圍著圍牆來回走，咬牙切齒，罵個不歇。

往圍牆裏扔了一陣泥塊石子，裏面不見了任何動靜。馬家驥便指揮手下爬上圍牆，然後跳進院子，把門打開。一名身腰活絡的手下自告奮勇打頭陣，由幾個人托著，一使勁，騎坐在了圍牆上，然後身子一扭，跳了下去，人還沒落地站穩，就聽見一連串狗叫，緊接著是唉喲一聲慘叫，顯然是被狗咬住了。過了片刻，便聽見圍牆裏面傳來了拳打腳踢的聲音，毫無疑問，是楊家的僕人在痛打跳圍牆進去的那個人。

馬家驥急得連連跺腳，讓大家趕快翻牆頭進去救人。外面的人仗著人多勢衆，都紛紛開始爬圍牆。劉奎這一次想表現得勇敢一些，身先士卒一馬當先，人剛上去，只見一道黑影迎面劈來，他頭一低，一根長竹竿重重地打在了他肩膀上，還沒來得及叫一聲，已被打翻在圍牆外。緊隨其後的是，其他幾位爬圍牆的，都重重地摔在了地上。有一位被竹竿打中了面門，臉上頓時起了一道粗粗的橫槓，疼得一個勁地哼哼。

那位跳進圍牆的好漢，吃不住如狼似虎的僕人們的拳打腳踢，開始一聲比一聲慘地喊饒命。馬家驥不信邪，讓幾個人托住他，一咬牙，也上了圍牆。他剛露出頭，長竹竿已向他舞了過來，馬家驥吃疼，挨了一記，又挨了一記，狠狠心咬牙切齒還想往裏爬，剛跨上一隻腳，除了那先頭一根打他的竹竿之外，另一根更粗一些的棍棒突然伸過來，頂住了他的下巴，用力一掀，把他和先前的那幾位一樣，掀翻在了圍牆外面的地上，氣得他在外面暴跳如雷，便領著人又去撞門，撞了一陣，也不像能撞開來的樣子，正無可奈何的時候，胡大少領著大隊人馬趕到了。諸葛瑾看見馬家驥，哭笑不得地說：「唉呀，老馬，你也太心急，怎麼已冒冒失失地動起手來了。」馬家驥的鼻子正在流血，不得不仰著頭說話：「你們來了就好，今天我老馬要是不跟他們白刀子進，紅刀子出，老諸葛，你罵我是什麼都行。」

胡大少擠到了大門口，對正喊著一二三用肩膀撞門的衆人說：「這不行，去擡一根大木樁來。」然後又走到圍牆下，儼然像一名在戰場上指揮作戰的將軍一樣，擡頭看了看圍牆，轉身對楊氏二雄說：「多喊些人上圍牆，只要能進去幾個就好辦。」他話音剛落，楊德武二話沒說，嘴上含著一把大刀，縱身一躍，手抓住了圍牆的邊緣，一用勁，手已經撐在了圍牆上，只見竹竿發了瘋似地向他打過來。楊德武挺了幾下，手一鬆，跌了下來。另外幾條好漢同時也上了圍牆，前仆後繼，這個被打下來，那個又接著上。

圍牆裏外都打紅了眼，一邊是志在必進，就盼著衝進去大開殺戒，裏邊知道如果讓外面的人當眞衝了進來，對方便饒不了他們。雙方拚死力敵，各不相讓地堅持了一陣，外面人多氣盛，漸漸占了上風。大門那邊，已找了一根又粗又壯的大木樁來，在許多人的鼓勁下，正一次比一次更有力地撞擊大門，那大門發出了沉悶的回聲，看來也快吃不消了。

老二比什麼人都更興奮，想到找楊希伯報仇的日子總算到了，他上竄下跳來回奔跑。他的腦子裏閃過種種可能的復仇的念頭，他知道自己今天肯定饒不了楊希伯這條老狗。有人想到了用繩子套住圍牆裏的竹竿，這辦法很有效，圍牆裏面的人也慌了，因爲不斷地有人出現在牆頭上，便用竹竿沿著圍牆掃來掃去，外面的人看準了，用繩子一下子套過去，然後用勁纏住長竹竿。長竹竿一被纏住，裏面的人沒辦法，只好換一根。畢竟沒有幾根長竹竿可以換，外面的衆人士氣大振，更加踴躍地往圍牆上爬。

老二和楊德武終於抓住了一個機會，兩人躲過了打過來的竹竿，跳下了圍牆。這兩人一衝進去，一個舞大刀，一個抓著一把磨得雪亮的菜刀，向還在舞著竹竿棍棒的楊家僕人猛撲過去。楊家僕人在他們咄咄逼人的氣焰下，頓時亂了陣腳，因為這架式純粹是玩人命的玩法。與此同時，牆頭上又添了一大排吶喊著的人頭，接二連三地有人跳進圍牆來，領頭的便是楊德興。

「老子日你娘的！」老二朝正在狼狽逃竄的楊家僕人揚起了菜刀，一個僕人慌忙中跌了一跤，老二追上去，對著他的屁股上就是一記，被劈的僕人殺豬似的慘叫起來。

楊德武舞著大刀更是威風，一個僕人手上端著一根看家的棍棒，剛比劃了一下，便讓他一刀給砍翻了。楊家的僕人到底是雇來的，平時敢欺負人，是因為有勢可倚，到了現在的形勢下，好漢不吃眼前虧，能逃則逃，不能逃就跪下來喊大爺求饒。外面的人見已有人跳到了圍牆裏，便停止撞擊門，楊氏二雄和老二領著人殺向後院，另有幾個人奔向大門，下了門閂，大門一開，胡大少領著大隊人馬呼喊著，像暴發的洪水一樣，洶湧澎湃地衝了進來。

5

當老二領著楊氏二雄一路殺過來的時候，楊希伯只感到頭腦裏一片空白，嗡嗡直響，好像無數蒼蠅在裏面飛著。楊希伯做夢也不會想到，初十廟會這一天，當眞就成了他的末日。想當年的楊希伯，也算得上一條街面上混過的響噹噹的好漢，他吃過苦受過罪，萬貫家財，全靠他一手掙出來的。三十年前，楊希伯從小街上打架鬥毆的一霸，搖身一變，成了梅城第一家當鋪的朝奉。他沒念過幾年書，詩云子曰之乎者也湊乎著能來個一二句，多了便要露餡。當朝奉是楊希伯變得越來越文明的開始，隨著財產的增加，他終於成了梅城的富戶。三十年以後，楊希伯從替人家當朝奉，發展到自己開當鋪，然後又由當鋪起家，發展到他擁有的好幾家店鋪中，當鋪成了最不起眼的一家。楊家成了梅城的第一家教民，他和那位叫文森特的神父來往密切，連縣太爺有時也奈何不了他。

然而初十廟會這一天卻成了他命中注定的末日。楊希伯站在唯一的那幢小樓的窗口，茫然地聽著吶喊聲越來越近，突然他看清楚了手持大刀的楊氏二雄和老二，楊氏二雄與楊希伯從來沒有見過面，然而對於老二，他卻再熟悉不過。老二老婆碩大的兩片白屁股，彷彿在他眼前一閃而過，他感到今天的事有些麻煩。

老二站在空盪盪的天井中大吼了一聲：「楊希伯，你這條老狗，出來！」

空盪盪的天井突然塞滿了人，就像是一大塊空地上，猛然冒出了成片的莊稼。楊希伯看見作爲領袖的胡大少站在一塊大石頭上，振臂高呼，高呼什麼，他卻聽不太清，亂哄哄的人羣一片嘈雜，猶豫著不知該往哪裏去。有個不太年輕的女人，顯然是看到了站在小樓窗口的楊希伯，她的眼睛對著他看了一會，沒有驚惶失措地大叫，只是把頭趕緊低了下去，好像是怕他認出來似的。楊希伯知道這女人一定和自己有過什麼接觸，然而究竟有什麼樣的接觸，楊希伯腦子裏一片混亂，一時想不起來。他知道自己過分的好色得罪了不少人，知道自己睡過太多別人的老婆，今天是他得罪過的那些人來找他算帳的日子。

人們終於都看到了楊希伯，偌大的天井裏，大刀小刀棍棒還有緊握的拳頭，高高地豎了起來。一片聲的大聲尖叫震耳欲聾，楊希伯聽得出那是一種夾雜著憤怒和血腥氣的聲音。他知道現在退縮已經沒用，而且事實上也沒處可退，他年輕時代的英雄氣概突然又在他身上復活，他毅然走下了樓，挺著豐滿的肥肚子，毫無表情地站在發了狂的人羣前面。他像一座雕像似地站在那不動彈，他的臉上重重地挨了一下，緊接著便是腦袋上肚子上，有人朝他的下身狠狠地踢了一腳，楊希伯像頭蝦似的，呻吟著彎下了腰。

楊希伯記得自己是被打翻在地，身不由己地打著滾，無數隻憤怒的腳在他身上踩來踩去。他顯然是失去了一段時間的知覺，因爲他感到自己的身體突然漂浮起來，像一隻鳥那樣在天空上滑翔開了。人羣逐漸散開，人聲也突然變小，時間在緩緩過去。楊希伯睁開眼睛，發現自己的嘴正啃著泥，鼻血已經不淌了，喉嚨口又苦又澀。他翻身坐了起來，眼睛一陣發黑，差一點又暈過去。幸好他待的地方，離胡大少先前站過的那塊大石頭不遠，楊希伯咬著牙，向那塊大石頭爬過去，好不容易爬到了，靠在石頭上大口喘氣。

憤怒的人羣好像已經忘了他的存在。大家匆匆地都在幹自己的事，忙得不亦樂乎。楊希伯想了好一會兒，才明白過來，這是在明火執仗地洗劫他的家。抱著大包小包的人流，從他身邊水一樣流過去，有個人就在他不遠的地方摔了一個大跟頭，一大包搶來的財物，像潑翻了的一鍋剛熬的好湯一樣，將滿滿一鍋的湯水灑了一地，那人趕緊把包裹布重新攤好，手忙腳亂地拾著，跪在地上再將包裹打好。楊希伯認得那包裹布正是自己睡覺的床單。

一位年輕的媳婦，抱著一床大紅的花被，喜氣洋洋地往外跑，她一眼看見楊希伯那雙冒著火的眼睛，正惡狠狠地盯著她，臉頓時紅了，趕緊用大紅的花被捂住自己的臉，連奔帶跳地逃之夭夭。兩個本城的無賴，爲爭一只文森特神父送給楊希伯的小八音盒，互不相讓地打起來。大家都顧著搶自己看中的東西，任憑兩個無賴廝打成一團，連個出來勸的人都沒有。兩個無賴先是拳腳相交，緊接著便是摟在一起，像鬧著玩似的滾起來，從天井的這頭滾到那一頭，又從那一頭再滾過來，害得滿載而歸的洗劫者，不得不小心翼翼地從他們身上跳過去或是繞過去才行。

直到天井裏嘈雜的聲音開始低下來，楊希伯才突然聽清楚自家後院裏，傳來女人們亂哄哄的痛哭聲。洗劫者走了一批，很快便又來了新的一批。楊希伯支撐著快要散了架的身體，蹣跚地走向後院。楊希伯唯一的兒子已經成了一具屍體躺在那裏，喜氣洋洋的洗劫者像過節一樣，翻箱倒櫃忙個不歇，楊希伯的老婆和衣衫不整的媳婦，正坐在地上拍手嚎啕，呼天搶地爲洗劫者伴著奏。楊希伯尚未出嫁的小女兒鶯鶯，嚇得面如菜色，東張西望不知如何是好。老二舞著手上的那把菜刀，到處亂砍亂砸，他一眼看見了扶著牆站著、正在那不住顫抖的楊希伯，便拎著菜刀，咬牙切齒地向他走過去。

楊希伯顫抖得更厲害，像一片風中的樹葉子一樣搖擺不定：「老二，你，你想幹什麼？」

「幹什麼？你這條老狗，你竟然不知我想幹什麼？」老二走過去，一腳踢翻了楊希伯，舉起了菜刀便要砍。

楊希伯的老婆，還有衣衫不整的媳婦，哇哇哇一片聲地喊救命。老二舉刀的手慢慢放下，將菜刀架在楊希伯的脖子上，獰笑著說：「老狗，你也知道會有今日。老二我一刀劈了你，比宰隻雞還容易。」

楊希伯老婆連滾帶爬跌倒在老二面前，哭著說：「老二，看在他是你表舅的分上，就留他一條老命吧，他一把年紀，也活不長了。」

「表舅，你說你老狗是誰的表舅？」老二手上一用力，楊希伯的脖子上頓時開始流血，先是一道紅的橫線，緊接著又變成一道豎線往下淌。

楊希伯的老婆急得用勁拉老二的腿，老二一擡腳，將她踢出去老遠。楊希伯死到臨頭，嘴還硬：「你殺了我好了，我不就是日了你老婆，你他娘的殺了我好了，殺了我，我還是日也日了！」

老二被他這麼一說，氣得原地跳起來，朝著楊希伯又是兩腳，兩腳踢完了，還不解恨，舉起菜刀正要往下砍，惡從膽邊生，他突然有了新的主意。楊希伯的家已經被洗劫一空，後院裏已經剩不下幾個人。老二攔住了最後要準備走的洗劫者，很嚴肅地說：「你們都聽見了，姓楊的這條老狗說了什麼，他說他日了我老婆，不錯，我老婆那不要臉的，是讓你日了，諸位今日給我做個證，老子日他的女兒，我跟他就算把帳清了。」

老二說完，便向楊希伯的小女兒鶯鶯猛撲過去。鶯鶯嚇得鬼哭狼嚎，撒腿要跑，老二一把揪住了她，惡狠狠地說：「你不要叫，我知道你是嫩了些，依我的心思，要日你家嫂子才快活呢，但她已讓你家哥哥日過，老二我也就不稀罕了。你別動，我要讓你爹開開眼。」

楊希伯想過去救自己女兒，但是他發現自己已沒力氣動彈，他的骨頭彷彿已經散了架，一動彈便咯咯直響，而且在後院的那幾位捲起了袖子的洗劫者，都睜大了眼睛興致勃勃地打算看熱鬧，其中一名虎視眈眈地瞪著他，他楊希伯就是能站起來，也不可能走到老二那邊去。老二把菜刀往地上一插，很麻利地撕去了鶯鶯身上的裙，又連拉帶扯地褪下了裏面襯著的長褲，鶯鶯白白花花光溜溜的頓時暴露無遺，老二氣喘吁吁一鬆自己的褲帶，一條又黑又髒的長褲從裏到外，刷地一下，落到了他的腳背上。

「狗雜種，你不得好死！」楊希伯大叫一聲，想撲出去，但是卻像裝滿了麵粉豎在那的口袋似的，跌倒在地上再也爬不起來。

楊希伯的小女兒鶯鶯看見老二的身子向她撲過來，她的兩條赤裸著的大腿，情不自禁地像麻花一樣捲起來。她已經被許了婆家，定好在兩年後的春天出嫁，楊希伯爲她準備好了充分的嫁妝。今天這痛苦的日子裏，不僅是她的嫁妝被洗劫一空，她自己也被籠罩在了巨大的災難的陰影裏，恐懼得喘不過氣來。這將是鶯鶯一生中最難忘的一場噩夢。她聞到了老二嘴裏的一股濃重的大蒜味，同時感到他正用冰涼的菜刀，使勁插入她夾緊的大腿之間，那種涼颼颼的感覺，使她的空空盪盪的腦海裏，充滿了正在舞動著的沾著血的菜刀。她的腿終於十分順從地變成一個八字，緊接著她便昏了過去。

6

文森特對不能前去參加初十廟會，感到很不滿意。他堅信自己對中國的官場已經十分熟悉，而且清楚地知道中國的老百姓最怕官府。文森特已經跑過許多地方，他不相信在這個熱鬧的節日裏，作爲一個來自大英帝國的傳教士，一個金髮藍眼享受著充分特權的外國人，會被梅城的老百姓當作襲擊目標。「中國這樣的國家，也許只有在節日裏，才能體現出一些最後的古老熱情。」他決定自作主張，帶著沃安娜去街上看一看，「如果不是爲了享受這個廟會，我這刻早就在省城了，你說不是嗎？」

安教士認爲在這樣的時刻，出現在梅城的街頭上，顯然不是一種明智的選擇。絕大多數中國人都不喜歡他們稱作的洋鬼子，這是一個不容懷疑的事實。既然官府已經派了兵保護他們，起碼說明事態有一定程度的嚴重性。他告誡太不把中國人放在心上的文森特：「年輕人，你太年輕了，難道你不知道中國人並不歡迎我們？」

「如果我們只是想到那些歡迎我們的地方去，那麼親愛的安先生，我們最好的辦法就是留在家裏，當然，我是說留在我們那遙遠的故鄉。」文森特笑著對安教士說，「可是我們充當了上帝的使者，上帝無處不在，不是嗎？」

文森特領著沃安娜準備上街，剛出門，他們被蔣哨官手下的人攔住了，說奉董知縣命令，今天不許洋人走出教堂一步。文森特頓時大發雷霆，推推搡搡地想硬闖，蔣哨官趕來了，笑著說：「洋大人，今日我們弟兄幾個有命令在身，說好了保護你們，你們如果硬是要出去，弟兄們怕是交不了差吧？今兒這日子，我看洋大人還是委屈一點，老老實實在家裏歇著。」蔣哨官這幾句話，軟裏帶硬，眼睛卻死皮賴臉地盯著沃安娜看。

「我們就要去。」文森特用生硬的中國話說著。

蔣哨官及其手下聽見文森特僵著舌頭說話，忍不住笑起來。蔣哨官皮笑肉不笑地說：「眞是的，你說要去就要去，那也由不得你。你們去了，出了事，誰他娘的負責？」文森特憋了半天，不知道該用什麼樣的中國話才能表達他的意思，他人高馬大，伸手又要去推想攔他的大兵。那當兵的可不吃他這一套，立刻用槍指著他。

文森特急紅了眼：「你的，敢射擊我？」

蔣哨官連忙陪笑說：「洋大人，我手下的弟兄們火氣大，又沒什麼見識，萬一走火，眞打著誰呢，這事大家都不好辦，你委屈著點，乖乖地退回去，怎麼樣？」

沃安娜被當兵的這麼一攔，上街的興致全沒了，她本來就不太想出門，拉拉文森特，說還是回去算了。正僵持著，地老鼠遠遠地奔過來，他跑到文森特面前，氣喘吁吁地說：「文大人，不得了，打起來了。」蔣哨官攔住了鼻青臉腫的地老鼠，讓他把話說說清楚，究竟誰和誰打起來。地老鼠喘著粗氣說：「當然是和教民，唉呀，什麼誰和誰，是教民在挨打，我日他娘的，肯定死人了。」

地老鼠從楊希伯住的那條街過來，只見進進出出的人流，正在爭先恐後地往外搬東西，他剛想混進去渾水摸魚撿些便宜，突然被大家認出了身分，於是立刻成了過街老鼠，一片聲地喊打，幸好他腿快，連滾帶爬加上一聲比一聲高地喊饒命，才讓他逃了出來。「文大人，我跟你說，中國人有句俗話，好漢不吃眼前虧，趕快逃命算了。」地老鼠驚魂未定，看了看蔣哨官，又看了看他手底下的弟兄，拉了拉文森特的袖子，低聲對他說：「我們找個好地方藏起來，怎麼樣？」

沃安娜聽了地老鼠的話，有些緊張。文森特也吃了一驚。蔣哨官轉過身來，對地老鼠奔過來的方向看了一眼，什麼動靜也沒有。「怎麼樣，洋大人，我說你今日不能隨便亂跑！」蔣哨官不無得意地對文森特擠了擠眼睛，想說縣太爺見著你們洋鬼子怕，老百姓頭上又沒頂烏紗帽，打你們就跟打兒子一樣，他們怕什麼。當然這種話只能在肚子裏想，嘴上自然是不會眞說的。文森特從蔣哨官的眼睛裏看到了幾分不敬，拿他也沒辦法。和中國的官員打交道，文森特知道越是官大，越好對付，最難纏的是那些跑腿當差的，想和他們計較也沒用，便領著沃安娜和地老鼠往教堂去。他讓地老鼠不要恐慌，就躲在教堂好了。地老鼠見教堂和洋人住的地方都有大兵保護，略略感到幾分心定。

地老鼠見了洪順神父，添油加醋說了一番自己的遭遇。洪順神父喊了幾聲上帝，帶幾分痛苦地閉上了眼睛，嘴裏默默禱告著。文森特等洪順神父禱告完了，讓他領自己登上教堂的塔樓。教堂的塔樓是全城的最高點，站在這裏，可以鳥瞰梅城的全景。果然看得見楊希伯住的那條街上，亂哄哄地有人跑來跑去，隱隱約約還能聽見嘰嘰喳喳的人聲。地老鼠熟門熟路，指手劃腳地指給文森特看，嘴裏不住說著什麼。

文森特讓洪順神父立刻動身去見董知縣，保護教民的人身安全和財產不受侵犯，這是地方官員必須嚴格遵守的事項。他讓神父提醒董知縣，如果教民出了什麼意外，文森特將在道臺面前毫不客氣地彈劾他。作爲縣太爺他必須明白，文森特想去掉他的烏紗帽，易如反掌，就像對著太陽打了個噴嚏那麼便當。

洪順神父換了身幾乎是全新的黑綢大褂，準備動身去縣衙門找董知縣。他的頭髮已全白了，打扮和舉止顯得非常古怪。沃安娜突然爲他的安全感到擔心，洪順神父平時穿的都是一件舊的黑布長袍，只有在重大的節日裏，他才會穿上這件黑綢大褂，他的臉上有一種過分的平靜，他對沃安娜笑了笑，緩緩地轉過身子，出了教堂大門。蔣哨官的手下攔住了他，只見他低聲地對蔣哨官說了句什麼，蔣哨官手一揮，示意手下放他過去。

洪順神父這一去永遠也沒回來。毫無疑問，洪順神父預感到了此行的凶多吉少。他顯然做好了不回來的準備。一種不祥的預感早就出現在他眼前，這種預感事實上在他入教的那一天就有了，不祥的預感像鳥一樣飛來飛去，如今這隻巨大的鳥突然在一根樹杈上歇了下來。洪順神父知道最後的時候差不多就要到了，他已經老態龍鍾，走路慢得就彷彿是一道黑影子在移動。自從來到這座小城之後，他很少在街上出現過。他不像文森特神父那樣喜歡招搖。在梅城老百姓的心目中，雖然文森特神父已死了，但是洪順神父仍然還是那位死去的洋人的僕人。洪順的出色之處，在於他遠比死去的文森特神父更了解中國人，因此事實上他不僅是一個更稱職的神職人員，而且知道怎麼才能眞正打動教民的心。他知道應該如何不是太空洞地談上帝，談天堂，談如何活著和如何死去。一切果然像預料的那樣，當他在第一條巷口拐彎的時候，兩名向教堂奔來的教民，張開雙臂攔住了他。「洪神父，趕快回教堂吧，前面正在打教民，要出人命了。」洪順神父不動聲色地笑著，說：「上帝與你們同在，去教堂吧，那兒有當兵的保護你們，你們不會有事的。」

洪順神父繼續往前走，他很快遇到了亂哄哄的人羣。人們一眼便認出了他，但是卻被他臉上鎭靜的微笑短時間迷惑住。他旁若無人地從人羣中穿過，來到縣衙門的大門口。大門緊緊地關著，洪順神父走到大門前，伸出手掌，在沉重厚實的大門上，毫無意義地試推了幾下。緊接著，他又抓住門上的銅環，不輕不重不急不慢地敲著。縣衙的大門像一堵堅固的磚牆似地豎在他面前，沒有任何反應與反響。突然之間，洪順神父已經明白自己的結局將是怎麼一回事，他沒回頭，事實上也用不到回頭，因爲他身後的嘈雜人羣正在聚集，憤怒的火焰不再是冒煙，而是轟轟烈烈地已經燃燒起來。他根本分辨不出向他最先飛過來的，是裹著極大惡毒的咒罵，還是雨點般落在他身上的泥塊，以及各種有可能向他襲擊的任何東西。

洪順神父慘死於阿貴的刀下。阿貴會變得比什麼人都更瘋狂，這一點像謎一樣有些不可思議。這位老實巴交安分守己受老婆氣常常忘記自己姓什麼的鄉下農民，在騷亂中，天性中野蠻的一面得到了充分的宣洩。起初他也許只是想向老婆紅雲證明他也是個能鬧鬧的男人，他被動地跟在別人後面打，跟在別人後面鬧，跟在別人後面搶。這眞是一個太特別的日子，一切都變得肆無忌憚忘乎所以。在阿貴和紅雲的身上，已經盡可能多地纏繞著搶來的珠寶。然而僅僅是發了財顯然還不能讓阿貴滿足，他揮舞著楊德武送給他的那把大刀，隨著處於瘋狂狀態的人流，從被動地跟著別人幹，終於過渡到了自己主動出擊。他衝過來殺過去出盡鋒頭。在「打死這條洋人的狗」的強烈呼聲下，阿貴像條挨了一腳的狗似的，高舉著那把閃亮的大刀，出人意外猛地竄了出去，箭一樣地奔到了洪順神父面前，二話不說，揮刀便向他的腦袋上砍過去。

第一刀砍得太急促太慌亂，離洪順神父的腦袋稍稍偏了一些，刀尖剁在了縣衙的大門上，頓時震得阿貴手腳發麻，大刀差一點落在地上。洪順神父聽到耳邊的風聲，側過臉來，想看淸楚出現在他身邊的是什麼人，阿貴咬牙切齒已砍出了更有力的第二刀。這一刀正砍在洪順神父的後腦勺上。阿貴只感到自己的大刀被什麼東西卡住了，手上一用力，刀又舉了起來，然後又是一刀，噴湧而出的鮮血，灑得縣衙的大門上到處都是。

洪順神父橫屍縣衙門口的消息，很快由逃命的教民傳到了教堂。斷斷續續地有教民逃到教堂來避難，既然官府派了大兵保護教堂，躲到這兒來似乎萬無一失，然而隨著避難的教民越來越多，教堂是否還眞的安全已開始値得懷疑，洪順神父的被殺，在教堂裏引起了劇烈的恐慌。梅城中教民和非教民的衝突從來就沒有停止過，可是像這樣充滿了血腥味畢竟還是第一次。

血腥的味道離教堂越來越近，彷彿一陣輕輕的風便可以吹過來。恐慌的情緒不僅騷擾著教民，而且影響了保護教堂的大兵，影響了需要大兵保護的洋人。蔣哨官似乎突然意識到今日任務的艱鉅，他突然明白了今日這事，弄不好便會掉了他娘的飯碗。形勢在突然之間，居然會變得這麼嚴重，洪順神父已經被殺，燒不燒教堂都是滔天大罪，因此伸頭是一刀，縮頭也是一刀，反正是個死，蔣哨官知道這老百姓一旦破罐子破摔，肯定就太平不了。在這個節骨眼上，蔣哨官不得不考慮放棄今晚去馮寡婦家的約會，他是見過世面的人，知道民既不畏死，事情便眞的麻煩了。

文森特建議安教士夫婦和沃安娜隨他一起搬到教堂去。雖然他們的住處離教堂近在咫尺，但是一旦發生了什麼事，再想去教堂恐怕就來不及。文森特不止一次經歷過風險，到了這節骨眼上，他表現出了一種奇異的鎮定和沉著。教堂由很好的青磚砌成，有一個高高的塔樓，好像是一個易守難攻的城堡。文森特相信他能領著安教士夫婦和沃安娜順利度過這一關。安教士的家可以暫時交給年輕的女僕看管。事情已到了不容樂觀的地步，當文森特神色嚴峻地掏出他隨身攜帶的那枝短槍時，沃安娜嚇得驚叫了一聲，她還沉浸在一個女孩子溫柔的愛情幻想之中，文森特粗大發亮的短槍打破了她的美夢，那烤藍的槍管和黑洞洞的槍口，陡然使她感到了事態的嚴重。

7

誰也不會想像得到，初十廟會這一天，果然鬧到了不可收拾的地步。寧靜安謐的梅城殺氣騰騰，完全失去了應有的控制。打教民的革命行動很快轉變成了公開的搶劫。這一天成了暴徒可以盡情施虐，老實人也能大發橫財的美好日子，本城的無賴和四處的農民在洗劫了楊希伯家以後，開始了向所有教民的掠奪。對教民的仇恨，突然被瓜分其財產的喜氣洋洋所代替，發財的滿載而歸溜之大吉，想發財的和覺得還沒有發財發夠的，又源源不斷而來，一批接一批，一批比一批更狠更失去理智。

失去控制的搶劫行為，逐漸演變爲一種無法無天的發洩。搶劫的對象，從有錢的教民蔓延到普通的教民，很快發展爲完全無辜的富戶。一些無賴趁機發洩平時的私憤，他們用鍋灰在那些他們想報復的人家的門框上，打上一道醒目的黑叉，或是畫上一個黑烏龜，情緒激昂的羣衆看見以後，立刻吶喊著破門而入。梅城被一種痛苦中的歡樂所籠罩，陷於混亂之中的搶劫充滿了喜劇色彩，有的人在搶別人家的同時，自己的家也莫名其妙地被搶，也有的人在搶劫時，卻發現搶到手的，原來竟是屬於自己家的東西。

胡大少作爲公認的領袖，對於混亂的局勢變得無能爲力。他只能煽動性地叫別人幹什麼，卻絲毫也不能叫別人不幹什麼。不僅是他陷入了不由自主的疑惑之中，他手下的那幾位各路人馬的領頭人，也和他一樣，對變得越來越混亂的局面，無所作爲束手無策。小小的梅城彷彿到了世界末日，到處洋溢著無所顧忌的狂歡。到了天快黑的時候，胡大少不得不做出唯一能暫時控制住局勢的決定，這就是立刻招集各路人馬，攻打教堂殺掉洋鬼子。

這是一個唯一能把像一盤散沙似的人羣重新聚集起來的辦法。事情到了不容置疑的糟糕地步，早不是原先構想的，打打教民出出氣就可以了結。樓子顯然是捅得太大了，大得已不可收拾，霍管帶是躺在炕床上，正由小喜子燒著菸泡的時候，聽說亂民們在縣衙的大門口，殺死了洪順神父，他知道大事不好，慌忙領著手下趕去緝拿兇手。亢奮的羣眾沒有逃之夭夭，而是呼喊著一擁而上，打得霍管帶丟盔卸甲狼狽逃竄。很顯然，僅僅憑霍管帶手下的官兵，自然不能把混亂的暴民怎麼樣，但是大量的援兵一定會盡快從省城趕來。現在的形勢是，反正是得罪官府了，想不造反也枉然，胡大少清楚地意識到，必須在援兵到來之前，把該做的事，都痛痛快快做完。

教堂是在天黑了以後，才被情緒激昂的羣眾包圍起來。人們舉著火把，一聲比一聲高地叫喊著。因爲有蔣哨官領的人守在教堂門口，一枝枝長槍正對著門外，大家只好遠遠地吶喊助威。胡大少站在離教堂塔樓幾十米的地方，和楊氏二雄等商量著如何才能衝進教堂。商量了一會兒，決定先衝一衝試試，楊德武領著幾名不怕死的漢子，剛要接近教堂，一陣稀稀落落的槍聲響起來，楊德武唉喲一聲慘叫，大腿上中了一槍，痛苦不堪地栽倒在地上。

胡大少大怒，準備親自帶領人馬再向教堂發動一次攻擊。諸葛瑾一把攔住了他，摸著自己不是太長的鬍鬚說：「這區區小事，哪用得到你親自上。」他胸有成竹地看著衆人手上的火把，像位有卓越軍事天才的軍師那樣，毫不猶豫地吩咐底下人去多搬些麥秸來，「我們今日不需要一兵一卒，只要一把火，這不想死的，準保一個個都乖乖地跑出來。」

「用火燒。」胡大少腦海裏想像著火攻的可能性。

「這可是諸葛亮當年用過的一招，」諸葛瑾得意地說，「少東家，這一招絕對厲害。」

就在一部分人去搬麥秸的同時，另一部分人在矮腳虎的帶領下，開始洗劫安教士的家。第一批衝進安教士家的幾乎全是女人，她們以女人特有的尖叫大聲喊著。矮腳虎一手拿著火把，一手拿著一把剪子，衝進去以後，這個房間竄到那個房間，到處亂戳亂剪。大家顯然明白所有的洋人已逃到教堂去了，她們不過是對洋人的住處，盡量發洩發洩自己的仇恨而已。洋人房間裏琳瑯滿目的洋玩意，使梅城中沒見過世面的女人大開眼界，她們毫不手軟地砸壞一切可以砸一砸的東西，然後打算放把火把洋人住的房子燒光拉倒。

就在這時候，嘰嘰喳喳的女人們像找到了什麼寶貝似的，發現了安教士家留下來看家的年輕女僕。她們不顧一切地向她撲過去，用同樣只有女人打架時才會有的特殊方式，拉頭髮抓臉用嘴咬，就像一羣飢餓的狗對付一塊肉骨頭一樣。年輕女僕發了瘋似地尖叫，她的銳利的尖叫聲，對憤怒的女人們也成了一種刺激，她們不但沒有放棄攻擊，而是開始十分仇恨地扒她衣服，轉眼之間，便將她身上的衣服撕成了碎片。

赤條條的年輕女僕終於找到了逃脫的機會，像條魚似的滑了出去，她撒腿往外奔，想往教堂裏衝。然而就在衝出去一大截的時候，她突然意識到，自己就算是有天大的本事，也根本不可能通過黑壓壓由男人們的身體組成的人牆。她意識到男人們的滿是欲望的眼珠，像子彈一樣向她射過來，都停留在她豐滿的身體上時，使得黑夜也像白天一樣明亮，年輕的女僕出於本能地捂住自己的下身，絕望地掉過頭來，迎著那些叫喊著向她追過來的女人們衝過去。

女人們的叫喊聲吸引了大家的注意力。人們都在津津有味地觀看一羣發了瘋的女人，追著一個同樣發了瘋的女人，女人們做遊戲一樣跑來跑去，歇斯底里地咒罵著，追在後面又捏又打，矮腳虎突然跑到大家面前，咬牙切齒地說：「你們趕快過來幾個長雞巴的，日死這個和洋人睡覺的騷貨。」矮腳虎極富挑戰的邀請，使得內心蠢蠢欲動的男人們不知所措，然而沒有一個男人敢跳出去迎接挑戰。人們嘻嘻哈哈袖手旁觀，看著這羣發了狂的女人究竟能幹出些什麼事來。

年輕的女僕跌倒在地上，頓時女人們叫著喊著罵著滾成一團。混亂了好一會兒，年輕的女僕總算再一次掙脫開來。這一次，逃生的欲望終於大大地超過了害羞的念頭，她毅然向男人的人牆衝過去。她赤裸裸的身體上彷彿沾著什麼劇毒一樣，所有男人的眼睛都直直地盯著看，可是一旦那赤裸的身體眞接近自己時，就都情不自禁地向兩側閃開。令人感到難以置信的是，年輕女僕的身體竟然像一把鋒利的刀子，把男人們的圍牆切開了一個厚厚的口子。

眼看著教堂的塔樓就在面前，突然一個男人寬厚的胸脯，像一道非常堅硬的牆壁，擋住了年輕女僕的去路。年輕女僕一頭撞了上去，遇到了障礙以後，她左躲右讓試圖能夠避開，可是卻發現自己和那男人的胸脯，好像被什麼東西吸住了似的，怎麼也分不開。「你往他娘的哪跑？」年輕女僕聽見一個男人粗啞的聲音，在她耳邊十分惡毒地響著，「爲什麼洋人能日你，爲什麼？」年輕的女僕一陣戰慄，想轉身往回跑，這時候才感到男人的一隻手正托在她的後背上，另一隻手舉著一把殺豬的尖刀，準備往下戳。

拿著殺豬尖刀的是馬家驥，他咬牙切齒正準備結束了年輕女僕的小命。然而完全是出於本能，年輕的女僕猛地轉身，馬家驥摟著她的那隻手，隨著那蛇一般的身體的滑動，一下子觸到了她飽滿的乳房，他就勢狠狠地抓了一下，這一抓嚴重地分了馬家驥的心，年輕女僕趁機逃脫，掉頭再往來的方向奔跑。這時候，男人們的圍牆已不像先前那麼容易切開，人們在讓開的同時，有意無意地便伸出手，在年輕女僕的身體上是地方就撈一把。

馬家驥突然像公狗追逐母狗那樣向年輕女僕撲過去。他的手上還舉著那把殺豬的尖刀，嘴裏罵罵咧咧，空著的那隻手想抓住她。年輕女僕連續逃脫了幾次，臨了像小雞一樣地還是落在了馬家驥的手裏。馬家驥那隻抓刀的手向下一揮，不是把刀子插在年輕女僕的身上，而是就勢攔腰一抱，將她抱了起來。年輕女僕嚇得幾乎要暈過去，她感到頭重腳輕好像漂浮在雲中霧裏一樣，殺豬尖刀的刀柄重重地頂在自己的腰上，疼得她哇哇直叫，同時她聽見不同的男人和女人的聲音也一起在叫喊：

「給她一下，給她一下，叫她嘗嘗咱中國人的滋味！」

「喂，就在那轎子裏，」突然一個聲音尖叫著提醒馬家驥，「大家別擋著路，對，就在那轎子裏。」

被抱在馬家驥懷裏的年輕女僕睜開眼睛，十分恐怖地發現無數男人舉著火把，瞪著色迷迷的眼睛跟在她後面。男人和女人的聲音陡然停止了。在一種近乎莊嚴的氣氛中，年輕女僕感到有一個男人加快步伐跑了上來，撩開一塊門簾似的東西，她還沒反應過來怎麼一回事，已經被馬家驥重重地扔在了紫呢大轎裏。門簾落了下來，紫呢大轎裏一片黑暗。

過了眞正一小會兒，馬家驥罵罵咧咧束著褲帶，從紫呢大轎裏走出來，無數雙男人的眼睛都瞪大著在詢問他。馬家驥翻了翻眼白說：「有什麼好瞪眼睛的，是他娘男人的，就趕快進去，這不日白不日。」馬家驥油光滿面的臉上的得意，誰都能感覺得到。「我操，眞幹了？」有人不敢相信卻又是非常羨慕地說，「這狗日的眞敢來眞格的。」馬家驥不屑一顧地冷笑笑，揚長而去，走出去一大截，回過頭來，大聲嚷道：「他娘的，進去呀，有什麼好客氣的。」

有人掀開了紫呢大轎的門簾，用火把照了照，發現年輕女僕正縮在角落裏顫抖。這一發現，打火把的那位，立刻用一種古怪的聲調大聲傳出去，使得外面的情緒又激動起來，激動了一會兒，便有人步馬家驥的後塵，把手中燃燒著的火把交給別人，羞羞答答地鑽進紫呢大轎，然後像馬家驥一樣，罵罵咧咧得意洋洋束著褲帶走出來。接下來的場面更充滿了戲劇性，大家都是羞羞答答不好意思地進去，得意洋洋嘻皮笑臉拎著褲子出來。剛開始那一陣，圍著紫呢大轎的男人們，表現得還有些節制和不好意思，你推我讓猶豫著不敢獻醜，可是很快便撕破了臉皮，爭先恐後地打起來，打得不可開交，最後不得不有人站出來維持秩序，讓大家排著隊，一個接一個有條不紊地慢慢來。

發生在紫呢大轎裏的小插曲，嚴重地影響了對教堂正面攻擊的主旋律。由於看熱鬧的大大多於具體幹事的，時間很快就到了半夜，可是運來的麥秸卻仍然少得可憐。第一次火攻功虧一簣，胡大少太心急地下令點火，結果除了能聽見教堂裏痛苦不堪的咳嗽聲，教堂的大門還是沒能燒壞。因爲教堂裏的人有槍，大家也不敢從正面貿然出擊。惱羞成怒的胡大少終於發現了人都跑到哪去的祕密，他怒氣沖沖趕到紫呢大轎這邊來，暴跳如雷大聲咒罵，從轎子裏拎出一位正在幹著壞事的傢伙，狠狠地對著他的下身踹了兩腳。第二次火攻總算有了些成效，這一次大家根據胡大少的指示，把躺著尙有餘溫的年輕女僕屍體的紫呢大轎擡了過來，在裏面裝滿了麥秸，然後吭吭哧哧擡到教堂門口，堵著教堂的大門燒，燒得結果是把大門給點著了，大門一燒壞，大家便可以將點著的火把接二連三地往教堂裏扔。教堂頓時成了一只大爐子，在火焰的攻擊下，教堂裏的人終於失去了鬥志，蔣哨官領著自己的手下最先繳械投降，他們把長槍扔在了地上，舉著手大搖大擺走了出來。緊接著是三三兩兩的教民，他們在別人憤怒的呼喊聲中，在刺眼的火把的照耀下，嚇得不知所措魂飛魄散。走在最後的是安教士夫婦，他們剛走出教堂，便被一擁而上手持火把兇器的老百姓，亂刀活活捅死。

8

文森特帶著沃安娜逃到了教堂的塔樓頂端，從塔樓的頂端往下看，他們親眼目睹了剛走出教堂大門的安教士夫婦死時的慘狀。一時間內，教堂外憤怒的羣衆似乎忘記了文森特和沃安娜的存在，大家都在外面隨心所欲地毆打教民，同時將更多的麥秸堆放在教堂的周圍，準備把人們心目中最仇恨的教堂，一把大火徹底燒光。文森特和沃安娜知道他們的末日已經來臨，他們長時間地接著吻，在呑沒他們的濃煙又一次升起來的時候，文森特拔出手槍，對準沃安娜的心臟，毫不猶豫地扣動了扳機，然後他將漸漸軟下來的沃安娜的屍體平放在地上，看著她曾經是十分漂亮然而現在卻變得異常恐怖的面孔，他自己臉上發了木的表情，是想哭又似乎哭不出來的樣子。這眞是一個太糟糕的結局。文森特將槍管塞進自己的嘴巴，手哆嗦著開了一槍。

由於教堂是青磚砌成的，當熊熊燃燒的麥秸很快燃盡以後，教堂的輪廓和框架竟然完好無損。所有的木結構部分還在吱吱冒煙，胡大少在手下的簇擁下，大步走進教堂，沿著依然還有些發燙的石板臺階登上塔樓。東方已開始顯露出了魚肚白，文森特和沃安娜的屍體很難看地出現在眼前，胡大少看著文森特血肉模糊面目全非的腦袋，突然一陣噁心想吐。「這狗雜種怎麼變成這死樣子，」他搖搖頭，自言自語地說著，掉頭便要離開塔樓，「把這教堂給我拆掉，老子再也不想看到它了。」

當紅紅的太陽跳離地平面，出現在東方的天幕上的時候，胡大少站在離教堂五十米遠的空地上發怔。轟轟烈烈的革命和造反已經到了尾聲，激動人心的氣氛已經變得無精打彩。大多數羣衆都筋疲力盡，打著呵欠回家睡覺去了，剩下的一些人當中，有的在東張西望呆看，有的正在試圖拆除教堂。拆除教堂並不是件容易的事，面對堅硬的青磚，人們束手無策，不知如何是好。文森特和沃安娜被雙雙剝光了衣服，用繩子掛在塔樓上示衆。一個小的石膏做成的十字架，插在了沃安娜的陰戶上，像一個男人的陽具似的十分可笑地翹在那裏。

胡大少領著手下，漠然地從梅城的街道上走過。教堂拆除不拆除，現在已和他沒什麼關係。他決定四處走一走，放鬆一下因爲緊張而變得十分痲木的神經。到處都是一股很濃重的煙火味，清晨的小城表現出一種從未有過的寧靜。胡大少第一次意識到他已經成了這座城市的主人，因爲所有見到他的人，無一不立刻表示必恭必敬的樣子。甚至街上的野狗，遠遠地看見了胡大少，也極通人性地搖著尾巴討好賣乖。寧靜的街道上彷佛就像什麼暴力也沒發生過一樣，沒有搶劫沒有殺戮，也沒有駭人聽聞的強姦和輪姦。痲雀嘰嘰喳喳在屋檐下叫著，飛過來飛過去打著架。從沿街的一個窗戶裏，突然傳來小孩子在夢中受了驚嚇的啼哭，緊接著是一個婦人哄孩子的聲音，嘴裏嘰里咕嚕念叨著什麼。

轟轟烈烈的一天已經結束，胡大少不知道下一步還應該幹些什麼。他從未認眞想過下一步究竟應該怎麼幹。他知道手下的人將越來越少，激烈的情緒過去以後，代替的無疑將是一種害怕官府追究的後怕。大出鋒頭的各地農民正在紛紛往回溜，本地的地痞無賴也在琢磨著自己的後路。巨大的失望像颶風似的向胡大少席捲過去，他感到一種從來沒有過的身心疲憊，他覺得自己現在最重要的是找到一張床，痛痛快快地睡上一大覺。

胡大少與他的手下不知不覺來到了矮腳虎家的門口，矮腳虎立刻興致勃勃地向胡大少發出了邀請：「喂，到我那去怎麼樣，難道你不想好好地睡一覺，老娘我準保你一上床，用不了多久，就跟死過去一樣。」胡大少被她說得有些心動，然而突然覺得自己在這樣的日子裏，不應該和矮腳虎這樣的浪貨睡在一起。矮腳虎是梅城男人們的夜壺，誰需要了，都可以拿起來用一用。她屬於那種男人常常需要卻很難眞心喜歡的女人，她不僅使胡大少，而且使梅城整條街的壞男孩子都變成了男人。誰都知道矮腳虎從不拒絕那些需要她的男孩子，因爲生得十分矮，又生得白白胖胖，她很容易引起男人占有她的欲望。

胡大少在被挑起了男人的那種欲望以後，幾乎立刻想起了一個女人。他果斷地拒絕了矮腳虎的好意，領著手下打算繼續往前走。矮腳虎已經習慣了胡大少的冷落和無情，她怒氣沖沖消失在自己家的門口，非常用力地推出一名想跟著她進去的男人：「你他娘找別的女人去，老娘我又不是婊子，誰想來就來的！」她的話引起了男人們的哄笑，一個男人笑著對胡大少說：「矮腳虎今日也正經起來了，胡大少，這騷貨今日能看中的只是你。」這話引起了男人們的又一陣哄笑。

再往前走，不遠處就是春在茶館，胡大少被矮腳虎挑起的那種欲望，正在如火如荼激烈膨脹。在那些跟在他身後的手下覺得奇怪，還沒明白過來是怎麼一回事的時候，胡大少已經大步走進了茶館。茶館的門板剛剛卸掉，爐子還未點著，裕順一見是胡大少到了，連忙招呼：「唉喲，胡大少，這麼早就來了？」

胡大少的眼睛往櫃臺上張望，裕順媳婦沒有坐在那。他揀了一張最近的桌子坐了下來，眼睛看著天，半天沒有說出話來。裕順一瘸一拐地走過去，搭訕著說：「胡大少，有什麼吩咐？」

胡大少的幾個手下紛紛找凳子坐下，胡大少眼睛繼續看天，手指在桌子上一個勁地敲著。他突然轉過頭來，嚴肅地說：「你媳婦呢？」

「還在床上睡著呢。」裕順陪著笑臉，吃不透胡大少這話是什麼意思。

「你把她叫來，老子要借你的床睡一覺。」胡大少不屑一顧地掃了裕順一眼。

裕順忐忑不安地去叫自己媳婦。他一時不明白胡大少幹麼要借他的床睡覺。裕順媳婦已經聽見了外面的動靜，匆匆穿了衣服走出來。她似乎已預感到胡大少今天找她會有什麼事，遠遠地站在那不敢過來，胡大少猛地站了起來，氣勢洶洶地向她走過去：「你就是裕順媳婦？」他這麼問明明擺著太多餘，然而不管怎麼說，這仍然是他有史以來，對這個自己有著特殊情感的女人，說的第一句話。他不知道下一句還應該說什麼，因爲沒話可說，他十分惱火地轉過身，對裕順喝道：「你媳婦竟然去了教堂，你知道不知道？」裕順急得臉如土色，正要爲媳婦辯白，胡大少接著說：「我先睡一覺，待老子醒了，再跟你算帳。」說完，他大步朝裕順的臥房走去，鞋一脫便上了床。裕順慌忙跟了進去，剛要張口，胡大少說：「你給我滾出去，有什麼話，叫你媳婦進來對我說。」裕順結結巴巴賴著不肯走，胡大少撿起床邊的鞋子，朝他惡狠狠地扔了過去。

裕順連滾帶爬到了外面，向幾位坐在那裏的胡大少手下求情。胡大少的手下已明白了胡大少的用心所在，冷笑著看著處在雲裏霧裏的裕順，說：「你跟我們說死了，都跟放屁一樣。要求情，讓你媳婦自己去求去。」裕順不管自己的話是不是放屁，還是一味求情，一天前梅城所發生的大規模搶劫，早把裕順嚇得不輕，裕順知道只要胡大少一句話，春在茶館的一切便都完了。他不識相地還想去臥房向胡大少求情，胡大少的一個手下笑著嚇唬他說：「裕順，胡大少正睡著，你這不是想進去找死嗎？」

「這……怎麼辦呢？」裕順站直了，將一隻瘸腿擱在了凳子上。

「讓你媳婦進去陪胡大少睡一覺，保證什麼事也沒有。」胡大少的手下笑著拿裕順調侃，「誰讓你媳婦不識相，要去教堂呢？」

無可奈何的裕順痛苦不堪，只好責怪自己媳婦不好好地在家待著，非要去那該死的教堂。裕順媳婦向來不大把自己有著殘疾的男人放在眼裏，這時候被他一大頓埋怨，壓得擡不起頭來。裕順越埋怨越來勁，他媳婦一賭氣，便紅著臉自己跑進了臥房，想和胡大少把話說清楚。胡大少好像知道她準會來似的，一下子從床上坐起來，惡狠狠想不通地問道：「你他娘的眞去了教堂？」

裕順媳婦不說話，眼睛直直地看著他。

胡大少又說：「這種地方，你怎麼能去？」

「我去都去了，又怎麼樣？」裕順媳婦回答說。

這是裕順媳婦和他說的第一句話。她的臉紅得滿是春意，眼睛絲毫不讓步地看著胡大少。胡大少在她的逼視下有些惱火，想不到自己有著特殊情感的女人，竟然敢用這種腔調和他說話，一種很複雜的感情再次出現在他心頭，恨和愛像絞辮子似的，交織在了一起，他一把撈住了她，扯近了，隨手就是一記耳光。裕順在外面聽見裏面打起來了，連忙一瘸一拐地想進去，還沒進門，便被胡大少的手下追上來拉了出去。胡大少忿忿地說：「你以爲我捨不得打你？」話音剛落，又是兩記耳光，接著又是兩記。裕順在外面聽著叫苦不迭，他不知道這最後兩記耳光，已是他媳婦在打胡大少。

第三章

1

大隊的官兵三天以後才匆匆趕到，這時候，梅城正沉浸在剛剛開始的雨季裏，連綿不斷的大雨下了一天一夜，到處都濕漉漉滴著水。人們躲在家裏不願出門，一遍又一遍地講述發生在不久前的暴力行爲。梅城完全恢復了舊日的寧靜，一切就像什麼也沒發生過一樣。雨嘩嘩地下著，搶劫殺戮以及強姦輪姦，所有這些剛發生過的暴力痕跡，似乎都被一場大雨沖洗得乾乾淨淨。激烈的反洋教的情緒，因爲過分的宣洩，現在已被一種普遍的恐慌所代替。後怕的巨大陰影籠罩在梅城的天空上，大禍即將來臨的恐懼，不時地像小蟲子一樣在人們的心頭爬著。沒人知道接下來會怎麼樣，根據祖上傳下來的經驗，人們只知道大隊的官兵正在向梅城逼近，人們只知道一場新的災難又將不可避免。

董知縣成了熱鍋上的螞蟻，事情竟然鬧到這一步，他明白自己已不是丟不丟烏紗帽的問題，弄不好腦袋就得搬家。和大多數不喜歡洋人的中國官員如出一轍，董知縣深知洋人得罪不起的道理。作爲一個地方的父母官，他有責任保護外國僑民的人身安全。洋人既然在他的管轄範圍內，有了三長兩短，上峯怪罪下來，自然唯他是問。這紕漏捅得實在太大了一些，他必須想出一個萬全之策，必須在大隊官兵還未趕到之前，把屁股上的屎盡快擦擦乾淨。董知縣手下的兩位師爺正在一旁為他出著主意，事到如今，如何推卸責任便顯得至關重要。

霍管帶也從小喜子的炕床上找了來，經過了一番互相指責推諉，唇槍舌劍鬥了一會兒嘴，這才在朱師爺魯師爺的勸說下，坐下來談問題的嚴重性。霍管帶是個粗人，三句話一說，臉又紅了：「姓董的，你我一根繩上拴著的兩隻螞蚱，不能把什麼鳥事，都往我身上一推，就算完事。」

董知縣畢竟讀書人出身，又不善於言辭，叫他一頓搶白，氣得嘴角直哆嗦：「霍大人怎麼這麼說話？」

「你說我應該怎麼說話？」霍管帶怎麼會把小小的縣太爺放眼裏，他氣呼呼地瞪著董知縣。

「霍大人誤會了，眞是誤會了，」朱師爺連忙上前拉住霍管帶，不讓他站起來，皺著眉頭說，「知縣大人不是要往你身上推卸，這洋人已被殺了，上峯必然怪罪，因此，這因此必須要有個搪塞的辦法。」

「什麼辦法，禿子頭上的疤明擺著，縣爺的意思，不就是說我霍某人彈壓不力嗎？」

魯師爺笑著說：「知縣大人的意思，不是說彈壓不力，而是說彈壓不了。關鍵是要在這彈壓不了上面，大做一番文章，把文章做足。」

「彈壓不力也好，彈壓不了也好，反正是想叫我霍某人吃不了，兜著走，別跟我繞彎子嚼字眼。」霍管帶今天的大菸癮沒過足，脾氣特別暴躁，「我不管你們當師爺的鳥文章怎麼做，想算計我，我不會答應。」

董知縣急得賭咒發誓，兩位師爺在一旁好說歹勸，霍管帶一邊光火，一邊也知道今天這事不是發了急就能過去，所以臨了不得不耐著性子，聽他們一句一句，一遍又一遍地說下去。說了半天以後，由朱師爺執筆，開始向道臺大人寫信，開頭幾句寫得振振有辭：

據縣屬城關紳民某某某等聯名公稟：竊梅城向無教堂，自文森特神父建教堂以來，梅城民衆羣起相爭，各處聚衆攻擊，幾釀大案。幸蒙本道府縣遵照約章實力保護，屢頒教條，三令五申，諭令保護洋人以及教堂，竭力開導彈壓，幸未激事成端。間有鼠雀之爭，一經訴訟公庭，立予持平剖斷。良以教民平民疇非赤子，仰體朝廷懷柔遠人，敦睦友邦之意，雖畛域未能盡化，而地方尚屬相安。然教民日衆，教焰亦日熾，近年民教中構隙甚微，頓成冰炭。梅城爲聖賢桑梓之邦，久已涵濡聖澤，一聞外洋人來此傳教，不禁公憤同興，勢難相安於無事。民間蓄仇忍辱，鬱遏未申，萬衆一心，待機而發。卑職忝司民社，責有攸歸，既不能禁外教之不入，復不能強民志以率從，以致激成禍端，罪在不赦……

朱魯兩位師爺都是老公事，寫起文牘公案來，都是行家裏手，搖頭晃腦一路極順暢地寫下去，越寫越來精神，一出手就是好幾百字。然而畢竟是人命關天，洋人的性命更是了不得，四條洋人的命已沒了，此事不可能輕而易舉就算了結。文章開頭不難，難的是下面的文章怎麼做。自然要在民衆和洋教的對立上做戲，偏偏又不能說洋教如何不好，只能訴說洋人如何激怒了民衆。激怒二字至關重要，因爲文章的臨了，還得落實到這一個怒字上來演義。洋人反正都已死了，死無對證，怎麼說他們都可以。況且洋人都有槍，既然有槍，首先開槍打死無辜百姓這一點便是鐵案。

縣裏明察秋毫，事先已知道洋人和民衆會有衝突，由霍管帶親率兵丁保護，然而洋人不聽所勸，先是用言辭激怒，繼而又開槍打死人，因此羣情激憤，致使事態發展到了不可收拾的地步。

和打死洋人相比，打死教民一事，兩位師爺便覺得好辦得多。事情已到了這一步，一本正經地作假顯然是免不了的。教民再狐假虎威，總歸是中國人的後代。中國人打死了中國人，這事再大也大不到哪裏去，想來道臺大人也不會爲此事大張旗鼓。再說還可以捏造被打死的不是教民，而是被洋人或教民打死的普通百姓。除此之外，就是可以抓幾個教民來恐嚇一番，讓其招認出洋人的種種不是，然後簽字畫押，和給道臺大人的信一同呈上去。依照兩位師爺的思路，這殺洋人是不得了的大事，畢竟事出有因，只要道臺大人高擡貴手，就可以大事化小，小事化了。洋人當然是不好惹的，可在中國人的地盤上，洋人先動手殺了人，平民百姓忍無可忍，路見不平，拔刀相助，也實在有情可原諒。兩位師爺你一句我一句，眉飛色舞洋洋得意，筆下彷彿有千軍萬馬，爲遣辭造句大顯神通。霍管帶和董知縣相對而坐，卻顯得無事可幹。霍管帶心裏還惦記著在小喜子那沒過完的菸癮，打了個呵欠，突然站了起來，跑到搖頭晃腦的朱師爺那裏，心不在焉地看了看他正撰寫著的給道臺大人的信，又回到董知縣面前，想不通地說：「這洋人到底有什麼樣的能耐，竟搞得連朝廷都奈何不得，我大清難道當眞還怕了幾個洋人？」

「這對付洋人嘛，你我做地方官的，也只有按照上峯的旨意辦。何況梅城還不像省城，在省城，這洋人是更不好惹，地方官稍拂其意，立即電報上海京都，雷厲風行，要知道，這洋人向來得寸進尺，一步也不肯退讓的，動不動就藉端索詐，勒賠巨款。」董知縣不比霍管帶是一介武夫，他不敢妄議朝廷的政事，繞了個彎子表達自己的不滿。

「朝廷實在是太軟弱好欺了，」霍管帶忿忿不平地說。

兩位師爺寫著寫著，爲一句話爭了起來，頓時臉紅脖子粗各不相讓，唾沫星子直飛。魯師爺胚火旺脾氣大，向來不把年長幾歲的朱師爺放在眼裏，出言不遜，惹惱了朱師爺，朱師爺把筆一扔，不打算寫了。董知縣連忙用話勸慰，朱師爺不服氣地說：「你魯師爺有能耐，我讓賢好了。我什麼叫怕洋人？」魯師爺紅著臉說：「怕不怕，也用不著我來點破。」

朱師爺更不服這口氣：「我是怕，都到了這刻，還說狠話，有什麼用，就你魯師爺不怕好了吧？別人都怕，就你不怕，怎麼樣？眞要是不怕，我們今天跑這來幹什麼？」

「兩位師爺有話好說，有話好說，現如今不是什麼事，都得好好商量嗎，吵什麼？」董知縣此時此刻正要借重他們，一個勁地叫兩位別慪氣。兩位師爺偏偏越勸越來勁，你一句我一句，反而話更多起來。霍管帶看著眼前這兩位平時舞文弄墨耍嘴皮子的秀才，有失斯文像女人似的鬥著氣，又看了看董知縣愁眉苦臉的樣子，忍不住笑出了聲：「算了算了，這他娘的洋人，我們大家都怕，好了吧？朱師爺你用不著急，魯師爺呢，也用不著急。這給道臺大人的信呢，還得靠你們寫，唉，我日他洋人的祖宗，好端端的，這幫洋人跑到咱中國來幹什麼？」

2

大隊的官兵三天後到達時，雨還在嘩嘩下著。一位姓姚的統領，率著這支臨時拼湊起來的人馬，小心翼翼駐紮在離城外兩里路的村莊上，不敢貿然衝進城去。姚統領派了幾名探子前去打探消息，梅城中過分的平靜，讓姚統領感到十分的疑惑。雨實在太大了，被大雨澆得苦不堪言的官兵，既害怕中了傳說中的亂民的埋伏，又盼著能及早地衝進城去，胡亂殺他一氣，然後換上一身乾衣服。探子回來以後，彙報了梅城內部的情形，姚統領更加有點不敢相信自己的耳朵。正猶豫著，董知縣和霍管帶帶領著手下，冒雨趕到大隊官兵駐紮的地方迎接，姚統領心裏的一塊石頭頓時落地。不需一槍一卒，兵不血刃地就能占領梅城，對於領著兵又不想打仗的統領來說，眞是天上掉下來的好事。姚統領樂不可支，慶幸了一會兒自己的好運氣，突然變高興為不高興，板著臉問董知縣：「既然如此，還要我們馬不停蹄地趕來幹什麼？」

這句話問得董知縣和霍管帶無話可說。梅城出奇的平靜和太平，實在有些接近荒唐，簡直跟什麼事都沒發生過一樣。該溜的人早溜了，沒事的在家裏老老實實地待著。一切都安排就緒，霍管帶胡亂抓了幾個人關在牢裏，再加上大牢裏過去就押的那兩名死囚，湊乎著便能算是已經抓住了這次肇事的要犯。那幾位洋人的屍體，董知縣也做了極爲妥善的布置，他讓人找了幾具最上等的楠木棺材，又用最好的綾羅綢緞將屍體裹起來，反正花多少錢無所謂，只要能馬馬虎虎遮人眼目就行。然而姚統領不是那麼輕易就好糊弄的，不能董知縣說沒事了，就眞的沒事了。姚統領既然領了大隊官兵來，請神容易送神難，不好好地開開殺戒事情就不能算完。

姚統領心不在焉地聽董知縣把話說完，立刻下令全體集合，不管三七二十一，殺進城去。吃糧當兵的向來有個慣例，打了勝仗以後，三日不封刀。姚統領吃辛吃苦，千里迢迢把人馬領來捉拿造反的亂民，不狠狠地撈一票，絕不能善罷甘休。將在外，君命有所不受，姚統領才不管現在的梅城究竟是太平還是不太平，他說是不太平就是不太平，他說是城裏還有亂民，就是一定有亂民。一聲令下，大隊人馬已呼嘯著進了城，冒著大雨沿街上像攆鴨子似的跑開了。又是一聲令下，大兵三五成羣橫衝直撞，想到誰家搜索便大搖大擺地闖進去。

陷於寧靜之中的梅城，終於又一次雞飛狗跳，重新變得喧鬧起來。搜索亂民本來就沒什麼標準，大兵們專揀那些富裕的人家，吆五喝六地衝進去，翻箱倒櫃瞎折騰，然後順手牽羊大發橫財。梅城的老百姓叫苦不迭，眼睜睜送走這幾位，門還沒關上，新的幾位已經叫喊著又來了。雨嘩嘩地下著，淋得濕透了的大兵憋足一股怨氣，都發洩在了梅城的老百姓身上。有兩位大兵闖到了花柳巷小喜子的住處，鞋也不脫，濕漉漉跳上了炕床，拿起霍管帶留下的菸槍，你一口我一口燒了起來，小喜子氣得跳腳，什麼樣的狠話都說了，兩位兵大爺只當沒聽見，過足了癮，如狼似虎地到處亂翻，翻到了小喜子的首飾盒，把首飾盒中的收藏往炕上一倒，就地分起贓來。小喜子眼睛急紅了，不顧一切地衝上去要搶，她哪是大兵的對手，東西絲毫沒奪回來，胸口反而被那位攔她的大兵趁機捏了好幾下。

比小喜子更糟的，是不少大姑娘小媳婦，成了大兵們立地正法的犧牲品。漫長的雨季雖然剛剛開始，可是大兵們的情欲卻旺盛得難以讓人置信。一旦對財產的搜索已經滿足，三五成羣的大兵便開始像公狗似的向女人襲擊。已過去的初十日廟會那天有過的混亂，在大隊的官兵到達梅城的第二天，不僅得到進一步的蔓延，而且更加生氣勃勃地向前發展。恐懼幾乎籠罩在梅城每一位女人的身上，遭殃的已不再僅僅是大姑娘小媳婦，甚至連牙已掉的白髮老太太，乳臭未乾還沒發育的小女孩，也跟著一起受罪。唯一的例外也許就是矮腳虎。她沒有大喊大叫拚命抵抗，也沒有在事後投河上吊尋死覓活。在打發了兩位迫不及待的老總以後，矮腳虎繫上褲帶，趿著鞋皮，氣洶洶地衝到武廟告狀。武廟是大隊兵營駐紮的所在地，她的這一狀告到了點子上，三日不封刀的期限已經到了，姚統領大發雷霆，下令立刻恢復秩序。

在恢復秩序的第二天，三位不知死活還敢違抗命令強姦李寡婦的大兵，被拉到了大街上砍掉了腦袋。臉色蠟黃絕對憔悴的李寡婦，成了梅城爲數衆多的受難者中，唯一爲了失節，當眞上吊身亡的女人。隨著三位爲非作歹的大兵被血淋淋地砍頭，李寡婦活生生地懸梁自盡，梅城終於重新恢復了平靜。矮腳虎大無畏的告狀，不僅使小小的梅城結束了災難，而且使年過花甲的統領大人，陷入到了突如其來的愛情之中不能自拔。他有失體統地將她扣押在兵營裏，一門心思地想納她爲妾。姚統領追求矮腳虎成了梅城中公開的笑話，人們都知道他被矮腳虎迷得神魂顚倒如癡如醉。有人親眼看見姚統領在矮腳虎的房間裏下跪，又瘦又高的姚統領跪在地上，幾乎和矮腳虎一般高。然而臨了，矮腳虎卻還是揚眉吐氣地離開武廟。姚統領全然不顧自己的身分，一次次涎著臉上門，又一次次被矮腳虎毫不客氣地拒之在門外。

大隊官兵在梅城橫衝直撞的日子裏，梅城中深深陷於痛苦中不能自拔的男人，莫過於春在茶館的小老闆裕順。自從初十廟會以來，裕順的內心就一直沒有太平過。深深的恐懼和妒嫉折磨著他，剛開始，他因爲自己的媳婦不止一次去過教堂，一直擔心憤怒的羣衆會藉機哄搶他苦心經營的茶館。緊接著，胡大少又欺人太甚地睡在了他的床上，並且附帶著連他的漂亮媳婦一起睡了。強烈的妒嫉煎熬著裕順的心，這位老實巴交身有殘疾的茶館老闆，不止一次差點就失去理智。他不止一次想用砍柴的斧子劈死胡大少，不止一次想去官府告密，甚至不止一次想到乾脆一把大火，將自己的命根子茶館燒掉拉倒。

擁有一位讓梅城中許多男人都垂涎的漂亮媳婦，一直是裕順活著的驕傲。作爲一個天生佝僂的殘疾人，裕順不得不感謝自己的桃花運。這媳婦是他託人花錢從窮鄉僻壤的山區買來的，裕順永遠也忘不了那個令人回味的新婚之夜，蓋著紅紗將永遠屬於他的新媳婦，靜靜地坐在新房中，一動不動彷佛一座雕像。裕順膽戰心驚地揭去她頭頂上紅紗的一角，媳婦過分的漂亮驚得他趕快吹滅了油燈。在黑暗中，裕順的心口咚咚直跳，好像有一面小鼓在裏面擂著。他沉默了好一會，不知如何是好，都到了這一刻，說什麼也多餘，他突然十分粗暴地將她掀翻在床沿上，然後一件接一件地剝她的衣服，接著把自己的一隻瘸腿蹺在床前的一張小椅子上，十分痛快同時十分盡興地占有了她。

產生放一把火燒掉自己茶館念頭的眞正原因，是胡大少竟然選擇了裕順的家，作爲他躲避大兵搜捕的藏身之處。胡大少使得裕順的噩夢變成了現實，又使他的現實變成噩夢。軟弱無能的裕順深知自己不可能一斧子劈死了胡大少，也知道他不可能去告密，更不可能放把火使自己苦心經營的茶館毀於一旦。在大雨嘩嘩下的日子裏，窮凶極惡的大兵在街面上竄來竄去，不時衝進茶館來渾水摸魚地撈上一把。裕順知道自己除了忍氣吞聲，還是忍氣吞聲。天下最倒楣的事偏偏輪到了裕順的頭上。胡大少顯然已成了官兵捉拿的要犯，光憑窩藏欽犯這條罪名，就足以讓裕順吃不了兜著走。裕順知道自己實在是太無能太窩囊，他的無能和窩囊就在於既不能趕胡大少走，又不得不乖乖地管吃管住好生伺候，將胡大少千方百計地藏好。

胡大少就藏在春在茶館的小閣樓上。小小的閣樓堆滿了雜物，小得讓人甚至都擡不起頭來，一股濃重的霉味，老鼠吱吱地叫個不停。胡大少對於即將來臨的末日，沒有絲毫的恐懼，他並不在乎結局會怎麼樣。外面紛亂的世界似乎和他沒什麼關係，當搜索的大兵衝進茶館，吆喝著東翻西找的時候，胡大少甚至會探出頭去，居高臨下地看看熱鬧。事實上，在官兵挨家挨戶捉拿要犯的日子裏，裕順遠比胡大少更爲擔心他會被捉住。他不得不苦苦哀求胡大少藏在閣樓上別動彈，不得不哀求他好好地忍耐忍耐，太太平平度過這災難的日子。在和闖進來的大兵敷衍的時候，裕順老是不住地擡頭對閣樓偷看，他每次都感到大禍就要臨頭，然而每次又都是有驚無險。

無數次地擔驚受怕，裕順有時候竟然連出於本能的生氣和吃醋，都會暫時忘得一乾二淨。街上到處貼著殺氣騰騰的告示，精力旺盛的官兵，不僅在濕漉漉的大街上公然追逐女人，而且毫不客氣地向任何敢於逃跑的男人開槍射擊。大雨沒完沒了地下著，好像天幕被戳了個大破洞，嘩嘩的雨水一古腦地往梅城傾瀉，結果只要是低窪的地方便都成了池塘。在這樣災難深重的日子裏，往日的茶客再也不敢上門，春在茶館空盪盪一片蕭條。胡大少孤身一人躲在小小的閣樓上，雖然寂寞卻不肯就此老實，他不時地讓裕順媳婦爬上扶梯，爲他送吃送喝並且倒尿盆。大雨連綿絲毫沒有妨礙胡大少興致極好地大碗大碗喝茶，他成了災難的日子中春在茶館裏獨一無二的茶客，裕順常常被頭頂上清脆的撒尿聲，冷不丁地嚇一大跳。

通往閣樓的扶梯是用竹子綁成的，裕順媳婦每次往上爬的時候，都吱吱嘎嘎地叫個不歇。躲在閣樓上的胡大少扮演著惡魔的角色，一旦他聽到竹梯開始叫了，便悄悄探出頭來，迫不及待伸出手，像撈小雞似的把裕順媳婦一把拎上去。有時候胡大少的手會撈空，因爲裕順媳婦對他早有防範。她把裝有食物的籃子頂在頭上，一旦胡大少拿到了籃子以後，她已經十分機靈地開始往扶梯下走。有時候卻不能倖免，裕順媳婦稍一猶豫，已像落入虎口的獵物一樣，被胡大少拎到閣樓上好一番肉搏。

發生在閣樓上的肉搏其實是一種沒必要的假象，肉搏不過是一種極度矯情的虛假姿態。事實上，就像胡大少迫切需要裕順媳婦一樣，裕順媳婦同樣也爲胡大少身上體現出來的男人活力所折服。她誇張地反抗著，把閣樓的地板震得嘭嘭直響，她的低聲的尖叫，與其說是一種痛苦的表示，還不如說是一種高潮來臨時，飽脹的情欲得到滿足的呻吟。她和胡大少在小得不能再小的閣樓上滾來滾去，不止一次差一點摔下來。閣樓上的灰塵像下雨一樣紛紛往下落，裕順痛苦不堪地聽著，恨得咬牙切齒。

3

恢復了秩序的小城顯得比大隊官兵到來前，更加寧靜和太平。人們所擔心的事似乎已經結束，災難的陰雲正在人們的心頭逐漸消失。初十廟會那天的騷亂，窮凶極惡的官兵的四處搜索和趁火打劫，轉眼之間都成了人們議論的舊話題。雨季進入了漫長的僵持階段，下下停停，停停下下，沒有完沒有了。到處都是積水，房間裏也在滲水，一股濃鬱的霉味瀰漫在梅城的空氣中。街上重新有人開始走動，孩子們開始光著腳丫，在水窪裏捕捉從河裏漫上來的小魚。

開始有陌生的面孔出現在梅城的街頭，首先是道臺大人派來協助辦案的官員，一眼就能看出來是位癮君子，每天都打著呵欠從縣衙門進進出出。很快又有洋人到來，最先來到的那洋人是《泰晤士報》駐中國的新任記者哈莫斯，一位精明強幹的年輕人。和年輕的哈莫斯結伴而行的是上海

《申報》的一位辦事員，此人可以算是中國歷史上最早的記者之一，他一邊替哈莫斯翻譯，一邊以枚生的筆名給《申報》寫信，報導梅城教案的種種消息。枚生是梅城一書生的意思，他的眞名叫楊錫祉，是一位來自檀香山的華僑。

梅城教案很快變成了一個固定的詞組，開始反覆出現在官方的文件上。在梅城的老百姓試圖忘卻一切的時候，梅城教案已轟動了朝野，成了中外引人注目的大事件。道臺大人很快發現事態要比想像中的嚴重更嚴重，他一次接一次下達要嚴肅處理的批文，一次比一次嚴厲，事隔不久，又不得不下令對董知縣和霍管帶撤職查辦，對初十廟會的肇事者，除了嚴懲不貸，其家產一律沒收充公。事態的發展越來越可怕，當新任命的儲知縣匆匆走馬上任，糊里糊塗還不知道怎麼著手辦公的時候，大英帝國的軍艦已經沿著長江，駛到了離梅城不遠的地方停泊下來。英國之外，在北京的英德俄普日比等駐華大使，一起聯名向清政府提出強烈抗議，列強的軍艦像候鳥似的，一起駛往了天津口岸，武力威脅有效地配合著外交訛詐。清政府手忙腳亂焦頭爛額，慌忙派欽差大臣主持交涉梅城教案。

哈莫斯和楊錫祉就駐在縣衙大院內的西花園裏。因爲哈莫斯是教案後第一個來到梅城的外國人，無論是很快就被撤職查辦的董知縣，還是趕來頂職的儲知縣，都把他當作大人物對待。隨著哈莫斯一起沾光的是楊錫祉，他不時地被董知縣偷偷請去問話，手足無措的董知縣想從楊錫祉的嘴裏，探聽到洋大人對已發生的梅城教案究竟抱著什麼態度。

哈莫斯作爲一名職業記者，他感興趣的只是梅城教案的事實眞相，以及如何妥善盡快了結這一不愉快的事件。在給《泰晤士報》的報導中，他站在了大英帝國的立場上，描述了中國老百姓激烈的反基督情緒。和中國官方對外國人過分的友好形成尖銳的對比，幾乎所有的中國平民都仇視他們心目中的洋人。洋教在中國是一個極含貶義的字眼，整個中國像是一堆乾柴，只要一點點小小的火星，就可能引起一場轟轟烈烈難以收拾的大火。事實上，因爲大家守口如瓶，哈莫斯對梅城幾位洋人怎麼被弄死一無所知，因此他只能憑藉想像，在報導中用浪漫主義的筆調，描述安敎士夫婦以及文森特和沃安娜的死。儘管他本人並不是一個虔誠的基督徒，但是哈莫斯的報導中，最精采的部分，就是用那種十分煽情的語句，描述遇難者受上帝的委託向愚昧的中國人傳播福音時的獻身精神。

作爲哈莫斯的合作夥伴楊錫祉的態度便曖昧得多。由於他給《申報》寫的報導，是以梅城某一位親眼目睹教案的書生的口吻寫成，他的文章給人的印象要眞實而且有趣得多。然而事實上仍然和哈莫斯的文章一樣，他們雖然人已經在了梅城，可對於事實的眞相，將永遠是局外人，永遠一無所知。在令人心煩意亂的雨季裏，楊錫祉和哈莫斯除了關門杜撰文章之外，沒任何有趣的事可以做。那是一段無所事事的日子，爲了解悶，楊錫祉領著哈莫斯走出縣衙門，向統領大人借了兩匹軍馬，趁著不下雨的間歇，在城外騎馬玩。姚統領第一次和洋人打交道，他知道洋人的事馬虎不得，怕再出什麼意外，乖乖地派了一小隊官兵護駕。

哈莫斯留給梅城老百姓的最初印象，就是這位年輕的洋人原來也會騎馬，而且騎得比那位和他一起來的會說洋話的中國人好得多。南方漫長潮濕的雨季，顯然使哈莫斯和楊錫祉感到不適應，因爲他們在各自留下來的文章中，不止一次提到了陰雨連綿的可惡。哈莫斯在他的報導中寫道：「連日的細雨，給人的印象就好像這座叫作梅城的小城市，永遠也不會有太陽一樣，結果，幾位遇難者的葬禮不得不在大雨滂沱中進行。」而楊錫祉給《申報》的最後一篇報導，結尾處卻是酸溜溜這麼寫的：「對此柳絲牽愁之日，不少心輪夢轂之勞。暮雨朝雲幾日歸，如絲如霧濕人衣。枚生前錄教案一事，現已幾近尾聲。」

由於哈莫斯和楊錫祉親眼目睹了葬禮的全過程，因此在他們留下的文字記錄中，只有關於這一段描寫值得相信。在葬禮之後的若干年裏，梅城的老百姓總是津津有味談論這次不同尋常的盛事。人們對葬禮的輝煌記憶猶新，對幾位洋人在死後能夠得到如此的厚葬羡慕不已。兩位從省城教會組織趕來的神職人員主持了儀式。這是一次十分荒唐的大出殯，中西合璧洋相百出。知縣大人和統領大人自然是得到場的，他們一出場，各人都有了一大幫隨從。反洋教的氣焰受到了徹底的打擊，可是殘留在教民內心中深深的恐慌仍然還沒消失。雖然官府派人做了動員，然而一時間，卻找不到一位敢於承認自己還是教民的教民。

於是只好出白紙黑字的告示，讓全城的人都披麻戴孝，一起出來替死去的洋人送葬。聲勢浩大的出殯開始了，四具沉重的楠木棺材，還有兩具杉木棺材，在一聲長長吆喝中被擡了起來，吭哧吭哧地向墓地走去。穿著黑衣服的從省城來的神職人員走在隊伍的最前面，雨嘩嘩嘩地下，使得剛走出去不遠的送葬隊伍，不得不停在街當中避一會兒雨。那兩具杉木棺材中長眠的，一位是洪順神父，另一位是幾乎燒成焦炭的安教士家的年輕女僕。因爲擋雨的器具不夠了，所有的棺材只好放在雨中淋著。在四具楠木棺材上，罩著黑色的短毛天鵝絨幃子，儘管還有蓑衣作保護，但是突如其來的大雨嘩啦嘩啦傾盆而下，打在棺材上噼哩啪啦亂響。好不容易雨變小了，長長的送葬隊伍又一次開始起程。

董知縣和姚統領守在離教堂不遠的空地上，伸長了脖子迎接送葬隊伍的到來。在他們身後，是一羣不知所措的隨從。大片大片的穿著孝服的梅城老百姓，老實巴交地站在雨地裏淋著，花錢雇來的專門負責嚎喪的，遠遠地看見隊伍過來，迫不及待呼天搶地地哀嚎開了。除了嚎喪的之外，全縣的幾個「六蘇班子」，不甘示弱地同時吹打起來。「六蘇班子」又叫吹鼓手，每個班子固定由六個人組成，兩人吹嗩吶，一人吹笙，一人吹簫或笛，一人打鈸俗叫大叉子，一人敲銅鼓或皮鼓或兩鼓同敲。「六蘇班子」吹奏哀樂助喪，碰到一起，寃家路窄，一定要比試比試，因此全縣的「六蘇班子」聚會，其熱鬧從未有過。

那邊擡著沉重棺材的隊伍，被這邊又哭又喊吹吹打打的氣氛一激，頓時興奮起來，吭哧吭哧的步伐變得一致，變得鏗鏘有力。終於到了目的地，墓地選在教堂的邊上，就在被燒毀的安教士家的前門口。六個墓穴已經事先挖好，兩位神職人員表情嚴肅，看著幹活的人緩緩將棺材放下，同時指示一位年輕人，將特地從省城帶來的十字架插在墓穴的前面。墓穴裏已經積了不少水，濕漉漉的棺材沿著墓穴的邊緣緩緩地滑下去，發出了嘩啦啦的水聲。一位幹活的人十分狼狽地摔了一跤，立刻引起了一陣連鎖的小混亂，一位年齡看上去略大一些的神職人員迫不及待地喊了一聲：

「讓主賜給他們永遠的安息吧！」

最後一具楠木棺材已觸到了穴底，重重地響了一聲。「讓他們生活在永存的燦爛的靈光中吧！」那位年齡略大的神職人員開始在棺材上撒泥土，他很細心地在每具棺材上，撒下橫豎兩道形成一個十字，然後慢慢地搖著聖水杯，把聖水灑在了早濕透了的天鵝絨蓋幛上，灑在墓穴周圍的土地和被踩得全是稀泥的青草上，用低沉的聲音喊道：「安息吧！阿門！」

「阿門！」只有幾個人低聲應答，附和著神職人員的禱告。

4

哈莫斯和楊錫祉在葬禮進行的當天，便隨同兩位神職人員一起離開梅城，在一隊官兵的護送下乘船去省城。胡大少則是在葬禮進行後的第二天被捕的，當時他和裕順媳婦一起，大大咧咧地想從東城門口混出去，被守衛城門的官兵當場擒獲。胡大少的被捕使得董知縣大爲驚喜，因爲這一次總算眞正抓到了教案的主犯。在此之前，所謂擒拿凶犯歸案全是空話。比董知縣更興奮的是姚統領，捉拿到胡大少，不管怎麼說都是他手下的功勞，他一邊火速派人向省城報告，一邊讓手下備酒備菜，又讓人去請矮腳虎。矮腳虎聽說已捉到了胡大少，一肚子不樂意，推託身體有點不舒服，搭架子不肯來，姚統領知道了，屁顚顚地攜酒帶菜，親自屈尊去看望矮腳虎。

胡大少想從東城門口混出去，完全是昏了頭自己找死。他逃過了官兵在城內梳頭似的搜索，臨了，卻愚不可及地自投羅網，送上門去叫人家活生生擒獲。沒有人相信胡大少竟然還會躲藏在梅城城裏，甚至在姚統領和董知縣給道臺大人寫的報告中，也認定胡大少已遠逃他鄉。只有頭腦不健全的人，才敢在闖了如此滔天大禍後，還會傻乎乎地藏在梅城等著甕中捉鼈，也只有頭腦有毛病的人，才敢在光天化日之下，夢想著從官兵的眼皮底下溜之大吉。

離開春在茶館，是胡大少和裕順夫婦共同的願望。困在潮濕不透氣的閣樓上，胡大少有一種還不如痛痛快快被官府捉去的彆扭。他不是那種能想到將來應該怎麼辦的人，即使是對迫在眉睫的下一步，也懶得好好去想。胡大少屬於那種敢做敢當的男人，從來就是想幹什麼就幹什麼，他不僅如願以償地占有了裕順媳婦，而且陷於激烈的情感世界中難以自拔。這是他第一次陷入對女人愛情的沼澤之中，在這以前，女人只是他盲目追逐和胡亂發洩的一種對象。他像一個典型的街頭無賴少年那樣，隨意地打發著自己的情欲，除了矮腳虎，這個梅城第一風流娘們讓他在十五歲的時候，就變成了初嘗禁果的男子漢，胡大少成功地追逐過無數位風騷的大姑娘小媳婦。他是梅城中最著名的潑皮光棍，他的膽大妄爲，向來是女人們背地裏津津樂道的話題。

胡大少對於裕順媳婦突如其來的迷戀，不只是因爲他原來就對她懷有了一種特殊的情感，也不只是因爲意識到自己的末日已經來臨。雨季的愛情使胡大少忘乎所以，他不顧一切地貿然行事，根本就沒拿自己所面臨的危險當回事。事實上，他和裕順媳婦在小得轉不過身來的閣樓上的肉搏，與其說是一種占有反占有的較量，還不如說是一種奇異的欲望能量之間的交流。打來打去說穿了不過是裝模作樣，是放肆做愛的必要前奏，這種裝模作樣和必要的前奏很快被裕順慧眼識破，老實巴交的茶館老闆終於忍無可忍，他很吃力地仰起頭來，任憑灰塵下雨似的往眼睛裏落。作爲一個天生佝僂的殘疾人，裕順要仰起頭，人就必須幾乎朝天平躺下來。裕順流著眼淚請胡大少趕快離開，他請求他就算要睡自己媳婦，也應該換一個地方。他的眼淚使胡大少感到深深地難爲情，就像裕順再也不能容忍他和他媳婦在自己的頭頂上繼續做愛一樣，胡大少也感到必須改變，或者必須重新找到一種新的表達愛情的方式。

裕順媳婦對兩個人像小鳥似的在半空中做愛也感到了厭倦，她事實上已控制不住自己的感情，儘管還是做出很被動和反抗的樣子，然而她對胡大少的迷戀，並不比胡大少對她的迷戀遜色。

她早就感到了他對她的特殊眼色，從一開始，裕順媳婦就知道這種特殊的眼色意味著什麼。她知道胡大少的心裏想對她幹什麼。她早就聽說過胡大少如何追逐女人的故事，從一開始，她就知道他遲早一天會如願以償。她知道自己是一隻無辜的羔羊，知道自己遲早會躺在砧板上任他宰割。在所預料的那個結局還沒到來之前，裕順媳婦便先迫不及待地做起夢來。夢中的胡大少比現實生活中的胡大少更粗魯更野蠻，而她對他的反抗，也比現實中更激烈更誓死不從。

裕順媳婦對丈夫不多的內疚很快消失殆盡。她把自己的貞操看得非常重，因此對於她的失身，首先要怪罪她的男人不能保護自己。如果裕順願意，她想像自己也能像那些貞烈的女子一樣，投河上吊尋死覓活。她知道裕順雖然妒嫉得要命，可是他畢竟更捨不得她去死。「你用不著攔著我，我沒臉再活了，你讓我死了算了。」第一次失身於胡大少以後，以及後來的每次從閣樓上下來，她都用過類似的語調向裕順哭訴。這種哭訴很快就像演戲一樣越演越假，然而這卻是裕順媳婦唯一可以用來掩飾的遮羞布。「再不把他趕走，我就沒辦法活了，」她很嚴肅地向自己的丈夫發出嚴重警告最後通牒，「我不能老是在自己男人的頭頂上，像不要臉的女人一樣，讓別的男人任意蹧蹋。」她的建議是把胡大少送去她的娘家，那是一個偏僻的山區，是土匪和強盜出沒的地方。胡大少去了以後，不僅可以逃脫官府的追捕，而且可以乾脆落草爲寇占山爲王。

裕順不得不表示由衷地贊同，儘管他一眼就看穿了自己媳婦的用心所在，但是他仍然認爲這是一大堆不好的選擇中，還算一個比較好的選擇。女人如衣服如自己穿過的鞋，裕順強烈的嫉妒之餘，難免產生那種男子漢大丈夫何患無妻的念頭。只要自己的茶館還在，只要他裕順還有錢，就不怕找不到大閨女做老婆。自己的媳婦想做押寨夫人就讓她去做好了。他的忍受已經到了頭，當閣樓上的樓板震動著，灰塵像細雨似的紛紛往下落的時候，裕順有一種自己叫人強姦的怪念頭。他覺得眞正在半空中痛苦掙扎的其實是他自己，被姦污著的是他的肉體，受煎熬的是他的靈魂。不管胡大少去哪，只要他能從他的眼皮底下消失，只要他的耳邊不再響起那種聽似痛苦，事實上卻是歡樂的淫聲浪語，裕順什麼樣的委屈條件都能接受。

裕順媳婦仔細考慮過從東城門混出去的可行性。她有意識地從東城門進進出出，一天來回折騰好幾趟。大雨使得守城的官兵形同擺設，城門口貼的通緝告示，在風吹雨打中早已模糊不清。前一天進行的葬禮過於隆重，隆重得一旦葬禮結束，小小的梅城就好像進入了沉睡的安眠狀態。所有醒著的人都張大著嘴在打呵欠，許多人因爲淋雨而重感冒，人們說著話便接二連三地打起噴嚏。裕順媳婦假裝有急事要趕回娘家，她找來了兩名轎夫，讓其中一名轎夫坐在春在茶館裏，由裕順陪著喝茶，然後讓胡大少扮演那名轎夫的角色，擡著她向東城門走去。

命中注定胡大少出不了梅城，當擡著裕順媳婦的轎子出現在東城門口的時候，守護城門的大兵絲毫沒有對胡大少起疑心，他們感興趣的是站崗放哨已經膩了，正好有一個漂亮的小媳婦可以調笑一番解解悶。雨若有若無地下著，一個瘦瘦高高的大兵興高采烈，伸長了細脖子走過來，油腔滑調地非要裕順媳婦說出回自己的娘家看什麼人。「這麼急，只怕是要趕回去會相好吧，」瘦瘦高高的大兵伸出手去，就勢在裕順媳婦的臉上撈一把，裕順媳婦連忙往後躲，大兵得寸進尺，又乾脆嘻嘻哈哈再摸一把，引得其餘的幾位大兵不住傻笑。如果這時候是下大雨，也許就會是另一番局面，大兵們顧著躲雨了，便不會出來和他們糾纏。如果裕順媳婦安生一些，讓大兵吃兩記豆腐也就算了。那些大兵已經準備放行，三個時辰以後，胡大少他們就能到達目的地。

然而裕順媳婦突然很凶惡地罵起街來，大兵的話越說越粗俗，越說越下流越不像話。一個大兵公開地表示她用不著趕回去，天說下雨就要下雨，路上全是泥濘，只要她樂意留下來，他們一班弟兄可以包她滿意。

「叫你娘留下來好了，」裕順媳婦怒不可遏，突然張口就罵，「讓你的一班弟兄包你娘滿意吧！」

「我的娘早就入了土，你現在不就是我的娘嗎？」

「漂漂亮亮的小媳婦，怎麼竟然開出口罵人？」

大兵們一個個像剛吸了鴉片似的，頓時又來了勁。瘦瘦高高的那位大兵這次是眞動了手，他在裕順媳婦高聳的胸脯上捏了一把，板著臉說：「凡是從這城門洞裏出去的人，不管你什麼來頭，都他娘地要查一查。小娘們，實話告訴你了，女人碰到兵，有理說不清，你再猖狂也沒用。」裕順媳婦叫他這麼一咋呼，想到胡大少正扮演著轎夫的角色，陡然有些害怕，她一軟下去，那幫大兵們你一言我一語更加來勁，將裕順媳婦圍得更緊。

胡大少再也按捺不住，自己喜歡的女人，豈是別人的髒手可以隨便碰的，他早忘了自己的身分，頭腦一陣發熱，衝了過去，紅著臉嚷道：「光天化日之下，你們竟然敢這樣？」

大兵們都覺得好笑，半路殺出個程咬金，找事也不看看地方，稱英雄也不問問對方是誰，一個臭擡轎子的，也敢出來說話，眞是太不把丘八大爺放眼裏了。於是一哄而上，圍住了胡大少，有理無理地想找他的碴。「這位爺，你說我們弟兄們敢怎麼樣了？看不出，想打抱不平是不是？」瘦瘦高高的大兵伸手想揪住胡大少的領子，胡大少學過幾天武功，身子猛然一側，讓了過去。那丘八大爺怎麼能出這樣的醜，氣勢洶洶再一次撲過去，胡大少又是一閃，朝他腦門上就是一拳。

裕順媳婦連忙跳下轎子去拉，越拉越亂。這時候，逐漸過來了幾個看熱鬧的。大兵們不知道眼前的這位就是他們要抓的欽犯，梅城的老百姓卻都認識大名鼎鼎的胡大少，誰見了他不要眼睛一亮。人越圍越多，終於有一個人不知深淺地叫了一聲：

「他娘的，那不是胡大少嗎？」

5

胡大少被捕獲的消息尚未傳到道臺大人那裏的時候，對董知縣和霍管帶撤職查辦的公文，已在來梅城的路上。事態的發展完全出乎道臺大人的意外，隨著洋人不斷地增加壓力，撤職查辦的公文剛剛到達梅城，道臺大人自己也是禍從天降，莫名其妙地被怒氣沖沖的欽差大臣解了職。遇難的洋人雖然已經入土爲安，但是活著的洋人並不肯就此善罷甘休，棘手的解決教案遺留問題只是剛剛開始。教案的事並不肯就此善罷甘休。新委任的儲知縣愁眉苦臉走馬上任，膽戰心驚如坐針氈似的坐在了縣太爺的椅子上。面對一大堆漫無頭緒的上案的公文，面對一大堆洋人的強詞奪理的蠻橫要求，儲知縣決定通過胡大少順藤摸瓜，進一步通緝其他要犯。同時，爲了避免洋人的再次挑剌，儲知縣不惜動員了全城的人力，力爭在最短的時間內，修復遭到嚴重破壞的教堂。雨季還沒結束，被燒毀的安教士家舊址上，兩棟新的建築已經開始奠基。

胡大少捉拿歸案，心有餘悸的梅城教民又一次重見天日。一度囂張過的教民氣焰，在初十廟會的仇教風波大受挫折，現在又如火如荼蓬勃發展起來。教會的勢力不僅得到恢復，而且令人難以置信地在短期內得到擴張。在雨季結束的前一天，一位叫作浦魯修的教士，打著一把油布傘，出現在梅城的街頭上。和若干年前文森特神父出現時的情景相彷彿，浦魯修教士也是四十多歲，身邊帶著一位年紀與他相差不遠的中國僕人。浦魯修教士在街上走過的時候，親眼見過文森特神父來的老一輩人，都以為洋人使用了什麼魔法，迫使歷史的車輪倒轉，讓一個已經死去的人重新復活。老一輩的人不敢相信自己的眼睛，因為早已死去的文森特神父，看上去和這位新來的浦魯修教士，長得一模一樣，都是黃頭髮，都是藍眼睛，都穿著一身黑布的中國長袍，連針腳和做工看上去都沒有區別。

教堂塔樓的鐘聲再一次響起的時候，漫長的雨季便正式結束。梅城教案的結局，不僅沒有使梅城從此消失洋人的足跡，恰恰相反，因為教案的巨大影響，反而吸引了更多的洋人絡繹而來。教堂的鐘聲很快響徹梅城，在浦魯修教士進駐教堂一年以後，一個更大的鐘專程從省城送來。隨著大鐘一起來到的，還有兩對洋人夫婦，帶著好幾個金髮碧眼的小孩，搬進了剛剛竣工的新房子。

教堂的地產在很短的時期內，蠶食著周圍的地盤，很快擴大了一圈。臨近教堂的居民，在告示限定的期限內，一次次被迫搬走。告示是儲知縣親自頒發的，寫得明明白白不容半點馬虎，對於任何違抗者都將堅決嚴懲不貸。教民的數量猶豫了一段時間，開始急遽增加。儘管洋人會吃小孩的說法，還在老百姓的口頭流傳，但是梅城第一家嬰兒堂還是出現了。梅城教案的直接後果不過就是，隨著四位洋人的被殺，知縣大人和管帶大人撤職查辦發配新疆，胡大少為首的七人被砍頭，新的洋人又重新出現，教堂比以前更不可侵犯。哈莫斯在《泰晤士報》關於梅城教案的報導，以及對漫長雨季的抱怨，不僅沒有使傳教士們對梅城感到害怕，反而不可思議地產生了一種全新的巨大熱情。

在第二年的雨季到來之前，隨著大鐘一起來到梅城的那位叫作鮑恩的洋人，花了極少的錢，買下了城外離長江不遠的一座荒山。與其說買，還不如說是儲知縣把它作爲禮物，贈送給了鮑恩。鮑恩在荒山上種植了從英國引進的葡萄，幾經挫折，當葡萄園開始豐收的時候，一家後來聞名國內並且帶來巨大利潤的酒廠，在一種強烈的腐爛了的葡萄的酸味中應運而生，多少年後，梅城出產的葡萄酒將享有世界聲譽。荒山面對長江的山坡上，建起了一座座樣式別致的洋房別墅。雖然這裏離省城路途遙遠，但是對於享有火爐之譽的省城來說，傳教士們發現梅城稱得上是天然的避暑勝地。一座座新建的洋房別墅，很快又從傳教士逃避酷暑的專利，發展到吸引了在中國的一切外國人趕來投資。

新的豪華別墅雨後春筍一般地湧現，屬於洋人的地盤越來越大。在此後的一百年裏，當地居民和洋人的衝突，從激烈到平緩，又從平緩到激烈，不斷起伏循環發展。在梅城後來出現的洋人中，已不再僅僅局限於傳教士，各式各樣的外國人都可能突然出現在梅城的街頭，休假的挪威水手，衣衫筆挺提著手杖胸前掛著懷表的英國或法國的紳士，犯了案子的在逃犯，某個國家的領事，喝得醉醺醺的日本兵，金髮碧眼的白俄妓女。在梅城的西北角上，出現了一個類似租界的地方。一旦到了酷熱的夏天，避暑的洋人像候鳥一樣，從上海從南京從武漢，沿著長江紛紛湧入梅城。

梅城最初的教民們，經過初十廟會的那場血的洗禮，隨著洋人的勢力逐漸膨脹，終於羽毛豐滿，成爲這座小城未來的新權貴。等到大難未死的楊希伯壽終正寢，他急遽增加的財產，已多得使他唯一的繼承人鶯鶯，也繞不清究竟有多少。楊希伯神氣活現一直活到了八十九歲，他看著胡大少等人被砍頭示衆，看著滿淸政府可憐兮兮地垮臺，看著稱之爲奸雄的袁世凱稱帝和太快地完蛋。當最直接的仇人老二的腦袋旋轉著落地的那一剎那間，楊希伯十分輕蔑地往地上吐了一口憋了半天的濃痰。從此，憋足了一口濃痰，猛地吐出去，便成了他衆多的壞習慣中最難讓人接受的一個惡習。無論是對那些不斷新上任的知縣，或者對後來叫民政長，叫縣長的地方最高長官，還是對浦魯修教士，對教堂，甚至對綁著基督形象的十字架，楊希伯都會出其不意地隨地吐痰。猛地把濃痰吐出去，已經成了楊希伯晚年的一種炫耀自己力量的享受。他知道別人都討厭他這麼做，但是他淸楚地知道自己有權力這麼做。

楊希伯最大的遺憾莫過於自己會斷子絕孫。唯一的兒子被教案中的暴民像宰狗一樣殺了以後，他一度相信自己命中還會有兒子。儘管年歲不饒人，可是楊希伯的情欲卻常常像年輕人一樣旺盛。虔誠的信教絲毫也沒有使他改變好色之心，一段時間內，他像帝王一樣應徵民女。他十分努力地在年輕健壯的女人身上辛勤耕耘，夢想著能留下一個兒子來繼承越來越龐大的家產。梅城教案以後，連續幾年都發生了水災，大水沖得家破人亡妻離子散，結果教堂每一年在發大水的季節，都成了收容難民的救濟院。雖然楊希伯每次都是捐款的大戶，然而誰都知道他的暴富，顯然和他侵吞了賑災的公款有關。他一次次地像救世主那樣出現在難民的身邊，用挑剔的眼光，搜索每一位可能爲他帶來子嗣的女孩子。

一直到了八十歲以後，楊希伯才明白生兒子肯定是下一輩子的事。一直到這時候，他才明白自己是眞的老了。他在自己的後院養了一大羣活蹦鮮跳的小妾，有一天下午，是漫長雨季就要結束的日子，楊希伯和一名心愛的小妾歡樂以後，深深地陷入夢想，當他被一場噩夢猛然驚醒，他又被正在手淫的小妾不可壓抑的呻吟聲嚇了一大跳。一時間他不可能明白是怎麼一回事，小妾忘情忘形地動作著，人像一隻龍蝦似的彎攏起來，她的腳突然一伸，也就是在這時候，她發現楊希伯迷惘的眼睛，正死死地盯著自己。

楊希伯從心愛的小妾身上眞正明白了衰老的含意。他沒有暴怒，沒有大驚小怪地說什麼，甚至都沒有生氣。楊希伯畢竟八十歲了，人到了這個年紀，有些想法和年輕時截然兩樣。他把小妾的舉動當作是一種天意，一種神的暗示。他頓時領悟了自己一種新的享受的可能性。沒有子嗣是老天爺安排的，楊希伯沒必要去和不能戰勝的東西對抗。他意識到自己已沒必要吃辛吃苦，親自像牛馬那樣爲女人幹活。一個不懂得保存自己精力的老人眞是愚不可及，楊希伯決定放棄力不從心的體力活動，而轉爲純精神方面的享受。他從女人的陷阱中，知趣地跳了出來，成了一位處於高度自由境界中的超人。

楊希伯的後院一如既往地充滿著淫蕩的氣氛。但是楊希伯已由實幹家，上升爲無動於衷的看客。他讓自己的小妾們從硬著頭皮，到習慣成自然地赤身裸體在他的眼皮底下走來走去。從烈日炎炎的夏天，一直延續到了大雪紛飛的冬天，他別出心裁地讓小妾們該幹什麼幹什麼，金錢已麻痹了女孩子們的羞恥心，她們在他的唆使下，毫無顧忌地盡情放縱自己。他終於變得越來越老，變得眞正地老了，當楊希伯嘗試著讓人牽來一隻心情急躁的小公羊，和他的那些愛妃們一起遊戲，自己仍然不能感到興趣的時候，他突然心灰意懶，重重地往地上吐了一口濃痰，然後十分果斷地遣散了後院中所有的尤物，過起了老和尚一樣的獨居生活。他開始眞正地相信起上帝來，每當聽見教堂的鐘聲，他便不由自主在胸前畫起十字，口齒不淸地念著禱告詞。由於耳朵變得越來越聾，他的耳旁常常響起純屬錯覺的鐘聲，因此在瀕臨死亡的那些日子裏，家裏的負責伺候他的僕人，老是看見他沒完沒了地在胸前亂畫十字。

「阿門！」他時不時會冒出這麼一句，拖長了語調，冷不丁嚇人一跳。

6

儲知縣深知只殺一個胡大少，不足以平息朝廷對梅城教案的盛怒。洋人也不會因爲殺了一個爲首的帶頭人，事情就此便算了結。妥善處理好梅城教案，是儲知縣如何走好險惡官場這條鋼絲繩的關鍵。他必須贏得朝廷的充分信任，必須獲得洋人的充分諒解，除此之外，他還不能太得罪梅城的老百姓。舉人出身的儲知縣，做候補知縣已經許多年，好不容易有機會扶正，他不得不小心翼翼，把教案遺留下來的難題一一解決。首先自然是進一步地緝拿凶犯，胡大少雖然已經擒獲，可這畢竟是前任知縣的功勞，儲知縣明白自己若想討上峯的好，必須親自去抓獲幾個凶犯才行。大牢裏已在押了好幾位所謂的凶犯，經過嚴刑拷打，儲知縣發現除了大名鼎鼎的胡大少，其他全是莫名其妙的替罪羊。在這些替罪羊中，有老實巴交完全無辜的老百姓，也有教案前就關押在大牢裏的囚犯。這一發現成了儲知縣的前任革職充軍發配新疆的重要契機。儲知縣親自審案，一發現蛛絲馬跡便緊拉住死死不放。和昏庸無能的前任相比，儲知縣身先士卒事必躬親，很快在毫無頭緒的混亂中理出了線索。

老二是繼胡大少之後落入法網的又一名要犯。爲了查出老二隱藏的地方，儲知縣派人將老二的媳婦牛氏捉了來，不問青紅皀白，先是一頓沾了水的小竹板子打手心，打得皮開肉爛，再帶到大堂上。儲知縣厲聲喝道：「本縣也沒時間一趟趟上你家去捉人，今日將你捉了來，對於你男人的下落，你招也得招，不招也得招。我不相信就憑我一堂堂知縣，治不了你這一刁婦。」早在當候補知縣的時候，儲知縣對如何用刑，就有一番很深入的研究，他知道重刑之下無勇夫，只要刑用得狠，任你是鐵打的漢子，有什麼都得乖乖地說什麼。儲知縣讓手下拿出一鐵熨斗來，又吩咐生起一盆炭火，將熨斗擱在炭火上燒著。那鐵熨斗是特製的，有一個長長的把子，熨斗底端有十幾個凸出的鐵奶頭，一個衙役蹲在炭盆邊上用扇子搧著，不一會，那熨斗上的奶頭便燒紅了，儲知縣不耐煩地說：「大膽刁婦，你睁大眼睛看好了，到底是招，還是不招？」牛氏嚇得魂飛魄散，連連喊寃，喊青天大老爺饒命。儲知縣說：「饒你命有何難，老老實實供出你那該死的男人藏在哪兒就行。」牛氏還不肯說，一口一個自己實在不知道。儲知縣大怒，喝令剝去她上身的衣服，叫一個人提著她的頭髮，兩個人架住了她的膀子，同上在了天平架上一樣，另一個人手執熨斗站在她的前面，氣勢洶洶地等著縣太爺的進一步指示。

儲知縣最後一次問起招不招，牛氏一泡尿已嚇了出來，地上立刻濕濕地一大攤，哭喊著又叫了一聲寃枉。手執熨斗的那位差役，回頭看了看早已不耐煩的儲知縣，儲知縣板著臉說：「寃枉不寃枉，我卻沒有這好耐性和你磨蹭，替我先拿她的兩個膀子熨起來，我倒要看看你是眞不知道，還是假不知道。」執熨斗的只輕輕將熨斗底下的鐵奶頭，在牛氏的左邊的膀子上擱了一擱，牛氏立刻殺豬一般大叫起來。一陣青煙吱吱叫著升起來，等那熨斗拿開，牛氏左膀上被熨過的地方，一個個指頭那麼大的燙傷，都發了黑了。儲知縣又命令在牛氏右邊膀子上，照樣也來這麼一下。

牛氏又是一聲慘叫，連聲叫：「我招，我招，我全招。」

「果然是大膽的刁婦，不是不知道嗎，怎麼吃了這點點苦頭，就要嚷著招了，」儲知縣怕她還會有所隱瞞保留，嚇唬說，「光是膀子上還不行，來，燒燒紅，再給我燙燙她的奶頭子。」

牛氏不顧一切地大喊大叫，儲知縣明白她這是眞打算招了，吩咐手下先把熨斗擱一邊。牛氏如倒蠶豆一樣，把男人老二現如今藏在什麼地方，一五一十毫無保留全都如實招來。儲知縣立刻領了人去捉拿老二，這一次是甕中捉鼈，不費吹灰之力，便把藏在親戚家的老二擒拿歸案。老二知道是媳婦牛氏出賣了自己，在押解去大牢的途中，以及後來在刑場上被砍頭前，都扯足了嗓子大聲咒罵牛氏。「你這個不要臉的娼婦，老子做了鬼，也不得放過你的！」在打入死牢的那段日子裏，老二把他的寶貴時間，都花在了對媳婦牛氏的仇恨上。他覺得自己和楊希伯之間的個人恩怨已經了結，正因爲如此，他更覺得天底下，自己唯一不能饒恕的人，就是自己的媳婦牛氏。他想像自己有朝一日出了大牢，先把牛氏掛在大梁上一頓抽打，然後三天不許她吃飯，凡是吃飯的頓頭上，便用棍子好好地收拾她一番。

儲知縣乘勝追擊，將老二痛打一頓扔進大牢，繼續馬不停蹄地去捉拿楊氏二雄。楊氏二雄所在的七里村離梅城不遠，然而儲知縣領著人馬已撲了好幾回空。爲了擒獲楊氏二雄，儲知縣每次去，一定抓幾位楊氏二雄的家屬回去大刑伺候。楊氏家屬竟然一個個都是鋼筋鐵骨，男人的屁股都被板子打爛了，女人的身上被熨得傷痕累累，硬是咬緊了牙關不肯招。儲知縣也不心急，三天兩頭派人去七里村抓人，和楊家沾親帶故的，只要被儲知縣打聽到了，有理無理，一律帶到大堂上大刑伺候，往死裏折騰一番。

楊氏二雄中老二楊德武眼看著耗下去不是事，好漢做事好漢當，老這麼拖累家人也說不過去。他的一條腿在攻打教堂的時候，被打斷了，弟兄倆商量了一番，決定讓楊德武去投案自首。頭掉了碗大的一個疤，他反正已是個廢人，於是和家人痛痛快快喝了一頓告別酒，由哥哥楊德興扶著，向祖宗的牌位磕了幾個頭，讓族人將他擡到縣衙門去。儲知縣喜出望外，但光抓到一個弟弟還不過癮，對斷了一條腿的楊德武依然大刑伺候，逼著他交出哥哥楊德興的下落。楊德武一口咬定哥哥已經死了，儲知縣當然不相信，活著要見人，死了必須見屍。

「別跟我來這套，」儲知縣冷笑著說，「見著了你哥哥的屍首，你再說他死了也不遲。」

於是用轎子將楊德武擡到所謂埋著他哥哥的一座墳前，挖開來一看，果然用極薄的木板做成的棺材裏，埋著一具腐爛得面目全非的屍首。楊德武暗自得意好笑，儲知縣捂著鼻子上前看了半天，不相信地對楊德武說：「憑什麼你說這屍首是楊德興，他就是楊德興。大膽刁民，什麼下作的事情做不出來，我憑什麼要相信你？」儲知縣讓仵作仔細檢驗，不得出任何差錯。

仵作遇到一位如此頂眞的縣太爺，不敢有半點馬虎，用不了多久，就判斷出這是一具冒充的屍首。楊德興正當壯年，而屍首已是個年近花甲的老人。身高也完全是兩回事，楊德興人高馬大，屍首卻生得十分矮小。儲知縣很得意自己料事如神，又從七里村抓了兩個人走，臨走，冷笑著留下一句話來：

「從今日起，本縣每隔一日，就到你們這逮兩個人去過過堂。楊德興喜歡和本縣捉迷藏，本縣就奉陪他好好玩玩。」

過了沒幾天，楊德興由族人五花大綁地綁著，像押賊似的送到了儲知縣的面前。正趕上儲知縣那天心情不太好，問了沒幾句，便大喊一聲：「拉下去，打！」左右衙役轟的答應了一聲，立刻把楊德興拉下按倒，噼噼啪啪一五一十實實在在一頓小板子，把楊德興打得血肉橫飛死去活來，然後再押進死牢，和弟弟楊德武關在一起。兄弟相見，英雄氣概也沒了，抱頭痛哭了一場。知道是死罪，哭完了，輪流說了一番互相鼓勵和打氣的話，砍頭只當風吹帽，二十年以後又是條好漢，只要那該死的儲知縣，少打幾頓令人生畏的小板子，死倒不足惜了，又相約來世還做兄弟，想造反照樣造反，不想造反的話，就本本分分種田，老老實實過日子。

7

阿貴自從親手砍了洪順神父，陡然間也成了平湖村的人物。他的膽小原來出了名的，然而既然連和洋人差不多的神父都敢一刀砍了，大家不得不刮目相看重新認識。首先最拿他當回事的是紅雲，這女人天生喜歡強悍男人，嫁給了阿貴以後，最嚥不下的一口氣，就是嫌男人太窩囊，嫌他不敢和別人吵架和打架。在胡大少第一次睡了裕順媳婦的那個晚上，紅雲興沖沖趕到家裏，挎著一個鼓囊囊的大包裹，裏面放著搶來的城裏人的雜七雜八的東西，從裝細軟的首飾盒，到吃飯用的鍋碗瓢盆，應有盡有琳瑯滿目。黃黃的油燈下，紅雲陶醉在意外的歡喜之中，她逐個地試戴著首飾，對著一面有了裂紋的小鏡子橫看豎看。

從那面有了裂紋的小鏡子裏，紅雲一邊在穿著一對銀耳環，一邊注意到了阿貴木然的表情。在初十廟會之後很長的一段時間內，阿貴的面部表情，常常就像是戴了一層面具。這是一種讓人看了不知所措的神態，陰沉痲木而且暗藏了一股殺氣。眞好像是完全變了一個人，阿貴無所事事地看著紅雲的背影，下意識地摸著自己的耳朵。紅雲感到更吃驚的是，就像用大刀砍了神父一樣突然，阿貴突然第一次不經允許，把戴好耳環又正在試著衣服的紅雲，像扔一袋糧食似的，扔在了床沿上，當著一大一小兩個兒子的面，用最快的速度把事給辦了。這是他第一次對她這麼粗野，而且也是第一次一邊幹活，一邊肆無忌憚地喊起了他姪媳婦的名字。

姪媳婦的名字叫阿玉，雖然輩分小了一輩，卻比阿貴還大一歲。阿玉是阿貴懂事以來，看中的第一個女人，記得還是在她剛嫁到平湖村的那一段時候，有一次，阿玉在茅坑邊倒馬桶，阿貴從一邊走過，一眼看見了正彎著腰的阿玉的那兩隻大奶子。女人的奶子阿貴已不是第一次見到，然而這一次阿貴卻心馳神往，腳生了根黏了膠似的，再也挪動不了。阿玉手不停地刷著馬桶，白晃晃的奶子像一對不安分的兔子，在大襟衣服裏蹦來蹦去。那一年的阿貴正好十八歲，阿玉那碩大無比晃動的一對奶子，從此就一直是他的夢想。娶了紅雲以後，阿貴在做愛時，常常會不由自主地想到阿玉，一想到那對白晃晃肉鼓鼓的大奶子，他的興致陡然便會好起來。紅雲在阿貴粗野的動作中，甚至都沒來得及思考他所喊的「阿玉」意味著什麼，所有的一切發生得都太快，太不是時候，她忍受著男人強烈而短暫的衝擊，腦子裏還在想著她的首飾。隨著阿貴一聲拖長了的「阿玉」，紅雲總算在身底下摸到了那面帶了裂紋的小鏡子，她小心翼翼地拱起身子，摸出了小鏡子，舉在手上，照了照自己的耳環，又十分好奇地照了照阿貴拖著一條大黑辮子的後腦勺。她注意到突然有隻蒼蠅飛到了阿貴的後腦勺上，連忙用另一隻手拍蒼蠅。

初十那天梅城所發生的暴力，經過民間的口頭傳播和渲染，很快有了各色各樣的傳奇色彩。

平湖村的重大議論焦點，從誇張描述初十那天殺洋人燒教堂打教民，發展到僅僅談論阿貴如何如何，談論阿貴怎麼樣怎麼樣。人們相信初十那天，阿貴夫婦趁火打劫發了大財，所有的金銀財寶都在家中的角落裏埋藏著。有人發誓說親眼看見紅雲天天在家穿金戴銀，像城裏人一樣塗脂抹粉，把個臉打扮得跟猴子屁股一樣紅，紅得像是在舞臺上做戲。隨著風聲一天天緊起來，暴亂首領胡大少絹拿歸案，大家對阿貴暫時的刮目相看，開始不復存在，對阿貴的鄙視重新恢復，那種發自於內心深處的嫉妒，很快被普遍的幸災樂禍所替代。

各種對阿貴不利的消息在平湖村到處流傳。人們相信官兵隨時隨地都會前來捉拿欽犯，因此在阿貴落入法網之前，盡快地把他的金銀財寶分光，無疑是一件最得人心的痛快事。人們從好言好語的暗示，到明目張膽的威脅，各種能想到甚至不能想到的話都脫口而出。既然殺頭對阿貴不過是遲早的事，他就有義務把自己的不義之財，捐獻出來供族人享用。金銀財寶生不帶來，死不帶走，與其被官府抄了去，趁早留給自己人起碼是個聰明理智的善舉。

當儲知縣以大刑伺候，馬不停蹄地到處追拿教案元凶之際，阿貴遠在偏僻的平湖村，最先感到的壓力，不是儲知縣如何善於用刑，而是提心吊膽地害怕族人會去告密。由於阿貴不可能把初十那天得到的不義之財，拿出來均分共產，告密的情緒正像瘟疫一樣，在平湖村四處蔓延。那一段時間內，阿貴幽靈一般從村子裏走過，臉上毫無表情，成了人們眼裏眞正意義的行屍走肉。他好像完全變成了一個大家從未認識過的人，目無一切，緊鎖著眉頭，對誰都是愛理不理。自從用刀砍了洪順神父以後，阿貴對紅雲的那份畏懼已經消失，怕老婆的惡名再也不復存在。在胡大少被擒獲的前一天晚上，那天也是梅城裏舉行盛大葬禮的日子，阿貴在油燈跳躍的黃光下，木然地看紅雲化妝打扮，看她對著那面已經有了裂紋的鏡子又一次試戴耳環。

也就是從那天晚上開始，阿貴第一次，並由此開始了以後無數次地對紅雲的毆打。他粗暴地扯下了她剛戴上的耳環，把她的耳朵像撕什麼似的，拉開了好大的一個豁口，鮮血滴水一般灑得到處都是。老實巴交的阿貴在生命最後的日子裏，充分享受了虐待老婆的甜頭。他用拳頭徹底擊垮了紅雲的傲氣，打得她看見阿貴的影子就想逃，聽到他的嘆氣就心驚肉跳。末日中的阿貴百無聊賴地等待官兵的到來，官兵遲遲不出現，痛打老婆便成了他唯一的消遣。當這種消遣還不足以排除內心的恐懼時，阿貴便將在初十那天趁火打劫搶來的金銀財寶，統統扔進了臭氣洋溢的糞坑。

阿貴留下的唯一首飾，就是那枝長長亮亮彷彿匕首的銀簪。所以沒有把這把銀簪扔進糞坑的原因，是他往糞坑裏扔的一瞬間，突然想到了阿玉。阿貴突然想到了阿玉那對晃悠悠碩大無比的奶子。平湖村民風古老純樸，在男女關係上，向來看得很淡很隨便，老公公扒灰，小叔子偷嫂子，未出五服的堂房兄妹通姦，偶爾發生，引不起什麼憤怒，反而被人津津樂道，反而被當作什麼了不得的風流韻事。阿玉的男人就明目張膽地勾引過紅雲，兩人甚至當著阿貴的面動手動腳，打情罵俏樂不可支。在最後的日子裏，也就是說當阿貴決定投河自盡的那天，阿貴突然想到了要把銀簪送給阿玉。

那天剛下過雨，地上濕漉漉的，阿玉正抱著娃兒在棗樹下餵奶，阿貴木然地走過去，目不轉睛地盯著姪媳婦的奶子看。阿玉讓他看得不好意思，一雙媚眼火辣辣地看著他，說：「九叔的眼睛往哪兒看呀，難道你也跟娃兒一樣，想吃兩口奶不成？」

阿貴木然地站著，半天不吭聲，阿玉又說：「九叔，你發了財是不是？」「我殺了人，」阿貴冷不丁地說了一句，他以爲姪媳婦會害怕，然而姪媳婦根本沒當一回事，「我眞的殺了人，就一刀，一刀就把個人給砍了。」

阿玉對殺人毫無興趣，她感興趣的是傳說中，紅雲得到的金銀首飾。「九叔發了財，就想不到阿玉了，」她挑逗地說著，繼續火辣辣看著阿貴，「都說紅雲嬸嬸，現在富貴得跟皇宮娘娘似的。」

阿貴從懷裏摸出那根銀簪，氣喘吁吁地往阿玉的頭上插。阿玉看看四周無人，笑著說：「哎喲，九叔是眞想到阿玉了。」阿貴剛剛把銀簪插好，阿玉趕緊拔下來細瞧，不相信地說，「這簪子，九叔眞的捨得就給阿玉了？」她知道男人絕不會白給女人東西，心裏喜歡那根銀簪，同時又害怕阿貴會對她提出什麼要求。當然眞提出什麼要求也可以，不過最好是在銀簪之外，再能有一些什麼。然而阿貴突然一抱腦袋，在她面前蹲了下來，結結巴巴地說：「我死到臨頭了，我說死就要死的。」

這是阿貴在砍了洪順神父之後，第一次在別人面前流露出害怕的意思。在這之前，阿貴只是用皺眉頭和不吭聲來掩蓋自己內心深處的恐慌。他突然孩子氣地在阿玉面前抱頭痛哭起來。遠遠地有人走過，幸好沒有看見蹲著的阿貴，那人和阿玉調笑了幾句揚長而去。阿貴仍然抽抽搭搭哭個不停，阿玉不知道如何安慰眼前這位歲數比自己小，輩分比自己大的九叔，她將懷中正吃著奶的娃兒放下地，用手中的銀簪指著阿貴，讓娃兒過去羞阿貴，羞他這麼大的人，還會像娃兒一樣蹲在地上哭。那娃兒已經會走路了，只覺得那銀簪好玩，伸出手要去搶，阿玉東藏西塞地不肯給他。就在阿玉和小孩子逗著玩的時候，就在小孩子一個魚躍抓住了銀簪的那一刻，阿貴停止了哭泣，撲通一聲跪在了地上，然後以膝蓋代步，一直移到了阿玉面前，像個吃奶的孩子一樣，撩開了阿玉胸前的衣服，捧著那對嚮往已久的奶子，大口大口地吮起來，一邊吮，一邊哽咽。

第二天一大早，人們在河裏發現了阿貴的屍體。阿貴在自己的頸子上套了一根繩子，繩子的另一頭綁著一塊大石頭。沒人知道阿貴什麼時候投河的，人們發現他時，只是遠遠看到河面上浮著的他那圓圓的屁股，像個球似的讓人難以捉摸。大家圍在河邊指手畫腳，一時想不明白怎麼一回事，談論了半天，這才找了條船划過去打撈。

第四章

1

欽差大臣對新任的儲知縣十分滿意，這自然首先因為儲知縣辦事有效率，在短短的時間內，將教案的欽犯全部捉拿歸案。以胡大少為首犯的八名暴徒，除阿貴畏罪自殺，其他雖然遇到不同的麻煩，畢竟統統都抓到了。繼楊氏二雄和老二之後，又一個落入法網的是屠夫馬家驥，接下來是胡大少的軍師諸葛瑾和袁舉人的公子袁春芳。晚清官場十分腐敗，地方官常見的，都是一些混飯吃的無能之輩。欽差大臣唯恐地方官員胡亂捉人，屈打成招釀出什麼寃案來，因此事必躬親，親自過堂訊問好幾次。果然天衣無縫，口供筆供都千眞萬確，於是簽字畫押，打入死牢，只等到日子砍頭示衆。

欽差大臣覺得大功已經告成，一旦人頭落地，就可以回朝廷交差。偏偏在等砍頭的日子裏生出了一些意外。沿長江開進來停泊在離梅城不遠的大英帝國的軍艦，歇了沒多少天便離去了。像候鳥一樣駛往天津口岸的列強軍艦，在清政府簽訂了一張喪權屈辱的條約之後，又一次像候鳥來時一樣，得了便宜見好就收一哄而散。梅城教案很快便有了些虎頭蛇尾的趨勢，朝廷也明白了洋人不過是欺軟怕硬，藉了教案多勒索一些銀子。銀子既然已經賠了出去，自然一肚子的委屈。最簡單不過的辦法，是殺幾個惹是生非的暴民發洩發洩，然而大清的面子已經丟了，這口惡氣不能不出，朝廷不是鐵板一塊，特別是各地的地方官員，也有那麼幾條不怕洋人的硬漢子，等洋人的軍艦走了以後，朝廷上下都在議論著洋人的不是，幾位巡撫大人站了出來，聯名上訴，懇求朝廷不可滅自己之志氣，長洋人之威風。

巡撫領頭說了話，也有道臺跟著起鬨的。然而最激烈的莫過於某縣的一位現任知縣，這是個地道的書呆子，激憤於傳教士的肆行無忌遇事生風，而自己又勢迫萬難無力回天，遂爲「維持大局，故不惜微軀敢以屍諫」，用一腔義憤寫了一份代奏皇上的遺稿和四首絕命詩，找了根白綾緞，活生生地把自己勒死了。一時間，隨著教民的氣焰陡增，反洋教的呼聲同樣甚囂塵上，人們奔走相告羣情激昂，那民心和教案發生前又相彷彿。皇上和皇太后也和老百姓一樣，憋著一肚子不痛快，打不過洋人，白花花的銀子賠了，便在心裏嘔氣。那欽差大臣是皇太后重用的人，人雖在梅城，京城內外發生的那點事情，心裏全有數，他知道皇太后如今喜歡聽什麼。

欽差大臣於是給皇太后寫了一封密信，對如何處置教案中的暴民，提出自己的看法。他是讀書人出身，滿腹經綸，一肚子的鬼點子。他在密信中旁徵博引，委婉地同時又是恰到好處地表達自己的見解。既然幾個大膽刁民害得朝廷賠了那麼多的銀子，這腦袋是一定要砍的。然而如何砍和什麼時候砍，卻由不得再讓洋人做主，不能洋人威脅說什麼時候殺人，就得乖乖地什麼時候殺人。皇權受命於天，對於刑殺要「恭行天罰」，《左傳》有「賞以春夏，刑以秋冬」之說，《明會典》也規定：「覆決重囚，須從秋後，無得非時，以傷生意。」古人立法設刑，除了「動緣民情」之外，還必須要「則天象地」，進而達到「到處充滿著生氣，爲了應順天意，所以不宜執行屬於殺戮的死刑。秋冬天氣肅殺，萬物收藏，陽生之氣，斂而不發，自然界到處呈現一片陰冷的死寂，因此對於死刑的執行，也就莫佳於此時」。

欽差大臣的一封密信，起到了讓胡大少等七名囚徒多活幾個月的作用。漫長的雨季說過去就過去，英國公使對處決凶犯遲遲不執行，提出了口頭和書面的嚴重警告。由於這嚴重警告已是得到賠銀之後的事，因此也是雷聲大雨點小，警告警告做做樣子而已，並不是太當眞。再加上中國的傳教士也出面斡旋，認爲不可逼人太甚，免得再次引起激變。什麼時候處決罪犯，本來是中國政府的權力，傳教士在一個古老的東方國家傳播上帝的福音，要想使美麗的長江黃河成爲十字架使者們的康莊大道，就不能過分地使用西方帝國的強權。新來到梅城的浦魯修教士，不僅表示了要對中國政府尊重，而且流露出對罪犯赦免的願望。他通過哈莫斯，在《泰晤士報》公開發表了他的看法。他認爲，既然基督教以仁爲本，殺戮只能引起中國人對上帝的誤會和憤怒。

哈莫斯第二次來到梅城的時候，正是炎熱的夏季，離教案發生的日期大約幾個月。新的教堂已經接近竣工，在大火中沒有被焚燒壞的那只鐘，又一次被掛在了哥特式建築的頂端。哈莫斯這次來訪有兩個重大收穫。第一，他見到了七名蓬頭垢面待決的囚徒，親眼目睹了中國官吏如何使用酷刑。第二，剛剛從省城的火爐裏逃出來，他無意中找到了一個理想的每年都可以來此一遊的避暑勝地。除此之外，年輕的哈莫斯和已步入中年的浦魯修教士，開始了在中國的漫長友誼。作爲一名容易接近的洋人，哈莫斯受到了儲知縣敬爲貴賓的熱情款待。雖然由於語言的原因，哈莫斯只能靠打手勢表達他的意思，然而儲知縣有求必應，派去伺候他的僕人看人臉色看慣的，反正是奴才伺候主子，很快就能揣摩出他心裏在想什麼，因此在梅城的日子裏，哈莫斯的飲食起居，反而比省城優越得多。

哈莫斯也許是第一位親眼目睹中國監獄制度的外國記者。最初給哈莫斯留下深刻印象的，是對屠夫馬家驥的一次用刑。也許儲知縣想在洋人面前顯示自己的權威，尋回早已丟失的面子，也許他誤會了洋人的意思，以爲只有用刑狠毒一些，才能讓哈莫斯心滿意足。隨著一聲驚堂木的爆炸，幾位如狼似虎的衙役一擁而上，將馬家驥按倒在地，開始一根接一根，然後一縷接一縷地拔他的鬍子，不一會，馬家驥便血流滿面，沒了人樣。文弱的東方人的殘忍，這一次終於有機會讓哈莫斯大開眼界，他一次次吃驚和閉上眼睛，第一次明白了中國人爲什麼不肯相信上帝。哈莫斯並沒有因爲儲知縣的厚待，而在自己的報導中手下留情。「什麼叫作活的地獄，我在有幸見到中國的用刑殘酷以後，首次有了眞正的認識。」哈莫斯在他的報導中感慨萬分，「我見到了中國的地方官員如何審訊他們的罪犯，他們想出了種種意想不到的怪刑法，譬如用竹板敲擊罪犯的屁股，直到把罪犯打得不省人事。竹板是一種具有彈性，同時也是最具有中國特色的刑具，把犯人的褲子剝下來以後，只要打上幾板，皮肉頓時開花，幾十板子打過以後，大腿上的肉就會一片片飛起來，連血帶肉濺得到處都是。如此繼續打下去。到後來，大腿上就只能剩下骨頭了。」

哈莫斯始終不太明白的事情，在於既然已經判了罪犯的死刑，既然對罪犯的口供已經毫無興趣，爲什麼還要在大堂上如此濫用酷刑。他始終不太明白，罪犯如何才能免於挨打，事實上，無論罪犯回答是或不是，結局都一定是儲知縣大怒，用力拍打一下驚堂木，然後衙役們大打出手充分施虐。挨打是罪犯的唯一選擇，就像用刑是儲知縣和衙役們的唯一選擇一樣。哈莫斯由此不得不懷疑酷刑之下，屈打成招的可能性，他不得不懷疑大牢裏押著的以胡大少爲首的七名罪犯，並不是教案眞正的主謀和肇事者。

2

哈莫斯得到允許，在獄卒的陪同下，去大牢看望七名被判死刑的囚徒。接見時，隔著一扇巨大的鐵柵欄。除了爲首的胡大少，其他幾名囚徒已經被酷刑整治得驚恐萬狀，聽到獄卒的吼聲，一個個都乖得像訓練過的小狗一樣，都做出可憐巴巴的樣子。在描述了大牢的惡劣環境之後，哈莫斯在他的報導中寫道：「獄卒滿不講理地吼叫著，囚徒們驚慌失措不知道怎麼辦才好，只有那名叫作胡俊瑞的首領，人們又叫他胡大少，表現出了不多的英雄氣來，當其他囚徒都垂下眼簾不敢看我的時候，胡俊瑞是唯一對我瞪眼睛的人。他的大而無神的眼睛裏，依然流露出一個中國人對他們視之爲邪教的洋人的忿恨。顯然這是一羣知道自己即將被處死的人，末日的陰影在每一個人的臉上放光。」

由於天熱和密不透風，大牢裏洋溢著一股惡臭，即使是豬圈也不過如此，哈莫斯屏住呼吸，打著手勢，試圖和胡大少說上幾句，然而他的嘗試很快被證明是種冒險。在哈莫斯的報導中，他只寫到了胡大少的態度極不友好，而故意省略了他向自己臉上啐了一口濃痰的事實。雖然死到臨頭，大牢中的囚徒並不像哈莫斯描寫的那麼窩囊。事實上，囚徒感到害怕的對象只是好些管理他們的獄卒，一旦意識到自己像胡大少一樣做出些激烈的舉動，不但不會引起獄卒的喝斥，反而正得到暗暗鼓勵以後，他們的膽子頓時大了起來。他們毫不含糊地用粗話謾罵哈莫斯，對著眼前這位金髮碧眼的洋人大做猥褻動作。他們在胡大少的帶領下，隔著鐵柵欄，解開褲子，掏出尿尿的玩意，一泡泡騷尿向哈莫斯直射過去。在哈莫斯感到哭笑不得的時候，胡大少又喊著老二和楊德興，把一個木製的糞桶擡到哈莫斯的面前，撲頭蓋臉地向哈莫斯澆去。

哈莫斯倉皇而去，趕緊回到住所換衣服。幾天以後，哈莫斯打算離開梅城的時候，儲知縣準備了盛宴爲哈莫斯送行。在酒席上，哈莫斯就大牢裏押著的死囚，又一次向儲知縣提出疑問。幾杯酒下肚，哈莫斯面紅耳赤，也不管對方能不能聽懂他的話，喋喋不休大放厥詞。他說他不明白爲什麼非要在秋後才能執行死刑，他想知道，作爲地方官員，儲知縣是否有意拖延時間，以便等待來自上峯的特赦命令。哈莫斯一再向儲知縣說明自己的身分，他一再強調自己只不過是個剛開始工作的年輕記者，他從來不是想要求中國的地方官員做什麼，而只是確確實實地想知道儲知縣究竟打算怎麼做。哈莫斯承認他完全能夠理解中國人對洋人的仇恨和誤解，他相信中國的官方只是迫於西方的壓力，才不得不殺幾個人做做樣子。如果不是因爲西方帝國的強大，他哈莫斯也不可能在中國通行無阻，更不能和作爲地方官的儲知縣坐在一起喝酒。他說他感覺得到，在儲知縣熱情的招待和奉承中，其實蘊藏著和大牢裏的死囚一樣的敵意。

儲知縣始終不曾明白哈莫斯的話是什麼意思。他頻頻向哈莫斯舉杯致意，一個勁地勸他喝酒。對於將死刑延遲到秋後執行，儲知縣不但沒有一點意見，而且舉雙手表示贊同。死刑的延期爲儲知縣帶來了預想不到的好處。他的辦事有成效已經得到了上司的首肯。由於做候補知縣許多年，儲知縣深知自己進一步提升的機會幾乎等於零，因此一旦在知縣的位子上坐穩了，最現實的辦法，就是好好地撈他一筆。三年清知府，十萬白花銀，誰當官都這樣，儲知縣明白機會說來就來說走就走。死刑在延緩執行，正好爲他提供了大把撈錢的機會。哈莫斯在大牢裏看到的唯一一位穿長衫的死囚，便是本城舉人老爺的公子袁春芳。幾乎所有的人，都會產生這樣的疑問，這位穿長衫的死囚，顯然是讀書人的後代，如何也會和販夫走卒混在一起。就像儲知縣永遠不明白記者這職業意味什麼一樣，哈莫斯也永遠不會明白，儲知縣這種貌似淸廉的地方官員，竟然可以在袁春芳的身上大發橫財。中國官場的黑暗遠不是一個外國記者就能想像得到，事實上，除了酷刑讓人心驚肉跳之外，中國地方官員接受賄賂的巧妙和貪得無厭，同樣可以讓人瞠目結舌拍手叫絕。

在儲知縣爲哈莫斯舉辦的告別宴上，哈莫斯有幸見到了儲知縣上任後，在梅城新娶的姨太太。和已露出老態的儲知縣相比，姨太太的年齡，看上去就像是他的小女兒。晚淸官場上的風氣正在逐漸變化，內眷不見客的陳規實際上已經沒什麼人樂意遵守。哈莫斯在那次宴會中，留下的最深刻印象，就是一個老得都開始掉牙的中國地方官員，娶了一個長得很古怪的年輕女子。很顯然，儲知縣對自己所納的新寵言聽計從，當儲知縣硬著頭皮試圖理解哈莫斯的提問的手勢時，長著一對小虎牙的姨太太像看什麼怪物似的，看著金髮碧眼的哈莫斯。她很不得體地插著話，在年老的丈夫面前擠眉弄眼，一個勁地發嗲。她提出的問題似乎很不恰當，儲知縣十分尷尬地不斷地向她使眼色。

姨太太是朱師爺的二女兒，因爲也是姨太太生的，朱師爺並不覺得把女兒嫁給自己的上案，有任何不妥之處。在梅城，誰都知道朱師爺魯師爺既是同行也是天敵，二位師爺明爭暗鬥一直在相互較著勁。自從朱師爺成了儲知縣的老丈人以後，魯師爺一蹶不振就此甘拜下風。兩人從平起平坐，發展成一個不得不爲另一個當小二子跑腿。那朱師爺也不是什麼得理不讓人的主，魯師爺已經識了時務，兩位師爺化干戈爲玉帛，並肩攜手沆瀣一氣。當師爺的無非一個毛病，都想有機會多弄幾個錢，朱師爺和魯師爺操縱了梅城的訴訟，背後又有儲知縣撐著腰，很快就實實在在地撈足了一大票。在二位師爺的算計下，眞正吃足苦頭的是曾經顯赫一時的袁舉人。就像榨油一樣，作爲梅城中最有頭有臉也是最有油水的人家，由於兒子被列爲教案的欽犯，袁舉人幾乎傾家蕩產。他徒勞地把大把大把的銀子，流水一般花在保留兒子的性命上，即使到袁春芳被砍頭示衆，不明眞相的袁舉人仍然對二位師爺感激涕零。他堅信要不是二位師爺鞍前馬後地奔走，他的一家便逃脫不了抄沒家產和發配充軍的厄運。

哈莫斯和浦魯修教士同一天離開梅城，他們同時搭乘一條去省城的英國砲艇。剛剛下過一場暴雨，空氣出奇地清新，當他們踏上砲艇甲板站在船頭的時候，江風呼呼吹過來，甚至都感到了寒意。炎熱的夏天並沒有結束，一旦到達省城，他們將發現自己又一次鑽進了火爐。在旅行中，哈莫斯就如何消除一個西方人在中國人心目中引起的敵意問題，和專程去省城爲防止在災民中滸瘟疫購藥的浦魯修教士，展開了針鋒相對的爭論。

「只有上帝才能消除這種天生的仇恨，」浦魯修以一個虔誠的基督徒的態度，發表自己的見地，「如果中國人眞知道了上帝的話，這種天生的仇恨，便會隨之而去。」

「可是中國人眞正仇恨的，也許正是我們所要向他們宣傳的上帝。」哈莫斯不像浦魯修教士那樣對宗教一往情深，他那時候只是一個年輕氣盛的職業記者，不僅對傳教表示懷疑，而且認爲西方在中國的傳教活動，根本就是一個錯誤，「爲什麼我們的上帝，就一定也是他們的上帝？」

「上帝無所不在！」

汽笛長鳴，他們乘坐的砲艇加足了馬力，氣勢洶洶地向前開過去。江面上行駛的木船，在砲艇開過時掀起的波濤中，身不由己上竄下跳地顛簸著。哈莫斯感到十分可笑，既然上帝無所不在，傳教士們何苦還要跑到中國來冒險呢。梅城教案只是發生在中國無數教案中的一個，很難說新的教案不在醞釀之中。已步入中年的浦魯修教士昂首挺胸站在船頭上，他信心十足意氣奮發，正爲自己所肩負的神聖使命感到自豪。哈莫斯明白和神父的爭論正變得毫無意義，傳教士是傳播西方文明的先鋒，同時也是殖民主義戰車上一個卓有成效的兵種，最終的結果，是把中國從舊的文明中拯救出來，還是把它推向新的深淵，這將是一個永遠讓後人喋喋不休的熱門話題。中國人是在打不過西方人的前提下，被迫接待上帝的使者的，一個古老的不肯屈服的民族，絕不會那麼輕易地放棄抵抗。陽光突然從雲層中蹦了出來，面對刺眼的陽光，哈莫斯和浦魯修教士不得不找一塊陰涼的地方，遠遠的江面上，一隻木船上的兩名船工，對著駛過去的砲艇揮拳頭，哈莫斯注意到，浦魯修教士正漠然地盯著那兩名船工看。

「上帝將無所不在，」浦魯修教士自言自語地說道，「一切都是上帝的旨意，所有的榮耀也都歸於上帝。」

3

正像哈莫斯只樂於和中國的地方官員打交道一樣，浦魯修教士只和梅城的窮人來往。最初的傳教活動其實僅僅在災民中進行。和教案同一年發生的特大水災，不僅創下了歷史紀錄，而且那一年大量湧進梅城的災民之多，也只有多少年以後，發生在一九三〇年的那場大水過後的情景才能與之相媲美。歷史注定浦魯修教士將成爲梅城的傳奇人物，特大水災使得浦魯修教士在災民心目中名聲大振。多少年以後，老一輩的人不是過世，就是對轟轟烈烈的教案已經淡忘，新的一代自然更不會把歷史的教訓放在眼裏，當人們已不再對浦魯修教士有興趣的時候，胡大少的兒子胡天綁架了他。綁架使得浦魯修教士又一次引人注目，這一次不僅是在梅城的轄區裏，而且成了北洋政府統治下的整個中國以及世界範圍內的新聞人物。

事實上，從一開始，浦魯修教士就不贊成用殺戮的辦法，來解決教案的遺留問題。他是唯一向儲知縣表示要赦免胡大少等罪犯的外國人。「上帝從來就不贊成殺人，」他用不是太流暢的中國話對儲知縣表達著他的觀點，「用流血來阻止流血，這是一個本末倒置飲鴆止渴的笨辦法。」浦魯修教士在成羣結隊的災民中，開創了他貨眞價實的事業。作爲上帝的使者，他最初的形象，是一名穿著黑布中國長袍的慈善家。他雇人在尙未完全完工的教堂前，支起了巨大的鐵鍋，一鍋接一鍋的熬著粥。形容枯槁的飢民在教堂前排起了長隊，領到了屬於自己的一份粥以後，又一邊吃著，迫不及待地接著去排隊等候下一輪。這時候，離梅城教案發生不過幾個月，人們對燒教堂殺洋人打教民記憶猶新，仇教的心理仍然在徘徊，空氣中甚至還能聞得到依稀的血腥味，關在大牢裏以胡大少爲首的七名死囚也還沒開刀問斬，然而大量湧來的外鄉難民，卻因爲飢餓的誘惑和驅使，毫不猶豫地以入教的方式，認領了一張張廉價的通向天國的門票。

暴風驟雨般掀起的入教洪流，使得梅城中那些與洋教格格不入的人目瞪口呆。另一方面，梅城中原有的教民，因爲同黨的增多，終於揚眉吐氣，立刻恢復了曾經有過的囂張，而且在此後很長一段時間內，這種囂張的氣焰一直占據著上風。浦魯修教士初戰告捷，用最快的速度打開了局面。教民的數量在短期內急遽增加，吃教像感冒一樣在梅城流行，儘管大多數教民入教只是一種短期行爲，只是一種不讓自己餓死的權宜之計，一旦他們的肚子飽了以後，就再也不是堅信上帝的教徒，但是和教案發生前相比較，洋教的勢力不僅沒有削弱，而且得到極大的發展，這一點確鑿無疑。

在浦魯修教士的傳教生涯中，他曾有過的兩名最得力的女助手，一位是楊希伯的小女兒鶯鶯，一位就是裕順媳婦。和虔誠的女教徒鶯鶯不一樣，裕順媳婦雖然一直替教會做事，可是她從來就沒有眞正地信奉過上帝。教會只不過是她被裕順掃地出門後，重新找到了一個家。裕順媳婦在胡大少被緝拿歸案後的兩個月，發現自己有了身孕。她幾乎立刻就明白過來是怎麼一回事，雖然知道絕對不可能瞞過裕順，然而她還是努力嘗試了一下瞞天過海的可能性。她希望丈夫能夠相信，自己肚子裏懷的是他的種子。

「要是我告訴你，春在茶館的小老闆就要當爹了，你又會怎麼想?」她試探地問著。

裕順伸出手，撩開她的衣服，在她的肚皮上來回撫摩，一把一把忽輕忽重地揑著。「怎麼會呢，你別哄我，」裕順想不明白地問著，「誰都說我裕順這輩子命裏無子，難道我的雞巴突然當眞管起用來?」不孝有三，無後爲大，爲了延續香火，裕順想得個兒子都快想瘋了，他不能相信自己媳婦已經懷孕的事實。「那也說不定，」裕順媳婦冷笑說，「說不定是老天爺有心想成全你。」

裕順頓時明白了成全他的不是老天爺，而是他的冤家對頭胡大少。答案就在自己媳婦的臉上大明大白地寫著。多少年來，除了在新婚之夜的那天晚上，裕順對自己漂亮的媳婦從未粗野過。

他把她當心肝寶貝一樣地供著，捧在手裏怕摔了，含在嘴裏怕化了。即使胡大少欺人太甚地睡到了他的床上，把他的女人當作自己的女人，他也未把她怎麼樣。媳婦失去貞操，這已經是一個不能原諒的大錯誤，然而如果自己的媳婦懷上了胡大少的孽種，問題的性質就發生了戲劇性的變化。胡大少耕耘了屬於裕順的領地，單純是幹幹活也就算了，又播種又開花又結果，事情就有些過分。裕順把自己關在房間裏，狠狠地想了二十四小時，然後臉色鐵青地走出來，隨手撈了根小竹棍子，一把揪住了媳婦，沒頭沒臉一頓臭打。「要是這個小孽障，敢從你肚子裏鑽出來，我就把他扔出去餵狗。」小竹棍子打折了以後，他又不停地用拳頭捶她的肚皮，一邊捶，一邊像受了委屈的小孩子似的哭個不停。

裕順媳婦被丈夫突如其來的打擊嚇破了膽，她相信他說到做到而且一定不會手軟。押在大牢裏的胡大少顯然是必死無疑，既然裕順對胡大少的恐懼已經不復存在，不肯放過她肚子裏的孩子也在情理之中。事實上，自從胡大少落入法網之後，裕順已三番五次地提到了要娶妾。娶個大姑娘回來當妾，是醫治男人戴綠帽子的靈丹妙藥，對裕順這樣身心都不健全的人來說尤其合適。裕順媳婦不明白自己離開丈夫，究竟是因爲害怕他加害自己肚子裏即將出來的孽障，還是僅僅是因爲裕順要想娶妾，反正她一會兒害怕一會兒賭氣，臨了做出的唯一決定，就是永遠也不再回到春在茶館。

任性的裕順媳婦想像中的自己可以混在難民隊伍裏，排著隊等候施捨的粥吃。然而她幾乎一眼就被浦魯修教士看中了，她成了繼教案之後，第一批替洋人幹事的本城居民。當時，在難民中有大量的孤兒，當人們捧著骯髒不堪的飯碗，前呼後擁地排隊等候粥吃的時候，在城外，成羣的野狗正撕食著被丟棄的尙未嚥氣的嬰兒。飢餓比活生生的野狗更恐怖地威脅著人們的生存。在教堂前排著的長隊越來越長，長得望不到頭，長得都讓人感到絕望。爲了保存體力，飢腸轆轆的難民除了排隊，不得不放棄一切活動。孩子們不再奔跑遊戲，男人們停止了對女人的調笑，在飢餓面前，性這個與生俱來的玩意，已經退後到了很不重要的地步。漸漸地，隨著大量的災民連綿不斷地湧入，性作爲一種可以利用的工具和可以開發的資源，又開始重新活躍起來，飢腸轆轆的女災民們突然意識到可以嘗試著用自己的身體，向梅城的男性居民換取一頓最後的飽餐。

浦魯修敎士正是在這樣的背景下，創建了梅城的第一家育嬰堂。雖然丟棄嬰兒已成了普遍的現象，但是無論是梅城的居民，還是逃難的災民，甚至專門替洋人撐腰的儲知縣，都仍然抱著洋人會吃小孩的懷疑。裕順媳婦成爲育嬰堂的第一任看護，她的肚皮吹了氣似的，正在日漸地鼓起來，看護嬰兒這工作對她再合適也不過。到了陰曆的九月十五日，是胡大少等七人開刀問斬的日子，這時候，裕順媳婦的肚子，已經像座小山似的挺了起來，在這麼個重要的日子裏，外面混亂和喧鬧的人聲像開水在鍋裏沸騰一樣，裕順媳婦突然想到即將被砍去腦袋的胡大少，和自己肚子裏孩子的不可分割的關係。她突然想到應該讓還沒出世的孩子，最後看一眼胡大少，看看那個曾經一度被大家看作是多了不起的人物。

事實證明，在九月十五那樣的日子裏，一個挺著大肚子的女人，在人山人海的大街上行走，是個極欠考慮的冒險。隨著秋天收穫季節的到來，饑饉的歲月似乎已經結束，面黃肌瘦的災民，蝗蟲一般飛來，又轟地一下全都飛走了。刑場就設在離敎堂不遠新圈出來的空地上，因爲事先早就放出了消息，因此當胡大少等人還在被押往刑場的途中，通往刑場的大街小巷早就擠得水泄不通。裕順媳婦很快就陷入了進退兩難的境地，到處堆積著看殺頭的熱鬧人羣，當人聲哄喊起來的時候，突然蠕動的人流，差一點把裕順媳婦淹沒。要不是浦魯修教士的突然出現，她那天很可能會被當場擠死在大街上。

浦魯修教士撥開擁擠的人羣，在幾名無賴的哄笑聲中，把裕順媳婦送回教堂。因爲裕順媳婦是從教堂裏走出去的，那幾名無賴便認定她肚子裏，懷的是洋人的種子。幾乎每一位在育嬰堂長大的孩子，都難免終身遭到類似的羞辱，多少年以後，裕順媳婦的兒子胡地，已經成爲一條堂堂漢子，他的臉部的上半端，誰都能看出來和胡大少一模一樣，卻仍然有人惡意懷疑胡地是浦魯修的兒子。回到教堂後，站在剛剛竣工的塔樓上，除了密密麻麻的人羣，裕順媳婦什麼也看不清。人羣像潮水般洶湧澎湃，一會兒向東一會兒向西來回折騰。裕順媳婦突然感到肚子裏的孩子，狠狠地踹了她一腳，這一腳彷彿是胡大少已經去了另一個世界的暗示。她感到了一種巨大的悲哀，悲哀來源於她猛地想到了自己的失貞，想到了對自己丈夫裕順的不忠。悲哀過後，羞愧的恐慌使她無地自容。因爲在想到自己的不貞和不忠的同時，她竟然不可遏制地想起胡大少過人的情欲，想起了他們做愛時的那種不顧一切的瘋狂，這種想像甚至使她在瞬間內，產生了一種很無恥的衝動。多少年以後，裕順媳婦肚子裏懷著的那個將取名叫作胡地的孩子，將和他的異母弟弟胡天一樣，會成爲梅城最重要的人物，然而在胡地的出生前，在胡大少被砍去腦袋的那一天，他的母親的發自內心深處的感受，只是育嬰堂中，又將添了一名沒人管教的孤兒。隨著陣痛的即將開始，裕順媳婦最先產生的不是愛，而只是一種無可奈何的委屈。

4

爲了讓胡大少留一個種下來，在秋天刑期到來之前，曾是梅城中人們普遍關心的一件大事。起先完全是一個自發的行動，是胡大少那班無賴兄弟表示友誼的義舉，後來卻變得引起全城人注目的一個焦點。隨著教會勢力的飛速發展，反洋教的力量也在不斷積蓄。新的衝突正在醞釀，人們似乎意識到胡大少是反洋教的一面旗幟，要想在大家的心目中，一直保持住這面旗幟，讓胡大少留一個後代下來，便顯得至關重要。教案已經結束，然而只要胡大少留下後代，星星之火可以燎原。隨著雨季的消逝，隨著欽差大臣的悄然離去，胡大少往日的狐朋狗友們，乾脆一不作二不休，把那專管大牢的丁大爺給收買了。丁大爺是老公事，幾任縣太爺的大牢歸他管，只要犯人不跑了，牢裏的規矩便由他定，他說能幹什麼，就能幹什麼。胡大少也是梅城響噹噹的一條好漢，丁大爺收了錢，連聲說讓這樣的好漢留下種來，這種善事理應成全。

於是便到災民堆裏去挑女人。人都快餓死了，挑女人，竟然比到街上去買肉還容易。女人多得讓人眼花撩亂，一個個都是蓬頭垢面，挑的人也就格外仔細，長得不好看的，不肯要，不是姑娘的，不肯要，屁股太小不宜得胎的，也不肯要。橫挑豎選，終於挑好了一位端端正正的大姑娘，吃得飽飽的，交到了丁大爺手上，讓他人不知鬼不覺地帶進大牢。那丁大爺也是一味魯莽，大大咧咧將人領進去了，往大牢的鐵栅欄裏一送，對胡大少稀里糊塗地說了句，「這是你那幫弟兄爲你娶的媳婦，你好好地快活吧！」哐啷一聲再把牢門鎖上，就算把事情辦完。

在洋溢著惡臭的大牢裏，胡大少面對送來的大姑娘，一時不知道如何對待才好。一起在押的幾名死囚，在儲知縣大刑伺候的淫威下，明知道毫無生還的希望，與其活著受罪，一個個都盼著早點死掉拉倒。突如其來送上門的大姑娘，讓死囚們產生了一種明天就要執行死刑的錯覺，死到臨頭，巨大的懊惱沮喪像暴雨來臨前夕的沉悶，憋得一個個都喘不過氣來。胡大少當著幾位的面兒，英雄氣上來了，一夜無所作爲，倒是其他幾位死囚在黑暗中，白嘆了一夜的氣。天亮時，丁大爺將大姑娘領走了，到晚上又再送來，如此連續三天，胡大少當了三天的大姑娘的保護人，到了第三天早上，丁大爺不明眞相地說：「這喜日子，就算到頭了，但願你小子眞能留個兒子下來。」大姑娘前腳被領走，馬家驥跟著便跳腳對胡大少說：「早知道白白送來的丫頭你不日，讓我老馬給你代勞了多好。」

初次送大姑娘進大牢慘遭失敗，關心胡大少的狐朋狗友們，不得不另想絕招。人仍然是在難民中找，找到了，仍然由丁大爺送進去。緊挨著胡大少他們隔壁還有一間小牢房，中間只隔著一道牆，牆上有窗，窗上是鐵柵欄。這次丁大爺因爲得到的錢多，開恩將大姑娘領到小牢房，又拎著一大串鑰匙去帶胡大少。「還是你好，赤條條來去無牽掛，在家靠父母，出門靠朋友，你小子雖然光棍一條，他們這些有家有小的，倒反而不如你了。」丁大爺嘴裏喋喋不休地說著，將胡大少送入小牢房。「都到了這日子，女人在哪不是日，難道當著他們的面，你那玩意挺不起來，眞是的。」胡大少進了小牢房，人還有些發木，丁大爺又嘀嘀咕咕地說了幾句。

這一夜胡大少沒有白白放過，可惜忙了多少次，直到天亮時，才算把事眞正辦成。在胡大少和女人的交往中，還是第一次如此糟糕。那姑娘像殺豬似的叫個不歇，整個大牢裏都迴盪這種聲音。第二天一大早，丁大爺提著那一大串鑰匙來了，一看那陣勢，知道事情已經有了眉目，也不說什麼，領了姑娘便要走。那姑娘初次遭人強暴，大約傷勢重了些，走起路來一瘸一拐，滿臉痛苦和羞愧。姑娘在大家的眼皮底下走了出去，胡大少疲憊不堪地回到這面的大牢裏，一起在押的死囚，雖然隔著一道牆，可是牆上鐵柵欄的窗戶裏那聲音不斷地傳過來，聽得心猿意馬，因此和胡大少一樣，也是一夜沒睡好，見了他，嘆氣說：「你用了多大的勁，殺人是不是？」

胡大少倒頭呼呼大睡。到晚上，姑娘由丁大爺領著又來了，又是大半夜鬼哭狼嚎。這面大牢裏的幾位，睡不安穩，便趴在鐵柵欄上看熱鬧。連著三天，天天如此。三天以後，又換成了另一位姑娘，胡大少心裏正覺得納悶，丁大爺咂著嘴說：「三天就讓你換個媳婦，這快活哪兒去找？」胡大少不明不白，也不想弄明白。丁大爺又說：「好好地幹你的活吧，盡快弄個兒子出來，也別辜負你那班兄弟的好意。我日他娘的，讓我三天也娶個媳婦，就是和你一樣掉腦袋，也值了。」胡大少懶得再和丁大爺囉嗦，接連三個晚上忙下來，要說累，多少有那麼一些，因爲是換了一位姑娘，就是累也不肯歇著。這姑娘和前面的一位不一樣，撇開了腿，任胡大少怎麼弄，死活不吭氣。胡大少覺得姑娘眉目之間和裕順媳婦長得有幾分像，興致大增，一晚上忙下來，到第二天回大牢，一陣陣咳嗽一陣陣哆嗦，腰也瘦了，站在那對著糞桶尿尿，半天尿不出來。

前前後後，胡大少的狐朋狗友們，一共爲胡大少送進來九位姑娘。胡大少彷彿成心要想讓他的兄弟們失望，當第九位姑娘被送走，第十位姑娘正在醞釀之際，胡大少讓丁大爺傳話出去，說自己彷彿一頭公驢子似的，配種的活幹得實在太多了一些，如果不想讓他累死在女人身上，就立刻停止再送姑娘進來的把戲。炎熱的夏天已經進入尾聲，即使是最有效的壯陽藥，也不能煽起胡大少對做愛的熱情。能不能留下種來是天意，胡大少反正是要死的人了，有沒有兒子留下來關他什麼事。當胡大少感覺到他的弟兄們送進來的鹿茸虎鞭，以及特製的春藥，沒什麼作用的時候，他開了一個十分惡劣的玩笑，很大度地把那些春藥分給了除諸葛瑾之外一起在押的幾位死囚。在縱欲過度的胡大少身上不管用的春藥，一旦進入其他人的身上，卻乾柴遇上烈火一般大發神威，一個個尿尿的玩意，都像棍子似的豎在那不願意老實，怎麼哄都不肯軟下去。大熱的天，那血管裏好像鑽進了小蟲子，爬過來爬過去，一刻也不肯安生。胡大少在一旁暗自好笑，幾位已經把藥服了下去，想後悔也來不及，於是只好各人想各人的辦法撒野。老二渾身的力氣沒地方用，只好用手使勁去搬鐵栅欄，自然搬不動，嘴裏罵罵咧咧，又想起了自己媳婦牛氏，更是恨不得想把她哄得來狠狠揍一頓。楊氏二雄和馬家驥平時就有口舌之爭，服了藥火氣大，一言不合，便扭打成一團。楊德武一條腿是瘸的，只能當半個人用，人高馬大的馬家驥拿出殺豬的死勁，把楊德興按在地上，舉起拳頭便要打。那楊德興也是習過幾天武的人，抓住了馬家驥的拳頭，藉著他想躲開楊德武襲擊的勢，一個鯉魚打挺，反倒把馬家驥壓在身底下。

偷偷地把姑娘領進大牢引起的一個小插曲，就是袁公子春芳媳婦的受辱。袁春芳好歹也是舉人之子，他不可能像老二那樣，性子上來了，對著尿桶就能喘著粗氣幹起來，把精液彷彿尿一樣地射出去。既然丁大爺花錢就能收買，袁春芳帶信給家裏，讓家裏也給送個大姑娘來殺殺火氣。袁舉人爲袁春芳的事已吃足苦頭，驚魂未定，怕生出什麼意外，不想理睬兒子，偏偏做娘的心疼，不敢去找什麼大姑娘，便硬逼著媳婦去和兒子相會。那春芳媳婦出嫁前自然是大戶人家的小姐，嫁到袁家以後，袁春芳無論怎麼不長進，畢竟也是養尊處優的少奶奶。丁大爺得了錢，涎著臉將她領進去的時候，她想著進去是和男人做那種事，心裏既不樂意也不自在，一路上搭足了架子，竟然拿丁大爺當下人看待，對他耷拉著臉愛理不理。丁大爺是什麼角色，頓時臉上就不好看，這大牢向來是丁大爺的天下，天高皇帝遠，丁大爺就是這兒的皇上，在這兒和他老人家過不去，眞是不痛快找死。他開始有意識地爲難她，將她領進了小牢房，像關犯人一樣，往裏面一鎖，任袁春芳怎麼叫喚，自顧自回家喝酒去了。到了半夜，丁大爺酒足飯飽，又去領春芳媳婦，領了便要往外送。袁春芳隔著鐵栅欄急得跺腳，丁大爺慢騰騰地說：「舉人老爺家的銀子，在下怎麼能隨便收呢?袁公子不用擔心，錢我會如數退還，一個銅板也不敢少。」

丁大爺把春芳媳婦帶到一間沒人的房間，板著臉氣洶洶地說：「我丁大爺說話算話，這幾十吊錢，說退就退，一個銅板也不敢少。不過我們在衙門裏做事的，哪是隨隨便便用幾個錢就能收買的，這事不能就這麼算完，少奶奶且將就著在這委屈半夜吧，到天亮，稟告了縣太爺，再作計較。」春芳媳婦嚇得面如土色，那端著的架子立刻見了鬼去，可憐巴巴地看著丁大爺，不知如何是好。丁大爺索性好好地嚇嚇她，從口袋裏摸出那幾十吊錢來，一個銅板一個銅板地數著，一邊數，一邊又嚇唬說：「縣太爺那脾氣，少奶奶自然知道，那鐵熨斗燒紅了，專揀那身上最嫩的地方燙。」到天快亮時，春芳媳婦已被丁大爺收拾得服服貼貼，要她幹什麼，不敢有一點點馬虎。「你好大的膽子，男人死到臨頭，竟然還敢來收買我丁大爺!」那丁大爺獨數一張嘴厲害，專揀那讓人汗毛要豎起來的話說，越說下去，越發現有錢人家的女人，說到底也就那麼回事，爲了這樣的女人，害得他一夜不睡，眞是不值得，越想越來氣，話也越說越惡：「收買也就收買吧，花了幾十吊鳥錢，就想給我搭臭架子，我跟你說了，到了這大牢裏，不用說你只是個舉人的媳婦，你就是王母娘娘，也少跟我來這套。」丁大爺囉囉嗦嗦說了一大堆，好像還不解恨，存心還想再羞辱羞辱她，便十二分下作地要她脫了衣服，乾脆讓他丁大爺開開眼，看看她和他見過的別的女人，有什麼不同。這要求實在有些過分，春芳媳婦執意不從，抽抽搭搭哭起來。丁大爺也不強求，想像著她已經脫了衣服的模樣，繼續懶洋洋地將銅板一塊塊疊起來，疊成高高的一摞，然後推倒了再重疊，疊好了，再推倒，最後氣鼓鼓地說：「你當你是什麼東西，告訴你，我丁大爺不是那種在女人面前就會失了分寸的人，況且你也是落水鳳凰不如雞，老子眞沾了你都會後悔。誰讓你搭那鳥架子的？女人搭架子假正經，最招人日，今天只是給你一個小教訓，你以後記住了。」

5

儲知縣最喜歡的數字是八，他上任後的第一個想法，就是要毫不留情地殺八個人，以此結束轟動一時的梅城教案。八是一個非常有趣的數字，儲知縣按照這數字捉拿欽犯，以後又同樣按照這數字將罪犯砍頭。阿貴的畏罪自殺，好像成心是和儲知縣計畫中的數字八過不去，臨了，儲知縣只好從屬於教堂的圈地中，胡亂抓一個不肯搬遷的刁民湊數。隨著天氣的轉涼，大街上堂而皇之地貼出了布告，定於九月十五將教案的欽犯斬首示衆。布告上排在首位的自然是大名鼎鼎的胡大少，排在最後一位的叫姜有才，這就是那位在期限內不肯搬遷的刁民。等到姜有才明白過來不搬遷眞要殺頭，再迫不及待地求饒時，一切已經都來不及了。

偷偷將姑娘送進大牢，在梅城已是一個公開的祕密。如果說剛開始胡大少的狐朋狗友們還是出於一種義舉，這種義舉很快就演變成一種笑話。自從教案發生以後，胡大少是否已經留下種來，又一次成爲街頭巷尾最熱門的話題。由於災民的離去，爲胡大少挑選大姑娘的費用越來越高，人們不得不用募捐的辦法來玉成其事。募捐成了胡大少的狐朋狗友們趁機大撈一票的藉口，他們打著要爲胡大少留下種來的旗號，到處煞有其事地招搖撞騙。甚至當胡大少拒絕繼續扮演種人這一角色以後，形式上的挑選民女也並沒有停止。傳說中的胡大少有著過人的精力，一段時間內，人們相信他已經留下了足夠的革命火種，二十年以後必將重整旗鼓，再一次天翻地覆，把洋人殺得人仰馬翻。

許多胡大少熱情的支持者都被蒙在鼓裏，隨著九月十五砍頭日期的臨近，矮腳虎突然從一個相好的男人那裏得知，所謂轟轟烈烈的留種之事，事實上毫無任何結果。作爲教案中的英雄，胡大少正被他的狐朋狗友們逐步忘卻。「你們這些鳥男人一個個都不得好死，」她咬牙切齒地詛咒著，把那位前來與她同床共枕的男人，一腳從床上踹了下去。沒有比利用一個即將被砍頭的人名義，去榨取錢財更卑鄙的事，尤其當這位被砍頭的人是大家心目中好漢的時候，矮腳虎跑上了大街，沿街搜尋那些打著爲胡大少留種旗號大發横財的渾蛋，破口大罵扭住了便打。心裏有愧的男人們抱頭鼠竄，街上一簇一簇地全是看熱鬧的人羣。秋高氣爽，天氣正在轉涼，暴怒的矮腳虎氣得滿頭大汗。

白白胖胖的矮腳虎向來樂意給男人快樂，她從來不會眞心地拒絕誰。她一生中，最討厭的事就是欺騙。從十三歲時被肉鋪的小夥計誘姦以後，矮腳虎幾乎讓整條街甘心墮落的男孩子，都津津有味地品嘗過她的滋味。她永遠是街頭無賴們談得有滋有味的話題。二十歲那一年，矮腳虎第一次懷孕，懷孕都七個月了，她仍然和那些稚氣未脫的男孩子在床上尋歡作樂。除了對胡大少，她對想學壞的男孩子們始終有一種特殊的感情，她永遠也不知道應該如何拒絕那些迫不及待需要她的男孩子，生下來的嬰兒尙沒滿月，初嘗禁果的男孩子們，已經開始排著隊，不顧一切地鑽到了她床上。矮腳虎的小女兒在七歲的時候，被一場不大不小的病奪去了性命，矮腳虎痛哭了一天一夜，眼睛哭得又紅又腫，人也好像瘦了些，然而還沒到第三天，她卻又義無反顧地繼續了她輝煌的放蕩生涯。

過分的放蕩絲毫也沒有使矮腳虎變得衰老，人們不得不相信矮腳虎有一種不可告人的妖術。自從十三歲以後，除了不斷地吹氣似的胖出來，她就再也沒有長高過。她不過是越來越成熟而已，成熟得像水蜜桃，撕破了一點皮，甜蜜的汁水就會流出來。在得知有人打著替胡大少留種旗號招搖撞騙的那天晚上，矮腳虎第一次夢見自己已死去好多年的小女兒。小女兒跟死去前一模一樣，吵著要吃對門的豆腐花。矮腳虎發現時光倒流，不僅女兒的死是一場夢，甚至連過去的放蕩歲月也都是一場空。她驚喜地發現自己又回到了十三歲，肉鋪的小夥計張三正試圖用一串糖葫蘆，孜孜不倦地想算計她的貞操。矮腳虎發現自己果斷地拒絕了糖葫蘆的誘惑，狠狠地給了張三兩記耳光。天亮的時候，矮腳虎迷迷糊糊地睡著了，這一次，她夢到了她戴上了草編成的花冠，然後被選中送進大牢爲胡大少配種。在衆人不懷好意的目光下，她裝著很害羞的模樣，內心卻像一條正在發情的母狗，恨不能立刻就能和胡大少搞上，立刻就能懷上他的種子。

等到矮腳虎眞正醒過來的時候，因爲正憋著一泡尿，她充滿柔情地揉著自己的肚子，有一種當眞已懷上了胡大少的種子的感覺。她相信這是一種了不得的暗示，當天便不顧笑話地去找丁大爺，自告奮勇地要求見胡大少。「你這塊地裏什麼沒種過，種什麼也沒用了，像你這樣的騷貨還能懷胎，恐怕全梅城的人，都要變成你的兒子，」當她毫無羞恥之心地說出自己的意思時，丁大爺笑得不住地打嗝，拿矮腳虎尋起了開心。將近一打的大姑娘都不能開花結果，四十已出頭的矮腳虎又如何可能老蚌懷珠。矮腳虎出乎意料地沒有像往常那樣耍野撒潑，她黏乎乎地糾纏著丁大爺，不達目的誓不罷休。

經過連續幾天的糾纏，矮腳虎終於如願以償，春情蕩漾地到了大牢裏。她咋咋呼呼的突然出現，是死囚在掉腦袋前所能見到的，最後的也是最有看頭的一場鬧劇。時間是在大白天，丁大爺晃盪著那一大串鑰匙，打開鐵栅欄門的時候，關在大牢裏的死囚們仍然沒明白過來怎麼一回事。面對多日不見鬍子拉碴的胡大少，矮腳虎第一次流露出從未有過的羞澀，她低著頭，走到胡大少的面前，好半天才把頭擡起來。沒人聽見她對胡大少說了句什麼，反正她突然回過頭來，瞪著眼睛對其他人喝斥道：「有什麼好看的，都閉上你們的狗眼！」胡大少猶豫著不知所措，半天過去了，矮腳虎陡然結束了羞答答，她用手指著胡大少的褲腰，直截了當地說：「老娘我都送上門來了，你還有什麼好害臊。」

沒人能清楚地知道，他們怎麼就在別人的眼皮底下，把事情十分麻利地辦成了。矮腳虎顯然做好了充分的準備，她甚至什麼衣服也沒脫，就把處於堅決拒絕狀態的胡大少，推坐在地鋪上，然後撩著裙子再坐在了他身上。由於在整個過程中，矮腳虎一直虎視眈眈地注視著別人，別人也就不好意思老是偷眼看她。憤怒的胡大少始終想把矮腳虎推開，但是推推搡搡來來去去，臨了卻是誰也不再願意動彈。在大家還不曾十分明白怎麼一回事的時候，矮腳虎已經興高采烈地站起來。

因爲她站起得太突然，褲子已褪至一半的胡大少，甚至來不及將褲子拎好。丁大爺親眼目睹了胡大少尚未完全軟下去的大傢伙，忍不住哈哈大笑。丁大爺的大笑引得其他幾位死到臨頭的人一起跟著笑起來。

「有什麼好笑的，你娘和你爹不這樣，哪來的你們這些雜種！」矮腳虎風風火火地說著，臨走前，隔著鐵栅欄對胡大少信誓旦旦，「我一定給你生個兒子，老娘我說話算話，你放心地去死好了。」

矮腳虎從此以胡大少的遺孀自居。從大牢裏出去的路上，她就堅信自己已經懷孕。她果眞變成了一位貞節的女子，因爲此後再也沒聽說過有什麼男人占過她的便宜。很長一段時間過去了，人們才最終相信，那個在男人身底下放蕩無羈的矮腳虎，一去不返已不復存在。老天爺也許是有心成全她，在胡大少被砍頭示衆的五個月以後，她挺著大肚子在街上走來走去，傲氣十足神氣活現。她一遍遍毫不害羞地向人們講述她怎麼得胎的經過。好像事先就知道自己肯定懷的是兒子一樣，胎兒還在她肚子裏醞釀之際，矮腳虎就開始向他灌輸對洋人的仇恨。她挺著大肚子，圍繞著正迴盪著新運來的大鐘鐘聲的教堂，沒完沒了地轉圈子，在胡大少被砍掉腦袋的那片空地上，嚎啕大哭詛咒發誓。有一次，她甚至不顧一切地衝進了正在做禮拜的教堂，肆無忌憚地發洩她的憤怒。在迴盪著的鐘聲中，她咬牙切齒地大喊大叫，嚇得做著禮拜的教民一陣陣哆嗦。

九月十五那天，眞正露臉出鋒頭的，不是胡大少，也不是其他七位一起砍頭示衆的案犯，而是身穿一身白孝服的矮腳虎。事實上，距離矮腳虎去大牢找胡大少不過一個多月的光景，因此，當矮腳虎從人羣中擠到胡大少面前，對他大呼自己肚裏眞的有了他的兒子的時候，胡大少也只是將信將疑，不可能太當眞。看熱鬧的人，多得像過節，浪潮一般地湧過來湧過去。和胡大少一樣，矮腳虎也是上無老下無小，赤條條來去無牽掛的人，胡大少看著矮腳虎那一身近乎滑稽的打扮，一時不明白她這究竟是爲誰戴孝。好半天以後，他終於明白了矮腳虎的用心所在。

「死鬼，你放心去好了，」矮腳虎拍著自己的肚子，對胡大少喊著，「二十年以後，你兒子將跟你一樣，跟你一樣是條響噹噹的好漢。」

人山人海人聲鼎沸，然而那天幾乎所有的人，都豎起了耳朵，聽見了矮腳虎的這句後來傳誦一時的名言。大家像傳遞什麼特大新聞似的，一層一層地把這話的意思，向身邊的人一個接一個地傳過去。結果原來只是擠著想看殺頭熱鬧的人，都踮起腳來，想親眼目睹目睹穿一身白孝的矮腳虎的風采。行刑的劊子手老康開始給犯人喝餞行酒壯膽，矮腳虎突然又一次竄到胡大少面前，讓他爲未來的兒子起個名字。

「是得起個鳥名字，眞是我胡俊瑞的兒子，當然得有個好名字，」胡大少跪在那，憋足了一口氣，咕嘟咕嘟喝完了一碗酒，仍然是將信將疑地看著矮腳虎，「眞要是有兒子的話，就叫他娘的胡天好了。」

圍著的看客齊聲說這名字好，又嚷著起鬨，讓胡大少再起一個名字，因爲誰也說不定矮腳虎肚子裏就不是雙胞胎。「再來一個，再來一個，胡大少，一個名字也是取，兩個也是取，趁便一起取了算了。」

胡大少想了想，不耐煩地說：「要是有兩個的話，就叫胡天胡地，老大叫胡天，老二叫胡地。」

又是一片聲地喝采叫好。這時候，趕來監斬的儲知縣已經不耐煩，煞有介事地示意開斬。身穿大紅褂子的老康，端起青邊大海碗，把滿滿的一碗酒直著脖子灌下去，然後把碗朝邊上一扔，舉刀就砍。第一個被砍下腦袋的是老二，在大家還沒有反應過來怎麼一回事的時候，老二的腦袋已經像個皮球似的向人羣滾過去。緊接著，接二連三的人頭，隨著磨得發亮的大刀一閃，隨著劊子手老康身穿大紅褂的身段的揮舞，東一個西一個胡亂滾著。看熱鬧的人羣一陣騷動，突然就像遭了雷劈一樣，紛紛向四處散開。轉眼之間，只剩下胡大少一個人。劊子手老康深深地吸了一口氣，緩緩向他接近。

「日他娘的，給爺們叫聲好——」胡大少嘴裏的好字剛出口，雪亮的大刀已經把他的腦袋砍了下來。人們只看見矮腳虎展開了衣服的下襬，像隻鳥似的飛了過去，以一種令人難以置信的靈敏，兜住了在空中打了個滾，正往下落的胡大少的腦袋。雪白的孝服，頓時被鮮血像一幅畫一樣地染紅了。沒有了腦袋的胡大少仍然跪在那，像一截留在地面上的樹樁。矮腳虎兜著他的血淋淋的腦袋，走到不屈的胡大少身邊，呆呆地看著還在汩汩往外冒血的頸子。

「二十年以後，」矮腳虎一口氣憋了好半天，終於歇斯底里地對著天叫起來，「二十年以後，你兒子一定會給你報仇！」

【卷二・被綁架的浦魯修教士或葬禮輝煌】

著名的胡大少被砍頭，實際上開始了梅城新的紀元。一個多月以後，胡地誕生了。八個月以後，胡天也誕生了。胡天胡地這兩位異母兄弟的誕生，注定將成爲梅城歷史上的大事件。和胡天還未出娘胎時就已經大名鼎鼎不一樣，胡地這一後來聽了和胡天一樣讓人生畏的名字，則是裕順媳婦在兒子七歲那一年的胡大少忌日才定下來。以出生的時間順序計算，胡地應該是胡天的哥哥。習慣都說先有天後有地，天已經被弟弟占去了，哥哥只好屈居地的位子。胡天胡地似乎從一開始，就注定會成爲梅城歷史上赫赫有名的大人物，他們將在不同的環境中成長壯大，殊途同歸，都注定在不久的將來，短暫主宰了梅城的命運，名震八方顯赫一時。

——哈莫斯《梅城的傳奇》，遠東出版社

第一部分

說到底，土匪不過是那些處於逆境的人們，他們對所處的環境盡可能做出適當的反應。在瀰漫全中國各社會階層的野蠻而沒有保障的普遍氛圍中，土匪和其他人一樣，只能把希望置於自己身上。

——貝思飛《民國時期的土匪》，上海人民出版社

五月的一個清晨，穿著黑布長袍的浦魯修教士沿著每天走過的路，在黎明的灰色中散著步。通過散步來迎接天亮，這是他近十年來，接受了省城的一位名中醫的忠告以後養成的習慣。潮濕的雨季提前開始了，雖然一夜沒下雨，地面上濕漉漉彷彿正在冒水。街上幾乎沒什麼人，老態龍鍾的浦魯修教士蹣跚地走著，一邊咧嘴皺眉頭。嚴重的風濕疼痛困擾著他，在梅城待了幾十年以後，他突然意識到自己的骨頭正在悄悄地生鏽。也許教堂的地下室過於潮濕，也許長年累月的不見陽光，每次雨季來臨以前，浦魯修教士便感到身上所有的關節部位都在發霉，都好像散了架子一樣不聽使喚。

「神父，散步啦。」偶爾碰到一個熟人，停下步來向浦魯修教士問候。浦魯修教士不時地扭過僵硬的脖子，用地道的梅城方言和對方招呼。他已經習慣了人們稱他

爲神父，因爲對於中國的老百姓來說，沒人在乎天主教徒和基督徒的區別。天色昏暗，似乎正在醞釀一場大雨。浦魯修教士茫然地走著，渾身的關節吱吱咔咔地響著，一陣陣疼痛使他心煩意亂，絲毫也沒注意到有兩個陌生人，正悄悄地跟在他身後。

一高一矮兩個陌生人，早在浦魯修教士從教堂出來的時候，就一直跟在他後面。高的那位戴著破草帽，帽簷低低地壓在眉毛那裏，眼睛滴溜溜轉著，始終盯著浦魯修教士的後腦勺。陷於關節疼痛之中的浦魯修教士，直到被一泡尿憋得忍不住，才意識到那兩個形跡可疑的陌生人的存在。他站在牆角邊，想等兩個陌生人消失以後，痛痛快快方便一下。

兩個陌生人被浦魯修教士的突然回頭嚇了一大跳，他們連忙把眼睛挪向別處，裝著沒事一樣地站在那東張西望。經過一段時間的僵持，高個陌生人向矮個子悄悄地說了句什麼，掉頭走了。兩個人的影子剛剛消失，浦魯修教士急不可待地撩起黑布長袍撒起尿來，隨著嘩嘩的聲音，一位虔誠的女教民從另一頭走來，剛想和他打招呼，陡然明白他正在幹什麼，話到嘴邊，又嚥了回去。

浦魯修教士爲自己的舉止失態感到羞愧，儘管是地方就能撒尿，這幾乎是梅城男性公民的專利。何況浦魯修教士已經老態龍鍾，患有輕度的老年人常見的前列腺炎，但是光憑一個老字和不能抑制的尿頻，並不能成爲可以因此放縱自己的藉口。作爲一名虔誠的基督徒，作爲一名教區的牧師，他必須時刻留神自己的不檢點。女教民是個年過半百的老太太，她裝著不認識浦魯修教士的樣子，從他身邊略帶羞澀地走了過去。

天色似乎亮了一些，如釋重負的浦魯修教士情不自禁地咳了一聲，扭過僵硬的脖子。他注意到已經走出去一大截的女教民，走著走著，好像發現了什麼異常，突然回過頭來，十分驚訝地看了他一眼，然後一雙小腳邁著碎步，向他奔跑過來。

「牧師，不得了，不得了！」女教民跑到浦魯修教士面前，臉如土色，結結巴巴說不出話來。

兩位形跡可疑的陌生人又一次站在了不遠處，瞪著眼睛看著他們。

女教民驚恐萬分地回頭看了一眼，壓低了嗓子說：「這兩個人，是土匪！」

大隊土匪在天黑之前，完成了對梅城的包圍。噼里啪啦響了一陣槍，留在縣警察局裏值班的幾位警察，象徵性做了一些抵抗，便被完全地繳了械。

浦魯修教士在槍聲響起的時候，正在鐘樓上觀察天空。渾身上下的關節疼痛，使他極度盼望能盡快地下下雨來。整整一天，雨老是這樣要下卻又不肯下下來的樣子，烏雲滾滾，空氣已經凝固，突如其來的槍聲，引起了小城中的一片混亂。天說黑就黑了，浦魯修教士聽到了隱隱約約的哭喊聲。

黎明散步時，浦魯修教士遇到過的那兩位陌生人，像幽靈似的一直守候在教堂門口。浦魯修教士曾以友好的方式邀請他們進教堂休息，但是那位高個子顯得十分尷尬，口齒不清地說了句什麼，拉著矮個子就走。他們退到離教堂大約一百米的地方，若無其事地東張西望。整個白天都是這樣，當槍聲響起的時候，浦魯修教士立刻想到這兩人肯定是土匪。女教民驚慌無比的神情又一次在浦魯修教士的眼前一閃而過。

「上帝，這到底是怎麼一回事！」他情不自禁喊了一聲，緩緩地往樓下走去。正在這時候，他聽到了沉重的推門聲，有人冒冒失失地進了教堂。

在樓道拐彎處，浦魯修教士接連劃了幾根火柴，才點亮了風燈。他的手不住地顫抖著，好不容易舉起風燈。

「誰？」

沒人回答。

浦魯修教士沿著窄窄的樓道繼續往下走，他似乎已經意識到要出什麼事。半個月以前，他曾聽已故鮑恩的兒子小鮑恩說過，有大股土匪正向梅城方向活動。爲了確保居住著外國人的梅城的安全，軍隊已給予了土匪最致命的打擊。據被俘虜的土匪交代，他們奉命奔襲梅城，準備在這座富裕的南方小城，獲得土匪需要的一切。「我們將受到中國軍隊最特殊的保護，」小鮑恩把浦魯修教士因爲頸椎疼痛引起的哆嗦，當作了是聽說有土匪而感到害怕，洋洋得意地安慰著他，「梅城絕對不會有問題的，因爲有我們外國人。有了我們的存在，這座小城就不會有問題，不是嗎？」

浦魯修教士舉著的手突然停止了哆嗦，他停頓在樓梯的最下面的幾級臺階上，察覺到有什麼地方出了差錯。有人猛地抓住了他的手腕，他手中的風燈不由自主地往下落，就在要接觸地面的那一瞬間，被一隻極度敏捷的手撈住了。黃黃的燈光在黑黢黢的教堂裏搖曳，終於一隻又黑又壯的手舉起了風燈，照了照浦魯修教士不知所措的臉。站在浦魯修教士面前的正是那一高一矮兩位陌生人。舉著風燈的是那位矮個子，他把風燈一直送到了浦魯修教士的鼻子底下，獰笑著說：

「喂，洋和尚，你有幸被拉了肥豬，知道不知道？」

拉肥豬就是被綁票，這是梅城老百姓近來常常議論的一個話題。浦魯修教士僵硬了一會兒，像風燈裏跳躍的火焰一樣，又一次不停地搖晃起來。一股洋油的味道直往鼻子裏鑽，浦魯修教士忍不住打了一個噴嚏。矮個子土匪若無其事地看著他，嘻皮笑臉地說了句什麼。突然，高個子土匪揚手給了浦魯修教士一記耳光，然後又是一腳，將他踢翻在樓梯的臺階上，從身上掏出一截繩子，十分嫺熟地把浦魯修教士捆了起來。

天大亮時，由胡天帶領的大隊土匪，已經迅速成爲梅城的新主人。人們走上大街，看見一小隊一小隊穿著奇裝異服的土匪，以驚人的秩序，匆匆從大街上走過。就像沒有發生過任何暴力行爲一樣，梅城的早晨，彷彿剛從甜蜜的睡夢中甦醒過來，有一種熱熱鬧鬧的過節氣氛。孩子們跟在滿載而歸的土匪後面跑著，齜牙咧嘴一路喊著什麼。

天亮之前，梅城便悄悄傳遍了胡天領著人馬已殺進城來的消息。自從胡大少被殺頭以來，人們就相信這一天遲早會來臨。胡天在人們異樣的目光下成長壯大，在他還是一個小孩子的時候，他的身上就充分流露出了這種潛在的可能性。胡天注定會在小小的梅城大出鋒頭，早在和孩子玩耍的遊戲中，他便表現出了非凡的組織才能。雖然由於矮腳虎的遺傳，胡天的個子極度矮小，然而他卻始終扮演著首領的角色。到了光復那一年，當人們還猶豫著，不知是應該站在即將到來的民軍一邊，還是站在鎭守梅城的清軍一邊之際，胡天率領著他的狐朋狗友組成了敢死隊，大大咧咧地衝進了武廟，跟玩似的活捉了管帶哈都剌。作爲小城中資格最老的革命黨，一段時間裏，胡天曾和梅城的第一任民政長稱兄道弟一起出入。

胡天墮落成土匪的故事可以寫一本書。十年以後，他成爲報紙上經常提到的臭名昭著的匪首。這期間，他從倒袁的革命黨人，墮落到公開擁護袁世凱當皇帝，最後轉變爲徹頭徹尾的土匪。他領著自己的隊伍打家劫舍殺富濟貧，既幹好事同時又不斷地幹壞事，一次次崛起，一次次失敗。無數次失敗不僅沒有使胡天喪失鬥志，相反，反而成全了他打不敗的神話。關於胡天已被擊斃的消息一次次流傳，然而一旦似乎已消失了的胡天發出占領梅城的命令，來自政府軍方面的圍追堵截便全然不起作用。已經分成若干小股的土匪彷彿中了邪，突破了層層封鎖線，三五成羣像趕集一樣浩浩蕩蕩向梅城挺進。梅城成了土匪們烏合的焦點，當又一條擊斃匪首胡天的報告通過省城被電告北京，政府軍沉浸在剿匪初戰告捷的喜悅中的時候，處於絕對劣勢的胡天的人馬，已奇蹟般地完全控制住了梅城的局勢。

顯然胡天事先做好了周密的安排，他不僅安排手下在大隊人馬進城之前，監視了浦魯修教士，而且監視了小鮑恩夫婦，監視了排在梅城前十名的富戶。浦魯修教士和小鮑恩是梅城洋人中最具代表性的人物，前者因爲擁有廣大教民而衆所周知，後者卻因爲自己富裕的葡萄園而令人羡慕和生畏。沒有發生像人們想像中的那種混亂的大規模的搶劫，一切都進行得有條不紊。天亮時，人們走上街，發現有不少土匪正挨家挨戶動員大家前去瓜分富人們的財產。人們發現一隊隊土匪正在教堂前的那片空場上集中。多少年前，胡大少爲首的七名欽犯正是在這被砍頭示衆。人們帶著好奇的心理，聚集到了空場上，看看幾十年以後的胡大少兒子胡天，到底會幹些什麼離奇的事。

興高采烈的土匪從四面八方向空場上湧來，因爲沒有統一的服裝，事實上根本就分不清誰是老百姓，誰是土匪。唯一的區別，只是土匪將搶來的東西，堆積在空場上，老百姓卻是將空場上土匪搶來的東西，不勞而獲分回家去。遭到洗劫的只是梅城的洋人和排在前十名的富戶，土匪們披掛著戰利品，喜氣洋洋哼著小調，三五成羣像趕集一樣熱鬧。一個土匪十分招搖地穿著一件只有小媳婦大姑娘才會穿的花褻，一路走著，一路胡亂地扭著腰。一個土匪抱著一頭正使勁叫喚著的小豬，不停地擰著豬耳朵。最滑稽的是一個土匪不知如何翻到了小鮑恩太太巨大的乳罩，又不知道這玩意究竟用來幹什麼的，不分青紅皀白地繫在腰上，鼓鼓囊囊地塞滿了搶來的東西。

直到中午，人們才有幸目睹久違了的胡天的眞面目。五短身材的胡天披著手下繳上來的小鮑恩的一件呢風衣，一副未睡醒的樣子出現在空場上。和十年前相比，他已不再是那種敢打敢殺的楞頭青，因爲牙床發炎，咧著嘴愁眉苦臉的胡天顯得很深沉，他在四個高大的保鏢的陪同下，爬到周圍堆滿著戰利品的一張桌子上面，神情沮喪地發著愣。

「胡天，胡天！」梅城的窮人們向他熱情地揮著手。

胡天懶洋洋地看了看衆人，就像帝王接見他的臣民。「狗日的，老子不是說回來，就回來了嗎？」他咧了咧嘴，打算對圍觀的人羣說些什麼，然而劇烈的牙痛使他又一次皺起了眉頭。

浦魯修教士隨著被綁架的人質，連夜過了江，馬不停蹄地向土匪的老巢獅峯山趕去。一切都按照胡天的精心布置進行。當胡天在梅城接受老百姓歡迎的時候，被扯去了蒙在眼睛上的黑布的浦魯修教士，發現自己和其他人質一起，正停留在一個極小的村莊休息。這個小村莊顯然離梅城已經很遠，而且村民和土匪的關係看不出有一絲一毫的敵對。村民們像看什麼怪物似的，紛紛趕來看他們從未見過的洋人，爭先恐後地趴在窗臺上，對著浦魯修教士，對著小鮑恩夫婦以及他們的一兒一女怪聲怪氣地喊著。

「不就是一個洋和尙嗎，有什麼好看的。」負責看押的土匪不得不用槍對準越湧越多的村民。

人們照樣往窗臺上擠，這村子上有許多男人都參加了土匪，因此根本不把土匪的威脅當回事。負責看押的土匪又喝了幾聲，眼見著不起任何作用，只好隨他們去擠去鬧。

浦魯修教士聽說過許多關於土匪的傳說，他明白自己現在的處境。土匪綁架人質的目的，不過是爲了勒索錢財，因此只要他們不反抗，就不會有太大的生命危險。他把自己的想法告訴小鮑恩夫婦，一再囑咐他們無論遇到什麼樣的情況，都不要驚慌。上帝會保佑他們，人在危急的時候，除了向上帝禱告，應該排除一切雜念，因爲他們沒有其他的選擇。趴在窗臺上的看熱鬧的大人，逐漸被孩子們所代替。男人們的興趣開始轉移，他們都跑到了隔壁房間，評頭論足地在談論幾名讓土匪搶來的婦女。幾位梅城中的良家婦女哭哭啼啼，不知道什麼樣的厄運正在等著她們。很快到了中午，一個土匪拎著一桶熱氣騰騰的麵條，走進了屋子，將麵條往地上一放，大聲喊人質們吃飯。被綁架的富戶和婦女也被押著走了進來，站在那發愣不敢動彈。浦魯修教士率先站了起來，向麵條走過去，儘管他一點也不感到飢餓，渾身的關節疼痛害得他一陣陣咬牙，但是他相信和土匪很好地合作，是唯一正確的選擇。

「對，都好好向這洋和尙學著點，」送飯的那位土匪正是負責監視浦魯修教士的矮個子，他很欣賞浦魯修教士的知趣，對其他幾位還楞在那不動的人質嚷著，「一個個都苦著臉幹什麼，吃飽了，乖乖地歇著，晚上還得趕路。」聽說晚上還要趕路，被綁架來的富戶立刻嚇得腿直哆嗦，他們不像浦魯修教士，浦魯修教士因爲年齡大了，加上是洋人，是土匪們的重點保護對象，一路都坐在轎子上由人擡著。坐轎子的還有小鮑恩太太和她的一兒一女。跟洋人相比起來，梅城的富戶們和幾名順帶被搶上山解決土匪性欲問題的婦女，只能算是普通的肉票，遠沒有洋票值錢。他們不僅得自己趕路，還得不斷地忍受土匪的羞辱與折磨。一個富戶的鞋讓一名土匪看中了，被硬逼著脫下來，結果不得不光著腳趕路。

天黑的時候，浦魯修教士和其他人質一起，又一次上了路。他們避開了大路，翻山越嶺，整整走了一夜。天亮時，他們又躲在一座山上休息，一直等到天黑才繼續上路。三天以後，他們一行風餐露宿千辛萬苦，終於到達獅峯山下一個叫龍興的鎮子，這曾是胡天長期隱居的地方，四面是山，易守難攻，他們到了這以後，再也不繼續往前走了，而是住下來，等候胡天領著大隊人馬的到來。

胡天的人馬占領梅城的消息，在省城引起了強烈的震動。英國領事向督軍大人提出了抗議，希望中國政府不惜一切手段，立刻將被綁架的外國人質解救出來。教會團體的代表，就如何保證德高望重的浦魯修教士的生命安全，三番五次地要求督軍大人予以接見，並做出直截了當的答覆。一封封告急的信件，像雪片一樣被送到督軍府，暴跳如雷的錢督軍向手下發了無數次火，調兵遣將直撲梅城。

擔任剿匪總司令的，是錢督軍的心腹第一混成旅旅長雷振硅。雷旅長自然不會把幾個烏合起來的土匪放在眼裏，然而如何把土匪手中的外國人質活著解救出來，卻是一個十分棘手的問題。自鴉片戰爭以後的中國事，只要一摻和進了外國人，事情就特別麻煩。和土匪本來就沒有太多的道理可講，雷旅長決定不管三七二十一，先把梅城圍住了再說。首先必須給土匪一個下馬威，煞一煞土匪的囂張氣焰。

從幾個方向同時趕到集合地點的軍隊，對梅城形成了合圍之勢。一切都布置好了，雷旅長派人進城勸土匪投降，可是胡天的人馬早已溜之大吉，無影無蹤。在縣長的辦公桌上，留著一封胡天給督軍大人的具有強烈調侃意味的信，在錯字和別字連篇的信中，胡天對督軍大人像在黑道上那樣稱兄道弟，譏笑他的人馬姍姍來遲，並約他一起去獅峯山打獵。信的結尾處，就釋放被綁架的洋人的價格開了價：大洋一百萬，或者一萬枝槍。

雷旅長一邊將信的內容電告錢督軍，一邊派人迅速偵查胡天的蹤跡，準備追剿。土匪既然漫天要價，雷旅長更相信除了動用武力，不會有更好的解決辦法。他知道土匪因爲帶著人票，不可能一下子跑得很遠，兵貴神速，他派了一支最精幹的隊伍，沿著胡天撤退的方向，馬不停蹄日夜兼程，三天以後，終於和胡天的土匪接上了火。軍隊裝備精良，土匪根本不是對手，交火沒多久，土匪開始潰逃。

因爲土匪的手中掌握著人質，軍隊也不敢太逼土匪。同時，錢督軍迫於各方面的壓力，也電告雷旅長，不可過分莽撞，眞逼急了土匪撕票殺了洋人，後果不堪設想。雷旅長有力氣使不出，只好讓部隊遠遠地跟著土匪後面。土匪知道軍隊投鼠忌器，跟玩似的邊打邊退，逐漸消失在獅峯山的崇山峻嶺之中。

事實上，和軍隊交上火的，只是胡天用來殿後的小股土匪。胡天的大隊人馬，早在雷旅長帶人進入梅城的那一天，就到達龍興鎮，和先一步已到那的土匪會合。土匪的狼狽潰逃，給雷旅長留下了不堪一擊的錯誤印象，他的那支先頭部隊絲毫也沒考慮到獅峯山地形的複雜，大搖大擺地走進了胡天安排好的伏擊圈。經過一天一夜的激戰以後，被圍困的一個連，突然發現只剩下繳械投降這一條出路。

一個連的官兵被繳械以後的第二天上午，胡天第一次在獅峯山的老巢，接見了被綁架的浦魯修教士。雨季已經開始了，浦魯修教士患上了嚴重的感冒，不停地咳嗽，和小鮑恩夫婦一道，被帶到了胡天的住處。胡天正斜躺在一張硬板床上抽大菸，慢慢吞吞地過完了癮，坐起來喝了口茶，不動聲色看著被押進來的洋票，極有耐心地聽浦魯修教士咳完一陣劇烈的咳嗽。

「洋和尙，你不用怕，你知道你他娘值錢著呢，」胡天冷笑著看著他，然後又把臉轉向小鮑恩夫婦，「一旦滿足了我們提出的要求，就放你們回去。」

「你們要多少錢？」小鮑恩的中國話沒有浦魯修教士那麼流利，他結結巴巴地問著。

「一百萬。」

這個數字太大了一些，只有失去了理智的土匪才可能信口開河，提出這種近乎荒唐的數字。一百萬在當時幾乎可以買下整座梅城。目瞪口呆的小鮑恩夫婦對看了一眼，驚訝的目光一起轉向浦魯修教士。「一百萬。」小鮑恩不敢相信地用中國話重複了一遍，又十分絕望地用英文喊了一聲。

「別他娘在我面前說老子不明白的話，我胡天說一百萬，就是一百萬，聽淸楚了，整整一百萬。」

「我們絕不值這個數。」浦魯修教士一邊咳嗽，一邊輕輕地搖頭。

「値多少錢，這得由我說了算。一百萬，或者一萬條槍，少一點點，老子就撕票。洋和尙，什麼是他娘的撕票，不會不明白吧？」

「我們眞的不值這個數字——」

胡天不耐煩地揮了揮手：「別跟我廢話，我那爹就是爲了殺你們這些鳥洋人，給砍了腦袋，惹火了我，我就砍了你們的腦袋當尿壺，給我爹報仇。一百萬大洋，或者一萬條槍，給我老老實實寫一封信，老老實實，一字也不許有差錯。」胡天吩咐手下拿來紙筆，不動聲色地口述著，「你就這麼寫，快快籌錢來救我們，莫來軍隊，軍隊來，我們性命難保。錢需百萬，少一毫也不行。」

浦魯修教士依照胡天的話，寫了下來，胡天接過去，看了一遍。他根本就認識不了幾個字，看信也是做樣子，他把信隨手遞給旁邊的土匪，那土匪結結巴巴念完了，胡天又讓浦魯修教士落款，讓他簽上自己的名字，按上手印，然後又示意小鮑恩夫婦簽字畫押。簽完字畫完押，胡天揮了揮手，手下便上來將他們帶出去。胡天住在一個巨大的山洞裏，外面正淅淅瀝瀝下著雨，浦魯修教士一行剛走出山洞，已經等好在那專門伺候他們的兩名土匪，屁顛顛地跑過來替浦魯修教士打傘。因爲就一把傘，自然只能替浦魯修教士一人打著，兩位土匪一路油腔滑調說個沒完。

他們被帶到一個押著中國人質的山洞前，還沒進山洞，就聽見從洞裏傳出來一陣陣哭喊聲。「今天既然出來了，」走在前頭打傘的那位土匪回轉身子說，「我們就讓洋和尚到票房裏去開開眼。」

「還有你們兩位，也一起進去看看，好看著呢。」另一位也笑著對小鮑恩夫婦說。

山洞裏生著一堆火，一位人質被吊在了半空中，黑色的影子在粗糙的洞壁上晃晃悠悠，一位土匪正時不時用一根鞭子抽打，一鞭子下去，被打的人質立刻殺豬似的慘叫一聲。浦魯修教士進山洞以後，拿著鞭子的那位土匪來了勁，故意把鞭子揚得很高，帶有表演性質地惡狠狠打下去。浦魯修教士猛地一陣哆嗦，彷彿鞭子打在自己身上一樣，閉起了眼睛，十分痛苦地喊了一聲：「上帝，快點幫助他擺脫災難！」浦魯修教士的喊聲，頓時吸引了土匪們的注意力。

「洋和尚，你他娘說什麼？」一位土匪嘻嘻哈哈地問著。

「鞭子還沒打到他身上，這洋和尚已經快嚇出尿來了。」打鞭子的那位土匪笑著，回過頭來，神氣活現地看著老態龍鍾的浦魯修教士，「洋和尚，你就不用怕了，你老人家是大肥豬，值錢著呢，我們哪捨得碰你。」他說完，眼睛轉向小鮑恩夫婦，眼珠子盯著小鮑恩年輕的妻子凱瑟琳滴溜溜打轉，凱瑟琳被他不懷好意的目光看得有些不自在。「阿三，這洋婆子好一身肉，既是落到咱弟兄手上，什麼時候，乾脆也讓弟兄們開開洋葷算了。」

阿三便是那位打傘的土匪，一本正經地說：「你他娘別找死，洋女人那玩意碰不得！」

「操，又不是刀山火海，有什麼碰不得的？」

一個連的兵力被胡天的土匪繳械以後，負責剿匪的雷旅長惱羞成怒，仗著武器裝備精良，親率人馬向獅峯山頻頻發起了強攻。胡天在和軍隊的作戰中，充分發揮了他的軍事天賦，他沒有一味地死守，而是從不同的方向，神出鬼沒地對軍隊發動了一次次襲擊。等到雷旅長的隊伍一再受到重創，這位戰場上號稱小諸葛的常勝將軍，終於意識到自己陷入到了游擊戰的沼澤中，胡天已給了他足夠的教訓。

漫長的雨季使陷入困境中的軍隊焦頭爛額，名義上是軍隊在剿匪，事實上卻成了土匪在和軍隊鬧著玩。軍隊所占的優勢很快失去，雷旅長發現自己必須對胡天重新認識。戰場上占上風的漸漸已是胡天率領的土匪。好在土匪們對士兵無太大惡感，在交戰中，並不是把士兵一味地往死路上逼。在土匪眼裏，當兵也和當土匪一樣，都是爲了吃飯而扛槍打仗。在戰場上，各爲其主，下了戰場都是兄弟，不到你死我活的地步，就沒必要眞心的對抗。士兵受了土匪的影響，也不把土匪當作了死對頭，大家都是在表面上做做文章。士兵見了土匪，便胡亂放槍朝天射擊。土匪見了士兵，沒那麼多子彈可以浪費，就躲在石頭或大樹後面亂喊亂叫。

雷旅長迫於來自多方面的壓力，不得不派人和胡天談判。派去的人在胡天那接受了不冷不熱的款待，但是就是見不到胡天的面。胡天不願親自接見談判代表的理由，是嫌雷旅長派去代表的頭銜太小，他讓手下告訴那位代表，有話讓姓雷的自己直接上山來說。「別給我搭什麼旅長的鳥架子，我胡天眞要跟他姓雷的作對，足夠他吃不了兜著走，」胡天傲氣十足，絲毫也沒有把雷旅長放在眼裏，「不用說我手上還綁著洋人的票，就是沒有這些洋票，一樣也能讓他的那點人馬有來無回。」

代表帶著胡天的話回去以後，軍隊和土匪之間又衝突了幾次。有一次的交火甚至很激烈，結果雙方損失慘重，軍隊方面被打死一名副營長，土匪也損失一名非常重要的頭領。這一來，不但雷旅長對胡天要重新認識，胡天也意識到自己不可小覷雷旅長，隨著衝突的激烈，雙方都動了肝火，調兵遣將，擺出了要決一死戰的架式。然而連綿不斷的陰雨，很快地熄滅了大家心頭好鬥的怒氣，雷旅長和胡天顯然更明白保存實力的重要，沒必要也沒理由嘔氣火併。雙方就這麼僵持著，無形中達成了一種默契，誰也不高興再動眞格的。剿匪失利的消息已傳到了英國公使那裏，考慮到人質的性命安全，英國公使又一次向中國政府提出抗議，堅決反對繼續以武力剿匪。老這樣耗下去也不是事，督軍大人不得不考慮改剿匪爲撫匪，讓雷旅長親自上山和胡天談判。

陪同雷旅長一同上山談判的，除了幾名貼身衛兵，還有步入中老年行列並已成為中國通的哈莫斯，和一名來自鄰縣的華人牧師何樂觀。躊躇滿志的胡天站在山坡上，迎接著雷旅長一行的到來。雨不停地下著，一名又瘦又高的土匪站一邊替胡天打著傘。雷旅長一行終於由兩名土匪領著，遠遠過來了，胡天懶洋洋抱著手，無動於衷地看著他們。雷旅長也是由衛兵打著傘，他趾高氣昂東張西望，突然看到了站在高坡處的胡天。胡天居高臨下地看著雷旅長，雷旅長走到離胡天十步遠的地方，停下步來，面帶微笑，饒有興致地打量著自己的對手，琢磨著胡天臉上的表情。

「你就是雷旅長？」對峙了好半天，胡天依然十分傲慢地抱著手，不卑不亢打破僵局，「有失遠迎了，我胡天既已落草為寇，怕是只能按照江湖上的規矩辦了。」

雷旅長以沉默對付胡天的傲慢，他繼續琢磨了一會兒胡天臉上的表情，笑著說：「好，果然是位英雄，不管他是什麼人，我雷某人眼睛裏，只看得上英雄好漢。可惜兄弟公務在身，許多事不得已，多有冒犯之處，還望胡賢弟見諒。」

來來去去說了些客套話，胡天和雷旅長一見如故，對對方都有一種預想不到的好感。在眾人的簇擁下，他們走進了一個大山洞。這裏是土匪議事和接待貴客的地方，大大小小桀驁不馴的土匪早已恭候在那，見了他們，刷地一下全站了起來，東一個西一個站在原地不動彈，一個個都瞪大著眼睛，像看什麼熱鬧似地盯著雷旅長一行看。雷旅長微笑著和眾人招呼，他不敢相信，就是這羣看上去極不起眼的土匪，這羣衣衫不整的烏合之眾，使久經沙場的自己陷入進退維谷的兩難境地。過了片刻，土匪們嘰嘰喳喳地說起話來，根本不把頻頻向他們打招呼的雷旅長放在眼裏。胡天掃了一眼身邊的雷旅長，不耐煩地舉了舉手，頓時安靜下來。

雷旅長咳了一聲，笑著說：「我這不是到了梁山泊嗎？」

雷旅長到達土匪營地的第二天，陡然升起了太陽。雨季已進入尾聲，哈莫斯和何牧師在土匪的帶領下，前去探望被關押在票房的浦魯修教士和小鮑恩夫婦。會見是在一種極其輕鬆的氣氛下進行的，和被綁架的普通人票不一樣，作爲洋票，浦魯修教士和小鮑恩夫婦顯然在土匪窩裏得到了優待。沒有任何虐待的痕跡，雨季中難得出現的陽光，使得小鮑恩夫婦的臉上露出了短暫的笑容。他們的一兒一女，已經和負責看押他們的土匪阿三交上了朋友。當他們在票房門口談話的時候，小鮑恩的兒子傑斯正和阿三在不遠處打鬧。傑斯的中國話和當地的孩子說得一樣好，他不時地跳起來，去搶阿三頭上戴著的一頂紅色絨線睡帽。這頂睡帽本來是傑斯的姊姊瑪麗的，阿三在綁架小鮑恩夫婦時，從他們家裏翻到了這頂睡帽，便毫不客氣地將它占爲己有。

「我們一定會想辦法，讓你們平安地離開這，」何牧師慢慢吞吞地安慰著小鮑恩夫婦，「上帝不會撇下你們不管，你們現在需要的，只是足夠的耐心和勇氣。」

「耐心和勇氣？」

「是這樣。」

「他們沒有權利綁架我們。」小鮑恩忿忿不平地嚷著。

「什麼叫作權利？土匪有權利做他們想做的任何事，」哈莫斯已經離開了《泰晤士報》，他現在的身分是自由撰稿人和大學的兼職教授，因爲對中國社會的充分了解，他贏得了西方學術界公認的漢學家頭銜。這一次，他是應錢督軍的邀請，作爲洋人的代表上山和洋人接洽。「土匪關心的，是你們作爲他們心目中的洋人，在政府的眼中能值多少價碼，也就是說值多少錢。一切都看他們是否高興，看是否達到了綁架的目的。對中國政府來說，你們是必須被重點保護的對象，可在土匪眼裏，就完全是另外一回事。你們只是幾張洋票，洋票，懂嗎，這是他們的黑話。」

「可是我們絕不值一百萬。」浦魯修教士喃喃地說著。

一百萬是個荒唐的天文數字，何牧師想了想，苦笑了笑。他的目光移向正和阿三打鬧著的傑斯，傑斯無憂無慮地笑著，捉弄著阿三。戴著紅色睡帽的阿三看上去彷彿是馬戲團的小丑。

「一百萬這個數字實在太大了，中國政府肯定不會答應。」心煩意亂的小鮑恩看著哈莫斯，「這幫土匪是一羣瘋子。」

「他們折磨那些人質，而且還強姦那些可憐的女人。」小鮑恩太太在一旁補充說。

由於雷旅長和胡天的談判還在進行，一時很難斷定結果會怎麼樣。負責監視他們的土匪，懶洋洋地站一邊自顧自說著什麼，不時掃他們一眼。「我們聽見他們向雷旅長許諾，保證你們的生命安全，保證絕不傷害你們。」何牧師除了反覆說一些安慰之類的話，對於事態的最後發展，心裏一點底也沒有，「也許政府會答應拿出一百萬贖金來，反正你們一定要有耐心，現在最重要的就是耐心。」

事實上，眞正要有耐心的應該是土匪。大家的心裏和何牧師一樣明白，政府絕不可能拿出一百萬贖金來，因爲一旦政府眞付了這些贖金，所有在華的外國人，都將成爲土匪用來向政府進行勒索的襲擊目標。向土匪妥協，意味著後患無窮，任何有一點點頭腦的政府，都不會採取這種割肉補瘡的辦法來解決人質危機。教會團體正在採取募捐的辦法籌款，然而一百萬這樣的數目，僅僅是靠募捐，顯然又差得太遠太遠。

他們在一起待了幾乎一整天，到分手的時候，浦魯修敎士喊住了何牧師，神色莊嚴地有話要對他說。浦魯修敎士一本正經地指了指離票房不遠的大樹，示意他到大樹下面去說話。中外兩位神職人員向大樹走去，哈莫斯和小鮑恩夫婦相互看了幾眼，不太明白究竟有什麼特別的話，一定要這麼神祕兮兮地瞞著他們。夕陽下，浦魯修敎士高大並且已開始彎曲的身影，隨著山間的風一起搖擺，他不間斷地說著什麼，緩慢卻又非常堅決，說到臨了，忍不住大聲地咳嗽起來。

老態龍鍾的浦魯修敎士向何牧師表達了他對解決人質危機的看法，他不認爲向土匪繳贖金是一個善策，「欲望的大海永遠也是塡不滿的，贖金只能進一步鼓勵土匪的行爲。」他建議應該向土匪提出先釋放婦女和兒童的要求。如果中國政府方面眞準備拿出什麼贖金的話，也應該是首先考慮解救關在土匪窩裏的中國人質，「只要有很少的錢，這些人就可以恢復自由。你要知道，這些人天天被拷打，女人們被強暴，過著地獄一般的生活，要解救，當然應該先解救他們才是。」

「這是不可能的事，如果有贖金的話，當然是爲了你，爲了你們外國人，眞的。」何牧師從浦魯修敎士的眼睛裏，看到了那種只有獻身宗教事業的人才有的執著，「政府方面正在和他們談判，也許很快就會有結果，不過，我想除了你，恐怕並沒有人在考慮被綁架的中國人的命運會怎麼樣，這種事實在太多了，還是讓我們爲他們祈禱吧。」

「上帝，可是他們天天生活在地獄裏——」

「這種事，眞的是太多了。」

浦魯修敎士劇烈地搖晃起來，又是一連串的咳嗽，看得出他正爲別人的不幸，感到深深的痛苦。「難道我們除了祈禱，就不能再做些別的什麼？」

雷旅長和胡天進行的談判，出乎預料的順利。令人難以置信的是，他們不僅很快對對方產生好感，而且稱兄道弟幾乎立刻成了好朋友。作爲督軍大人手下的心腹愛將，雷旅長拍著胸脯向胡天保證，只要他肯下山接受改編，混個一官半職絕對沒有問題。現如今烽煙四起羣雄割據，各路軍閥擁兵自重，像胡天這樣能征善戰的將領，正是督軍大人求之不得的人才。

接受改編對已經厭倦了東躲西藏土匪生活的胡天，有一種特殊的吸引力。試圖成爲梅城的主人，這一直是胡天少年時代的夢想。他在母親矮腳虎的嘮叨中長大，一連串的關於父親胡大少的英雄傳說，使他從小就相信自己在梅城這小城裏，具有一種非凡的使命。「你是你爹的兒子，你得比你爹更有出息。」矮腳虎含辛茹苦地把他養大，沒完沒了地向他灌輸這種想法。青出於藍而勝於藍，胡天也相信自己注定要比他的被砍了頭的爹，更有作爲更能出人頭地。儘管對洋人有一股天生的刻骨仇恨，然而隨著年齡的增長，胡天越來越嚮往那種至高無上的權力。他相信自己應該擁有支配梅城的權力。

「老他娘的讓人指著脊梁罵土匪的日子，也該結束了。」胡天召集手下就是否接受改編進行爭論，爭論了沒幾句，他旗幟鮮明不容懷疑地表達了自己的觀點，「我們也下山過一過當官的鳥癮。」

幾乎所有的土匪都願意下山接受改編，雖然在和軍隊的較量中，土匪還占著明顯的上風，但是土匪的子彈已經不多，繼續對抗下去，前景絕對不容太樂觀。如果軍隊對獅峯山進行進一步的封鎖，僵持了一段時間以後，土匪除了撕票，和人質一起同歸於盡，別無更好的選擇。因此，就算是有洋票在手上，雷旅長親自上山媾和，土匪也知道已到了該找臺階下的時候。一百萬大洋的贖金完全是一種不現實的漫天要價，自從軍隊大舉壓境，土匪們就明白如此高昂的贖金不會再有希望。

「要是我們下了山，官軍又圍住了我們，怎麼辦？」一個土匪提出了他的疑問。

土匪和軍隊作戰，主要是利用險要的地形，一旦離開獅峯山土匪老巢，情況就大不一樣。關於這一點，胡天也做了反覆的考慮，首先人質不能完全放，一旦人質沒有了，胡天的人馬不僅失去了討價還價的砝碼，而且在作戰時，失去了讓官軍投鼠忌器的人質盾牌。洋票是迫使政府向土匪讓步的重要條件，輕易地釋放了外國人質，將是一次巨大的冒險。然而如果一再堅持不放人質，又意味著土匪不是眞心的願意接受改編。土匪們就如何釋放手上的外國人質七嘴八舌地吵了起來，吵到臨了，還是由胡天做出最後的決定。爲了表明誠意，胡天決定先釋放洋票中的婦女和兒童，也就是說，首先獲釋的，將是小鮑恩的妻子和她的一兒一女，至於浦魯修敎士和小鮑恩，則必須等胡天眞正成了梅城的主人以後，才能恢復自由。

雷旅長並不強求胡天一定要全部釋放被綁架的外國人質，當他提出自己留下來當人質，以替代浦魯修敎士和小鮑恩的要求被拒絕以後，他便領著來時的原班人馬，帶上小鮑恩的妻子凱瑟琳和兒女，依依不捨地離開了獅峯山。下山後，在給錢督軍的電報中，雷旅長別有用心地誇大了胡天的實力，認爲不管是眞心收編，還是最終仍然要通過武力解決，把胡天哄下山都是上上策。雷旅長的電報正合錢督軍的心意，因爲此時正值直奉兩系軍閥即將開戰之際，而地處兩省交界之處的梅城又是前線，正準備招兵買馬的錢督軍立刻電告雷旅長，封胡天爲新編十三團團長，就地聚集整編，然後開往梅城待命。

十天以後，雷旅長帶著一千套軍裝和五萬大洋，又一次來到了獅峯山。這位行伍出身的職業軍官，向來不把土匪放在眼裏，然而偏偏這次不打不成交，對胡天刮目相看。雷旅長浩浩蕩蕩帶了一大幫隨從，上山後，稍歇片刻，大張旗鼓辦的第一件大事，就是讓胡天召集人馬，由他親自點名發餉。雨季剛剛過去，天氣正在轉暖，雷旅長煞有介事地點名，使得土匪窩裏又有了一種過節的熱鬧氣氛。發完了餉，雷旅長和胡天又就究竟收編多少土匪，開始了各不相讓的討價還價。胡天認爲應該按照自己提出的人頭發餉發軍裝，但是一臉嘻嘻哈哈的雷旅長卻堅持只能按土匪手裏的槍枝，配備軍裝，也就是說，那些沒有槍枝的土匪必須遣散。談到臨了，胡天發了急，雷旅長則沉下臉來，說想不到胡天這麼不夠交情不給面子，嚷著要帶隨從下山。大家連忙兩頭打招呼說好話，胡天有些尷尬，雷旅長做出不駁大家面子的模樣，又一次轉怒爲喜，說可以瞞著錢督軍多發一百套軍裝，又許諾下次有機會再爲胡天的人馬補充一些槍枝彈藥。

雷旅長的所作所爲，給土匪留下了他很夠朋友的印象。跟隨雷旅長一起上山的記者，攝下了雷旅長和已換上了軍裝的土匪的合影。照片上的雷旅長笑容可掬，手搭在胡天的肩膀上，十分親熱像是兄長。難得照相的胡天顯得有些緊張，因爲他生得矮小，像個大孩子似地看著照相機。其他的土匪也一個比一個拘謹，彷彿犯了什麼錯讓人逮著了一樣，全都是目瞪口呆。照完相，雷旅長對胡天一改稱兄道弟的呼法，一口一個胡團長，並讓胡天手下的弟兄們都這麼稱呼他。

「這以後，諸位都是國家有用之人，」雷旅長一邊笑，一邊一本正經地說著，「既然當了軍人，就得有個軍人的樣子，不是嗎？」

當時的上流社會，都時髦戴眼鏡。這風氣對土匪也有影響，打家劫舍時，眼鏡也是土匪常常會看中的東西。雷旅長看著換了一身新軍裝的胡天，十分嚴肅地說：「胡團長戴了眼鏡，一定更加神氣，你幹麼不弄副眼鏡戴戴呢？」胡天讓他說中了心思，紅著臉說自己有過一副眼鏡，可也不知爲什麼，戴上了看東西反倒更加不清楚，而且不一會頭就昏。雷旅長知道胡天弄到的只是一副老光眼鏡，也不點破他，笑著摘下自己的金絲眼鏡，讓胡天試試看，若是合適，就送給他。胡天接過金絲眼鏡，剛戴上，衆人就一片聲地喊好，眼前的感覺也和原來的那一副完全不同。戴上了以後再看東西，果然就跟沒戴一樣。一個土匪從上衣口袋裏摸出隨身帶著的一面小鏡子，屁顚顚地遞給胡天，胡天對著鏡子橫看豎看，滿臉驚喜。

「胡團長既是喜歡，就留下好了，」雷旅長看著胡天依依不捨的樣子，笑著說，「挺好，眞的挺好。」

胡天連連謙讓：「這怎麼好意思？」

雷旅長說：「我們倆是誰跟誰，收下，收下，我如今是你的上司，我的面子，胡團長難道還不肯給？」

胡天的人馬在山上進行整編，準備浩浩蕩蕩開下山去。既然已是正經八百的軍隊，胡天知道對手下這幫無法無天的傢伙，不好好整頓收拾一番，到什麼地方都不成體統。土匪出身的人，通常最怕別人仍然把自己看成土匪，胡天決定先從自己做起，帶頭戒大菸。

胡天從小對大菸就沒好感，他的菸癮，完全因爲有一次負了傷，疼得忍不住才染上的。他在死亡線上掙扎著，等到發現自己又一次活了過來的時候，已經離不開他平時最討厭的大菸。從此，在胡天領導之下的土匪中，有了一個最嚴格的新規定，這就是沒有受過傷的土匪，不管有多大的功勞，都堅決不允許抽大菸。要想抽大菸，一定得像他那樣出生入死掛過彩。這條嚴格的規定長期以來一直被貫徹執行著，漸漸地，允許抽大菸便變成了對土匪不怕死的一種獎勵。有的土匪早已偷偷地染上了菸癮，爲了名正言順地抽大菸，故意在戰鬥中，往自己不致命的地方扎一刀或開上一槍。

胡天的人馬在正式接受改編的日子裏，最痛苦難忍的，莫過於將抽大菸的人集中起來，關在山洞裏集體戒大菸。由於浦魯修敎士在梅城曾辦過非常有名的戒菸所，他被押了去具體負責指導戒菸。在這場痛苦的戒菸運動中，浦魯修敎士屢試不爽的戒菸偏方忌酸丸派上了大用場。忌酸丸是用來戒菸的，所以不叫忌菸丸，是因爲在呑吸這種丸藥的時候，若同時吃了味酸的食物，就會讓人疼痛難忍腸斷而死。在忌酸丸中，除了生洋參之外，還有當歸白朮柴胡陳皮等中藥材，用淘米水浸透以後，放在石臼裏搗成泥狀，再加入大菸灰，攪拌成菸膏，然後裝在菸槍上吸。大菸癮上來，那些抽大菸的人，連性命都可以不要，因此戒菸的人，一定要方法對頭，不能一下子猛地戒掉。忌酸丸的最大好處就是，可以在戒菸的過程中，作爲一種大菸的替代品。

在戒菸剛開始準備的時候，胡天看著正在製造忌酸丸的浦魯修敎士，半信半疑地用籤子攪了一塊剛拌好的菸膏，放在鼻子下面聞著。「要是你這破玩意眞的能管用，洋和尙，你他娘可就眞的值一百萬了。」胡天爲這次聲勢浩大的戒菸運動定下了新的法律，在戒菸的過程中，誰要是敢逃離山洞，不管是誰，哪怕就是胡天本人，也一概格殺不論。爲了表示決心，在正式開始戒菸之前，胡天讓手下拿出了收藏著的全部鴉片，當著衆土匪的面，義無反顧地一把火統統燒光。整箱的鴉片扔進了熊熊大火，發出了噼噼啪啪的爆炸聲。

所有參加戒菸的土匪，最後一次美美地過完了菸癮，忐忑不安步入山洞，開始心驚肉跳的戒菸。經驗豐富的浦魯修教士，趁大家的醜態尚未暴露出來之前，向土匪們反覆強調戒菸時的注意事項。「上帝會保佑你們的，因爲讓你們一起來戒菸，這本來就是上帝的意思，」他不失時機地向土匪傳起教來，「要是你們感到受不了的時候，就禱告，禱告會使你們忘了自己的痛苦。」

「洋和尙，你個老不死的，神氣什麼。」一名土匪對他喊著，「你說的那個鳥上帝到底在什麼地方，叫出來讓我們瞧瞧！」

「上帝無處不在。」浦魯修教士誠懇地說著。

胡天早就有戒菸的決心，抽大菸不僅削弱了土匪的作戰能力，而且爲了爭奪大菸，每每引起內訌和火併。隨著大菸的來源越來越少，軍隊在剿匪中，甚至只要是對鴉片進行封鎖，就能達到和武器禁運一樣的效果。連續幾次戒菸的失敗，胡天相信那只是沒有找到一種行之有效的戒菸辦法。在綁架浦魯修教士之前，胡天對他在梅城所進行的卓有成效的戒菸，一無所聞。他僅僅知道洋人都不是東西，不過是在饑荒的年頭裏，打著賑災的旗號出來收買人心而已。用他母親矮腳虎的話來說，洋人都不是人日出來的。事實上，當浦魯修教士全神貫注配製他的藥方的時候，胡天終於想明白一個道理，那就是有的洋人，並不像自己想像的那麼壞。老態龍鍾的浦魯修教士，一邊咳嗽，一邊手腳哆嗦地忙亂著，胡天第一次對這位穿著黑道袍的洋和尙產生了興趣。

在戒菸的第三天，山洞裏的土匪開始有失體統地大哭大鬧，眼淚鼻涕一大把，弄得到處都是，彷彿眞到了世界末日。他們用各式各樣的髒話，罵大街一樣咒罵著浦魯修教士，發誓一有機會就一槍崩了他。幸好事先做了安排，凡是鬧得不像話的，一概由守在門口的土匪，將其五花大綁捆起來。等到了第五天，戒菸的土匪鬼哭狼嚎醜態百出，一位叫作李桿兒的土匪，掙脫了繩子，大叫著脫去身上的衣服，赤條條地衝了出去，一路發瘋地跑著，一路大叫：

「讓我死吧，我日你洋和尚的洋奶奶，讓我死！」

整編後的土匪開始正式下山，因爲都穿著統一的新軍裝，精神面貌煥然一新。天氣正在變熱起來，走著走著，自由散漫慣的土匪肆無忌憚地脫起衣服。到了中午時分，怕熱的土匪竟然打起了赤膊。

在行進的隊伍中，浦魯修教士和來時沒區別，仍然是坐在轎子裏，所不同的是這一次沒有被五花大綁，沒有在嘴裏塞一團又髒又臭的破布。坐轎子的還有小鮑恩和胡天，隊伍沿著崎嶇的山路，慢騰騰往下走。從一開始，年老體弱的浦魯修教士就感到頭暈，他昏沉沉地斜靠在躺椅上，忍住了一陣陣強烈的噁心，那滋味就好像當年初次坐海船來中國時暈船一模一樣。他感到沉悶的空氣已經凝固起來，手腳不再聽自己的使喚。在最後的一點知覺中，他彷彿又一次回到過去。多少年以前的一個星期天，他在布賴頓郊外接受了一位叫戴德生•泰勒的祈禱。泰勒先生的《靈魂的成長》一書曾經深深地打動了浦魯修教士，正是這部不朽的著作，使得年輕的浦魯修立志爲傳播上帝的旨意，獻出自己的一切。浦魯修教士決心不遠萬里地向千百萬中國人傳播福音，他參加了「中國內地會」，成爲無數到中國旅行的福音傳道者中間的一員。

嚴重的暈船，差一點送了浦魯修教士的命。在漫長的去中國的旅途中，他們遇到了巨大的風浪。海船已經完全失去控制，不由自主地隨著風浪顛簸起伏，一會兒竄到風浪的頂端，一會兒又突然失重，狠狠地跌進波浪的谷底。除了不停地向上帝禱告，浦魯修教士幾乎不能做任何事。更糟糕的是，不僅僅是暈船，他還得了一場罕見的大病。等到風平浪靜，人們開始重新打起精神的時候，發現處於高燒之中的浦魯修教士，正痛苦不堪地在死亡線上掙扎。一連五天，高燒不退的浦魯修教士，甚至不用別人的手觸摸到他，就能感到他的身上熱得燙人。一起去中國傳教的傑克•魯賓遜每天幫他擦洗，抹甘油，甚至擦上點香水，但是他的身上還是散發出一種讓人不敢靠近的惡臭。幾乎所有的人都相信浦魯修教士正在等死，就連他本人也絲毫不懷疑自己的大限迫在眼前。唯一沒有失去信心的是魯賓遜教士，「你所以不會去見上帝，是因為如果你現在就去，你會愧對上帝。」魯賓遜教士安慰著浦魯修教士，他告訴他上帝將拒絕接見一位什麼都還沒做的傳教士。海船到達上海港以後，骨瘦如柴的浦魯修教士被擡到了教會所在地，在那裏，他又持續地折騰了五十多天，頭髮都掉光了，終於奇蹟般地甦醒過來。

耶穌復活的那天，魯賓遜教士陪著正在康復的浦魯修教士，第一次去街上散步。走出寧靜安謐的教會大廳，浦魯修教士被出現在眼前的喧鬧和污濁，驚慌得不知所措。他目瞪口呆地看著展現在他面前的一個全新的世界，不由自主想到了但丁《地獄曲》中的詩句：「踏進此地的人們啊，請你們且莫把一切希望拋卻。」

靠著手上拿著的一本印刷簡陋的漢英字典初級讀本，加上一本漢字的《新聖約書》，浦魯修教士在中國的租界上跨開了最初的步伐。驚慌很快就過去，浦魯修教士開始用十分興奮的目光，打量著從身邊走過去的黃種人。一切都是新奇的，大病初癒的浦魯修教士想像著自己穿上中國衣服的模樣，忍不住地笑了起來。還是在布賴頓郊外的時候，泰勒先生就告誡過他們，為了實現向古老但是落後的中國人傳播上帝的福音，所有去中國的傳教士必須立志過最儉樸的生活，而且要習慣於穿中國衣服，走中國路，吃中國飯。「既然到了中國，除了不用像中國男人那樣，在腦袋後面拖一條被我們西方人所譏笑的辮子之外，應該讓自己變成一個徹頭徹尾的中國人。」

浦魯修和魯賓遜兩位教士在街上散了一會步，饒有興致地走進一家中國的館子，坐了下來，結結巴巴地表示隨便來一些什麼東西。「中國菜，中國的米飯。」他們笑容可掬地看著餐館的主人，激動得不知說什麼好。店小二吆喝著一聲什麼，用搭在肩上的破毛巾，擦了擦手中的筷子，啪啪兩聲，扔在他們各自的面前。這時候，浦魯修教士才發現油光鋥亮的餐桌上骯髒不堪，幾隻被嚇飛起來的蒼蠅，又很快落在桌子上，其中一隻又黑又亮的蒼蠅，正毫不含糊地釘在他面前的那雙筷子的尖端上。

戒了大菸的胡天的臉色，透露出了一些健康的紅潤。隊伍在山腰的一個小湖邊休息，胡天從轎子裏走了下來，大大咧咧地走到湖邊，掏出傢伙撒尿。在他的帶領下，幾乎所有的土匪都亮出了小便的玩意，就看見斜坡上站了一大排的人，嘩嘩地響成一片。

「叫那洋和尚也下來動一動手腳。」胡天撒完尿，指著浦魯修教士的轎子說，「我們他娘的就在這歇一陣好了。」

浦魯修教士轎子前的布簾子，早就撩了起來，一直沉浸在對過去回憶之中的他被突如其來的招呼嚇了一大跳。眼前的情景，使他置身於一種不眞實的感覺裏，他看見離自己不遠處，是幾位同樣作爲人質被綁架上山的小媳婦，穿著紅紅綠綠的衣服，站著或坐在山路邊休息。土匪們像散了羣的鴨子，一個個怪聲怪氣地叫著，有的在斜坡上，有的在追逐著什麼，更有幾位熱得熬不住的，脫得赤條條的，跳到湖裏洗澡去了。那幾位小媳婦在土匪窩裏已待了不少時間，早沒什麼貞節可談，毫不害羞地看著湖裏的男人，小聲議論著什麼。其中一位長著一雙大眼睛的小媳婦，無意中回過頭來，看著浦魯修敎士，黑黑的眼珠子瞪得更大了。

「洋和尙，你怎麼了，」那位小媳婦向浦魯修敎士走過來，既好奇又關心地問著，「怎麼臉色這麼難看？」浦魯修敎士一時還說不出話來，他大口大口地喘著粗氣，斜躺在轎子裏不能動彈。那小媳婦又說：「別嚇人好不好，喂，你聽見沒有，下來活動活動手腳。」浦魯修敎士仍然沒有反應，他的眼睛發直，似看非看地看著她。那小媳婦盯著他看了一會，伸出手在他面前晃了晃，突然冒冒失失地喊了起來：

「不好了，這洋和尙要死了！」

沒人理她的碴，小媳婦又扯著嗓子叫了一聲，人們都圍了過來。衝在前面的是穿得紅紅綠綠的小媳婦們。這時候，小鮑恩不知從哪鑽了出來，撥開看熱鬧的人羣，擠到了轎子前。

「我……沒什麼事，」浦魯修敎士有氣無力說著，聲音像蚊子哼，他輕輕地擡起手，想做手勢表示他不要緊，但是他疲憊得連舉手都覺得累，剛剛擡起來，便不由自主地放了下去。「上帝，我不會有什麼事的，」浦魯修敎士在心裏默念著，「就是死，又有什麼了不得？我將升向天堂，因爲我是虔誠的基督徒。」

「牧師，你有什麼不妥？」小鮑恩神色緊張地問著。

「這洋和尙是不是眞要死了？」

「死不了，洋和尚命大著呢，怎麼會死？」

圍著看熱鬧的人羣小聲地議論著。然而浦魯修教士終於緩過氣來，他長長地舒了一口氣，喃喃地說：「如果你們相信基督的死是爲了你們，你們就可以成爲天堂中的一個人！」除了小鮑恩，沒人明白浦魯修教士的話意味著什麼，大家得到的共同印象，就是這洋和尚真的快不行了。人越圍越多，臨了，連胡天也被這邊亂哄哄的嘈雜所吸引，他板著臉走過來，遠遠地喝了一聲，擠在一堆的人羣連忙爲他讓開道。

胡天徑直走到了浦魯修教士面前，看了看他，又回過頭來，看著小鮑恩。「這洋和尚搞什麼鬼名堂？」他不耐煩地問著，擺擺手，讓大家趕快走開。

「洋和尚快不行了！」有人叫著。

胡天一驚，不相信地看著浦魯修教士，瞪著眼睛看了一會，笑著說：「你怕是不會死吧，值一百萬大洋的時候，你不死，一回到了梅城，就分文不值了，還死他幹什麼？」

胡天領著大隊土匪再次踏進梅城的時候，受到了老百姓的夾道歡迎。儘管胡天的土匪接受了改編，成爲正式的軍隊駐紮梅城的消息早就傳開，人們仍然半信半疑。大家抱著看西洋景的態度來到大街上，都想親眼目睹一下，身著軍裝的土匪會是一副什麼腔調。

幾乎所有的人，都被胡天的那身滑稽打扮，引得哈哈大笑。沒人知道他爲什麼在入城的那一瞬間，突然脫去了上身的軍裝。這件上衣是他一身中唯一合適的衣服，一旦脫去了這件合適的上衣，又矮又小的胡天彷彿成了一個穿著大人衣服的小孩子。他那件襯衫被高高地捋起了袖子，在胳膊那兒彎成了一個大圈圈，下身的那條肥大軍褲，卻是長得一直拖到了地上。由於胡天神氣活現地走在了隊伍的最前列，他的這支穿著軍裝的土匪隊伍，上行下效，沒一個有正經的樣子，一個個不是衣衫不整，就是走得東倒西歪。倒是走在隊伍尾巴處那幾位湊數字的年輕人質，因爲事先胡天吩咐好的，軍裝穿得整整齊齊，看上去更像個當兵的樣子。

土匪的隊伍在城裏繞了一大圈，十分招搖地開往武廟。考慮土匪的匪性難改，早在接受改編的談判時，雷旅長就和胡天做了嚴格的約定，那就是土匪改編的部隊進了梅城以後，爲了防止他們可能會去騷擾老百姓，所有的人馬都必須集聚在武廟的兵營中。沒有經過允許，任何人都不許擅自離開武廟，違令者斬首示衆。當人質恢復自由，被釋放回去與家人團聚的時候，招搖過市的土匪卻像牲口似的關進了武廟。在此後的許多天裏，關在武廟的土匪天天像小學生一樣，接受由雷旅長派來的軍事教官的操練。

成爲梅城最高軍事長官的胡天，開始接二連三地出席宴會，縣長和警察局長以及各界名流，紛紛爲他辦酒席接風。他沒有像人們擔心的那樣，採取激烈的手段驅逐和殺戮梅城中的洋人，恰恰相反，他不僅釋放了浦魯修教士和小鮑恩，而且不止一次去洋人的別墅區拜訪。他在小鮑恩家作客，和哈莫斯閒談，甚至頒布了一項新的更有利於洋人特權的法令。到達梅城的半個月以後，胡天鄭重其事地宣布，要爲自己的母親矮腳虎重新修墓。他的決定立刻得到雷厲風行的貫徹，人們找到了最好的風水先生看風水，找到了縣中學最好的古文先生寫墓誌銘，又從很遠的地方運來了最好的墓碑材料。胡天的孝心得到梅城中窮人的羨慕，因爲在老一輩人的心目中，早已去世的矮腳虎曾經是梅城中最潦倒的女人。自從胡大少被砍頭示衆以後，一直以胡大少遺孀自居的矮腳虎，並沒有得到過人們應有的尊重。事實上，風流成性的矮腳虎一旦成爲一名貞節的寡婦，那些從她那再也得不到什麼便宜的男人，便再也不拿她當回事。

矮腳虎對男人的拒絕，大大地超過了人們的想像。胡天十歲的時候，有一次聽見矮腳虎和對門一個年輕風騷的女人對罵，大家跳手跳腳，張口閉口全是在女人的私處上做文章。罵到臨了，那年輕女人終於不是矮腳虎的對手，往地上啐了一口，悻悻地說：「我再不好，也有男人日，不像你，想男人了，只好自己躲在被子裏用手掰。」

矮腳虎說：「我掰不掰，你怎麼知道，只怕是自己天天在家這麼幹。」

到晚上睡覺前，十歲的胡天鑽進了被窩，忽然想到了白天發生在兩個女人之間的唇槍舌戰。他冒失地問矮腳虎什麼叫「掰」。矮腳虎一時不明白兒子的所指，待醒悟過來，暴跳如雷的矮腳虎狠狠地給了胡天一記耳光。十六歲的時候，一個悶熱潮濕的下午，胡天在對門那位風騷的年輕女人的引誘下，初嘗愛情禁果。地點是在一間堆柴火的灶披間，不知所措的胡天在那女人的大膽挑逗下，開始成爲一名出色的男子漢。他很快就變得色膽包天，肆無忌憚，而且技巧越來越嫺熟。終於有一天，還是在那個他們初次做愛的灶披間，胡天讓那女人躺在一條瘸了一條腿的長凳上，自己像一位騎馬作戰的英雄似的，一邊尋歡作樂，心血來潮地想起了多少年前，身下的這女人和自己母親的那場吵架。

「什麼叫用手掰，」胡天突然很嚴肅地問，「女人到底是怎麼掰的？」

女人浪聲浪氣地說：「這管你什麼事？」

「就管我什麼事，你今天不說也得說。」

那女人良好的興致全被破壞了，她想起身，但是被胡天壓得死死的，想動彈也動彈不了。「你去問你娘好了，」她使勁地推著胡天，想把他掀翻在地，「這你娘最清楚。」

胡天毫不猶豫地揚起了右手，朝那女人的臉上，結結實實地就是一拳。

胡天統治下的梅城，顯現出了一種短暫的欣欣向榮。就像在和軍隊的作戰中，展示出了非凡的軍事才能一樣，在管理一座城市方面，胡天同樣充分施展了自己卓越的才華。直奉兩大軍閥派系已經正式開戰，督軍大人指示胡天做好戰鬥準備，嚴防屬於奉系的軍閥越過邊界。極善於動用心機的錢督軍，打算在戰鬥打響之機，先讓胡軍的人馬和對方拚上一陣，等大家都消耗得差不多，自己再親率大軍衝過去漁翁得利。深知此中奧妙的胡天裝作對錢督軍的心思一無所知，他一邊藉備戰招兵買馬，沒完沒了地向錢督軍要餉要軍火，一邊在小城中實行軍事獨裁，最大限度地迅速建立起自己的威望。

在胡天的統治下，首先獲得繁榮昌盛的是梅城的妓女事業，大量穿著軍裝的土匪進入梅城以後，人們記憶中土匪喜歡強姦良家婦女的恐懼，並沒有得到應有的消除。儘管被土匪綁架的女人質已經全部釋放，然而對這些女人質的釋放，不僅沒有消除恐懼，相反通過這些被綁架的女人的痛苦回憶，誇大了土匪在性方面的要求。一位叫作菊芬的女人，回到丈夫的身邊，由於忍受不了失節的內疚，忍受不了戴了頂大綠帽子的男人的反覆審訊和拷打，竟然變得神經兮兮滿口胡說八道。她一會兒說自己在土匪窩裏，每天接待十位土匪，一會兒又改口說每位土匪都睡了她十次。在很短的時間內，這不幸女人的故事到處流傳。

神經兮兮滿口胡說八道的菊芬偷偷跑去拜訪和她一起被綁架過的受難者，她向她們哭訴丈夫對自己的虐待，發誓說與其這樣活下去，還不如死了更好。當她終於發現自己的自殺企圖對丈夫毫無威脅的時候，便在一天夜裏悄悄地跑進了武廟。憋在武廟裏的土匪正無處打發與夏天一起到來的情欲，立刻將這送上門的女人當皇后娘娘一樣供奉起來。讓人難以置信的是，爲了怕兵營中混進了女人的消息傳出去，一向好鬥的土匪不僅沒有爭風吃醋，而且配合得非常和諧。他們讓菊芬剃了男人頭，穿著男人的衣服，每尋歡作樂一次，都嚴格按協商後規定下來的價格付錢。

一個月以後，消息不脛而走，當年一起被綁架到獅峯山的女人，除了一名用自殺向丈夫謝罪之外，其他都不顧羞恥地跑到了武廟裏去了。紙包著的火，終於轟轟烈烈燃燒起來，梅城的老百姓開始譁然，有錢的紳士們在胡天同父異母的哥哥胡地的率領下，禮節性地拜訪了胡天，暗示如不迅速採取措施，解決這種有傷風化的混亂，他們將聯名給督軍大人寫信。胡天一氣之下，將紳士們轟了出去，然後帶著保鏢直接趕到武廟，暴跳如雷地一頓臭罵。

「沒有了女人，你們就他娘會死是不是，」胡天咬牙切齒地問著，「你們當這裏還是土匪窩？」

女人們像犯了案子的囚犯被帶了出去，土匪們依依不捨如喪考妣，看著正在消逝的女人的背影，唉聲嘆氣一句話也不說，一個個全是受足了委屈的樣子。

「沒有了他娘的女人，你們會死，是不是？」胡天顛來倒去老是這幾句，他有時是在質問手下的弟兄，有時卻是在追問自己，因爲他不能不想到自己這麼做，是不是有些對不住那些爲他出生入死的弟兄。「要是大家眞他娘管不住下面這條槍的話，我們還是趕快落草，趁早回獅峯山拉倒，免得在這給我丟人現眼。」胡天自言自語心煩意亂，罵了一陣以後，領著保鏢揚長而去。

天越來越熱，關在武廟裏的土匪無事可幹，只好天天到離武廟不遠處的一條河裏去洗澡，藉此打發自己因爲被關在兵營裏而過於旺盛的精力。他們全不顧來來往往的行人，脫得精光地便往河裏跳。有時跑過了大姑娘小媳婦，泡在河裏的土匪故意跑上岸來，像淘氣的孩子似的到處亂跑。有一天，泡在河裏遲遲不肯起來的兩名土匪，待同伴都走遠了，不聲不響地守候在路邊，好不容易等到了有兩個女人走過來。那兩個女人是婆媳倆，老的不算太老，小的不算太小，因爲天熱衣服穿得少，被兩名土匪按倒在地上，還沒明白過來怎麼一回事的時候，下半截的衣服已經被剝了下來。

類似的襲擊連續發生了好幾次，地點已不僅僅局限在河邊，反正只要到了天黑，膽大妄爲的土匪就神出鬼沒地四處出擊。梅城的婦女常常不明不白地就吃虧失了貞節。老百姓又一次開始譁然，紳士們又一次成羣結隊拜訪胡天，作爲異母兄弟中的哥哥胡地甚至和胡天爭了起來，因爲不能拿出來確鑿的證據，胡天這一次沒有發火。他向紳士們保證，只要能確認出是誰幹的，他將毫不客氣地立刻將其槍斃，但是如果只是憑著懷疑，作爲最高長官的胡天只好無能爲力。「並不是只有我的弟兄才長著雞巴，」胡天看著比自己高出許多的胡地，冷笑著提出了建議，他認爲既然一時還查不出究竟是哪個畜生幹的壞事，當務之急，也許是應盡快地想出辦法，防止類似的悲劇再次發生，「男人嘛，總得有個用武之地，是不是？」

根據胡天的暗示，由警察局出面，就在離武廟不遠的地方，建立了一座全新的妓院。所有的妓女不是從上海高價特聘，就是從省城的妓院裏挖來的，都是一流的行家裏手。考慮到土匪的精力旺盛和過分粗魯，對每位妓女接客收費標準和允許的人數，都做了嚴格的規定。由於土匪的情欲受到財力的限制，梅城的遊手好閒之徒，很快也出現在專爲土匪們建立的妓院裏。嫖客的增加，使得爆滿的妓院像吹足了氣的氣球一樣，隨時隨地處於要爆炸的狀態，結果這一年的秋天還沒來臨，梅城的大小妓院，雨後春筍一般冒了出來，男人們的力氣似乎都在女人身上用光了，社會治安反倒變得出人預料的好起來。妓院所繳的龐大的稅款，成了縣裏最重要的財政收入，而胡天也成了梅城歷史上第一位大家都眞正叫好的地方長官，從妓女到妓院的老鴇，從警察到警察局長，從有老婆的男人到沒女人的光棍單身漢，提到胡天時，臉上都情不自禁地露出心滿意足的笑容。

不僅妓女的事業得到繁榮，胡天出色的政績，還表現在卓有成效的禁菸和舉辦識字班上。原來由浦魯修教士一手操辦起來的戒菸所，在胡天的親自過問下，經過裝修重新開張。開張的那天胡天應邀剪綵，他一本正經地訓了一通話，發誓說從全城宣布戒菸的那一天起，任何膽敢嘗試抽兩口大菸的人，都將繩之以法就地槍決。他同時還授與浦魯修教士可以免費獲得一切製造忌酸丸材料的權利，而所有服用忌酸丸的菸鬼，則必須以每粒一塊大洋的價格，向警察局繳錢。從宣布戒菸的那天起，梅城的監獄和小學堂裏的兩個教室，都被戒菸所無償徵用，穿著制服的警察到處捉拿抽大菸的人戒菸。

因爲事先對可能參加戒菸的人數估計過高，太多的忌酸丸製造出來以後，找不到服用的對象。爲了不使轟轟烈烈的戒菸運動虎頭蛇尾，警察局出動了所獲得效果的，是那些抽大菸抽得已走投無路的窮鬼，而原計畫想狠狠宰上一刀去了。

作爲這次大規模戒菸運動總的負責人浦魯修教士，很快發現運動偏離了軌道。戒菸成了名副其實的非法拘禁，成了對付反對派的有效工具。「不應該再給那些可憐不幸的人，增添任何新的痛苦，」浦魯修教士跑到胡天那兒，爲禁菸對象在戒菸過程中所遭受的虐待，提出強烈的抗議，「要是不想讓那些抽鴉片的人，戒菸時把命送掉，必須對他們要有足夠的愛。」

「足夠的愛，」胡天不明白這洋和尚怎麼會有如此奇怪的想法，他哈哈大笑起來，「什麼樣的愛，難道要爲他們找些女人？」

胡天像攆鴨子似的把浦魯修教士轟了出去，轉身立刻傳令下去，要底下人毫無條件地按照洋和尚的意思辦，把正在戒菸的大菸鬼當作人來對待。半個月以後，省城派人來檢查戒菸的成效，來人先由胡天的人陪著，在梅城最好的一家館子美美地吃了一頓，然後醉醺醺地來到戒菸所。爲了測試大菸鬼們是否眞的戒了菸癮，省城下來的人，故意拿出一枝槍來，當著戒菸者的面，慢吞吞地裝上菸土，伸到被測試的大菸鬼面前。如果說在裝菸土的時候，剛戒了菸的大菸鬼臉上還流露出了難捨難分的神態，等到眞把菸槍放到鼻子底下，臉上便露出了一種極度的厭惡表情。忌酸丸的神奇效應充分顯示出來，它的優點就在於，戒菸之初，它可以當作大菸的替代品來吸，吸多了，再回過頭來，就會覺得大菸竟然會有一種不能容忍的惡臭。

省城來的客人，饒有興趣地參觀了剛剛舉辦起來的識字班。舉辦速成識字班，多少年來，一直是浦魯修教士的心願。由於胡天是梅城歷史上第一位不識字的最高地方長官，識字班的規模比戒菸運動更轟轟烈烈。識字班不僅辦在了小學校裏，辦在教堂裏，而且直接辦在武廟的兵營中。在武廟的識字班上，省城來的客人聽見了正在上課的土匪大聲念著剛認識的幾個字：

「中——華——民——國——」

土匪成年人的喉嚨裏，發出了一種接近小孩子的滑稽聲腔，有板有眼絕對整齊，因爲有省城的人來參觀，土匪們更表現出一種近乎孩子氣的一本正經。

因爲識字班的普及，小學的老師開始成爲梅城中眞正受人歡迎的角色，第一次受到了前所未有的尊重。然而在衆多的識字班中，相比較之下，更能吸引人的，卻是舉辦在教堂裏的識字班。識字成爲小城的一種新的時髦，武廟中的土匪大大咧咧地拿著課本，堂而皇之地藉上課之機在大街上到處招搖。老百姓用不太放心的目光，注視著他們的背影，紳士們卻又一次氣勢洶洶去找胡天，語重心長地向他提出忠告。他們不無擔心地指出，如果胡天放任手下去教堂聽課，也許就在不遠的未來，他的那些爲他出生入死的弟兄，恐怕都會變成基督徒。

「浦魯修教士正在用他的上帝，改造你的人。」

「要是洋和尙的上帝，眞能讓弟兄們都識字的話，就讓那洋和尙去作怪好了，」胡天對紳士們的警告無動於衷，當紳士們滿懷失望離去時，胡天對著他們背影做著鬼臉。這一次胡地沒有到場，原因很簡單，雖然胡地不是教徒，但是作爲一名從小在孤兒院長大，而且又是梅城有錢人中，和洋人交往最密切的人，他對傳教士沒有任何成見。

到了星期天，胡天帶著全副武裝的保鏢，突然出現在了教堂裏，他一聲不響地站在大廳後面，冷笑著看浦魯修教士主持做禮拜的儀式。浦魯修教士對胡天的出現，沒有任何吃驚的聲色，十分平靜地說著話，把充滿了敵意的胡天，也當作了前來做禮拜的教徒一樣對待。胡天抱著雙手，若無其事地聽浦魯修教士說了一會話，突然滿不講理衝上前，揪住了一位正在認眞聽講演的土匪的耳朵，不由分說便往外拉，一直揪到了教堂的大門口，然後照他的屁股上惡狠狠就是一腳。其他幾位混在教堂裏聽演講的土匪見勢不妙，扭頭便跑，一路跑，一路嘻嘻哈哈地笑著。

直奉兩大軍閥在北方的戰事，來得快，去得也快。位於南方的梅城，尚未捲入戰火衝突之中，戰事便草草告以結束。督軍大人藉胡天的隊伍當擋箭牌的計畫，隨著戰煙熄滅也一起流產。這一年的秋天很短暫，第一場寒流到來的時候，錢督軍親臨梅城，和鄰省的趙督軍，在兩省交界之處，簽訂了一個互不侵犯條約。兩位督軍大人簽了字以後，在大家的鼓掌聲中，像好朋友似地擁抱在一起。他們共同出征，在一座橫跨兩省的山脈上打獐子。這是一次輝煌的狩獵活動，因爲隸屬於兩大不同軍閥體系的軍隊，在最容易引起事端的兩省交界之處以友好的方式兵戎相見，實在是一樁史無前例的盛事。

胡天有幸陪同兩位督軍大人一起打獵。兩位督軍大人給他留下的共同印象，就是這兩人嘴上說的，和實際幹的，完全是兩回事。他們對胡天的領導才能誇不絕口，在和他的交往中，不僅不盛氣凌人，而且一次次放下架子，處處以請教的態度和他說話。很多人都以爲兩位督軍從此冰釋前嫌，起碼在相當長的一段時間內，能夠和平相處，卻不料兩位督軍大人都不過是藉這次機會，摸一摸對方的底，爲即將來臨的大戰施放煙幕彈。

「一旦戰爭打響，我希望胡團長能以迅雷不及掩耳之勢，帶領你的人馬直撲對方，將趙督軍設在這裏的第一道防線攻破。」在私下的祕密接見中，胡天的上司錢督軍指著攤在面前的軍事地圖，向胡天面授機宜，「我不相信胡團長會讓我失望。」

「我明白督軍大人的意思。」胡天順從地點著頭，然而心裏卻在悄悄打定自己的主意。既然督軍大人對墨跡未乾的互不侵犯條約毫無誠意，對他這位由土匪改變的心腹愛將，也不會眞心誠意到什麼地方去。第二天，在一次盛大的宴會上，兩位督軍大人互相餞行，談笑風生，都喝得酩酊大醉。看上去已經完全失態的來自鄰省的趙督軍，在人們掌聲中，韻味十足地唱了一段崑曲。作爲胡天上司的錢督軍也不甘示弱，他不能唱卻擅書法，便當堂展紙，讓胡天替他磨墨，寫了一通醉書。

胡天以最冷靜的態度看著兩位督軍大人的表演，筵席散了以後，他奉錢督軍之命，送趙督軍去他的下榻處。「出醜，出醜，今天讓胡團長笑話了。」趙督軍大叫自己今天喝多了，非要胡天再陪他坐一會。他瘋瘋癲癲地說了一會兒醉話，將一只非常精緻的禮品盒送給了胡天。「胡團長乃少年英雄，兄弟這一次有機會結識你，眞是三生有幸。」趙督軍的眼睛忽然亮了起來，做出有話不便說的樣子，「不過有些話呢，兄弟實在不能講，又不敢不講。講則不仁，不講則不義，因此只好爲胡團長準備一份薄禮。」

胡天知道趙督軍的話全藏在那只精緻的禮品盒裏，但是他做出什麼也不明白的樣子告了辭。回到家，打開禮品盒一看，裏面是一粒極大的珍珠，再仔細研究，便發現禮品盒的夾層裏，藏著一封密信。這封信是趙督軍的心腹，一位潛藏在錢督軍身邊的特務寄給趙督軍的，在信中，這位特務向趙督軍彙報了錢督軍收編胡天的眞實用心。錢督軍已經做好了充分的安排，已經在胡天的後翼布置了一張大網，一旦戰鬥打響，胡天不僅除了前進沒有退路，而且就算是他在戰場上大獲全勝，也仍然擺脫不了被全殲的厄運。如果發生在兩省之間的大戰打不起來的話，錢督軍便打算用調虎離山的辦法，將胡天騙到省城開會，擒賊先擒王，只要殺掉匪首胡天，剩下的土匪羣龍無首，對付起來易如反掌。

幫著胡天念信的是小學校年輕的李老師。胡天羞於去識字班和那些目不識丁的人混在一起讀書，便將李老師聘來另開小灶。李老師和廣東方面的革命黨有一定的聯繫，他藉給胡天上課之際，趁機向他傳播國民革命的大道理。趙督軍的密信只是證實了胡天早就存有的猜想，他沒有感到絲毫意外，更沒有驚慌失措。他十分坦然地將密信點火燒了，然後若無其事地將那粒極大的珍珠，連同那個精緻的禮品盒一起，送給了紅梅閣的一枝花。一枝花是紅梅閣裏最紅的一個妓女，身價高得讓梅城中的好色之徒輕易不敢問津。胡天的大珍珠讓一枝花愛不釋手，在床上千姿百態，把臉色陰沉的胡天弄得眉笑眼開死去活來。

「難道這城裏眞要出什麼事？」事情完了以後，一枝花試圖猜透胡天的心思，隨口問道。

胡天說：「其實已經出了什麼事了。」

一枝花說：「你別嚇唬人好不好。胡團長什麼風雨沒見過，就是有點什麼事，你胡團長也不會當回事。」

胡天已經睏意朦朧，「我當然不會當回鳥事！」說完，打了個大呵欠，倒頭便睡，剛睡著，又睜開眼睛說：「不過，這事他娘的也不是那麼簡單。」說了，緊接著又呼呼大睡，一枝花知道他過一會兒就會醒來，披了衣服下床，親手爲他燉參湯，好讓他一醒過來就有熱的參湯吃。收費高昂服務周到，是一枝花得以成名的一個重要手段。然而她對胡天卻有一種特殊的感情，這感情也許是她在接待了無數位男人以後，僅有的一次例外。一枝花天生是當妓女的好材料，她來到這個世界的唯一目的，好像就是爲了讓男人們明白什麼叫作尤物。她的母親是妓女，外祖母是妓女，甚至曾外祖母也是妓女。出身於妓女世家的一枝花，最初在男人中獲得聲名的，不是因爲她的相貌，而是因為她有著與衆不同的金色陰毛。這祕密是她在十六歲時，接待一位來自四川的嫖客時，被人像發現新大陸似的揭示出來的。四川嫖客從來不在乎大把地花錢，他唯一的惡習，便是喜歡在臨了提出的小小的要求，要些女人身上的東西作紀念。

就連一枝花也沒有發現自己竟然和別的女人，有著如此重要的不同。四川嫖客對著她金絲一般的陰毛讚不絕口，到處獻寶似地展覽給別人看。當時還完全沒沒無名的雛妓一枝花，立刻時來運轉嫖客盈門。這以後多少年的皮肉生涯裏，一枝花始終紅運不斷。有一段時間，凡是有幸和一枝花共度良宵的男人，都可以得到一根金色的陰毛作為紀念，這習慣一直到三年前才終止。終止的原因是一枝花突然發現自己長此以往，結局將不可收拾。她終於明白不該輕易地蹧蹋自己的本錢，並從此開始了極有浪漫情調的賣淫旅行。她發誓要走遍中國的名山大川，梅城只是她計畫中避暑的地方，因為她早就聽說這裏已經成了著名的避暑勝地。發生在這裏的土匪襲擊事件對她沒有任何影響，恰恰相反，早在她還是個孩子的時候，她就對殺人越貨的土匪強盜，有一種非常神祕的嚮往。來到梅城以後，她只接待那些來這避暑的洋人，偶爾也稍帶接待幾位有錢的本地紳士。在接待大名鼎鼎的胡天以前，一枝花已經聽到了足夠的關於他的傳說，因此當她第一次和胡天有了來往以後，便發現自己已不是僅僅喜歡這個個子矮然而結實強悍的傢伙，她發現只要胡天眞心願意，自己就準備立刻從良嫁給他。

胡天無數次拒絕了督軍大人讓他去省城開會的請求，他想起了種種稀奇古怪的理由，一會兒是母親的忌日，一會兒又是母親的壽辰。要不就是牙疼心口痛，或者疝氣又犯了，反正各種各樣的藉口都被他用來搪塞。隨著讓他去省城的要求一次比一次強烈，一次比一次難以推託，胡天開始正式和鄰省趙督軍派來的人偷偷來往，進行絕對祕密的談判。和趙督軍的祕密談判，很快就被錢督軍偵探到了消息。盛怒的錢督軍立刻召見雷旅長商量對策。武力解決顯然是避免不了的。胡天的探子同樣也是很快就得到了消息，大批軍隊正兵分三路，向梅城悄悄逼近。

面對軍隊的逼近，胡天不得不採用一手硬一手軟的政策。他讓小學校的李老師起草了一封給錢督軍的信，在信中，他首先向錢督軍表明自己的忠心，然後做出不明白的樣子詢問，爲什麼有軍隊向梅城調動，而他作爲梅城的最高地方長官卻絲毫不知道。爲了不在老百姓中引起不必要的混亂，他希望督軍大人立刻下令所有軍隊不要繼續前進。在信的結尾處，胡天暗示說，他的隊伍已做好了一切戰鬥準備，一旦發生在兩省之間的戰鬥打響，他的人馬立刻便能全力以赴走向戰場。這句話的潛臺詞就是，如果錢督軍眞準備兵戎相見的話，他胡天樂意奉陪。「我的人隨時都可以打仗，將老子逼急了，大不了我再一次上山落草。」李老師在寫信的時候，胡天在房間裏來回踱著方步，平均每兩句話罵一次娘，「要是眞他娘的以爲他是什麼鳥督軍，我便會怕他，他也實在是昏了頭。老子怕過誰？」

另一方面，胡天加快了和鄰省的趙督軍談判的步伐。他希望趙督軍盡快給他一個準確的答覆，那就是如果錢督軍大兵壓境，胡天將率領自己的人馬遁入他的省界暫避一時。對於一個一直虎視眈眈覬覦著鄰省地盤的督軍來說，錢督軍應該明白，胡天的存在，可以是一道天然的保護屏障。

兵分三路的軍隊，幾乎是到了兵臨城下的地步，才停了下來。雖然胡天曾揚言做好了一切戰鬥準備，但是事情的發展有些大大出乎他的預料之外。正當他猶豫著是召集人馬進行拚死抵抗，還是掌握主動撤出梅城溜之大吉的時候，已經久違了的雷旅長，突然笑容可掬地出現在他面前，雷旅長的笑容又一次增加了胡天的困惑，因爲雷旅長像責怪小孩子似的，責怪他不該私下和趙督軍有來往。他若無其事地扮演著和事老的角色，嘻嘻哈哈說笑了一通，然後像透露什麼絕密消息一樣告訴胡天，說這一次大軍調動，眞正的目的，是爲了給鄰省的趙督軍一個措手不及。雷旅長讓胡天繼續保持和趙督軍的祕密接觸，以便進一步地迷惑住他。

猶豫不決的胡天完全被雷旅長搞糊塗了，他十分被動地在紅梅閣設宴招待雷旅長。酒席上，幾杯酒下肚的雷旅長忘乎所以，色迷迷看著作陪的一枝花，有失體統地附在心思重重的胡天耳邊問著，傳說中一枝花的金色陰毛是不是確有其事。

「喝多了，喝多了，」雷旅長說著，解嘲地放聲大笑起來，一邊笑，一邊用手使勁拍胡天的肩膀，「得罪得罪，兄弟今天眞是喝多了。」

一枝花從雷旅長淫意蕩漾的眼睛裏，看出了他的不懷好意，她一個勁地勸雷旅長喝酒，打算索性把他灌灌醉拉倒。雷旅長豪興大發得意忘形，只要是一枝花的敬酒，便一定咬著牙乾下去。他的舉動消除了胡天手下大小土匪的懷疑，大家跟著一起起鬨，大呼小叫鬧個不歇。因爲胡天事先有過關照，剛開始誰都不敢放開來喝酒，喝到臨了，除了胡天，土匪們早把事先的關照丟到腦後，肆無忌憚地開懷暢飲。

雷旅長最後是被一起來的人擡走的，他躺在躺椅上，嘴裏不住地喊著還要喝。雷旅長前腳被擡走，胡天便怒不可遏地掀翻了桌子，大罵自己的手下一個個全昏了頭，他讓一枝花叫人搬來一大壜子醋，每人有理無理都得喝上一大碗醋醒酒，喝完了醋，胡天對手下這幫仍然東倒西歪的土匪的工作做了安排。他命令武廟兵營的全體弟兄今晚不許睡覺，在天亮前必須撤出梅城。同時，派人潛入洋人的居住區，盡可能多的抓些人質在手上，以便未來和政府軍作戰時，可以用洋票和他們討價還價。所有的人必須立刻行動起來，他臉色陰沉地說：

「別他娘的以爲沒事了，你們這些呆子，準備打仗吧！」

胡天有條不紊地打發手下各人去幹自己的事，大大小小的土匪帶著胡天的指示，半信半疑地去了，心裏還在一個勁犯嘀咕。胡天的命令必須堅定不移地被執行，這一點明擺著不容大家置疑。雖然土匪們不相信事態會像胡天估計的那麼嚴重，但是城外畢竟布置著能讓他們陷於死地的重兵，這一事實，大家心裏都還明白。來自意外的攻擊，隨時隨地都可能發生。在對於形勢的判斷上，胡天的手下向來是更相信他們的頭領。胡天對於未來發生的事，有一種超乎尋常的正確判斷，他料事如神，總是在事態發展剛露出蛛絲馬跡的時候，便一針見血地看到了它的最終結局。

然而這一次胡天顯然看到了一個不太好的結局，他的手下在他的吩咐下，打著酒嗝離去了，鎮定自若的胡天卻陷入了一種無所事事的尷尬境地。他憂慮重重心煩意亂，不知道該如何打發眼前剩下的這段時間。一枝花第一次看出了藏在胡天心靈深處的恐懼，這種恐懼在胡天擁著她上了床以後，赤裸裸地暴露了出來。一向粗魯蠻橫的胡天，突然表現出了一種從未有過的溫存。他愁眉苦臉手忙腳亂，趴在一枝花的身上不知如何是好。

「從明天開始，你恐怕不得不重新換個主了，」胡天毫無惡意同時又是充滿感傷地說著，「你還是一枝花，不是做押寨夫人的料。」

「要是我想做押寨夫人呢，」一枝花在他的身底下做著媚態，一使勁，翻了過來，騎坐在胡天的身上，得意洋洋地說，「我說不定還能騎著馬打仗，成為女中豪傑。」

「你他娘已經是女中豪傑了，」經過一陣地動山搖的晃動，一枝花表現出死去活來的樣子，胡天忍無可忍，氣喘吁吁地說著，「女人都像你這樣，不是豪傑，還能是什麼？」他知道她有做押寨夫人的心，但是絕沒有做押寨夫人的膽。她是天生的寄生蟲，靠男人也為男人活著，生來就是享福的，吃不了那份顛簸流離的苦。胡天和一枝花其實心裏都明白，現在已經是他們愛情故事裏的最後樂章。他們掩飾著自己的依依不捨，裝著若無其事，雲雨之後，胡天沒有像以往那樣心滿意足地呼呼大睡，一枝花也沒有立刻穿上衣服起床去為他準備參湯，兩個人有一句無一句心不在焉地胡亂說著話。

浦魯修教士正是在這個不合時宜的節骨眼上，闖進紅梅閣，說是有要事必須見胡天。胡天對前來報信的丫鬟十分粗魯地叫道：「讓那洋和尚滾蛋，告訴他我正和你們小姐日著呢。」丫鬟忙不迭地退出去，浦魯修教士顯然聽見了胡天憤怒的吼聲，但是他堅決不肯離去，執意要見到胡天。當一枝花匆匆披上衣服的時候，迫不及待的浦魯修教士竟貿然闖了進來。

胡天掃了一眼驚惶失措的一枝花，知道事情有些不太妙。浦魯修教士冒冒失失地趕來，明擺著什麼重大的事已發生了。他翻身坐了起來，赤條條地對著還在大口喘氣的浦魯修教士，沒有責怪他，只是好像知道已經怎麼了似的，冷冷地說：「有什麼話，講吧。」

浦魯修教士說：「趕快帶著你的人，離開這座城市。」

感到有些冷的胡天，隨手撈起那條大紅的緞子面的棉被，像披袈裟一樣將自己裹了起來。「憑什麼你讓我走，我就得走？」他皺著眉頭琢磨了一會，不服氣地問著。

浦魯修教士帶來了軍隊開始動手的壞消息。爲了防止胡天的人會重複綁架外國人當人質的故技，軍方採用了胡天曾用過的辦法。在正式向胡天發動攻擊之前，已派人穿著便衣，先一步地混進了梅城，將洋人的別墅區保護起來。不僅派人保護了別墅區，而且偷偷地將居住在城內的有錢人，包括住在教堂裏的浦魯修教士，都接到了保護區去。天亮前正式的進攻就要開始，熟悉土匪惡習的浦魯修教士清楚一旦戰火打響，最苦的是交戰地區的平民百姓。屆時軍隊和土匪雙方，各自爲了自己的利益，將根本不考慮老百姓的死活。正是出於這樣的擔心，浦魯修教士從保護區神不知鬼不曉地跑了出來，向胡天提出了這個對他對梅城老百姓都有利的建議。

胡天毫無表情地聽浦魯修教士說完了他的建議，在一旁聽著的一枝花臉色驟變，不住地哆嗦起來。她看著坐在那矮墩墩像一座鐵塔似的胡天，結結巴巴地讓他趕快接受浦魯修教士的建議，帶著手下的人馬走得越遠越好。「既然這傳教士讓你快走，你還是趕快走的好，連夜就走，到天亮時，你已經遠走高飛了。」一枝花容失色的一枝花心驚肉跳地說著。

「我要是不走呢？」胡天自言自語地說了一句。

這時候，胡天的手下也紛紛趕來報告讓人沮喪的壞消息。軍隊如果只是保護了洋人居住的別墅區，這還算不了什麼可怕，更重要也是最糟糕的是，軍隊已經封鎖了外界和武廟兵營的聯繫。軍隊的藉口是說城內有好幾名士兵被謀殺了，因此居住在武廟兵營的土匪爲了避免嫌疑，最好的辦法就是待在原地不要動彈。剛開始還不過是許進不許出來，當胡天派去的人進入武廟以後，軍隊進一步增加了包圍武廟的兵力。土匪拿起了武器打算往外衝，軍方便正式宣布胡天因爲陰謀暴亂，已被槍斃，其他的土匪因爲沒有參與，只要老老實實服從軍方的命令，將原職原薪保證一切安全。熟悉土匪的性格的軍方知道只要一宣布胡天死亡，土匪感到羣龍無首，就會立刻土崩瓦解。多少年來，土匪們只知道按照胡天的命令辦事，沒有了胡天的指示，他們只能像掐了頭的蒼蠅一樣，在原地痛苦地打著轉轉。

胡天扔去披在身上的大紅緞面棉被，在衆人的眼皮底下，他赤條條和出娘胎時一樣站在了床上，不慌不忙慢慢吞吞穿著衣服。穿好了衣服，他咬牙切齒地說著：「這些狗日的，老子饒不了他們，走，馬上去武廟，把我們的那幫兄弟接出來。」外面突然傳來了嘰嘰喳喳的聲音，就聽見一枝花的女傭和丫鬟們大驚小怪地叫著，很顯然是軍隊已趕來將紅梅閣圍了起來。形勢不容有任何樂觀，現在除了胡天的保鏢，和幾名趕來的土匪之外，大勢已去的胡天似乎到了不得不繳械投降的境地。「我們恐怕是出不去了，」胡天手下的一位土匪悲觀失望地說著，「就算是衝出去，怕也是一個死。」

「死，他娘的，老子還沒到死的時候呢，」胡天殺氣騰騰地看了一眼浦魯修教士，異常冷漠地說，「讓這洋和尙走在前面，給我往外衝。」

第一排子彈掃射過來的時候，擊中了奉命前去打開紅梅閣大門的老鴇，她像一條剛從水裏被撈起來的鮮魚那樣，被狠狠地摜在了地上，在原地彈跳了好幾下，殺豬似地大叫起來。緊接著雨點一般掃射過來的子彈便送了老鴇的命。在胡天的手勢示意下，一個保鏢打算從窗子裏跳出去，然而他剛出現在窗口，就讓迎面過來的子彈掀翻了。土匪被堵在了紅梅閣，形成甕中捉鱉關門打狗之勢。時不宜遲，胡天十分果斷地命令讓浦魯修教士走在最前面，同時強迫那天晚上正好在紅梅閣尋花問柳的小學校的李老師，連同一枝花以及手頭可以捉到的妓女一起做人質，大搖大擺地向大門口走去。

「你們別開槍，」浦魯修教士從還在流血的老鴇屍體旁邊走過，像飛翔著的鳥一樣張開雙手，對架著機槍的方向喊著，「這兒還有許多無辜的女人，你們不能隨便殺人，否則上帝不會饒恕你們。」

胡天的這一毒招讓奉命不許傷著洋人的軍隊措手不及。早在制訂作戰方案時，錢督軍就向英國的駐省城代表打過招呼。他保證在解決胡天土匪問題的作戰中，將確保在梅城的洋人的生命及財產安全。浦魯修教士突然令人難以置信地出現，負責指揮包圍紅梅閣的一個許連長，像噩夢中醒過來一樣，瞪大了眼睛看著他，捏著拳頭狠狠地罵了聲娘，連忙命令不許胡亂開槍。不許傷著洋人，是戰爭發動之前，雷旅長反覆關照的一件事。鑒於有這樣一條鐵的命令，能征善戰的青年軍官許連長，還是第一次臨陣猶豫，在大敵當前時表現束手無策。他眼睜睜看著胡天在衞兵的簇擁下，堂而皇之地從他眼前走過。

不僅許連長對胡天奈何不得，所有在第一線指揮的軍官都傻了眼。胡天一旦發現了對方的這一致命弱點，立刻毫不含糊地充分加以利用。他若無其事領著他的人從槍口下坦然走過，就像前去參加早已訂好的約會一樣。全副武裝的軍隊彷彿只是在列隊歡迎他，並且正在接受他的檢閱。事情的發展經過簡直讓人不敢相信，胡天不過是在進入武廟前，遇到了一點小小的痲煩，軍隊噼里啪啦的拉著槍栓，對天盲目地射擊，然而所有這一切，對胡天來說也僅僅是遊戲罷了，他目不轉睛地往前走著，根本不把外界威脅的吆喝聲當回事。

胡天的到來，大大地鼓舞了武廟兵營中土匪的士氣。在對軍方背信棄義的咒罵中，胡天領著他的大隊人馬，像進入武廟一樣灑脫，將以浦魯修教士為代表的人質盾牌押在前面，浩浩蕩蕩地開了出去。埋伏在外面的軍隊試圖開槍阻止，但是投鼠忌器更害怕傷著嚴令他們保護的洋人。當士兵們在長官糊里糊塗的命令下，猶豫著不知如何是好的時候，胡天手下的土匪毫不客氣地向軍隊發動了猛攻，說打就打，在軍隊尚未明白過來怎麼回事之際，不僅平安地衝出了合圍圈，而且趁亂奪走了兩挺機關槍。

形勢的突然變化，使得本來處於主動地位的軍隊的優勢大大削弱。很快一切都顛倒了過來，軍隊反而陷入了被動挨打的糟糕局面。由於裝備比較差，土匪多年來養成的善於夜戰的能力，在胡天有條不紊地調動下，被淋漓盡致發揮了出來。在正面突圍的同時，土匪分成了若干小股，從不同的方向，向不同的對象，發動了不同程度的猛烈攻擊。許多民房被土匪放火燒著了，不僅是民房，縣衙門和警察局也很快陷入了火海之中。梅城中每一個角落似乎都遭到了土匪近乎惡作劇的騷擾，到處鬼哭狼嚎就像世界到了末日一樣。甚至位於城外的剿匪司令部，也遭到了土匪完全是順帶的襲擊。

到天大亮時，胡天率領的土匪主力，已鑽進了離梅城算不上太遠的山區的樹林中。夜間發生的梅城的混亂，讓軍隊沒辦法摸清土匪的準確去向。為了更好地擺脫來自軍方的追擊，胡天命令所有土匪都隱匿在樹林中不動彈，等到天黑時再一次上路。軍隊派出的人馬四處偵察，他們做夢也不會想到大隊的土匪，就在他們的眼皮底下靜悄悄地藏著。天黑了以後，胡天的人馬又一次開始穿山越嶺，從山區的邊緣走向山的深處。

三天以後，已經消逝在崇山峻嶺中的大隊土匪，第一次有機會歇下來，輕輕鬆鬆喘上一口氣。胡天打算在這釋放一枝花和紅梅閣的另外幾名妓女。「不過，要等我們走遠了，才能眞把你們放掉。」胡天留下兩名土匪照看她們，說好了三天以後正式放人。一枝花恨得咬牙切齒，說：「沒良心的，都到了這一步了，你索性帶我去當押寨夫人多好。」胡天說：「放你走就是好事了，別給我搭他娘的鳥架子。」一枝花譏笑說：「我們有什麼鳥架子，你帶著我，再遇上什麼官兵，不是還可以給你當擋箭牌抵擋一陣子。都說是婊子無情，戲子無義，想不到你一個堂堂的男子漢，也比婊子和戲子好不到哪兒去！」

胡天只當作沒聽見一枝花的挖苦，繼續關照那兩位留下來看她們的土匪。一枝花冷笑著說：「你放心，用不著關照，我們姊幾個，都會拿出最絕妙的活來，陪你的兩位弟兄好好地樂一樂，包他們滿意。」兩位留下來的土匪正爲接受的美差樂不可支，聽一枝花這麼說，頓時心花怒放齜牙咧嘴。一枝花雖然是妓女，這種粗魯的話卻從來不說的，如今連這種葷話都說出了口，說明她對胡天實在失望透頂。胡天仍然皺著眉頭，裝著聽不懂一枝花的話，掏出上衣口袋中的一塊懷表，送給一枝花作紀念。一枝花很矯情地接過懷表，像是捧著個什麼珍貴的寶貝似的，仔仔細細看了一會，一咬牙，狠狠地扔在了地上。胡天見她這麼絕情，也無話可說，當著衆土匪的面，堂堂正正頂天立地的胡天不會服軟向一個女人討饒，他走過去，撿起地上的懷表，擦了擦上面剛沾上的泥土，重新放進上衣口袋，彷彿什麼也沒發生過一樣揚長而去。

由於浦魯修教士在土匪突圍時，起著特別重要的作用，胡天不得不把他繼續扣押在身邊當人質。他安排了八個身強力壯的土匪，專門照顧年老體弱的浦魯修教士。「你他娘的，眞是能値一百萬！」從一枝花絕情的目光裏，胡天意識到了自己正在走下坡路，他知道在今後的日子裏，還將不斷地借重這個讓軍方爲難的洋和尚。「就衝著你這麼値錢，老子不得不委屈委屈你了。」雖然對洋人有著一種與生俱來的刻骨仇恨，胡天發現自己對這位成天穿著黑色長袍的洋和尚，已逐漸產生了眞正的好感。浦魯修教士不僅不像胡天早先認定的那麼壞，而且要比想像中的好還要強上許多。在行軍的路途中，每到休息的時候，浦魯修教士都要從擔架上走下來，去看望躺在另一副擔架上的一位受了重傷的土匪小頭目，用僅有的一點點草藥爲他治病，而且用上帝來爲他止痛，驅逐他心目中對死亡的恐懼。

「我就要去見洋和尚所說的那個上帝了，」在一個颳大風的日子裏，身受重傷的土匪小頭目臨終前，眼睛裏閃著最後的光輝，對圍繞在他身邊的弟兄們以及捏著他的手的胡天說著，「別難爲那洋和尚，他是個好人。」

大風把寒流也帶了來，剛剛擺脫了軍隊追擊的土匪，飢寒交迫，在胡天的率領下，沒有逃向獅峯山老巢，而是慌不擇路，突然掉轉頭來，不顧一切後果地投奔鄰省的趙督軍去了。已經消失了的土匪，又一次出現在雷旅長的眼皮底下，經過一番互有傷亡的遭遇戰，大隊土匪終於再次擺脫了軍隊的圍追堵截，來到了兩省交會的邊界地區。說話不作數的趙督軍這時候露出了猙獰面目，拒絕了胡天要求接受改編的請求，而且堅決不讓他的人馬遁入鄰省避難。

兩位視對方爲寃家對頭的督軍大人，顯然就如何消滅胡天的土匪，達成了驚人的一致。胡天很快發現自己一次次陷於重圍和困境，因爲不管是錢督軍還是趙督軍，都下令見了土匪必須就地消滅，不允許有一點點手軟。胡天率領下的大隊開始沿著兩省交界處狼狽逃竄，形勢迅速惡化，傷亡越來越大。浦魯修教士也開始逐漸失去了他所能起的特殊盾牌效果，因爲雖然懾於英國領事的警告，軍隊仍然保持著不許傷害浦魯修教士性命的命令，但是一旦到了戰場上，子彈不長眼睛，有時也顧不上了。在很短的時間內，胡天完全喪失了戰場上的主動權，他處處被動挨打，幾乎每場戰鬥都要損兵折將。到大雪開始封山的時候，胡天的人馬陷入了即將被徹底消滅的絕境。

陷入絕境的土匪的惡本能開始充分發洩出來，在作戰中，他們顯得歇斯底里，一改過去那種和軍隊對陣時的遊戲態度，對於捕獲的士兵一概格殺不論。他們不放過在流竄過程遇到的一切可搶劫對象，不管是窮人還是富人，強姦能遇上的一切女人，不問是老是少。他們放火燒掉每一座房子。爲了不讓軍隊掌握他們逃跑的路線，所有被土匪看到的人，都是死路一條。胡天在土匪中崇高的絕對威望大大地下降，關於他料事如神百戰不殆的神話，已經失去了早先的魅力。他的不允許強姦和胡亂殺人的禁令，根本得不到貫徹執行。要不是軍隊到處圍著他們，土匪早就分成若干小股解散了。

對土匪表現出的那種無理智的混亂，唯一沒有失去信心的，也許只有浦魯修教士。隨著和土匪之間日已加深的互相了解，他越來越是大家心目中的一名迂腐可笑的倔老頭子。他堅持不懈地向每一位接近他的土匪，傳播上帝的福音，絲毫也不在意自己到處碰壁，到處遭人譏笑甚至被人唾罵。浦魯修教士終於獲得了負責照顧他的那八位土匪的好感。這八位土匪從被動地伺候他，漸漸地發展成出自眞心的照顧和愛護浦魯修教士，兩名土匪在浦魯修教士的主持下，成爲土匪中第一批教徒。當絕大多數土匪肆無忌憚地發洩著他們的惡本能，一小部分人的善根也正在被浦魯修教士煥發出來。

對浦魯修教士的行為深表不滿的，是被土匪一起劫持上山的李老師。這位能談幾句國民革命大道理的年輕人，言必稱宗教是一種新的精神鴉片，不厭其煩地讓胡天阻止浦魯修教士在土匪中的傳教。他利用自己是教胡天識字的先生這一特殊地位，不止一次參加了土匪召開的首領會議。在會議上，他喋喋不休和土匪們大談什麼是軍閥，大談什麼是列強，而中國的唯一出路，就在於打倒軍閥打倒列強。在表明自己的觀點上，年輕的李老師有著和浦魯修教士一樣的執著。他不合時宜的囉囉嗦嗦，不止一次引得心煩意亂的土匪火冒三丈，拔出槍來要打死他。

人心渙散的土匪陷入空前的大混亂，事實上的無路可走，使得土匪不知如何是好，同時又是隨便幹什麼都可以。一切行為都得到了最充分的放任，殺人放火強姦，土匪之間相互鬥毆，浦魯修教士堅持不懈的傳教，年輕的李老師夸夸其談的宣傳國民革命，曾經具有神話般傳奇色彩的胡天，第一次表現出管理部下的無能為力。軍隊在剿匪方面已經取得了決定性的進展，不僅在交火中，給予了土匪致命的打擊，而且毫不留情地切斷了土匪的一切退路。土匪殘殺俘虜的舉動深深激怒了士兵，作為報復，所有被捕獲的土匪，幾乎不用進行任何審判，就可以立刻執行槍決。

牢牢掌握著戰場上主動權的軍隊，開始像打獵一樣地追逐土匪。小股的土匪嘗試著衝下山去，然而除了一個死裏逃生又回到山上來之外，其餘的冒險者都像被獵人發現的獵物一樣，全部死於無情的槍口之下。一場突如其來的大雪掩沒了所有的下山路線，一片蒼白的山坡上，隨處可見凍得硬邦邦的土匪屍體。垂死掙扎的土匪之間的分歧越來越大，一些人喪心病狂，另外一些人卻在這絕望的時刻，開始正經八百地相信起上帝來。在死亡到來前，宗教成了最後的避難所。老態龍鍾的浦魯修教士，得到了一些土匪的眞心愛戴，他們和那些揚言要撕洋票的土匪，不但只是發生口角，甚至發生了槍戰。一場嚴重的分裂，不可避免地發生了。雖然山腳下圍著隨時可能衝上山來的軍隊，山上的土匪卻爲了殺不殺浦魯修教士，自發地分成了兩個不相互往來的陣營。

年輕的李老師主動要求下山去搬救兵，他的救兵遠在廣東，顯然太遙遠了一些，而且當時的廣東革命政府自身也陷於深深的分裂之中。他的要求所以能得到胡天的批准，只不過胡天是想藉他的許諾，重新鼓舞一下已土崩瓦解的士氣。「老子現在算是知道狗日的軍閥是怎麼一回事了，」胡天臉色鐵青，忿忿地罵道，「日後誰敢再提接受軍閥改編這詞，我他娘的就先崩了他。」明知道李老師的下山，不會有任何結局，胡天故意做出鄭重其事的樣子，他將已分裂成兩個不願往來的陣營中的土匪召集在一起開會，在土匪各不相讓的爭吵中，爲臉色蒼白的李老師送行。

「天無絕人之路，有一天我胡天喘過氣來，老子饒得了誰？」胡天咬牙切齒地對天吼著。

作爲被土匪釋放的人票，李老師順利地通過了軍隊設置的第一道關口，他唯一的損失，只是讓一名胖胖的士兵搜去了隨身帶的懷表，這懷表原來是胡天打算送給一枝花的，被一枝花拒絕了以後，胡天又把它隨手扔給了李老師。當覺得自己已經脫離了危險的李老師高舉著雙手，臉帶微笑，試圖走近第二道關口的時候，一名年輕的軍官認出了他是小學的老師。年輕的軍官和李老師曾經在省城的一座師範學校裏一起讀過書，他正要命令手下不得胡亂開槍，一顆旋轉著的子彈，已呼嘯著衝李老師的腦門直飛過去，他還未來得及哼上一聲，便向後一仰，朝天躺在了雪地上，鮮血和腦漿濺得到處都是。

胡天的人馬即將被全殲的消息傳到了省城，錢督軍立刻電告雷旅長，必須不惜一切代價，確保浦魯修教士的生命安全。狗急跳牆的土匪到了迫不得已的時刻，無疑會撕票，爲了防止這一悲劇的發生，錢督軍指示雷旅長在沒想好萬全之策前，不得輕易向土匪發動最後攻擊。必要的外交談判是不可避免的，錢督軍在省城召見了英國公使的代表，向他解釋剿匪的進展和目前軍隊所處的爲難境地。軍隊將不遺餘力地解救浦魯修教士，但是因爲人扣押在毫無理智的土匪手裏，很難預料會不會發生什麼不幸的事件。

公使代表向錢督軍表達了公使先生的謝意，感謝他爲拯救浦魯修教士所做的努力，同時也表達了至今爲止，浦魯修教士仍然未能恢復自由的遺憾。鑒於浦魯修教士在傳教士中德高望重，他的生命安全有著特別重要的意義。作爲一名資歷最老的傳教士，浦魯修教士的聲望和業績，在有志於獻身於傳播上帝福音的年輕一代傳教士中，有著廣泛深遠的影響，是很多人立志要學習的楷模。教會團體方面不斷地向公使發出請求，不僅籌集了一定數量的救贖金，而且打算親自派人上山和土匪談判。公使先生承認督軍大人所說的姑息養奸的危險性，明白接受土匪提出的種種不合理條件，將導致一系列在華傳教士會陸續遭到土匪綁架勒索的惡性循環，可是仍然希望浦魯修教士能活著歸來，和大家一起歡度聖誕節。

公使代表的話裏面充滿了模稜兩可的暗示。心領神會的錢督軍收下了由教會方面籌集的救贖金，給雷旅長發了一份長達幾百字的密電。接到密電的雷旅長立刻著手準備組織敢死隊，敢死隊的任務便是偷偷摸上山去，在對土匪的總攻擊開始發動的時候，趁亂從土匪手中將浦魯修教士救出來。敢死隊由驍勇善戰的官兵組成，只要能活著救出浦魯修教士，便可以得到教會方面所付的獎金四百大洋，得到督軍大人的獎金六百大洋。一千大洋的重賞使得大家踴躍報名，很快，經過嚴格的篩選，一支由許連長爲隊長的五十人敢死隊組織起來了，配備了最精良的裝備，做好了隨時出發的準備。

正當敢死隊打算上路的時候，雷旅長得到了一個讓他大吃一驚的消息，那就是胡天帶著一名隨從，親自下山和他談判來了。雖然事先雷旅長也想到會有這樣的可能性，但是一旦胡天當眞出現在他的面前時，雷旅長還是有點驚惶失措，爲自己究竟要不要出去親自見胡天猶豫不決。琢磨了半天，雷旅長還是決定不見胡天爲好，落水鳳凰不如雞，一度叱咤風雲的胡天現在已徹底墮落成了他手下的敗將，已失去了和他進行對話的資格。另一方面，內心有愧的雷旅長似乎也羞於面對胡天，儘管對狡猾的土匪本來就沒什麼信義可講，然而雷旅長對自己的這位對手，畢竟還有幾分發自內心深處的佩服。

胡天貿然下山的舉動，只是當年石達開走投無路的故技重演。在人生的最後緊要關頭，胡天骨子裏的英雄氣概，得到了一次愚蠢的大張揚。當土匪們在圍困中坐以待斃之際，胡天最後一次召集手下開會，他的捨身救弟兄們的提議剛說出口，已四分五裂的土匪陣營，立刻響起了異口同聲的反對聲。不管怎麼說，胡天還是能駕馭這支土匪隊伍的唯一人選。如果胡天貿然下山去送死，人心渙散留在山上的土匪將更不堪一擊。既然是送死，索性將山上的人質殺光，大家一起衝下山去算了。胡天花了很大的力氣，才讓亂成一團的土匪重新安靜下來，他的決心已定，沒有人能勸得住他。「是我把弟兄們帶上山的，綁架那洋和尙，也是我的主意，」胡天不容大家申辯，自說自話地說著，「現在我下山去，就讓那幫該死的官軍把我的腦袋砍了好了。他們得到了我的人頭，到時候你們再把那洋和尚放了，說不定也就沒事了。他們應該心滿意足，我胡天的腦袋不是他娘的就那麼好砍的。」

誰都知道胡天的下山不會有任何意義，但是只剩下僥倖心理的土匪，臨了還是把它當作了可以撈住的最後一根稻草。大家不抱希望地爲胡天送行，同時又盼著眞會有不可能的奇蹟發生。天氣出乎意外的寒冷，由於沒有合適的寒衣，胡天只好在身上披上一件搶來的毛毯。不止一名兄弟樂意和胡天一起下山，然而知道自己這一去必然有去無回的胡天，只挑了一名平時最親信的保鏢陪同。雪早就停了，披著毯子神情沮喪的胡天，甚至沒和前來爲他送行的弟兄們說上一聲再見，便扭頭下山去了。

雷旅長拒絕接見胡天的行爲，使得胡天暴跳如雷，他反覆地叫著：「姓雷的，你快出來，你他娘的到底躲在哪裏？」他像一頭發了瘋的獅子似的，在關押他的那間房子裏到處亂竄，激昂的吼聲傳出去很遠很遠，臨了，早就不耐煩的雷旅長不得不下令立即將胡天處以極刑。行刑的士兵來帶胡天的時候，無論是胡天還是他的保鏢，都以爲是押他們去見雷旅長，胡天將身上披著的毛毯裹裹好，雄赳赳剛走出房門，躲在門口的一名身體魁梧的士兵一把揪住了胡天的頭髮，手起刀落，已將他的腦袋砍了下來。

被削去了一隻耳朵的保鏢，一手捂著自己的腦袋，一手提著胡天的人頭，連夜逃上山去。沿著保鏢留在雪地的足跡，五十名敢死隊員，也趁黑上了路，直撲土匪老窠。胡天下山以後，留在山上已經分裂了的土匪又重新團結起來，他們最後一次地磨刀擦槍，準備應付難以預料的不測局面。被削去了一隻耳朵的保鏢帶回了胡天的人頭，土匪們知道自己的末日眞正來臨。山上頓時鬼哭狼嚎一片呼嘯，大家將胡天的頭供了起來，詛咒發誓殺氣騰騰。

有人提議藉著黑夜的掩護，趁軍隊還沒有發動進攻之前，拚死突圍衝下山去。這顯然是一條可供選擇的最佳出路，然而因爲沒有了像胡天那樣的領袖，任何人的建議都沒有了權威性。沒有了胡天的土匪成了一羣受驚的炸了窩的野馬，他們開始屠殺剩下的不多的幾個人質，以排泄心中的憤怒，排泄對即將來臨的死亡的恐懼。軍隊毫不留情地殺了胡天，說明官方已把人質的生死置之度外，被削去了一隻耳朵的保鏢還帶回一個更沮喪的消息，這就是土匪手中的王牌浦魯修教士已失去了太多的討價還價的餘地。新的價碼是由軍隊開出來的，那就是如果誰在最後的時刻，保護了浦魯修教士的生命安全，誰就將得到赦免。

失去了理智的土匪爲了爭奪浦魯修教士，開始喪心病狂地進行火併。他們丟失了趁黑突圍的最後機會，到天蒙蒙亮的時候，軍隊的總攻擊開始了，清醒過來的土匪慌忙將浦魯修教士鎖在票房裏，匆匆投入戰鬥。土匪的頑強抵抗精神，大大地出乎了軍隊的意外。陷於混亂中的土匪各自爲戰，打完了最後一顆子彈，便拿著大刀或者匕首衝出去，和最近處的士兵扭打成一團拚命。由許連長率領的敢死隊突然出現在土匪的背後，給了負嵎頑抗的土匪致命一擊，在土匪還沒明白過來怎麼一回事的時候，身著便衣裝備精良的敢死隊員的子彈，已像雨點似的掃向正拚死抵抗著的土匪。

一位已經接受浦魯修教士傳教的土匪，趁亂趕到了票房，用槍把鎖打掉，背起了浦魯修教士就跑，哼哧哼哧地將浦魯修教士背到一個小山洞前，將他塞進了山洞。山洞很小，浦魯修教士人進去了，大半個腦袋還在外面。「你躲在這兒，千萬別動彈，一直等到當兵的來了，你再出來。」

說完，那名土匪又衝過去和軍隊拚命，他一槍撂倒了遇上的第一名士兵，很快又被來自另一名士兵的子彈所擊中。

土匪和敢死隊爲誰先接近票房展開了殊死的爭奪戰，一方想不惜代價地救出浦魯修教士，另一方卻打算同歸於盡要置浦魯修教士於死地。在通往票房的小路上，接二連三像扔口袋似地躺下了一具具屍體，臨了，終於是土匪先到達了票房。浦魯修教士的失蹤，讓已經到達票房的土匪目瞪口呆，他們惡狠狠地罵著娘，從票房裏又一次往外衝，剛出門，便一個接一個地被撂倒了。

到太陽升起來的時候，軍隊方面完全控制了局面，敢死隊員像梳頭一般地搜索著浦魯修教士的下落。絕大多數土匪已被擊斃，少數躲藏著的土匪，只要一被發現，立刻絲毫不留情地開槍打死。目睹著這一幕幕慘劇的浦魯修教士十分艱難地爬出了小山洞，他的力氣已經用完，因此只能站在山坡上，非常吃力地舉起雙手，用嘶啞的聲音喊道：

「不要再殺人了，夠了，夠了，看在上帝的分上，饒恕這世上的一切罪人吧！」

所有人的目光都轉向浦魯修教士，眼看就要大功告成的敢死隊員爭先恐後地向他奔過去。誰都想獲得救出浦魯修教士的頭功。就在這時候，一顆子彈也同時從背後向浦魯修教士飛過去，浦魯修教士哆嗦了一下，朝前一撲，跌倒在了山坡上。醒悟過來的敢死隊員連忙開槍射擊，一連串的子彈噴湧而出，飛向那顆子彈發出來的地方，只見一具削去了一隻耳朵、身上被打得全是窟窿的土匪屍體從枯草叢中滾了出來，沿著山坡，一直滾到浦魯修教士的面前。

「饒恕世上的一切罪人，」奄奄一息的浦魯修教士顯得很平靜，對趕到他身邊的敢死隊員說著，「饒恕，不要仇恨，」他的聲音越來越低，漸漸聽不清楚，「我很好，上帝正在召喚我，我……我很愉快……」

浦魯修教士死於下山的路上，他躺在擔架上，傷口上的血在不斷滲出來，一滴一滴地滴在雪白的地上。他的最後遺言，仍然是要饒恕世上的一切罪人。浦魯修教士的屍體被運往梅城安葬，由雷旅長親自出面主持儀式。那筆用來拯救浦魯修教士的贖金，全部捐給了教堂，教堂又把這筆捐款作爲辦一所醫院的基金。按照他生前的願望，浦魯修教士的簡陋的墓就在教堂旁邊，緊挨著許多年前死於教案的洪順神父。浦魯修教士的死，結束了梅城中的教堂長期由外國人主持的局面，在以後的若干年裏，教堂裏牧師這一神職，將一直由中國人來擔當。浦魯修教士和胡天共同開創了梅城的一個新的時代，然而這個時代轟轟烈烈曇花一現，很快就結束了。

第二部分

中國人有強烈的「愼終追遠」的意識……認爲人生有陰陽之分，死亡即是陰陽的交接點。人死爲鬼，人死了以後到了「那邊」還和生前一樣，知冷知熱，知親知疏，知善知惡。只是靈魂離開了肉體，形成一種無形無質變化無常的另一種存在形式，並且具有比陽世中的人強大得多的某些神祕力量，因而能夠危害或者保佑還活在陽世的人們。

——任騁《中國民間禁忌》，作家出版社

6

龐大的轟炸機羣從梅城上空飛過的時候，整個城市打擺子一樣顫抖。所有的玻璃窗都在搖晃。梅城又一次陷入末日之中，哥特式教堂頂部的瓦也被震落了下來，那口巨大無比的鐘，像裝滿了蚊子似的嗡嗡回響著。雞飛狗跳，人羣在街道上狂奔，大呼小叫鬼哭狼嚎。甚至躺在堅固的墳墓裏的胡地，也會被這巨大的機器的轟鳴聲震醒。龐大的機羣像越冬的候鳥一樣排著整齊的隊伍，正用一種極慢的散步速度，從天空上優雅地掠過。陽光燦爛，地面上留下了轟炸機移動時古怪的陰影。

一名因爲引擎故障掉隊的日本飛行員，被地面上那個突然出現的不明發光點所迷惑。他在這個不明的發光物上面盤旋，完全是出於好奇心地指示投彈手拉下了投擲炸彈的控制裝置。爆炸引起的巨大塵土雲還沒散盡，掉隊的日本飛行員便感到非常吃驚，那個不明的發光物不僅沒有被摧毀，而且由於陽光的反射，顯得更加晃眼。中日大規模的軍事衝突已經開始了，龐大的轟炸機羣正在飛往省城的途中，將去轟炸聚集在省城附近的中國軍隊。掉隊的日本飛行員似乎忘記了自己的任務，他拉起了操縱桿，毫不猶豫地又一次上升盤旋，然後向不明發光物發動俯衝攻擊。

直到投彈手近乎賭氣地扔完所有的炸彈，淹沒在煙霧之中的那個不明發光物，仍然頑強地閃著光。梅城的老百姓已經從金屬轟鳴的恐懼中驚醒過來，他們爬到制高點上，觀看著那架孤零零的轟炸機，徒勞地攻擊著胡地的墳墓。日本飛行員一次又一次俯衝，當炸彈已經扔完的時候，也許爲了探清楚發光物的奧祕，轟炸機不再是高高在上的盤旋，它掠過樹梢超低空飛行，嚇得樹林中藏著的喜鵲和烏鴉呱呱慘叫，拍打著翅膀到處亂飛。

很可能直到最後，飛機上的飛行員和投彈手都不曾明白，那個讓他們迷惑不解的發光物，不過是梅城中一位傳奇人物的墳墓。他們很可能連做夢都不會想到，那個巨大的漢白玉鑿成的墳冠，頑強地反射著太陽的光輝，只是爲了將他們吸引到毀滅的深淵。站在制高點上看熱鬧的人羣，可以清楚地看見坐在飛機前端的日本飛行員的身影。一個憤怒的男人，甚至試圖用石塊去扔那來自空中的入侵者。人們清楚地看見飛行員穿著一身棕色的皮衣服，戴著皮帽子，翻毛的皮衣領，一副大得幾乎遮住了大半張臉的反著光的風鏡。從飛機中部的小玻璃窗上，可以看見投彈手探頭探腦的嘴臉。投彈手生著一張帶些吃驚的娃娃臉，他目不轉睛地盯著不明發光物看。

小日本的轟炸機最後撞到山腰上，轟的一聲，一道紅光，一團濃煙，炸成了好幾截。機毀人亡的事實，幾乎確證了胡地的墳墓絕不可侵犯的傳說。雖然胡地被埋葬的日子並不久遠，但是自從這座豪華氣派的墳墓落成以後，各種神話一般的流言蜚語就沒有中止過。首先畜生對它就有一種不可思議的恐懼，放牛的孩子發現，一向順從聽話的牛，當你試圖將牠牽到那座漢白玉的墓地邊，即使把牛鼻子拉出血來，牠也是死活不肯向墳墓挪近一步。羊羣也是如此，牠們總是遠遠地躲著，而且絕不碰墳墓邊上長出的一種帶齒狀的野草。這種野草也是神奇傳說的一部分，因爲沒人能解釋，爲什麼只有胡地的墳墓周圍，才會長出這種開花時像火在燃燒的野草。

甚至在母狗發情的季節裏，到處亂竄激動不安的公狗們也遠離墳墓。公狗們爲交配權打著架，咬得遍體鱗傷，發狂地追過來逐過去。然而當一條落荒而逃的公狗，奪路向墳墓方向奔過去的時候，得勝的公狗便立刻放棄追逐，遠遠地站一邊看著。同樣的道理，逃向胡地的墳墓，也是母狗有效擺脫公狗糾纏的絕招。在一個夕陽殘照的日子裏，面對一輪正往下掉的紅日，有個小男孩一次竟然爬到了胡地的漢白玉墓冠上，惡作劇地撒了一泡尿。在他的帶領下，所有在場的男孩子，都掏出了自己的小雞巴，對著墳墓撒起尿來。一個叫玉祥的穿著開襠褲的男孩子，對著胡地的墓碑，將自己一泡憋得很足的騷尿澆上去。三天以後，玉祥的小雞巴又紅又腫，像一截塞得太滿的紅腸那樣挺在那。爲了醫治這莫名其妙的毛病，玉祥的父親不得不抱著他到處求醫問藥，從西醫開的小鈕扣一樣的白藥片，到中醫開的各種丸藥湯藥，所有的藥服下去都不見效，臨了還是一名道不像道僧不像僧的江湖郎中，用一種莫名其妙的辦法治好了玉祥已開始流膿的小雞巴。

江湖郎中來到了胡地的墓旁邊，他振振有辭地念叨著什麼，然後在地上挖到了兩條蚯蚓，蚯蚓被搗碎了，血肉模糊地敷在玉祥的小雞巴上，再從旁人家裏抱來一隻鴨子，讓那鴨子去啄食玉祥小雞巴上的蚯蚓肉糊。父親挾持下的玉祥，在鴨子凶猛的啄食下，殺豬似的大叫，叫得死去活來。這件離奇的怪事一度曾在梅城中廣爲流傳，以後一直被固執的家長重複，用來當作不許孩子們到胡地墓地周圍去玩的警告。

唯一對胡地墳墓報以不在乎態度的，是附近樹林裏棲歇著的烏鴉和喜鵲。事實上，在胡地安息以後，象徵著災難的烏鴉和報告喜訊的喜鵲，得到了瘋狂的最成功的繁殖。成羣的烏鴉和喜鵲嘰嘰喳喳地飛來飛去，多的時期甚至把明淨的天空都能遮住。春天到來的時候，烏鴉和喜鵲像獵手那樣機警地尋覓著食物。牠們啄食各種小蟲子，地裏灑落的麥子或者稻穀，挖土時翻出來的蚯蚓，準備越冬的青蛙。有時候因爲飢餓的緣故，牠們也向有著古怪花紋出來曬太陽的毒蛇發起進攻，牠們像鷹一樣向蛇猛撲過去，在地上跳舞似的亂蹦，大叫著分散不停向外吐著蛇信的毒蛇的注意力。一旦制服了毒蛇以後，立了大功的烏鴉和喜鵲便將毒蛇銜到大漢白玉的墓頂端，想樂滋滋地單獨享用毒蛇的美味。但是成羣結隊的烏鴉和喜鵲立刻大打出手，咿里哇啦在半空中大喊大叫，鋪天蓋地往墓頂上湧，一邊拉屎，一邊又撕又咬，羽毛到處亂飛，好像成心要把安息在墳墓裏的胡地吵醒。

5

胡地被埋葬以後，打開他留下的遺囑便成爲大家心目中最迫不及待的事情。尤其是胡地的十三位養子，自從他病危以來，對於這些揮金如土的花花公子來說，沒有別的事比了解遺囑內容更爲重要。遺囑被密封在一個精緻的小鐵盒子裏，加了兩把鎖。一把鎖的鑰匙在哈莫斯手上，另一把鎖的鑰匙在梅城唯一的一位律師那裏。公布遺囑的時間被嚴格限定在胡地落土以後。作爲十三個養子中的長子德清，不止一次有機會接近那個放遺囑的鐵盒子，當胡地進入彌留之際，正是德清親手將小鐵盒遞到胡地手中。在最後的十二小時裏，胡地一直死死地抱著小鐵盒，抱得太緊了，以至於嚥氣以後，爲了掰開扣得太緊的手指，德清在衆目睽睽之下，差不多把胡地的手指給掰斷掉。

胡地可能擁有的財產數額，向來是胡地神話的一部分。人們相信，就算是國民政府的堂堂省長，也絕不可能比胡地更有錢。一二八淞滬抗戰打響，到處都在熱氣騰騰的募捐籌款。從省城來了一隊女學生，她們在梅城的街頭演說演街頭劇，搞得這個小城市像趕集一樣熱鬧。女學生們像乞丐一樣毫不含糊地跟過路人要錢，向沿街的店面裏的老闆要錢，臨了，捧著一紅紙糊成的盒子，按照市民提供的本城大戶名單，挨家挨戶上門索款。胡地在大客廳裏接待了女學生，他那雙好色的眼睛，不安分地在女學生的臉上和胸脯上來回掃著，冷笑著說：「你們想要多少錢？」

「對於前方的將士來說，當然是越多越好。」女學生嘰嘰喳喳地說。

「我的錢眞能送到前方將士的手裏？」胡地眼睛直直地盯著那位最漂亮的女學生，心花怒放，「你能保證絕對一個子兒也不會少？」

天眞的女學生絲毫不在意胡地眼睛裏蕩漾著淫欲，她們天眞地向胡地發著誓，天眞地接受了胡地向她們發出的請吃飯的邀請。陪同這一大幫如花似玉天眞爛漫的女學生吃過飯以後，心情極好的胡地用牙籤剔著牙，讓女學生們狠狠地吃了一驚地說：

「我捐一架飛機怎麼樣？」

在胡地死了的若干年以後，人們將還一如既往地議論著他怎麼在談笑間，就捐了一架戰鬥機的豪舉。這樣的豪舉在一般人的心目中，只有委員長的夫人，只有財政部長的太太才能如此瀟灑一回。捐獻一架戰鬥機，使得胡地的名聲遠遠地傳到了梅城以外的地方，不僅是省城的幾家報紙，國民政府出資辦的《中央日報》，甚至美國英國法國蘇聯的報紙，都做了鄭重其事的報導。胡地的神話像長了翅膀似的四處亂飛，人們堅信，只要胡地樂意，他隨時可以買下整座梅城，或者乾脆連省城也一塊買下來。

關於胡地巨額財產的來源，有著無數種不同版本的傳說。有人相信這樣的說法，那就是在孤兒院長大的胡地，得到了洋人的暗助。雖然胡地最終也沒有成爲教民，但是他無疑是梅城中和洋人來往最密切的一個人。他和洋人做生意，洋人賺中國人的錢，他便不客氣地大賺洋人的錢。胡地是梅城紳士中的眞正代表，因爲他的洋文幾乎和洋人說得一樣好。在梅城找不到比他更熟悉洋人的人，他熟知洋人的優勢和弱點，因此可以毫不費力地調停本地居民和洋人之間的衝突，既代表本地居民和洋人作對，也恰到好處地運用洋人的勢力，向當地居民施加壓力。當他還是一個不名一文的窮鬼的時候，他曾經替老鮑恩管理過葡萄園，他當過工頭，當過承包商，和黑社會有著千絲萬縷的聯繫，而且不止一次掌握著洪水過後的賑災款項。梅城中最古老的也是最富裕的教民楊希伯死了以後，他的龐大的家產由繼承人鶯鶯統統捐給了教會，有人懷疑這筆數額巨大下落不明的遺產，實際上是進了胡地的私囊。

胡地財產的來源，還有一個特殊渠道，就是他很可能侵吞了他同父異母兄弟胡天的金庫。人們有充分的理由相信，落草爲寇打家劫舍的胡天，生前一定聚斂了大筆錢財。胡天一定有一個不爲人知的金庫，這個金庫是胡天改邪歸正重新做良民的保障，同時也是他下一次東山再起的資本。根據胡天勢力達到的程度，人們不難猜想到金庫的規模。儘管胡天胡地這一對兄弟，從來沒給人留下過有什麼手足之情的記憶，但是在別人面前掩蓋掉這份親情，也許正是爲了讓人不至於有所懷疑。曾經和胡地一同去拜謁過胡天的一位紳士淸楚地記得，那次爲了梅城中越來越惡化的治安，胡地和胡天臉紅脖子粗地爭吵起來。與胡天暴躁的脾氣相反，胡地經常給人的印象，是天生的斯文和優雅。胡地注定要當紳士的，即使是在他還是一個窮光蛋的時候，他似乎也不會爲什麼事，有失體統地大吵大鬧。他的個子適中，體格強壯，力氣大得在孤兒院裏足可以稱王稱霸，然而無論誰動手打他，就算是比他小比他弱的孩子無緣無故地給了他一拳頭，他也仍然羞於還手。

胡地身上體現出來的斯文和優雅，應該歸功於浦魯修教士在兒時給他的啓蒙教育。「只有你愛別人，別人才會愛你。」浦魯修教士在胡地還是一個小孩的時候，曾經對他進行過強有力的宗教灌輸，他無數次地爲他念叨上帝，向他講述祈神態度的重要性。由於夢常常和童年聯繫在一起，胡地曾在睡夢中，無數次地見到過自己現實生活中並不太相信的上帝。夢中的上帝和浦魯修教士常常渾成一體，不止一次地引起他對浦魯修教士的複雜感情。自從七歲時知道自己是大名鼎鼎的胡大少的兒子以後，胡地對浦魯修教士的那股慈父般的眷戀之情便不復存在。他沒有像胡天那樣，從小就對洋人恨之入骨，可是一旦知道了自己的身世，胡地對洋人就再也愛不起來。

那次爲了梅城中的治安，胡地和作爲梅城最高行政長官的胡天，面紅耳赤地吵了起來，他所表現出來的激動前所未有。一名已經懷孕七個月的婦女，在回家的途中，遭到了三名土匪的襲擊。顯然土匪還知道應該怎樣對待大腹便便的女人，他們將她小心翼翼地擡到一個臺階上，而且在臺階上墊了足夠的乾草。在整個強姦的過程中，三名土匪像做遊戲一樣對孕婦甜言蜜語，又是安慰又是恐嚇，溫文爾雅地站在臺階下面，踮著腳輪流發洩著他們不能抑制的情欲。不明事理注定要早產的婦人，不懂得保護自己嬰兒的唯一選擇就是必須和土匪很好地配合。她試圖大喊大叫，一旦嘴被堵上以後，她便歇斯底里地在原地打滾。結果，等到強姦結束的時候，婦人卻因爲自己已毫無必要的掙扎，從臺階上結結實實地摔了下來。

「就是畜生也不會幹這樣沒出息的醜事。」胡地憤怒地對胡天說著。

胡天似乎也覺得理虧，他的手下顯然做得過分了一些。「你怎麼知道畜生就不會幹這樣的醜事呢？」胡天嘻皮笑臉地說著，「別太相信畜生，人像了畜生，畜生有時也會和人差不多。」

胡地向身爲當時梅城最高地方長官的胡天，發出了最嚴重的警告。他告訴一向無法無天的胡天，要想在梅城待下去，必須立刻毫不手軟地約束一下他手底下的兄弟。如果需要，梅城可以四處招募妓女，正式再開張幾家妓院，但是胡天不能把整個梅城當作一家妓院，隨心所欲地蹧蹋這城市中的良家婦女。良家婦女的提法引起了胡天的強烈不滿，他滿不講理喊道：「狗屁，這城市裏的良家婦女都他娘的是婊子，婊子才是眞正的良家婦女！」

胡地說：「你憑什麼這麼胡說八道，要知道，你娘和我娘，都是這個城市裏的女人。」

「你娘？」胡天十分輕蔑地說著，「你娘就是個婊子。」胡天的話使胡地頓時臉色蒼白，他的眼睛像子彈一樣地射向胡天，胡天立刻感到自己的話有些過分，扯平地補了一句，「你別他娘這樣瞪著我，用不著覺得太吃虧，我娘也是婊子，我已經說過了，這城市裏到處都是地地道道的婊子。」

正是在這次談話中，胡天矢口抵賴發生在梅城的一系列刑事案件，是由已改編成軍隊的土匪所爲。同樣是在這次談話中，胡天說了那句後來一直在男人嘴裏廣爲傳誦的名言，這就是並非只有土匪才長著雞巴。胡地給一同前去拜會胡天的紳士們留下了深刻印象，他針鋒相對的反駁，駁得胡天體無完膚，一次次無話可說。最後，屢落下風的胡天咬牙切齒，不得不自認倒楣。「小子，你知道我是怎麼想的？」他看著胡地和自己如出一轍的大鼻子，第一次也許就是唯一的一次產生了那種兄弟之間的親情，「你他娘眞是我爹的兒子，是有那麼點像我，不錯，你是像我的弟弟！」不甘示弱的胡地卻又一次糾正胡天，他慢吞吞地提醒說，做弟弟的，其實應該是胡天。胡天聽了不高興，板著臉說：「扯他娘的鳥蛋，別跟我來這套，要麼當老子的弟弟，要麼他娘的什麼都不是。」

胡地被埋葬以後，急於想知道他究竟會留下多少財產的人們，在對往事的回憶中，對財產的數額做了種種猜測，不相干的好事者甚至爲此打起了賭。胡地的十三個養子更是忐忑不安，他們急於想知道那個上著兩把鎖的精緻小鐵盒子裏，那張決定著他們未來命運的遺囑上到底寫著什麼。胡地活著的時候，他的十三個養子是梅城中最讓人羨慕和眼紅的公子哥。七個已經成年的養子，他們從養母那拿到了錢，狂嫖濫賭，一個比一個更墮落更能折騰。由於人們普遍地堅信胡地家裏有著一座用不完的金山，而他的十三個養子注定會繼承一大筆遺產，因此只要是胡家的公子哥出來賒帳，欠多少債主也不會擔心賴帳，不但不擔心賴帳，而且千方百計地鼓勵他們多賒些。事實上，不僅七位已成年的少爺在胡地死之前，欠了一屁股債，就連那幾位乳臭未乾的小少爺，也不同程度的學著他們哥哥的樣子，四處亂花錢亂欠帳。在梅城一家妓院的帳本上，竟然寫著年僅十歲的德漢欠大洋三十元。

終於到了揭露精緻小鐵盒子裏的祕密的時刻，十三個養子，不是按照長幼順序，而是按照高矮順序，必恭必敬地站在那裏，眼巴巴看著哈莫斯手裏閃閃發亮的那把小銅鑰匙。站在那翹首企盼的還有胡地的一大堆小老婆。梅城中那位唯一的律師，偏偏在這關鍵的時候，肚子裏不聽使喚地折騰起來，結果已經準時出門的律師不得不拐回家去，坐在木製的馬桶上痛苦呻吟。律師的遲到，使得即將揭曉的祕密，憑空增添了新的懸念。等到他氣喘吁吁地趕到，大廳裏早已亂成一團。被埋葬了的胡地似乎又一次從墓地趕來了，他也和大家一樣，正迫不及待地等著由他一手策畫的鬧劇眞相大白。律師拎著銅鑰匙趕來時，他吃驚地注意到，所有的人都擡著頭觀看掛在半空中的蓮花吊燈。蓮花吊燈突然像著了魔一樣，讓人難以置信地響起來。

沒有人去仔細琢磨爲什麼蓮花吊燈會無緣無故丁零噹啷作響，因爲律師帶來了發亮的銅鑰匙，大家的注意力又集中到了遺囑上面。到這時候，說什麼都是多餘的，哈莫斯以好朋友的身分，首先打開了其中的一把鎖，接著又請由於肚子裏正鬧不舒服而咧著嘴的律師，打開另外的一把鎖。期待已久的關鍵時刻總算到了，所有覺得遺囑和自己有切身利益的人，都重重地舒了一口氣，然後又將心提到了喉嚨口，屏住呼吸，像正在鳴叫的大白鵝那樣伸長了脖子，等待著莊嚴的最後審判。精緻的小鐵盒被慢慢地掀起了盒蓋，盒子裏面襯著厚厚的紅顏色的絨布，翻開絨布，既沒有價值連城的珠寶首飾，也沒有任何記錄著文字的紙片，精緻的小鐵盒只是一個空盒子，裏面什麼也沒有。

在場的人都不敢相信自己的眼睛，不僅作爲財產繼承人的十三位養子目瞪口呆，那些爲胡地操辦豪華葬禮的債主們，也一個個臉色發黃，如喪考妣叫苦不迭。整個梅城中的生意人，都想藉著胡地的喪事，大大地發一筆橫財。他們出謀畫策，以一種不必要的奢侈，把胡地的葬禮，操辦得比古時候的皇帝的葬禮還要過分。如果胡地眞的一分錢也沒有留下，不但是他的那十三位養子和一大堆的小老婆將變成一文不名的窮鬼，梅城相當一部分的老闆也得相繼破產。因爲在以往的交道中，胡地總是讓那些老闆毫不費力地在他身上大發橫財賺足了錢，他從來不懷疑他們向自己索要的價格是否公道，向來是要多少錢就給多少錢。能爲胡地效力，能用賒帳的辦法，或是哪怕先去向別人通融借一些錢來替胡地辦事，已經是多少年來，大大小小的老闆們求之不得的美差。事實上，操辦胡地輝煌葬禮的巨額花銷，有相當的一部分，是債主們通過高利貸的形式借來的。不只是飲食業的老闆，旅店的老闆妓院的老鴇，百貨鋪和棺材鋪的老闆，甚至連縣政府也陷入了胡亂花錢的怪圈。梅城每一位參與操辦喪事的人都相信，就像滾雪球一樣，用於葬禮的錢越多，他們最後賺的也越多。胡地有的是錢，而大辦喪事卻是最後一次撈一票的機會。

如果眼前的一切眞是事實，如果富可敵國的胡地眞的什麼也沒留下，如果那十三位養子和一大堆小寡婦變成了窮鬼，如果好心的債主們眞的沒地方去要回他們墊付的錢，那麼已經躺在漢白玉墓下的胡地所開的玩笑，實在太大了一些。人們將拒絕接受這樣讓人恐懼的既定現實。「這是有人在鬧鬼，」胡地的一位年輕遺孀十一姨太喊道，她氣勢洶洶的聲音像雷聲一樣在大廳裏爆炸，驚醒了在場的每一個人，「有人想獨吞這家裏的所有財產！」

4

年僅十歲的德漢在妓院帳本上欠下的那三十元錢，只是老鴇想從小就把胡家的少爺拴在妓院床腿上的一個陰謀。區區的三十塊錢，無論是在胡家少爺的眼裏，還是在老鴇的眼裏，都算不了什麼。老鴇的目的，是想讓德漢在不久的將來，成爲她的一棵搖錢樹。將德漢帶去妓院的是二哥德明，德明是十三養子中，最好色的一位，他不像大哥德清那樣，小小的年紀便娶了一大堆小老婆。德明的愛好是把妓院的妓女挨個地睡過來，即使是年齡大得已可以做他娘的老鴇也不放過。他不放過梅城中任何一位有些壞名聲的風騷娘們，對有傷風化的偷情和通姦，懷有一種特殊的近乎病態的偏愛。梅城中男人們閒時議論的，常常是某某某已經戴了綠帽子，因爲他的妻子已和德明有了一腿，而這些參加議論的男人，自己很可能是那些龐大的戴綠帽子陣營中的一員。

德明帶德漢去妓院是在胡地下葬的前一天，那天正好輪到德明領著德漢跪在胡地的靈柩面前守靈。自從胡地壽終正寢，十三個養子便輪番跪在父親面前盡最後的孝道。十三個養子有一大半是窮人家的孩子，如果不是因爲胡地仁慈地收養了他們，他們不僅不可能有機會揮金如土吃喝嫖賭，連簡單的讀書識字的機會都不會有。領養這麼多的養子，是胡地不夠理智地向姨太太們讓步的一大錯誤。在四十一歲那一年，胡地開始認命，他終於承認自己剛發跡時，一位算命先生給他下過的武斷結論，這結論就是胡地雖然大富大貴，然而命中注定無子。胡地曾經不遺餘力地努力過，他服用了各種神奇可惜無效的方藥，同時也讓他的姨太太們一起服用。他嘗試著在不同的時辰性交，並且嘗試各種稀奇古怪的體位做愛，在太陽升起來進入，月亮落下去的時候射精。所有的努力都使原先美妙無比的性活動變得毫無樂趣可言。

胡地終於下決心放棄和注定無子的命運一搏的一切嘗試，他從孤兒院裏領養了一個已經十五歲的男孩子，爲這男孩子取名叫德清，準備讓他接受自己的萬貫家產。德清的出現，引起了胡地的後宮大亂，由於指定爲德清養母的姨太太有了正宮的意味，所有的姨太太都向他索要同一權利，於是一時昏了頭了的胡地，再次陷入毫無樂趣可言的性愛怪圈。姨太太們像統一過口徑一樣，她們怒氣沖沖將他拒之門外，根本不讓他進入房間，就算是強行闖了進去，她們仍然毫不猶豫地拒絕他的進一步深入。在沒有德清之前，面對衆多的姨太太，自以爲身懷絕技的胡地常常感到有些力不從心，可是一旦德清走進這個家庭以後，胡地卻發現自己最迫切需要女人的時候，竟然連個用武之地都沒有。所有的女人都用各式各樣的藉口搪塞他，月經來了，小肚子疼了，甚至還有和做愛毫不相干的牙齒痛。胡地不可能涎著臉哀求他的那些女人，他的身分又使他羞於再次出現在梅城中的妓院裏，最後，無可奈何的胡地只好讓後宮那些無法無天的女人稱心，讓她們隨心所欲地去領養別人家的兒子。

大大小小的養子，害得胡地一直到死都弄不清誰是誰。他曾經提出過這樣的建議，那就是既然領養了這麼多的養子，幹麼不索性領幾個女兒回來湊湊熱鬧。但是熟悉他道貌岸然性格的姨太太都知道，一個從不肯放棄家中任何一位年輕女傭的胡地，同樣不可能忘記養女這塊肥肉。四十歲以後的胡地對房中術興趣大生，他一改過去那種不順心的時候，便娶個小老婆，或者替一名丫鬟破身的惡習，但是仍然對處女膜有一種最大的崇拜。他的眼睛看到姑娘時，仍然不可遏制地發亮。他不懷好心的可恥建議，剛提出來就被徹底否決。

在胡地醉心於房中術的時候，大大小小的養子們迅速成長，他們在養母的寵愛下，以人們不敢相信的速度墮落。由於幾位大的養子年齡相差無幾，他們很快陷入女色的漩渦中不能自拔，一個不比一個遜色。老大德清在娶妻的第二年，就迫不及待的娶妾，而且差不多以後每年都要娶一位新的姨太太。老二德明成了養子中的最著名的登徒子，然而更荒唐的卻是老四德威，這位看上去性格有些內向，生著一個女孩子似的小紅臉，其實是個天生的色膽包天專吃軟飯的壞傢伙。

德威是胡地車夫的兒子，他的養母六姨太將對一表人才的車夫的好感，移情到了他的兒子身上。過繼以後，十四歲的德威很快無師自通地成了六姨太的小情人。六姨太有一種胃氣痛的毛病，每當她生氣或是需要男人體貼的時候，就得有一個人替她按摩。從進入胡家的第一天起，德威便責無旁貸地成了六姨太的專職按摩師。到了十六歲的時候，有一次德威替再過幾年就要四十歲的六姨太按摩，他輕輕地在六姨太的胃上來回揉著，漸漸按著她的意思，將手從胃部一直揉到了小肚子上。他分不清六姨太的呻吟是叫好，還是叫不好，反正他不知疲倦地旋轉著手掌，越來越執拗地向下移。等到他的手停止動作時，六姨太已經像蝦子一樣彎了起來，彷彿被什麼東西燙著似的一個勁地尖叫。爲了害怕那尖叫聲傳出去，德威十分果斷地將擱在床邊的一只繡花枕頭，扔到了她的臉上。

膽大妄爲的德威在事情過後，三番五次地提到要去向養父胡地把這事情說清楚。他知道這是對六姨太最有效的一種威脅，果然只要他一提到將把自己和她之間的勾當告訴胡地時，六姨太便只能對他百依百順，要什麼給什麼，不敢有半點違抗。梅城來了一個馬戲班，班主的手上老是提著一隻會說話的鸚鵡，德威看中了那隻鸚鵡，打定主意不論出多少價，都一定要將那鸚鵡弄到手。班主知道胡地有錢，說既然胡家的四少爺看中了鸚鵡，那麼就請他第二天自己來問鸚鵡好了，這鸚鵡是個有靈性的鳥兒，牠知道自己值多少錢。

第二天，鸚鵡果然自說自話地開了價，數目嚇了德威一大跳。報價竟然是二百五十大洋。陪同他一起去準備付錢買鸚鵡的六姨太，相信這是一個絕不可能接受的價格，毫不猶豫地拉著德威就走。德威回到家，像小孩子一樣不知羞恥地哭了一場，當他提出要問胡地去要錢，並說胡地一定會給他錢的時候，明白德威這話中所藏著的暗示的六姨太，這位已經完全被德威制服的可憐女人，不得不立刻讓步，親自到當鋪去典當首飾，然後趕到馬戲班，向班主付錢，將那隻昂貴的會說話的鸚鵡拎回家。第二天，正好胡地下榻六姨太處，六姨太讓德威將鸚鵡拎來給他爹過目。那鸚鵡拴著鐵鏈，像一個驕傲的王子那樣歇在鐵架子上。胡地不相信這隻鸚鵡眞會說話，因爲那鸚鵡剛換到一個陌生的地方，顯然有些不高興，德威怎麼在旁邊引牠開口，就是不說話。臨了，也在一旁興致勃勃地引牠的胡地笑著，問這不開口的啞巴花多少錢買來的。

「二五，二五。」鸚鵡一仰脖子，竟然開口了。

胡地哈哈大笑，又繼續逗牠說話，鸚鵡明擺著剛從牠的舊主人那學會了這兩個字，開口以後，似乎除了不停地說「二五」，其他的詞都忘了。「你才二五呢！」胡地很開心，和鸚鵡鬥了一會嘴，搖著頭說，「這鳥看來除了會罵人，什麼也不會說。」

這以後，德威時常拎著鸚鵡在院子裏兜來兜去，害得其他的幾位兄弟眼紅得不得了。德威有一隻會罵人的鳥，這消息很快傳到了所有的姨太太那裏，原先是女中學生的十一姨太讓人帶信給德威，要他無論如何將鸚鵡帶到她那去。德威神氣活現地拎著鸚鵡去了，將鸚鵡掛在門框上，看著十一姨太孩子氣地逗鸚鵡罵自己。十一姨太是胡地去世前最寵愛的姨太太，她顯然也對德威俊秀的相貌有興趣，和鸚鵡鬥了一會嘴以後，她又開始用話撩起他來。

那正是雨季開始的時候，天氣潮濕而且悶熱。十一姨太說她早就聽說德威是一個按摩的好手，耳聞爲虛，眼見才實，她建議德威不妨爲她一試，以便讓她可以眞正地相信。於是，十一姨太坐在了客廳裏的躺椅上，讓德威替她按摩肩膀。過了一會，德威還未明白過來怎麼一回事，十一姨太已經正對著敞開的大門，平躺在了躺椅上。德威像替六姨太按摩一樣，先是替她揉胃，然後是小肚子。十一姨太正好身上來了月經，德威的手不止一次在旋轉的過程中，碰到了她的月經帶，最後被自己的膽大弄得十分衝動的德威，情不自禁地將手伸到了不該伸的地方去。十一姨太面紅耳赤地坐了起來，惡狠狠罵了他一聲。

「不要臉！」掛在門框上的鸚鵡顯然也會這句話，牠聽見十一姨太這麼罵德威，也跟著幸災樂禍一起起鬨，「不要臉！不要臉！」十一姨太被鸚鵡怪腔怪調的學舌聲引得笑起來，看著嚇得不知所措的德威，又板起了臉：「你滾，不長進的東西，你昏了頭了。」德威在鸚鵡一連串的「不要臉」和「二五」聲中，落荒而逃。跑出去了一大截，德威突然想到自己心愛的鳥還沒拿，又忐忑不安地折了回去。十一姨太懶洋洋地說：「鸚鵡先留著，不許拿走，先讓你十一媽玩幾天再說，聽見沒有？」

一個星期以後，德威膽戰心驚地去討回他的鸚鵡。十一姨太這一次把他帶進了自己的臥房，重複幾天前發生過的按摩把戲。德威不僅要回了自己心愛的鳥，口袋裏還揣著十一姨太賞給他的十個大洋。隨著德威一天天的成熟，深知自己罪孽深重的六姨太，已經堅定不移地割斷了和德威之間的性愛情絲。乘虛而入的十一姨太正好塡補了六姨太的空白，她很快便從每週給德威十個大洋，發展到每週不得不起碼拿出二十塊大洋來打發他。德威眞不愧是在女人身上勒索的好手，他不僅毫不費力地用掉自己每週掙來的二十塊大洋，而且同樣毫不費力地從十一姨太那裏一次比一次多地敲詐出銀子來。

直到胡地被埋在地底下之前，十一姨太仍然和德威保持著這種苟且關係。事實上，胡地正是在他們尋歡作樂的做愛同時嚥的氣。十一姨太爲了不讓自己性高潮來臨時的尖叫聲傳得太遠，每次都喜歡死死地咬住德威的衣服，德威的內衣上被十一姨太咬得到處都是牙印子。胡地嚥氣的那天，德威從病榻前偷偷地溜到了十一姨太那，因爲時間過於局促，加上大白天人來人往太多，不能鎖上大門，他們只好站在客廳的窗臺下，一邊監視著外面的動靜，一邊迫不及待地像交歡的野狗那樣，全無羞恥地連在了一起。十一姨太被情緒緊張的德威弄得神魂顚倒，像絲瓜藤那樣死死地纏著德威，沒完沒了死去活來。德威的眼睛小心翼翼地盯著窗外，唯恐有人突然走進院子，他機械地動作中，完全忘記了自己正在幹什麼。等到十一姨太突然緊緊地摟抱住他，一口咬痛了他的肩膀的時候，他聽到了不遠處讓人汗毛直豎的哭喊聲。在病榻上已躺了一個多月的胡地，終於在這一刻嚥了氣。

十一姨太便是德漢的養母，德漢是她姊姊的兒子，自從和德威有了這種見不得人的勾當，十一姨太只好一次又一次地將德漢打發出去。只要德漢關鍵時刻不在自己的眼皮底下，德漢去什麼地方，十一姨太都不在乎。當她聽說德漢跟著他的二哥去妓院之後，不但沒有吃驚，反而做出很大度的樣子，笑著對傳遞消息的人說：「一個十歲的孩子，眞去了，又能做什麼呢？再說，那地方他遲早都會去的，不是嗎？」即使是在守靈的日子裏，身穿白色孝服的十一姨太和德威，也沒忘記忙裏偷閒繼續偷雞摸狗。他們爲即將來臨的徹底自由興奮不已，十分高興地盤算著自己未來的幸福。

不只是十一姨太和德威在這理應悲痛欲絕的日子裏忘乎所以，所有的家庭成員都把剛剛步入老年門檻的胡地的早逝，當作了値得慶幸的節日。響徹雲霄的鬼哭狼嚎聲，事實上不過是做給別人看的幌子。在胡地落土爲安的前一天，穿著孝服的老二德明，十分招搖地將同樣穿著孝服的德漢又一次帶到了妓院。無論是嫖客還是賣笑的妓女，包括見多識廣的龜頭和老鴇，都爲胡家兩位少爺在這樣的日子裏出現感到震驚。妓院裏因爲胡地的去世，梅城中一下子來了太多的奔喪者而爆滿，一位妓女吃驚地叫著：「見了鬼，二少爺竟然穿著這麼一身孝服，到這來？」

德明十分嚴肅地說：「什麼衣服不能穿，難道你要我光著屁股來？」

那位吃驚的妓女還沒緩過神來，便被德明攔腰摟住了，在塗著血紅的嘴唇上重重地吻了一記。「你二少爺在這樣的日子裏，都忘不了你，你他娘的還不領情？」他擁著那妓女往那間熟悉的房間走去，一時間已經忘掉了他弟弟德漢的存在。他是藉口帶德漢上街買東西溜出來的，一聞到妓女身上的脂粉香味，他就立刻忘乎所以，什麼也記不得了。當他把妓女按倒在床上，德漢在背後扯他的衣服時，他才想起來這種事不能讓小孩子看見。「你出去隨便找什麼人玩去，二哥這會有事。」他不由分說地把德漢攆了出去，砰的一聲將房門閂上。倔強的德漢氣鼓鼓地擂著門，一直擂到老鴇趕來，好說歹勸才把他哄走。

老鴇把德漢帶到自己的房間，拿出糖來給他吃，還讓一位尚未破身的雛妓過來陪他玩。「十少爺，」雛妓稚聲稚氣地問著，「你爹大概會給你留下多少錢？」德漢想了想，一本正經地說：「不知道，到明天就全曉得了。」老鴇在一旁涎著臉說：「十少爺這麼一點年紀，就成了有錢的主，以後可別忘了我們呀！」德漢又是想一想，仍然一本正經地說：「有了錢，以後我會經常來的。」

老鴇在德漢的額頭上親了一記，說：「乖，眞是好孩子！」

第二天，胡地的楠木棺在一種歡天喜地的氣氛中，被緩緩地放入墓穴。十三養子齊聲痛哭，然而沒有人能從這種痛哭裏，感受到哪怕只是一絲一毫的悲哀。對於十三養子來說，家庭的獨裁者已不復存在，他們將繼承大筆的遺產，痛痛快快肆無忌憚地盡情揮霍。墓地的工人正在合上巨大的漢白玉墓冠，他們使出了吃奶的勁，咬牙切齒汗如雨下，額頭上的青筋像泡了水的蚯蚓一樣凸了起來。笨重的漢白玉墓終於合上了，隨著一片鬆了一口氣的吁氣聲，十三養子彷彿大合唱一樣，在六姨太的一聲突如其來的哀嚎中，又一次十分整齊地放聲大哭。

3

出殯的隊伍還沒出現，蠢蠢欲動看熱鬧的人，已經前呼後擁地亂起來。小孩子被嚇哭的啼聲和女人的尖叫聲響徹雲霄。這是一次轟動整個梅城的輝煌大出殯，它的聲勢浩大，完全超過了人們的想像。從胡地嚥氣的第一天起，梅城主要街道店面鋪子裏的老闆，就意識到他們會有一次千載難逢的發財機會。布店老闆紙店老闆率先帶頭漲價，緊跟其後的是茶葉店浴室和旅店。出殯前的第三天，街面店鋪裏老闆們，不失時機地開始像出售電影票一樣，出賣在自己店門口觀看出殯的權利。凡是付了錢的顧客，都可以在大出殯的那天，來到他所付過錢的店鋪裏搬一張板凳，然後坐在店門口，靜心等待出殯的隊伍到來。老闆們將根據得到的鈔票數額，決定繳款者可以坐什麼樣的凳子。從小板凳到太師椅，凡是能坐的玩意在大出殯前，都搬到了街道上。

漲價幅度最大的自然是妓院，由於大量的奔喪的人雲集梅城，妓院的生意陡然之間非常紅火。深諳必須充分利用難得機會的老鴇，不僅只是單純提高價格，而且把妓女接客的時間，縮短到只有平時接客旺季時的一半。為了和喪事哀悼的氣氛相和諧，妓院的布置也做了及時地改變。熱鬧的大紅顏色盡可能地減少，在妓院的門廳裏，不倫不類地掛著一張胡地的遺像，在遺像下面是一張香煙繚繞的供桌，供桌上供著水果鮮花，紅燭一枝接一枝地燃著。所有嫖客進了妓院，首先要做的第一件事，就是得替胡地的亡靈上一枝香。雖然妓院一度曾經是胡地經常光顧的地方，但是自從成為梅城最顯赫的紳士以後，胡地便再也沒有在妓院中露過面。作為梅城中出手最闊的財神爺，無論是愛鈔的老鴇，還是愛俏的妓女，都對胡地懷著極大的尊敬。有時候嫖客鬧事，睡了妓女不肯付錢，或是對從事為他們提供服務的妓女，採取了過分的出格行為，譬如要求吻他們下面那個骯髒的臭氣熏天的玩意，譬如不走前門非要進入屁眼，又譬如要用剃刀剃去妓女下身的陰毛。當這些下流的要求遭到拒絕，蠻橫無理的嫖客常常惱羞成怒大打出手，把妓女房間裏的各種小擺設砸個稀巴爛。

梅城中唯一能擺平這些發生在妓院中烏七八糟事的人，就是看上去越來越斯文的胡地。只要胡地出面，從來就沒有擺不平的事。有許多事，縣太爺聽了都頭痛，然而告到胡地那裏，胡地只要送一張名片出去，立刻大事化小小事化了。由於有頭有臉的胡地不願意出現在妓院中，因此凡是發生在妓院中的大小衝突，要是胡地的一張名片還不能起作用，最後都在離妓院不遠處的茶館裏解決。對於那些不知天高地厚的楞頭靑，如果只是因爲沒有錢，胡地將十分大度地樂意提供贊助。如果是因爲自己的性變態，又不知害羞，故意尋釁鬧事且不知悔改的，胡地將在茶館裏，給他最後一次口頭警告。胡地的警告從來不會是說了就算了，任何不把胡地的話放在耳朵裏的人，都將證明是自討苦吃。

胡地有許多完全出於自願的打手，只要胡地有一個看上去似乎很隨意的暗示，立刻會有人毫不含糊地認眞貫徹執行。有一次，一位山東人路過梅城，在妓院裏喝醉了酒胡鬧，待他酒醒了以後，被帶到茶館裏和胡地見面。胡地笑著和山東人打招呼，山東人卻出言不遜地說道：「在我面前擺什麼有錢人的臭架子，你不就是有個弟弟當過土匪嗎？」山東人絲毫也不知道他會爲自己的魯莽付出什麼樣的代價，「你那個弟弟不是早就死了嗎，眞是的，你還有什麼好神氣的？」

面對無理的山東人，胡地臉上始終帶著微笑，他端坐在那，看著山東人氣焰囂張地揚長而去。山東人回到了住所，正爲自己今天出了口惡氣感到舒暢，兩位彪形大漢走進了他的房間，不由分說，揪住了他劈頭蓋臉往死裏打。剛開始山東人還嘴硬，讓他意識到自己的兩條腿已讓打斷了的時候，終於趴在地上求饒。兩個打手說：「好，你還算聰明，這會求饒還來得及。」說了，將山東人擡到了大街上，像扔什麼似的，往大街上一扔，又去找了兩名擡轎子的轎夫來，扔了一個大洋給他們，吩咐將山東人擡出梅城的地界。

「要是再在梅城見到了，你就別想活著離開了，」兩個打手活動著手腕，不動聲色地說著，「要是活膩了，歡迎再來。」

胡地幾乎可以不經意地擺平一切事情，除了妓院，大到縣裏的財政稅收，小到鄰里之間為雞毛蒜皮的事吵了起來，只要求到了胡地，大事小事都迎刃而解。商會會長有什麼事，總是首先找胡地商量，縣長要下什麼指令，也是照例先派人和他打招呼。到胡地去世之前，他已經毫無疑問地成了梅城中的無冕之王。在他臨死的前一年，小西門東頭發生了兒子用斧子在父親肩膀上砍了一記的轟動事件，大家議論紛紛，可是拿孽子沒一點辦法。有人提出應該請胡地出來主持公道，然而因為孽子事先放過風，如果誰敢將此事捅到胡地那兒去，他便毫不猶豫地將他全家老小統統劈了。

最後還是挨了一斧子的父親自己到胡地那兒去告狀的，他的一條被砍斷了的膀子，像截枯木棍似的掛在一邊，見了胡地以後，老淚縱橫的父親再也按捺不住心頭的悲傷，撲倒在地，像孩子一樣失聲痛哭。胡地不敢相信，就在自己居住的城市裏，竟然還存在著這樣的罪惡。他立刻派人去找那位不肖子孫，讓他馬上到這來報到。那位孽子忐忑不安地來到胡地的客廳，不知道胡地會怎麼處置他。「我知道我……錯了，」孽子支支吾吾地說著，「我不是吃的飯，我是吃了屎了。」

「你還知道自己是錯的，是不是什麼時候還想拿斧子，把我也給劈了？」胡地臉色嚴峻，但是語重心長，「想想自己到底幹了些什麼，也不想想，城裏住著多少洋人，這事要是傳到外國去，不是丟他娘中國人的臉嗎！」

晚年的胡地不苟言笑，他總是很簡短地表達自己的觀點。他拿出錢來，讓醫生替那位不幸的父親截去掛在那已全無用處的胳膊，同時讓那位孽子從此離開梅城，永遠也不要再回來，因為梅城不歡迎這樣的不肖子孫。類似的主持公道不勝枚舉，事實上，當死亡離胡地越近，他站出來打抱不平的熱情也就越強烈。由於他一直是在他的客廳裏見客，逐漸養成了足不出戶的習慣，因此只要胡地偶爾上街，就顯得格外引人注目。行人都停了步來和他打招呼，小孩子卻跟在後面看熱鬧，妓院正在接客的妓女從二樓裏的窗子裏探出頭來，像樹林子裏的小鳥一樣，嘰嘰喳喳大驚小怪，彷彿從她們的眼皮底下經過的不是人，而是神話故事中具有特殊法術的神仙。

胡地的靈柩從妓女的窗下走過的時候，妓女們幾乎不敢相信那個巨大的楠木棺材裏，躺的就是不可一世的胡地。她們不敢相信，一個不可一世的人物，死了以後，居然還可以比活著更神氣。街上到處都是人，都在夾道歡迎著盼望已久的胡地到來，和正在二樓的窗戶裏看熱鬧的妓女一樣，大家為自己眼睛所看到的一切，驚得目瞪口呆。他們從未見過，而且再也不可能見過如此輝煌的葬禮。龐大的送葬隊伍，使得處於縣城中心位置的大街像窄小的集市一樣水泄不通。等候在大街旁看熱鬧的人羣，不得不從付了錢的凳子上站起來，站在凳子上踮著腳，眺望遠處正緩慢移過來的隊伍。人山人海，大呼小叫和吹吹打打的樂器響成一片。

也只有從臨街二樓窗戶裏往下看的妓女，還有妓院的龜頭和老鴇，以及花巨資在這關鍵時刻包下妓女的嫖客，能夠較為清楚地看清街面上發生的情景。也只有從高處才可能看清楚，究竟有多少人在擡那裝著胡地屍體的棺材。一般的棺材只要四個人來擡就行了，好一點的也不過是八個或者十六個人擡。根據人們所知道的常識，頭等葬禮是三十二個人擡，這個數目將意味著棺材裏躺的是皇上或者和皇上一樣尊貴的人。然而胡地的靈柩卻硬是安排了六十四個人來擡，因為參加擡棺的人太多了，結果大家擠來碰去，反而有些寸步難行。

出殯的隊伍用最緩慢的速度行進著，遠遠地看過去，如果大街是一截梗塞的腸子的話，以兩面巨大的引魂幡引導的隊伍，便是梗塞的癥結所在。引魂幡用紅綠黑三色彩紙做成，上面貼著斗大的「回」字和「壽」字圖案，連接成七尺七寸長的燕尾巴形彩帶，高高地挑在大竹竿上。大竹竿實在是太大了，大得必須三五條壯漢齊心合力才能豎起來。由於引魂幡高高在上，人們只能首先看到它們，待到臃腫的隊伍磨磨蹭蹭走近時，才可以看清楚，原來走在隊伍最前面的，其實是兩個燃燒著的火炬，以及點著蠟燭的燈籠。這後面才是引魂幡和銘旌，是浩大的比眞人還要大的紙龍紙馬紙狗，紙做的僕人，紙做的轎子裏坐著的紙美人，再後面是浩大的吹鼓手，人數之多節奏之混亂，咿里哇啦各奏各的調。讓梅城人大開眼界的，不是由爲數衆多的和尙與道士混合的隊伍，也不是傾巢出動前呼後擁維持著秩序的本城所有的警察，甚至不是梅城的小學校裏童子軍組成的方陣，而是三名頭上用頭巾裹成喜鵲窩狀，穿著奇怪制服的印度錫克教士兵。這三名錫克教士兵是發生過綁架浦魯修教士事件以後，特地從上海聘請來保護別墅區的洋人，爲了這次在送葬的隊伍裏像演戲似的走一走，他們每人可得十五塊大洋。

本地報社的一名小記者，不惜花重金，收買了妓院一名幹粗活的女僕，這樣，當龐大的出殯隊伍從妓院經過時，事先已經混進妓院的小記者，便可以從女僕住的閣樓的氣窗爬到樓頂上，然後沿著樓頂，小心翼翼地爬到臨街的這一面。很顯然緩慢的隊伍只是在原地踏步，百無聊賴的小記者只好抱著照相機，聆聽他腳底下妓女和嫖客之間尖聲的調笑。從一個公鴨嗓子發出的笑聲中，小記者感到一種久違的熟悉，但是他怎麼也想不起來此人究竟會是誰。當他噼里啪啦快揿完了照相機裏的膠卷時，不小心腳底下一滑，沿著人字形的屋頂滾了下去。在就要跌落下去的那一刻，他的手抓住了屋檐上的鐵皮水槽，像一名受難者似的掛在半空中亂晃。他從天而降的突然出現，嚇得從類似包厢的窗口中往外看的妓女，扯足了嗓子哇哇亂叫。送葬的隊伍正好下面走過，吹吹打打咿里哇啦響成一片，根本就沒人在意妓女的叫喊，也沒人注意到懸在半空中胡亂蹬腿的小記者。

小記者終於掉了下去，毫不含糊地砸在看熱鬧的人頭上。有趣的是，在像隻小鳥飛下去之前，他看清了在妓女房間裏發出公鴨嗓子笑聲的，是已經定居梅城的哈莫斯。梅城的人都知道，哈莫斯和正被送往墓地的胡地是一對難得的好朋友。胡地嚥氣以後，哈莫斯是第一名趕去弔唁的外國人。大家想不明白，爲什麼作爲好朋友的哈莫斯沒有像小鮑恩夫婦那樣，混雜在送葬的隊伍中。事實上，人們湧上街頭，顯然不是爲了再看一眼已經命赴黃泉的胡地。人們想看的只是那種熱鬧，那種本城的名流甚至包括不可侵犯的洋人，都不能免俗地跟著起鬨，跟在隊伍裏一起走一走的滑稽場面。記錄這些滑稽場面的照片，在報紙上發表以後，曾被許多大圖書館作爲資料收藏。

也許哈莫斯不樂意一起在隊伍中行進的理由，只是想居高臨下看看清楚。也許對中國文化已經有了很深了解，他相信自己參加送葬有些不倫不類。反正他忽發奇想，帶著心愛的陳媽，選中了妓院中最適合觀察的房間，在出殯的前一天，住進了妓院。洋人帶著中國女傭居然住進妓院，這事多少年以後，仍然還會成爲大家口頭廣爲流傳的笑柄，但是書呆子氣十足的哈莫斯，絲毫不在乎別人會怎麼想。當送葬的隊伍好不容易總算到了他們窗下的時候，哈莫斯十分認眞地爲陳媽指點，爲她辨認著爲數衆多的姨太太，誰是誰一一對號入座。

甚至胡地自己也弄不太清楚自己有多少姨太太，很顯然，正式成爲他的姨太太的，遠不止現在這一羣爲他送葬的女人。胡地一生中值得誇耀的，不僅是他的巨富，而且包括他和女人交往中的超常精力。在二十三歲的時候，別人在這個年齡已經娶妻生子，他卻還是個童男子。雖然起步較晚，然而一旦開竅，胡地便以驚人的速度墮落。他很快成了做愛的好手，卓越的性技巧使得那些和他合作的女人既驚喜又恐懼。未娶妻之前，胡地曾經一度以妓院爲家。成爲名重一時的紳士以後，不便繼續涉足妓院的胡地，只好以不斷地娶小老婆來調劑和豐富他的性生活。胡地的妨妻惡名，並不妨礙源源不斷的女人進門。很多人都知道胡地的前面三位正妻，都在和胡地結婚後一年左右，便一命嗚呼。即使在姨太太中也有許多是短壽的，不少如花似玉的女孩子，進了胡家以後，不多久就會像過期的鮮花那樣迅速枯萎。

有充分的理由可以斷定胡地是家庭暴君，而且有著很嚴重的性虐待傾向。晚年的胡地對房中術十分入迷，他的早逝，和沉溺於兩性之間的技藝分不開。難怪他的養子們在很小的時候就開始沉淪，因爲胡地的後宮，自始至終洋溢著淫蕩的氣息。由於大多數的性活動都在白天進行，事實上只要是走進過胡地後院的任何人，都可能聽到那種持續不斷的呻吟聲。胡地堅信人們只在夜晚才交媾，絕對是一個習慣造成的錯誤。他的理論是，作爲一名性愛大師，必須確保夜晚的睡眠，只有在夜晚休息好了，養精蓄銳，才可能在第二天的活動中，摧枯拉朽百戰不殆。除了足夠的睡眠，對於藥物，他也有一種過分的偏愛，尤其是進入了晚年，不願向身體狀況認輸的胡地，開始像神農嘗遍百草一樣，不遺餘力地服用名目繁多的春藥。從進口的舶來品，到古書中得到啓示而新配製的大力丸，胡地不厭其煩地拿自己的身體做著試驗。

一位據說是留學奧地利的縣醫院的藥劑師，堅持在每個星期五的上午，準時來替胡地注射雞血。胡地幾乎比這藥劑師更相信公雞血對自己的性功能有幫助。後院裏養的一大羣體格健壯的公雞，每天破曉時的叫聲響徹梅城。進入晚年的胡地，常常被姨太太之間的爭風吃醋弄得頭腦發脹。「有什麼好吵的？」胡地不止一次地捋起袖子，讓他的愛妃們看著他那千瘡百孔的胳膊，「就是看在這條胳膊的面子上，你們也不應該再吵！」

當胡地歸天以後，藥劑師感覺良好地也趕來弔唁，剛走進靈堂，就讓憤怒的姨太太們揪住了一頓痛打。她們相信是他用的那該死的雞血，害死了生命像公牛一樣壯實的胡地。可憐的藥劑師外衣都被扯了下來，在姨太太的追逐下狼狽而逃，門檻上絆了一下，跌出去幾丈遠，眼鏡跌落了，碎玻璃片摔得滿地都是，假牙也甩了出去，不得不趴在地上到處找牙。失去了胡地的姨太太們，彷彿一個個陡然之間都成了翻身解放的新女性，她們已經用不著再爭風吃醋，爲自己多一次或少一次愛情生活鬧得不可開交。她們結成了新的死黨，無法無天肆無忌憚，根本不把前來弔唁的客人放在眼裏。由於相信胡地已對她們的未來做了充分的安排，一切都將由那個上了兩把鎖的小鐵盒子決定，事實上她們怎麼做和做什麼都無所謂。

白顏色的孝服束縛不了姨太太身上蘊藏著的巨大活力，事實上，無論是那些年輕貌美的姨太太，還是那幾個半老徐娘，都不在乎別人會怎麼議論她們。那些前來弔唁的客人，想趁機一睹胡地遺孀們的美色，不安分的姨太太同樣想不失時機地飽覽一下外面世界上的男人。靈堂中所有的悲哀氣氛都顯得有些滑稽，姨太太們一次次像大合唱那樣突如其來地乾嚎，女低音女中音甚至女高音全混雜在了一起。太多的和尚被請來念經，穿著黃袍的道士們在作法，十三孝子依次跪在還沒有蓋上的棺材前面。大門口用白布搭成了大喪篷，喪篷的門上有一大橫匾，上面寫著「當大事」

三個字，兩邊的門角上，各掛一白色燈籠。在喪篷門前的兩側，坐著梅城最好的「六蘇班子」，沒完沒了地吹奏著哀樂助喪。絡繹不絕的弔唁者弄得大家疲憊不堪，臨了，在胡地的靈柩前拉起了一塊巨大的白布，除了達官貴人和特別親近的好友，其他來賓一律不許入內。

隨著出殯日期的一天天接近，胡地的遺孀們也越來越不像話。十三養子一個個都像逃學的孩子，一逮著機會就溜出去。姨太太們沒有上街的勇氣，於是只好在家裏窮折騰。隔著簾布偷看弔唁的男人很快變得無趣，姨太太們開始無所顧忌地裝病，或者藉口身上來了躲在自己房裏，因爲據說女人的經血對死去的魂靈不利。等到出殯那天正式來到，姨太太們一個個精心打扮，明知道這樣的日子裏不該塗脂抹粉，不該打扮得花枝招展，然而就算是淡妝，仍然有些出格。胡地的姨太太都是精心挑選出來的，白顏色的孝服，襯著難得出門因此過分激動的臉龐，反而顯得更加有魅力。出殯的那一天，梅城所有的人都湧上街頭，姨太太們很快就成了大家注目的中心。一位妓女在送葬的隊伍經過時，吃驚地喊著：

「這死鬼要伺候這麼多女人，不是和我們當婊子差不多了嗎？」她憋了口唾沫，居高臨下地吐了下去。

所有的人注意力都在胡地的遺孀身上，實際上只有六姨太一個人，看見了那妓女往下吐唾沫。六姨太東張西望的眼睛，正好看到了二樓窗戶裏那位不可一世的妓女，將塗得血紅的嘴像雞屁眼一樣嘟起來，然後將一團白白亮亮的口水吐向空中。她對妓女的如此無禮感到吃驚，雖然那落下來的唾沫離她很遠，她差一點出於本能地破口大罵。「這不要臉的婊子！」六姨太在心中罵著，拉了拉她旁邊的十一姨太，讓她往樓上看。

2

出殯那天的子時，十三孝子睡眼惺忪地來到了胡地的靈柩前，跪下來燒紙磕頭，向亡人禱告，告訴亡人明天天亮時，便要離家去墓穴中定居。禱告完了以後，十三位孝子合力將靈柩挪動了一下，這一儀式俗稱爲「移棺」，目的是讓躺在棺材裏的胡地有個心理準備。正式出殯是在第二天的早晨開始的，巨大的楠木棺材，在一大幫身強力壯的男人氣喘吁吁的唉喲聲中，從靈堂擡到了大門口。楠木棺材太大也太重，人多手雜，有勁卻使不上，結果臨出門時，像石頭一樣堅硬的楠木棺材，在門框上狠狠地撞了一記，發出咚的一聲巨響。這一聲巨響使所有在場的人，都感到恐懼。因爲出棺時，棺材嚴禁碰上門框，否則將是一件十分晦氣的事。每一位參加搬動棺材的男人，所以要小心翼翼，最擔心的就是別讓棺材碰著什麼。

驚魂未定的男人將棺材停在大門口，參加送葬的人正在那裏集合。到處都是不知所措嘰嘰喳喳的人羣，儘管事先做了最周密的安排，然而事到臨頭，還是亂成了一鍋粥。負責具體管事的總指揮，早就把嗓子喊啞了，在這最需要他的關鍵時刻，總指揮的嗓子突然失音，結果他只能用拍手或作手勢來表達他的意思。沒有多少人能確切明白他的不規範的啞語意味著什麼，各人按照各人的理解去做，大家毫無意義地挪著地方，一個個全捲進漩渦似的亂轉。結束混亂的唯一辦法就是立刻開始出發。於是十三養子被拉到棺材前面，一人一只原來用以燒紙的老盆，讓他們把老盆高高地舉起來，用力往下摔。十三只老盆先後全被摔破，這時候，噼里啪啦的爆竹聲驚天動地，姨太太們悲痛欲絕地號咷大哭，十三養子唱歌一般鬼哭狼嚎，六蘇班子和童子軍的小樂隊連忙奏樂，和尙道士嘴裏開始振振有辭的祈禱，走在最前面的引魂幡正式上路。

胡地的早逝，似乎存心想顯示一下，一個非同凡響的人死了以後，他所獲得的榮耀，究竟可以達到什麼地步。他逝世的消息剛剛傳出去，雪片一樣的信函便從全國各地蜂擁而至。梅城僅有的一家電報局，二十四小時不停地工作，仍然來不及將電文及時翻譯出來。各界權貴名流都來電弔唁，上至蔣主席，也就是不久前的蔣總司令，不久後的蔣委員長以及後來的蔣總統，下至本省或鄰省的省主席，從正當權的新貴，到已經下臺失勢的舊人，反正只要是曾經名重一時的人物，不是致電便是親手寫了輓聯寄來。在電文中，最有趣的是英國領事的來電，因爲是用英文寫成的，只能認識幾個英文字母的電報員花了一整天的時間，也不曾弄明白電文究竟說了些什麼，於是他便按照自己的想法，不管三七二十一，胡亂地謅了幾句。

靈堂裏掛滿了輓聯，各界名人的字掛得到處都是。在這些名人中，有不少是已經被推翻的北洋政府中的要人，有兩位大總統，一位是徐世昌，一位是曹錕。有大名鼎鼎的執政段祺瑞，三位大帥吳佩孚、孫傳芳和張宗昌，少帥張學良，督軍齊燮元和趙鏡。還有再往前的前淸提督李準，狀元張謇。給人造成的錯覺是，這些曾經在戰場上打得死去活來的寃家對頭，在胡地的靈堂上不計前嫌握手言和。不過這些舊日權貴幸虧不是親自光臨，否則湊到了一起，一言不合，又一次眞打起來也說不定。當然，最能給胡地面子的，無疑要數掛在顯要位置的蔣主席的輓聯，這幅由人專程護駕送的輓聯剛到達梅城，立刻將弔唁活動推至高潮。許多已經到胡地家去慰問過的人，爲了親眼目睹蔣主席的墨寶，再次湧到胡地的靈堂。

沒有人對蔣主席的眞跡表示懷疑，除了一名曾在南京見過蔣主席手跡的人私下對人說過：「怎麼蔣主席也寫起行書來了？」

胡地的喪事操辦得甚至比他設想的還要好，早在垂危之前，胡地就向別人表達了他想在死後很好地風光一下的願望。「人活一世，死就只有一次，既然只有一次，就不應該太馬虎。」胡地對自己的葬禮有過非常具體的設想，在他的晚年，不惜花巨資和各界的名人交往。胡地的好客和樂意大把花錢的名聲，很快傳了出去，那些失意的正做著寓公的昔日權貴，像洋人一樣紛紛趕來梅城避暑。因爲有了胡地的緣故，梅城中的普通老百姓，不再是只能在報紙上見到那些大人物，人們不僅知道了那些大人物的高矮肥瘦，甚至知道他們的嗜好，知道他們喜歡穿什麼衣服吃什麼樣的食物。

胡地生前的富貴以及死後的榮耀，和他早年經受過的苦難，形成尖銳的對比。多少年過去以後，人們注定還將向他們的子孫談論胡地輝煌的葬禮。胡地的喪事成了梅城四周窮人的節日，從開弔起，一直到出殯結束，四鄉的窮人蜂擁而來，興致勃勃地享受免費供應的筵席。從胡地家的大門口一路延伸出去，到處都排著八仙桌，不管什麼時候，只要人坐滿了就開席。在大辦喪事的那幾天，全城的廚師都被聘來掌勺。屠夫殺了無數頭豬，好幾條牛，幾十頭羊，雞鴨鵝不計其數。整船的魚蝦從鄉下送了來，還有整船的時鮮蔬菜，整船的米酒和那種酒精度高得火柴一擦就能燒著的燒酒，整船的大人小孩男女老少。除了數不清的人趕來吃白食，還有數不清的人趕來找活幹。有時候幹活的正巧就是那些吃白食的，因爲吃的人實在太多了，人們不甘心排著隊苦苦死等，索性組織起來自己動手。

梅城從來也沒有像胡地剛死的那幾天那樣生氣勃勃過，人們奔走相告，專揀能占便宜的地方鑽。浴室雖然臨時漲了價，但是人們可以用記帳的方式，先跳到池子裏把澡洗了再說。結果大浴池裏的熱水，很快成了又稠又臭的泥湯，用不用肥皂全都一個樣。對一年都洗不了一把熱水澡的窮人來說，這絕對是做夢也不會遇到的美事。也許一千年都不會出現的奇蹟，偏偏由於胡地的喪禮而成爲現實的一部分。到處都可以賒帳，因爲胡家總管事鄭重其事地宣布了胡地的口頭遺囑，凡是前來參加胡地葬禮的客人，不管貧賤無論老幼，所有開支，一概胡家負擔。換句話說，到葬禮結束以後，老闆們只要拿著客人們簽過字的帳單，便可以找胡家報銷。

「像胡地這樣的傢伙，要是每年都能死一回就好了。」人們不無遺憾地說著，對轉眼就要結束的喪事依依不捨。

在這盛大的節日裏，妓院是唯一不能賒帳的地方。儘管吃飯可以不給錢，乘車坐船可以不給錢，洗澡住店甚至拿商店裏自己看中的東西，只要簽上自己的名字或是按上一個手印就行，梅城的老百姓依然保持著最後的淳樸。即使那些唯利是圖的老闆們，也沒有因爲有大筆撈鈔票的機會，喪心病狂把事情做得太絕。老闆請了中人監督賒帳，目的不是害怕沉浸在節日氣氛中的梅城人，會多拿鋪子裏的東西，既然生意做紅火了，多拿一些無所謂，老闆請中人只是爲了日後和胡家結算時，多一個有力的證人。因爲那些識字的人可以留下尊姓大名，而絕大多數不識字的窮人，都是用食指沾了印泥在帳本上按一下。沒有人對胡地曾經許下的諾言有絲毫懷疑，但是面對一本本按滿了血紅的手指印的帳本，老闆們自己心裏免不了有些七上八下。晚上臨睡覺時，老闆們的良心發現會像閃電一般地閃過，他們將在睡意來臨前的那一刻，琢磨自己這麼藉一個死人大發橫財，是不是太過分。

很多人是從江北趕來奔喪的，碼頭上大大小小停著十幾條船，人一上滿就開船。由於擺渡的人實在太多，大江兩岸的江堤上，排著長的隊伍，焦躁不安地等待著。大多數奔喪的鄉下人，只在梅城裏待一天，他們美美地吃了一頓以後，到處看看熱鬧，又立刻踏上歸程。拉黃包車的車夫累得夠嗆，由於車夫中幾乎沒有識字的，他們照例不會有帳本，而且也不相信帳本，每拉一次客，車夫就跑到胡府去討一根竹籤爲憑證。爲了不失時機地獲得更多的竹籤，車夫們馬不停蹄地來回奔跑，以至於到葬禮結束後，筋疲力盡的車夫不是捧著成捆的竹籤，趕到胡府去要錢，而是不顧一切地倒頭呼呼大睡。

「就算是胡地那傢伙再一次活過來，也不要喊醒我。」一位車夫一頭栽倒在床上，像幹了一番大事業的英雄那樣，對老婆嚷著，話音剛落便睡著了。

有充分的理由可以相信，壽終正寢的胡地能感覺到他死後的殊榮。胡地是這次輝煌葬禮的幕後總導演，在他彌留之際，爲了使人們對胡府的經濟實力，不抱有任何懷疑，他指示管家將一筆數額巨大的資產，捐給了梅城的孤兒院。胡地正是在這家孤兒院裏度過了他的童年。在七歲之前，胡地是孤兒院裏最聽話的孩子。因爲他的母親就是孤兒院的保育員，胡地的童年和孤兒院其他的孩子比較起來，要幸運得多。經常光臨孤兒院的浦魯修教士，對胡地也有一種慈父一樣的特殊感情，畢竟他是第一位在教堂裏出生的孩子。

胡地在十歲的時候，開始跑出孤兒院，在大街上度過了漫長的將近七年的流浪生活。自從他知道自己是大名鼎鼎的胡大少之子以後，一股再也不肯安分的熱血，便在他的血管裏竄過來竄過去。負氣出走的胡地，很快成了無家可歸的孩子們心目中的小頭領，靠著高於常人的智力，領著那些甚至比他大的比他野的孩子一起偷吃扒拿。幾乎與此同時，胡地的同父兄弟胡天，也成了梅城另一羣野孩子的頭領。有一次，兩幫野孩子在離教堂不遠的墓地上，擺開了陣勢決一死戰，結果胡地的人馬被胡天的人馬打得潰不成軍，四處逃竄。唯一沒有逃跑的是胡地，他的頭上叫胡天的一位兄弟敲了一棍子，裂了好大的一個口子，血流滿面的胡地不僅沒有認輸，而且鎮定自若站在那兒，問胡天打算什麼時候再戰。由於胡地臉上的血流得實在太多，畢竟還是孩子的胡天不由得感到了害怕，他看著當時還不知道是自己同胞兄弟的胡地，極下流地罵了一句粗話，率著手下的那幫兄弟狼狽而去。

「這鳥人說不定眞會死！」事後，胡天有些擔心地說。

少年時的胡地從來沒有在梅城稱王稱霸過，梅城中絕大多數有趣的地方，都是胡天的地盤。胡地唯一能施展自己才華的區域，是胡天從不涉足的洋人的別墅區。雖然胡天胡地都是胡大少的兒子，但是胡地似乎不像胡天那麼強烈地憎恨洋人，他領著他的人馬在洋人的別墅區找活幹。在葡萄收穫的季節裏，胡地迫使仁慈寬厚的老鮑恩付雙倍的工錢給他們，否則將在第二年葡萄尚未成熟的時候，把青葡萄統統摘下來。他們曾經確實這麼幹過，因此遭受慘重損失的老鮑恩，不得不對這些半大不小的孩子們讓步。由胡地帶領的野孩子，一度成爲別墅區的禍害，他們撬鎖翻窗，爬進那些空關著的別墅，在裏面拉屎撒尿，把羊毛地毯扯碎了扔在壁爐裏燒。

自從梅城教案之後，梅城在來華的外國人心目中，有著極其特殊的地位，梅城成了外國人躲避南方炎熱夏天的度假勝地，一座座別墅幾乎是在一年裏同時動工的，原先只是野兔出沒的地方，轉眼之間，到處建起了式樣新穎別致的小樓。這些小樓平時都空關在那，只有在夏季到來的時候，洋人才會帶著妻子兒女還有僕人，來住上一陣兒。胡大少被砍頭示衆以後，在華外國人神聖不可侵犯的權利，又一次得到恢復。儲知縣曾發布過進入洋人別墅的本縣居民，將當作盜賊處理，因此梅城的老百姓都視別墅區爲禁區，雖然近在咫尺，但是在相當長的一段時間裏，沒有人敢靠近它們。是胡地率先打破了別墅區去不得的神話，他領著手下的那幫小流浪漢，不光只是爬進別墅搗蛋，而且堂而皇之地乾脆住在裏面。

前來度假的洋人發現自己的別墅受到侵犯，向儲知縣之後的李知縣提出了抗議。李知縣只好派了兩名年老的衙役在別墅區四周巡邏。年老眼花的衙役根本不是孩子們的對手，胡地手下的那幫餓一頓飽一頓的流浪漢，照樣大模大樣地在別墅區搗蛋。胡地十七歲的時候，開始正式替老鮑恩家幹活。老鮑恩的葡萄園已經很成氣候，新開辦的葡萄酒廠，也出現了非常好的勢頭。在別墅區流浪的那幫野孩子們，成了葡萄酒廠雇傭的第一批中國工人。獨具慧眼的老鮑恩看中了胡地的管理才能，他沒有讓胡地去葡萄酒廠當一名普通的工人，而是讓他出任管家的位子，同時負責葡萄園和葡萄酒廠。

不到二十歲的胡地很快在梅城小有名氣，許多年前發生的教案留下來的陰影，說消失也就消失了。隨著老鮑恩葡萄園和葡萄酒廠的規模越來越大，需要的人手越來越多，來找胡地求情的人也漸漸多起來。人們好像突然發現替洋人幹活，是一個掙錢的好機會。老鮑恩成了令人難以置信的暴發戶，他的財產迅速增加，以至於他的兒子小鮑恩結婚時，竟然娶了一位門第遠遠高於他們家的兒媳婦。出身於貴族家庭的小鮑恩太太凱瑟琳和小鮑恩成親，曾經在梅城引起小小的震動。

人們記得凱瑟琳是坐輪船來的，爲了歡迎她的到來，老鮑恩家的專用碼頭掛燈結綵裝修一新，所有的工人全放假三天。

老鮑恩對胡地的重用，引起了小鮑恩的嚴重不滿。事實證明，小鮑恩不僅氣量小，而且對於經營管理一竅不通。老鮑恩被一次感冒引起的肺炎奪去生命以後，新當權的小鮑恩便找藉口辭去了胡地的管家職務。胡地的離去使得蒸蒸日上的鮑恩家迅速走下坡路，很快，原來是獨家經營的葡萄酒廠，爲了生存下去，不得不變成了合股形式。到了第一次世界大戰開始的時候，鮑恩家的葡萄酒廠由於質量下降和銷路問題，已經到了名存實亡的地步。與此同時，失業的胡地的事業卻得到了飛速發展。

胡地一出道，就成了非常精明的生意人。離開鮑恩家的時候，他的羽毛已經開始豐滿。他用最快的速度，壟斷了梅城中所有洋貨的批發權。胡地是梅城中土生土長的第一位會說英文的人。進入二十世紀後，雖然人們對洋人還有仇恨，但是幾乎一致認爲洋貨又便宜又好使。少年時代他的那幫手下，在他的召喚下，又重新回到了他的旗幟下，再一次聽從他驅使。十年過後，胡地成了名聞遐邇的富翁，他的那幫弟兄不是當上了警察局長，便是別墅區的包打聽，或者是當地的流氓頭子。

二十三歲時，胡地第一次羞答答地走進妓院，也正是從那一次開始，無家可歸的胡地，正式把妓院當作自己的家。有趣的是，胡地最初的生意都是在妓院裏談成的，隨著資產的越聚越多，以妓院爲家的胡地，把自己在妓院中的房間，布置得像個皇宮，他在這裏一邊和妓女打情罵俏，一邊輕鬆自如地處理著繁縟的雜事。妓院從來就是一個讓人傾家蕩產的陷阱，但是偏偏成了胡地發家致富的吉祥之地。由於胡地把自己的辦公室設在妓院，他表面上的放浪形骸，給前來接洽生意的人造成一個很大的誤區。人們只想到他是個光知道揮霍的花花公子，和他做生意一定會從他身上賺到一大筆，可事實證明眞正賺到一大筆的永遠是胡地。

胡地開始不顧一切地賺錢，不擇手段，也不管合法不合法，什麼樣的黑錢都敢賺。有錢能使鬼推磨，只要賺了大錢，任何不合法的事，都可能重新變得合法。胡地幾乎從一開始就精通賄賂的藝術，進入民國以後，梅城最後一任知縣張知縣，搖身一變，成了民政長，而且後來又擔任了梅城的第一任縣長。從張縣長開始，梅城每一任的官員，不管是北洋政府委派的，還是由後來的南京政府任命，只要有個一官半職，就無一例外地享受過胡地派人送去的津貼。胡地在梅城的重要性逐漸體現出來，他設在妓院的辦公室，不僅僅是談生意，而且正經八百地決定梅城的命運。不少關於梅城公共設施建設的方案，都是縣長不恥下問，趕到妓院去向胡地請教以後才定下來。從建設第一家戲院，到蓋第一座廁所，大事小事好事壞事，都少不了胡地的一份功勞。胡地終於成了梅城中最著名的人物，人們往往弄不清楚縣裏走馬換任的縣長們姓什麼叫什麼，可是就連三歲的小孩也知道胡地有多大的能耐。每當發生了什麼事，或者就要發生什麼事，人們首先產生的疑問就是，大名鼎鼎的胡地會怎麼想。人們淸楚地知道，胡地的天眞想法，將決定梅城的現在和未來。

1

壽終正寢前的胡地在床上足足躺了一個月，這一個月的時間，足夠他很好地反省自己的一生。只有死到臨頭的人，才能眞正明白什麼叫過眼煙雲。漫長的一生是一種矯情的比喻，人生不過是比蚊子的壽命稍長一些。胡地好像突然明白自己雖然有許多往事可以咀嚼，然而活得好端端的，就這麼撒手而去，他實在有些不甘心。三十歲以前的胡地似乎不知道什麼叫作生病，即使在流落街頭的日子裏，餓一頓飽一頓，下雪天連一件棉襖也沒有，他照樣精神煥發，活得自由自在。三十歲時染上的淋病，是他有生以來得的第一場大病。

淋病治癒以後，胡地下決心從妓院搬出去，安家立業明媒正娶討個老婆。胡地的第一任老婆很快就生病死了，第二任第三任老婆也是結婚一年左右便一命嗚呼。相信自己命中剋妻的胡地，從此取消了再立正室的企圖。他心有餘悸地繼續去妓院鬼混，同時開始沒完沒了地討小老婆。剛剛建立自己家的胡地，就像一頭還未調教好的野馬，隨著他的身分和地位越來越高貴，加上對淋病的恐懼已嚴重地妨礙了和妓女做愛的樂趣，胡地終於下決心和妓院絕交。他爲自己發下了毒誓，如果他敢再踏進妓院的大門一步，天打五雷轟並且斷子絕孫。

在剛成家的一段時間內，已經習慣了妓院生活中的性放縱的胡地，總是感到一種家庭的約束。他顯得很無行，顯得無法無天，像追逐妓女一樣地挑逗家裏每一位女人，只要精力旺盛的胡地需要，不管時間地點，也不管是新娶的姨太太，還是家中的女傭人，從已經絕了經的老媽子，到還是小姑娘的丫鬟，掀翻了就亂來。在醉心於房中術之前，性愛對他只是一種發洩，一種寂寞或晦氣時的排遣。就像妓院曾是他的可愛的家一樣，家事實上也成了他可愛的妓院。和哈莫斯成了好朋友以後，胡地從哈莫斯那裏得到了一些自己聞所未聞的性學著作，他第一次明白了性也是一種文化，第一次明白了房中術在中國文化中的特殊地位，直到這時候，胡地的性行爲才開始有所收斂。也就是說從這以後，他才成爲一名眞正的紳士。

哈莫斯用學者的熱情收集到的中國古典性學著作，讓自稱對女人閱歷見多識廣的胡地目瞪口呆。古典性學著作的豐富，迫使從小沒有好好地讀過書的胡地，不得不花大價錢，專門聘請梅城最好的古文先生，將全是文言文的文章，翻譯成他能看明白的語體文。胡地的語體文性學讀本，對哈莫斯也有不小的幫助，因爲對於西方世界來說，哈莫斯稱得上是最著名的大漢學家，由他翻譯介紹到西方去的關於中國的著作曾經轟動一時，然而由於中國文化實在太豐富太古老，哈莫斯仍然還有許多不能弄懂的地方。不用說是哈莫斯，就是梅城最好的古文先生，在不少關鍵地方也只能望文生義，胡亂想像發揮。四十歲以後的胡地，開始將極大的熱情投入到房中術的實踐中。他變得像個文化人那樣，在客廳中，一邊品茶，一邊全神貫注地和哈莫斯切磋體位和動作要領。胡地一向爲自己超人的性技藝感到自豪，可是讀完那些翻譯的語體文讀本以後，他發現自己竟然像三歲小孩子一樣無知。

「人要是不讀書，會是一件多麼可怕的事。」深有體會的胡地感嘆著說，「你只要想一想，光是一個喘氣，就有多麼大的學問呀！」

在垂危的日子裏，胡地開始一遍遍地回想和自己打過交道的女人。二十三歲那一年，初次走進妓院的胡地，面對已經躺上床等待他的妓女，心裏擂鼓似的咚咚亂跳。他記得那妓女顯得有些不耐煩喊著：「小伙子，快來呀，你還在磨蹭什麼？」胡地承認，自己雖然對做愛有著一種非凡的熱情，但是更多的時候，胡地都是把做愛僅僅看作是幹活，是一種專爲女人服務的幹活。「你的女人越多，你要幹的活就越重。」胡地不止一次向人這麼抱怨過。他打過交道的女人實在太多了，多得連自己都不敢相信，在等死的最後時刻，胡地對他的那些有過性關係的女人，毫無眷戀之情。他像局外人一樣，浮光掠影地回憶著自己的一生，對女人的涵義有了更深一層的認識。

「女人不過是座花狸狐哨的墳墓，你從她的身體裏走出來，臨了，又乖乖地走進她的身體裏去。」在胡地嚥氣的那天，他顯得特別的清醒，完全不像是一個垂死的人在說話。他慢吞吞地吃了一小碗粥，對守候在一邊的德清說著，「你找那麼多姨太太幹什麼，是不是也想和你爹我一樣？」胡地的臉上露出了在病榻上的最後一次笑容，他看著比他顯得更疲憊的德清，冷靜地給德清上著關於女人的課。他告訴德清，一個人要是眞明白了女人的確切意義，任何一位哪怕是臉上長著麻子的女人，也可以替代世界上所有的女人，反過來，要是不明白這道理，娶再多的小老婆也跟沒娶一樣。「女人和女人不一樣，女人和女人都一樣。」胡地大徹大悟地下著定義，像個哲人那樣說著模稜兩可的話。摸不著頭腦的德清胡亂點著頭，他不時地偷眼看故意躲在一邊，心不在焉不肯走近的老四德威。

胡地的心目中，老四德威也許仍然還是一個只會逗鸚鵡玩的公子哥。十三養子在胡地病危之際，輪流在病榻前陪著他們的養父，盡著最後的孝道。所有的養子內心都在盼望胡地死了拉倒，他們看著穿著白大褂的醫生，跟鬧著玩似的往胡地身上注射著各種顏色的藥水，看著胡地一天比一天走向死亡。作爲長子的德清，對老四德威在胡地後宮中的膽大妄爲已經有所耳聞，然而他也不過是覺得好笑，並不太往心上去，而且也根本不打算出來主持公道。處於回光返照中的胡地說著說著，讓德清將上了兩把鎖的小鐵盒拿來，緊緊地抱在手上，便又一次昏睡過去。這時候，十一姨太躡手躡腳地走了過來，很做作地看了一眼胡地，以示自己對他的關懷，然後走到德威身邊，貼著他的耳朶根說了句什麼。德清注意到了十一姨太細長的手指，在德威的胳膊上很有意味地捏了一下，注意到了德威眼裏流露出的不願意和巨大的恐懼，十一姨太若無其事，掃了昏沉沉睡在那就跟死去一樣的胡地一眼，臉帶微笑揚長而去。

幾個小時以後，胡地就要撒手離開人寰。傳奇人物胡地的故事，已經正式到了尾聲。趁德清一個不留神，德威跑去找十一姨太去了。藥水味極重的房間裏出奇的安靜，德清忍不住一次次地打著呵欠。突然，處於昏睡中的胡地，口齒不清地念叨起小鮑恩太太的名字。沒有人會想到凱瑟琳這名字是誰，就像聽他念叨其他的夢話一樣，大家只好由他說下去。凱瑟琳是胡地生平中，唯一可稱之爲和他偷過情的女人。胡地曾和來梅城賣淫的每一位外國女人睡過覺，在避暑的季節裏，候鳥似的洋妓女，往往隨著到梅城來的外國人一起出現。從金髮碧眼的白俄，到皮膚細膩得像瓷一樣的日本女人，甚至一名黑得像巧克力的南洋混血兒，貪得無厭的胡地從來不放過任何一位外來的洋妓女。值得一提的是，和小鮑恩太太凱瑟琳的通姦，還是胡地一生中，唯一的一次和有頭有臉的良家婦女苟合。衆所周知，和胡地發生關係的女人，在前期全是妓女，在後期不是大小老婆，便是家中的女傭。

由於曾被小鮑恩解雇過，胡地對小鮑恩一直心存芥蒂。當胡地成爲大名鼎鼎的紳士之後，無論是公衆場合，還是私下裏閒談，他對小鮑恩都不屑一顧。雖然凡是居住在梅城的洋人，都能享受到中國人所不可能享受的特權，但是處於瀕臨破產境地的小鮑恩，根本得不到別人應有的尊重。尤其是發生了那件轟動一時的醜聞，人們一提起小鮑恩便搖頭。一位在小鮑恩家做工的女人，生了一位黃頭髮藍眼睛的私生子，這是一個想抵賴也絕不可能抵賴得掉的事實，女工的丈夫衝到小鮑恩家大吵大鬧，拎了把斧頭要和小鮑恩拚命。洋人在梅城擁有的特權，並不意味著可以爲所欲爲地和中國女傭人養私生子，憤怒的丈夫在小鮑恩的客廳裏大打出手，把許多還是老鮑恩在世時收集的中國古代瓷器砸得稀巴爛。小鮑恩的行爲再一次引起了已進入民國時期的梅城人的公憤，幾乎所有的人都在看笑話，甚至連專門雇來維護別墅區安全的三名印度錫克教士兵，在胡地的授意下，也有意裝作什麼都沒看見一樣。

最後不得不由小鮑恩太太凱瑟琳去請求胡地出面擺平此事。這種小事由胡地來擺平太容易了，胡地打了個招呼，所有糾紛立刻解決。胡地也因此重新成爲小鮑恩家的客人，儘管身分變了，他還是必恭必敬地把凱瑟琳當作了舊日的女主人。在一個風和日麗的上午，小鮑恩躺在太陽底下睡著了，胡地陪著凱瑟琳在山坡上散步。他們走進了正發瘋似的長著新芽的葡萄園，說著說著，便摟到了一起。凱瑟琳的原意也許只是想讓他親吻一下，然而胡地卻把它當作是邀請，當作是要求做愛的訊號全盤接受了下來。凱瑟琳拒絕的表示，也被胡地理解成半推半就，他們在葡萄園裏滾來滾去，從這一頭滾到那一頭，被葡萄藤纏得喘不過氣來。又肥又胖的凱瑟琳足足比胡地高出一個頭，胡地睡在她身上，上躥下跳，彷彿正置身於一張充滿彈性的彈簧床上。凱瑟琳心裏正憋著的一股惡氣，被胡地高超的性藝術迅速地熨平。她忘了胡地完全可以聽懂她的英語，用夾生的同時又是充滿感激的中國話一連串地喊著：「不要，不要。」

站在胡地床前的德清突然注意到他開始抽搐，胡地的手試圖舉起來，然而他的手指發僵，更緊張地扣緊了小鐵盒，不住地哆嗦著，眼睛裏放射出一種極其奇怪的光。驚恐萬分的德清連忙喊來醫生，隨著醫生急匆匆的步伐，在周圍等候胡地嚥氣的人，一起往躺著胡地的房間湧。胡地腦海裏的凱瑟琳正在消失，他的腦細胞正在迅速死亡，他的記憶力像斷了線的風箏，完全失去了控制。時光在倒流，胡地突然停止了抽搐，眼睛睜得多大的，茫然地注視著天花板。三歲時的記憶像一幅畫似的，出現在懸掛著吊燈的天花板上，這是正在走向死亡的胡地一生中最初的記憶，也是最後的記憶。他看見自己正通過孤兒院的門縫向外窺視，外面的飢寒交迫的災民，排著長長的隊，捧著骯髒不堪的破碗，正在等候施捨給他們的薄得能照出人影的粥。災民實在太多了，參加賑災的浦魯修教士，胡地的母親裕順媳婦和已經成爲修女的鶯鶯，還有那些臨時招募來幫忙的身強力壯的男人，一個個都累得近乎絕望。胡地聽見愁眉苦臉的鶯鶯正在大聲地問浦魯修教士，眼看著用來賑災的大米很快就要用完了，面對源源不斷還在逐漸增加的災民，究竟應該怎麼辦。

浦魯修教士顯然也不知道應該怎麼辦，他簡短明快地說：「祈禱！」

「祈禱？」鶯鶯似乎不太明白。

胡地看見浦魯修教士毫不猶豫地又說了一遍：「祈禱，要相信祈禱！」

孤兒院外面，不僅流行著飢餓，而且一場瘟疫正在無情蔓延。死神扇動著翅膀，像黑顏色的烏鴉一樣，在梅城的上空到處亂飛。男人或者女人，老人或者孩子，他們飢腸轆轆，心裏存著的唯一念頭就是不管死活，先排隊喝了一碗粥再說。胡地發現自己又有了一雙三歲時的眼睛，他發現自己正置身於長長的隊伍中，手上也捧著一只破碗，緩緩地隨著人羣流動。死神正在他周圍徘徊，不懷好意時不時地瞪他一眼。傳奇人物胡地，就要和他的異母兄弟胡天會合去了，他將隨著漫長的乞丐組成的死亡大軍一起走向永恆。就在接近目的地的地方，他聽見浦魯修教士還在喋喋不休地念叨著「要祈禱」的忠告。死亡大軍正以不可阻擋的銳勢向前挺進。「祈禱，祈禱有個屁用！」胡地的喉嚨口含糊不清地回響著這聲音，他最後一次抽搐著，想從床上坐起來，看看清楚死神究竟是一副什麼樣的嘴臉，然而只是咧了咧嘴，便嚥了氣。

【卷三·梅城的哈莫斯】

人不知其可而己獨知其可，就力排衆議去做而終於獲得成功的，也是眞正的冒險：哥白尼的創立地動說，馬丁路德的反對天主教。

在眞正的冒險中，一個人可以經歷到許多平常人所經歷不到的快意事。他可以從它上頭來測定自己的勇氣、毅力、意志與智慧。換句話説，他可以從它上頭來認識自己，鑑定自己。所以事情在他人的眼光裏，是行險僥倖，是輕舉妄動；而在他自己的心目中，則是快事，是樂事，是應該和必然的事情。

——愛狄頦勒《上海——冒險家的樂園》，上海文化出版社

哈莫斯和《梅城的傳奇》

哈莫斯的《梅城的傳奇》，可以說是他浩瀚的著作中，最不重要最沒有影響的一本書。這本小册子一樣的圖書，迄今爲止，還能在世界上一些大的圖書館裏見到，主要原因是哈莫斯享有的漢學家的聲名。梅城這座城市在西方小有名氣，顯然也和《梅城的傳奇》這部書有關。事實上，哈莫斯留下的著作中，《梅城的傳奇》是他寫的唯一一本關於中國某個城市的紀實故事，書中還能隱約見到他早期當《泰晤士報》記者時的筆調。由於幾十年來，哈莫斯一直親眼目睹著梅城的變化，儘管他摻和了許多誇張的文字，運用了太多的想像，但是不管怎麼說，如果談到梅城的歷史，《梅城的傳奇》仍然不失之爲一部經典著作。

在轟動一時的教案發生不久來到梅城的哈莫斯，只是一位二十歲剛剛出頭的小伙子，精明強幹野心勃勃。作爲《泰晤士報》的特派記者，哈莫斯不僅向西方世界報導發生在中國的事件，而且由於《泰晤士報》的特殊地位，是許多英國人了解東方的窗口，哈莫斯的觀點有時會直接影響大英帝國的對華政策。和許多對東方有興趣的西方小伙子一樣，出生於平民階層的哈莫斯，最初的想法是去印度探險。很顯然，哈莫斯最終不遠萬里來到中國，他的原意只是希望自己今後能在外交方面謀個良好的職位。

年輕時代的哈莫斯有些好高鶩遠，他憑著自己的聰明才智，考進了英國一家挺不錯的大學學習醫科，然而就像他後來在外交方面沒有任何前途那樣，他在醫學上的成就也是一無所取。在一次畢業考試中，由於他建議用過量的藥物治療梅毒，遭到老師的痛斥而被迫中斷學業。哈莫斯總是過分地運用他的聰明才智，以至於本來無可挑剔的聰明才智，也會常常成爲他不可饒恕的缺陷。無論是他的母親，還是他一系列的老師，以及他後來在《泰晤士報》時的上司，都不止一次地提醒他不要過分地表現自己。哈莫斯似乎永遠自以爲是，他情緒化地發表自己的意見，不考慮任何後果地採取所有的行動。去印度的念頭被打消以後，哈莫斯進了《泰晤士報》，雖然他沒有像同時代的外交家和傳教士一樣，受過爲了日後在中國發揮作用而進行的培養和訓練，但是憑著小時候就有的一種對新聞工作的模糊嚮往和冒險精神，他毅然接受了去中國當特派記者的差事。事實證明，哈莫斯一度曾經是一位非常出色的新聞記者。

哈莫斯最初在《泰晤士報》上發表的一系列關於中國的報導，曾經引起過廣泛的影響。他的冒險精神獲得的許多獨家新聞，使得他名譽迅速傳開。然而他的冒險活動有時被證明是十分莽撞，不止一次他陷入過差一點丟失生命的險境。除了梅城教案，在他從事新聞記者工作期間，幾乎發生在中國的每一樁教案，爲了能夠盡可能準確的報導，他都趕去調查過。他親眼目睹了世紀末中國人的仇教情緒，從一開始就明白，古老和落後的中國根本不歡迎他們這些金髮碧眼的洋鬼子。

在中國的西南省分貴州，哈莫斯不僅沒有得到梅城儲知縣那樣的隆重歡迎，而且差一點自己就成爲反洋教的犧牲品。事情的發展簡直不可思議，在他離開採訪的一座小鎭去縣城的第二天，小鎭的所有傳教士及其家屬，都被不明身分的蒙面人，殺得一乾二淨。一名傳教士被剁去了手腳，裝在了一個盛酒的大罎子裏，然後像保存標本那樣，用本地最好的一種白酒醃製起來。隨著傳教士在中國的特權如山洪爆發勢不可擋，迅速成爲一支足可以攪動中國社會巨瀾的政治勢力，反洋教的活動也越演越烈。儘管中國政府對越來越多的反洋教的暴徒，嚴懲不貸格殺勿論，發生在各地的教案像雨後春筍，接二連三地冒出來。

作爲一個奉行殖民主義的英國人，哈莫斯小心翼翼地維持著大英帝國的利益。作爲一個優秀的新聞記者，他總是如實地報導事實，而且不僅僅是從局部角度來審時度勢。哈莫斯能夠像極少數優秀的新聞記者所能做到的那樣，以歷史家的精確性，以政治的先見之明，來很好地履行他的職責。在倫敦的一家博物館裏收藏的給上司的一封信中，他寫道：「情緒永遠也不會影響我的工作，我酷愛陳述事實的科學的精確性，並且絕對不受一切情緒上的或私人考慮的干擾。我唯一的願望就是說出我相信的眞實情況，但我也沒有忘記你曾向我引述過的話：說出眞實情況並不總是好的。」

用充分的理由相信哈莫斯在這封信中，說的是實話。作爲新聞記者的哈莫斯和後來成爲大漢學家的哈莫斯，在對於什麼是眞實的態度上，採取了兩種完全截然不同的態度。顯然，過分強調「陳述事實的科學的精確性」，反而使他本來可以大有作爲的前途受到了傷害。哈莫斯的文筆簡明扼要而且流暢，他善於在適當的地方，恰到好處地進行煽情，因而他的文章在《泰晤士報》上發表的時候，曾在讀者中引起了極大的反響。英國公民在一段時間內，正是通過哈莫斯的報導，來了解他們所不熟悉的古老中國發生著的一切。當《泰晤士報》上有關中國人強烈的仇教情緒被如實報導以後，哈莫斯的上司不得不向他發出警告：「我們不能讓所有的英國人都在想，中國人僅僅只是仇恨我們。我們必須讓讀者明白，我們英國可能給中國人帶來什麼樣的好處，我們正在這麼做。我們應該讓英國人明白我們爲什麼這麼做。」

已經找不到哈莫斯怎麼答覆上司的原信，但是從另一封他寄給朋友的信裏面，我們可以猜想出生性耿直而且絕對迂腐的哈莫斯，是怎麼樣得罪了他的上司。哈莫斯在給朋友的信中寫道：「大英帝國究竟在中國幹了些什麼呢？可以毫不誇張地說，等於什麼也沒幹。中國人仇恨我們，仇恨他們眼裏見到了的一切洋人。確切的說，中國人接待我們，不是因爲他們歡迎我們，而是他們害怕我們。」對傳教士在中國的作用，哈莫斯也在這封信中給予了徹底的否定。「我們西方人信奉的上帝，和他們毫無關係。如果我們一定要落後的中國人接受上帝，最簡單不過的辦法，不是傳教，而是派出更龐大的艦隊。」哈莫斯認爲在精神上，具有幾千年文明史的中國人是打不垮的，大英帝國沒必要爲自己所不能征服的事情勞民傷財。

情緒化的哈莫斯很快被他的上司認爲不適合繼續從事記者工作，過分追求「酷愛陳述事實的科學的精確性」，和情緒化地對英國的對華政策妄加評論，客觀上都對英國政府的形象造成了傷害。不少英國人對派傳教士去中國傳教的行爲表示不理解，爲傳教士在中國的遭遇表示憤怒，他們給報社寫信，要求立刻派軍隊前去教訓野蠻的中國人。哈莫斯的報導，無意中煽動了英國人的侵略野心，在相當一部分的英國人的眼裏，古老的中國實在不堪一擊。在不久前發生的兩次被中國人稱之爲鴉片戰爭的較量中，根本不是對手的中國人似乎還沒有明白他們應該怎麼樣俯首稱臣。唯一能讓遲鈍的中國人能明白過來的簡單作法，就是發動一場新的戰爭，讓中國和同樣是古老的印度一樣，徹底地淪爲殖民地。

儘管哈莫斯處處小心翼翼地爲大英帝國的侵略行徑辯護，他不止一次把中國人對外國人的仇恨，歸結到其他的帝國主義身上，但是他最後仍然被《泰晤士報》解除了聘約。多少年以後，哈莫斯對中國文化產生了極大的熱情，已經成爲名副其實的中國通，他還是改變不了從大英帝國的立場上，來看待中英關係。在他眼裏，對於中國來說，外國人的確對他們幹下了非正義的行爲，但是幹了壞事的，不是英國人，而是其他帝國主義列強，譬如日本人，譬如俄國人和德國人。如果英國人確實做了什麼傷害中國人的事，他們只是程度輕得多的罪犯。當哈莫斯已經五十歲的時候，一位來梅城避暑的傳教士在一次和他的談話中，談到英國應該拿出一部分中國的賠款，用於彌補英國曾對中國造成的傷害，應該像美國人那樣，拿出些錢來，實實在在地辦幾所大學或者醫院什麼的。哈莫斯聽了不禁勃然大怒，他忿忿地喊著：

「我從來沒有這麼認爲過，不管你是怎麼認爲的，我不能接受我的國家曾對中國做了許多傷害的說法。要我說，如果說確實做過任何壞事的話，那麼，我們所做過的好事要多得多。」

哈莫斯始終堅信大英帝國對於中國的現代化進程，起到了極其重要的推動作用。給中國領土完整帶來傷害的是俄國和日本，但是就算這是一種傷害，也同樣促進了中國這個歷史悠久的文明古國的覺醒。西方加上日本對中國地軍事入侵文化入侵經濟入侵，從結果來看，都是行之有效的把處於垂死境地的中國，從一個昏庸的老太太的手裏解放出來。「中國古代的一位聖人曾經預言過，『這個國家將毀於一個婦人之手』，這個偉大的預言不幸言中，」哈莫斯把中國的一切失誤歸咎咸豐皇帝的遺孀。正像他在一篇文章中所描寫的那樣：「這個老婦人爲所欲爲，好端端的一個國家，在她的治理下，變成了一鍋人類的大雜燴。」

被《泰晤士報》解除了聘約的哈莫斯一度十分潦倒，這時候，正是他對古老中國文化產生極大興趣的初級階段。他勤奮地學著中文，在中國各地旅遊，廣泛結交各界中國朋友。總之一句話，他突然之間對中國入了迷，以至於他發現自己即使是毫無經濟來源，也不願意再回到他的祖國去。他開始給西方的各大報紙寫稿，內容不僅僅是限於租界的生活，從北京的洋人居住的大飯店，到上海天津的俱樂部和雞尾酒廳跑馬廳，以及教會的院落外國軍官的食堂和鐵路臥鋪的包廂，哈莫斯直接記錄了當時活生生的中國，在他的筆下，中國官場的腐敗，南方城市的繁榮和虛弱，邊遠地區城市的落後，塵土飛揚或一片泥濘的道路上的騾車，路邊骯髒不堪的小旅館裏的賣笑女，待決的囚犯和亡命的土匪，封疆大臣和候補知縣，街上的地攤當鋪舊書店，隱居在深山中的寺廟道觀，還有此起彼伏發生在各地的鼠疫饑荒旱災洪澇，大規模的突然死亡造成的遍地屍體，憤怒的災民揭竿而起，革命黨人刺殺滿清王爺，所有中國正在發生著的事情，都在他的筆下有所描寫。

但是哈莫斯並沒有因爲自己這些活生生的報導，進一步在西方獲得更大名聲。也許其他報社不太願意在自己的報紙上，連篇累牘地出現一位《泰晤士報》解聘的記者的稿件，也許是怕哈莫斯的名字出現太多，而引起自己報社派往東方的記者的不滿，從一開始，報社就爲哈莫斯起了許多稀奇古怪的筆名。他們用了哈莫斯的文章，又不想讓別人知道如此生動有趣的文章，究竟是出自誰的手筆。除了名字引起的不愉快，報社還經常剋扣或拖欠哈莫斯的稿費。臨了，急需用錢的哈莫斯不得不成爲替人寫稿的槍手。最初他只是替一位位置很重要的官員寫稿，一旦他發現自己原來說好署兩個人的名的文章，結果只以那位官員一個人的名義發表出來，憤怒的哈莫斯乾脆徹底撕破自己的臉皮。他開始完全出於錢的目的替那些在中國的外交官員寫稿，用他們的名義寫他們根本不曾看到或聽到過的見聞，而這些官員們卻因爲自己能在報紙上出名，定期付錢給哈莫斯。

成爲槍手以後的哈莫斯的文章，首先在眞實性方面大打折扣，爲了湊集到旅行時所需的經費，他開始肆無忌憚地胡編亂造。他杜撰了許多在中國根本不曾發生過的事情，並因此陶醉在自己謊言引起的反響中，一切都看哈莫斯怎麼發揮，看他的情緒，看他能得到錢的數目，反正他想怎麼寫就可以怎麼寫。當然有時候也看雇主的需要，因爲他的服務對象，很快就從外交官員，發展到一切在中國待過的外國人，不僅是使用英語的國家，俄國人法國人德國人甚至日本人，都可能通過一個雙方都覺得滿意的價格，來聘請哈莫斯爲他們效力。不僅是那些官員，那些官員的太太們，許多在中國的外國記者也都向他買新聞，然後稍稍加工寄回去公開發表。賣稿生涯很快使哈莫斯成了說謊的高手，他可以不留一絲破綻地用各種人物的口吻撰寫文章。他曾爲一名很有名的公使太太寫過一本將近五萬字的日記，這本僞造的日記記述了公使夫人和中國的貴婦們的交往，描寫了她在中國的一系列日常生活，她的女僕和她說了些什麼有趣的事，她參加了某王公的宴請等等，日記變成了小册子發表以後，即使連公使本人也相信它確實出於自己夫人之手。

由於靠想像寫文章給哈莫斯帶來了極大的樂趣，《梅城的傳奇》相當程度上，也是一部藉助想像產生的作品，雖然他在梅城待了很長時間，在他的晚年甚至將這座城市當作自己隱居的地方，但是弄虛作假已成爲習慣和嗜好的哈莫斯，總是情不自禁地在《梅城的傳奇》中，胡亂塞進一些他的私貨。舉例來說，梅城教案的元凶們被砍頭示衆時，他根本就不在梅城，可是在書中，哈莫斯卻憑空杜撰了一段他和臨死的胡大少精采的對話：

我問那位即將被砍掉腦袋的胡大少，在這生命的最後時刻，還想留下什麼話來，胡大少說：

「我的生命將融化在我的後代身上，我死不足惜，一個堂堂的中國人，怎麼會害怕你們這些異教徒呢？」秋風蕭瑟，胡大少的話，讓我不寒而慄。天知道中國人對他們稱之爲異教徒的人，有著多麼深刻的仇恨。我無話可說。死刑開始執行了，穿著紅衣服的劊子手舉起了雪亮的大刀，胡大少最後絕望地喊道：「我臨了卻讓中國人給砍了，這多他娘的怨啊！」

不管怎麼說，哈莫斯的《梅城的傳奇》是他無數關於中國的書中間，最接近眞實的一本書。虛構的嗜好，並不能改變哈莫斯對於梅城這座城市詮釋的權威性。哈莫斯和中國不解的緣分，完全可以毫不誇張地說，正是從梅城開始。梅城的故事，所以會在中國歷史上變得重要起來，哈莫斯的功不可沒。是哈莫斯在《泰晤士報》上的報導，讓充滿成見的西方世界，第一次了解到梅城這樣一座本來毫不顯眼的小城市。同樣也是因爲他在文章中做了過分的鼓吹，使得這座本就只有傳教士的小城，變成所有在華外國人的避暑勝地。因此，就算是哈莫斯用了不少小說家的筆調，《梅城的傳奇》仍然不失爲一本研究中外關係史的重要參考書。

不管怎麼說，哈莫斯親眼目睹了梅城的巨大變化。變化是如此巨大，大得甚至連哈莫斯自己有時候都不敢相信。通過閱讀《梅城的傳奇》，我們可以吃驚地發現，在這部書的前半部分記錄的中國人對洋人的仇恨，到了書的結尾部分，已發展成爲只要是和洋人打交道，便成了讓中國人羨慕眼紅的時尙。在剛開始的時候，只有當官的對身爲洋人的哈莫斯點頭哈腰，可是隨著歲月流逝記憶變得模糊，即使是幹土匪出身的胡天，屢屢揚言要爲父親報仇，一旦成爲梅城的地方長官，也不得不對洋人保持應有的尊重。洋人的不可侵犯，再也不是外加的，人們的恐怖不是因爲害怕殺頭，害怕丟去烏紗帽，而是已經完全服從於一種習慣，服從於來自心靈深處的本能。

梅城完全變成了一座新型的城市，在這座畸形發展起來的城市裏，外來文化已經不僅僅是入侵成功的問題，事實上它正變得根深柢固，變成了梅城所特有的新傳統。一種能和洋人簡單交流的中西合璧的語言，從梅城人的嘴裏脫口而出。人們不再拒絕，也不再認爲替洋人做事有什麼不好，恰恰相反，如何獲得替洋人做事的機會，如何賺洋人的錢，已被大家津津樂道。繼胡地以後，梅城中湧現出了許多新的大大小小的買辦。替洋人服務在梅城人的心目中已變得十分重要，任何一種能賺洋人錢的服務項目只要一出現，立刻風靡全城。在離梅城不遠的河床裏，藏著一種色彩斑斕的鵝卵石，自從一位來避暑的美國人，興致勃勃地向一位當地的孩子購買了第一枚鵝卵石以後，所有的孩子都把找到美麗的鵝卵石並以相應的價錢賣給洋人當作一種發財機會。當一個外國人進入梅城，他感到的第一樁讓他擺脫不了的痲煩事，就是總有一大幫孩子像蒼蠅追逐有氣味的東西那樣，死死地釘在他的身後，用生硬的英語誘使他買下鵝卵石。

隨著暑天的到來，梅城人大發橫財的日子也就到了。哈莫斯在他的《梅城的傳奇》中，客觀地描繪了這種只有在地道的英國殖民地才能見到的情景。哈莫斯在書中不僅記述，而且大發感嘆。中國人對外來勢力的排除，從一開始的拚死抗拒，到後來一味的吸收，實在到了不可思議的地步。信教的人不再是僅僅多起來的問題，信教已經成爲一種時髦。原有的古老傳統一一經受挑戰，如果說第一代教民只是去教堂做禮拜，第二代第三代便堂而皇之地在教堂舉行婚禮。傳統中的陋習還沒有破除，新的來自西方世界的糟粕已在梅城生根發芽。梅城中固有的那種南方小城市的平和氣氛見不到了，代替的是斤斤計較唯利是圖。仇恨洋人的心理不復存在，所有的生意人只要抓住機會，就一定狠狠地宰洋人一刀。

《梅城的傳奇》這本書的意義，就在於它出自於一個最終對中國文化完全入了迷的西方人手裏。哈莫斯最終選定梅城是自己養老送終的地方，充分意味著他對這座在自己眼皮底下成長起來的城市的感情。事實上，就是在最後的定居之前，梅城仍然也是他在幅員遼闊的中國去得最多，待得時間最長的地方。他親眼看著梅城如何從襁褓中成長壯大，看著它無數個稀奇古怪的變化。這種稀奇古怪的變化，大得不止一次使哈莫斯對這座城市從越來越熟悉，變得越來越陌生。當哈莫斯對中國文化越來越迷戀的時候，他對這座城市的變化便越來越感到痛心。在這部書的結尾部分，哈莫斯痛心疾首地宣布，西方的入侵，原意是想把古老的中國從崩潰的邊緣拯救出來，可結果卻是適得其反。西方世界並沒有阻止住中國社會的滑坡，只是進一步地將它推向毀滅。

哈莫斯混跡於中國的官場，他的天方夜譚

哈莫斯在中國廝混，最如魚得水的地方，莫過於這個國家裏的如此臃腫龐大的官場。「中國官場的腐敗，足以使每一位黃頭髮藍眼睛的異國人，在這裏都是有機可乘。」哈莫斯在一封給朋友的信中這麼寫道，「只要你願意，你可以和你看中的任何一位中國官員結交。如果你和一座城市中的首腦人物坐在一起吃過一次飯，那麼僅僅憑這一點，你就可以在這個城市裏暢通無阻爲所欲爲。我的手裏曾有過中國的一位王公寫給我的扇面，拿著這個扇面，中國的地方官員見了我，就彷彿見到了他們習慣上稱的欽差大臣。」

早年的哈莫斯身上沾滿了帝國主義的習氣，根本不把中國的地方官員放在眼裏。他神氣活現地出現在任何自己想出現的地方，對譯員大喊大叫，好像自己就代表著大英帝國。一直到他熟練掌握了漢語以後，他仍然改變不了這種不友好態度。他和中國的官員在一起有著一種天生的傲氣，即使是在他潦倒的時候，他到處替人寫稿，向每一個熟悉的人借錢，而且根本不打算還，他見了中國的官員，還是氣焰囂張目中無人。和中國官員打交道，最大的祕訣就是越不把他們當人，他們就越把你當人。

被《泰晤士報》解聘以後，哈莫斯發生的最大變化，就是他從追求「陳述事實的科學的精確性」，發展到讓人難以置信的謊話連篇。大名鼎鼎的漢學家哈莫斯會成爲本世紀中最著名的騙子，

讓後世的許多學者感到疑惑不解。如果欺騙只是哈莫斯在潦倒時，偶爾爲之的小插曲還情有可原，然而事實是栩栩如生的虛構，已經成爲他生活中最大的樂趣，成爲他生活的一部分。追求科學的精確性的精神，已被扎扎實實地埋頭做學問，不擇手段地追逐珍貴文物，巧取豪奪別人的私人收藏所代替。就像不能否定哈莫斯對中國文化研究所取得的成就一樣，說哈莫斯是最出色的職業騙子一點也不誇張。

剛離開《泰晤士報》時的哈莫斯，正是他開始發現中國文化中竟然蘊藏著如此巨大的寶藏的時候，他毅然放棄了回國的打算，帶著雇傭的僕人，在中國境內到處周遊。他遊遍了中國的名山大川，而所有的經費，說穿了都是打秋風或者坑蒙拐騙得到的。在十九世紀末二十世紀初，一個外國人只要臉皮厚，只要有足夠的信心，在中國的官場上騙吃騙喝不成任何問題。在遠離京城的地方，哈莫斯不僅可以代表大英帝國，同時可以代表法國德國俄羅斯美利堅。每到一處，哈莫斯總是先去拜見當地的最高官員，他用還是有些夾生的中國話，向地方官員們吆五喝六大放厥詞。他一次次地引用那些比他們職務高得多的官員在接見自己時說過的話。儘管這些接見根本不存在，但是很輕易就讓那些把他當作大人物的地方官員們深信不疑。

有趣的是，作爲最爾虞我詐的官場，即使對哈莫斯產生了懷疑的時候，仍然一如既往地把他當作貴賓來接待。這種寧願被騙，也不願承擔冒犯洋人的風險的普遍作風，大大方便了哈莫斯的肆無忌憚到處行騙。晚清官場社會的極度腐敗，並沒有隨著大清王朝的覆沒一起消失。民國以後，官場腐敗越演越烈，地方官員對洋人的盲目恐懼和信任，不僅沒有改善，而且因爲改朝換代造成的混亂，到處都爲招搖撞騙的哈莫斯大開綠燈。熟悉中國官場黑暗的哈莫斯充分地利用了這一致命弱點。

對付大小不同的官場，哈莫斯有一整套的應酬辦法。對於縣太爺這一級的地方官員，哈莫斯只要向他們提出保護自己生命安全的重要性這一點，就已經足夠了，因爲教案是任何一位地方官員都害怕在自己管轄境內發生的事。尤其是那些僻遠的很少有洋人出沒的地方，只要洋人一到，地方官員便如臨大敵，立刻派兵保護。官場是哈莫斯最安全的棲身之地，他幾乎從一開始就明白這道理。作爲一個洋人，在中國的旅行從來不是絕對安全的，哈莫斯就不止一次遭到過土匪的襲擊。除了官場，哈莫斯知道自己在這個落後的國家裏，不會有一個地方能眞正平安無事。

哈莫斯在中國的第一次被竊，發生在離開梅城去省城的路上，他乘坐在一條豪華的輪船上，這條由一家外國公司開闢的航線上的輪船，乘客大都是來華的外國人，要不就是中國最早替洋人做事的買辦，或者是相當於巡撫一級的地方大員。哈莫斯做夢也沒想到自己會在這種輪船上被洗劫一空，當他從甲板上欣賞了日出回到自己的艙位時，他吃驚地發現自己的行李不翼而飛。由於當時船上的乘客，唯一的中國人是一名傳教士的僕人，哈莫斯有充分的理由相信，竊賊就算會是傳教士本人，也絕不可能是傳教士的中國僕人。老實巴交手無分文的中國僕人沒有那個膽子敢那麼做，而且就是偷了也無處可藏。毫無疑問，竊賊就在船上那些道貌岸然的來華的外國人中間。

這件偷竊事件的意義就在於，哈莫斯明白了在華的洋人之間，確實存在著卑鄙無恥的小人。雖然帝國主義在中國的行爲和公開搶劫沒有什麼不同，但是哈莫斯不得不就這一件小事，寫文章大發哀嘆，哀嘆在對中國正義的十字軍行動中，倫敦街頭的流氓阿混也一起跟了進來。當哈莫斯親眼目睹了八國聯軍對中國的燒殺掠奪，對於租界中洋人的犯罪已經屢見不鮮，他對來華的外國人中間究竟還有沒有好人產生了懷疑。「中國人敵視我們，是因爲我們有時候確實讓他們覺得討厭，他們討厭我們。」在一篇描述自己怎麼遇上了土匪，經過一番驚險，又怎麼出乎預料地脫險的文章中，哈莫斯生動地記錄了幾名土匪和他遭遇時的情景。

那是發生在哈莫斯還沒有打算來梅城定居前一件事，一天黃昏，哈莫斯去看望在鄉下傳教的浦魯修教士，在回梅城的途中，眼看著就要到達縣城的時候，從樹林裏跳出來四條大漢，拿著刀槍，滿臉殺氣，吆喝著誰動彈就首先殺了誰。當時和哈莫斯同行的，還有他的僕人和兩位中國的小商人。土匪走上來，不由分說地就把哈莫斯和兩名小商人綁了起來，然後從上到下徹徹底底地搜身。錢自然是要全部拿走的，土匪還拿走了哈莫斯身上的一把水果刀，一把銅的房門鑰匙，一枝自來水筆和一本封面燙金的筆記本，哈莫斯隨身帶的一本孔子的《論語》，當場被土匪獰笑著撕成兩片，土匪跑了以後，由於捆得不結實，哈莫斯幾乎立刻就獲得了自由，接著他又幫其他的幾位鬆開了繩索，他們匆匆趕到最近處的一個村莊，報告了自己被搶的消息。村民立刻組織起來，鬥志昂揚地拿著打獵的槍，讓兩位商人帶隊前去捉拿土匪。

哈莫斯完全是出於好奇心，才跟著一起去捉拿土匪的，在追擊中，他們遇到一小隊士兵，當士兵的小頭領李班長聽說洋人被搶，立刻率領自己的人馬，加入了追擊的隊伍。天黑之前，在一座大山前，前去捉拿土匪的隊伍和大股土匪不期而遇，原來搶劫哈莫斯他們的只是小股土匪，得手以後，正好趕回去和自己人會合，結果兩方面都感到有些害怕，吃不準對方究竟有多少人馬。大家你罵我一句，我罵你一句，叫了半天陣，天終於全部黑了下來，李班長覺得這麼罵下去不是事，便決定派人上山和土匪談判。軍隊和土匪之間的談判顯然是經常性的，而且彼此之間有一種默契，因此當李班長在火把的照耀下，把槍往地上一扔，喊著話向土匪走去的時候，土匪也派了代表出來迎接他。

談判很快達成協議，哈莫斯的所有物品，土匪表示可以退還，至於那兩個中國小商人的做生意的錢，可以退一部分，但是必須留下一筆買路錢下來，雁過拔毛，這是土匪的規矩，不能憑幾句話就隨隨便便地破壞了規矩。愁眉苦臉的小商人只好接受這一條件，於是土匪派人送東西下山，哈莫斯拿到了自己的筆和筆記本，還有裝錢的錢包。其他的東西土匪一概不認帳，水果刀沒有了無所謂，房門鑰匙似乎不能不要回來，這鑰匙是一個在梅城有棟別墅的外國人借給他的，哈莫斯只是暫時借用別人空關著的房子。土匪磨磨蹭蹭不肯把銅鑰匙拿出來，顯然那個拿了鑰匙的土匪以爲黃燦燦的銅鑰匙是金的，哈莫斯越是堅持要，土匪越是不肯給，最後只能不了了之。哈莫斯一行在村民和士兵的簇擁下，開始回頭，和村民分手以後，他們又在士兵的保護下，回到縣城。由於沒有了鑰匙，哈莫斯那天晚上不得不住在兵營裏。

第二天一早，哈莫斯便氣沖沖地去找張知縣。作爲梅城的最後一任知縣，張知縣把哈莫斯的投訴當作了大事，他把哈莫斯從兵營接到縣衙門裏，替他安排好了最舒適的下榻之處。剛當《泰晤士報》駐中國特派記者時的哈莫斯，爲了採訪梅城教案，曾在縣衙門裏住過。時過境遷，這時候的哈莫斯已經從年輕氣盛的小伙子，變成一名道貌岸然的中年學者。遊遍了中國以後，哈莫斯正在考慮選一個什麼樣的地方，當作自己潛心研究學問的定居點。許多年過去了，哈莫斯仍然還是個一文不名的窮鬼。他到處招搖撞騙，騙吃騙喝行無定居。在梅城的縣衙門裏，哈莫斯突然明白了梅城這座城市，無疑將是自己未來最好的棲身之處，他應該在這座城市裏和其他有錢的外國人一樣，擁有一棟屬於自己的別墅。他應該成爲這座正在日益繁榮起來的城市中的一位重要人物。

發財的念頭又一次這樣強烈地折磨著哈莫斯，一個西方人在中國，僅僅滿足於到處能白吃白喝，實在有些太幼稚了。對中國文化越來越癡迷的哈莫斯，在張知縣的盛情款待下，突然對錢產生了極大的熱情。在過去的歷史中，哈莫斯曾經倒賣過中國古代名人的字畫，他曾經不遺餘力地替那些不懂中國歷史的文物骨董商，收集散落在民間的文物骨董。他不止一次上當受騙，同時也不止一次使他的主顧大筆地花冤枉錢。發財的機會，總是從他身邊一閃而過，然後就再也沒有影子。哈莫斯發現自己就像中國相書上所說的那樣，他有一雙不聚財的手，無論賺多少錢都會很快花得一乾二淨。無數一文不名的外國人都在中國暴富起來，只有哈莫斯窮得到處打秋風。

縣衙門外不遠，狹窄的街道兩旁，商店和貨攤擠得滿滿的。哈莫斯跟在張知縣後面，從大街上走過。這一年，是辛亥革命爆發的年頭，滿清王朝已經到了崩潰的臨界點。走在大街上，人們往日對知縣大人的畏懼彷佛也減弱了，大家若無其事地幹著自己的事，以現貨易貨洽談生意，理髮師當街剃頭，新剃的光頭在陽光下閃閃發亮。地攤上坐著一位牙科醫生，他背後是一面旗幟一般的大紅布，紅布上吊著一串串招攬生意的牙齒。到處都是家禽和豬，還有狗，一眼看過去就知道是野狗，牠們什麼地方都敢鑽，猛不防被什麼人踢了一腳，亂竄著大聲尖叫。乞丐多得讓人不敢相信，隨處可見乞討者突如其來伸過來的髒手。一個沒有腳的窮人，用雙手撐著地走路，他艱難地移動著，頭頂上還有一個窟窿，已經發炎了，還流著血和膿，在窟窿旁邊胡亂抹著香灰。當哈莫斯停下步來，注意著他頭上的血肉模糊的窟窿時，那窮人一把拉住了他，怪聲怪氣地喊著：

「行行好，給幾個錢吧！」

跟在知縣身邊的隨從用不著招呼，立刻如狼似虎地撲向那可憐的沒有了腳的窮人。要不是哈莫斯出於同情的喊了一聲，天知道囂張慣了的隨從們會幹出什麼事來。哈莫斯從錢袋裏掏出一把銅錢，放在那隻因爲用來走路而變得骯髒不堪的手上。可憐的窮人千恩萬謝，只差趴地上給哈莫斯磕頭。哈莫斯的行動頓時招來成羣的乞丐，不由分說地便把哈莫斯和張知縣死死地圍了起來。被隔在乞丐外面的隨從們不知所措，當他們聽見張知縣咿里哇啦大叫時，連忙不顧一切地撥開人羣，衝進來爲哈莫斯和張知縣解圍，混亂中，哈莫斯的錢袋差一點被一個小孩搶走。這場從天而降的混亂，給哈莫斯帶去的一個重要啓迪就是，中國正在醞釀著一場史無前例的革命，這場革命就是將要發生的結束清王朝統治的辛亥革命。

辛亥革命似乎給哈莫斯帶來了一連串的機會。哈莫斯曾經受雇於美國紐約一家鈔票公司，這家公司以印製鈔票而聞名，它不僅印製美元，而且爲各國政府承辦印刷紙幣的業務。由於哈莫斯把自己在中國的能耐吹得天花亂墜，鈔票公司相信通過哈莫斯做中間人，能和即將倒閉的清政府簽訂一筆印製大宗鈔票的合同。這筆訂貨被哈莫斯描述爲是「一億」，也就是印刷一億張中國鈔票。鈔票公司爲此在哈莫斯身上大下賭注，他們不僅先爲哈莫斯預付了豐厚的訂金，而且還許諾日後將支付給他百分之二的佣金。哈莫斯毫不含糊地將鈔票公司預付給他的訂金，用於購買一個掮客向他推薦的文物和骨董，他原先希望靠到手的文物骨董撈上一票，可結果他買到的全是假貨。

這一次，哈莫斯沒有將到手的假貨賣給西方的骨董商，他別出心裁，毅然將這批所謂價值連城的假文物骨董，以及自己寫的一系列關於中國文化有獨到見解的研究文章，捐獻給了倫敦的一家專門收藏東方文化精粹的博物館。哈莫斯的義舉使他名聲大震，因爲博物館對於能騙過像哈莫斯這樣精通中國文化的學者的贋品，根本不可能識別出來。與哈莫斯同時期的許多東方學者，連中國話都不會說，他們事實上都處於幼稚的兒童時代，就其學識來說，他們要比哈莫斯差上一大截。在倫敦大學裏的一些漢學家，大部分甚至連中國都沒去過，這些自以爲已經了解了中國的漢學家們，在博物館裏看了哈莫斯捐贈的文物骨董，紛紛著書立說，迫不及待地發表文章，對這批稀世珍寶大加讚賞。一時間，哈莫斯成了無冕之王，成了倫敦漢學家們公認的當代最傑出的漢學家。

革命即將來臨的啓迪，給了哈莫斯一個最好的擺脫困境的藉口。他回到了衙門，給他所受雇的那家美國鈔票公司寫了封長信，哈莫斯謊稱自己作爲代理人，在正式和中國的財務大臣簽字前的一瞬間，預感到了清王朝的毀滅，他及時果斷地撕毀了已經進行到一半的合同。這麼做，對於即將入土的清王朝似乎有些太不恭敬了，但是他畢竟使鈔票公司避免了一場巨大的損失。「這是一個由三歲小孩子把持的朝廷，我突然意識到自己不能爲了百分之二的佣金，而忘記了我所代表著的公司的利益。我們不能在這個幾乎已是一具屍體的政府身上貿然下賭注，」哈莫斯在信中振振有辭地寫著，「和一億張作廢的鈔票相比，我們過去所下的那些投資，實在算不了什麼。」

兩個月以後，也就是在美國鈔票公司收到哈莫斯去信的第三天，辛亥革命打響了第一槍。將信將疑的鈔票公司既心疼在哈莫斯身上的投資，又慶幸總算沒有簽下那筆可能造成公司巨大損失的合同。公司已經察覺到哈莫斯可能是個大騙子，在下一步是否繼續委託哈莫斯和新成立的中國政府簽訂合同，採取非常謹慎的態度，他們決定不採取祕密代理人的辦法，而是派人公開和中國的新政府交易。新政府在某種程度上，比已推翻的舊政府更加混亂和沒有秩序，先是南北政府對立，緊接著又是二次革命，然後就是袁世凱想當皇帝。美國鈔票公司臨了弄明白的唯一的一件事，就是哈莫斯敍述的所有故事純屬子虛烏有，什麼財政大臣，什麼印製一億張鈔票的訂單，根本就不存在。

當美國鈔票公司在眞相大白以後，決定對哈莫斯提出起訴的時候，哈莫斯卻早已經又以軍火商的身分，在中國的東南省分行起騙來。他在準備起事的革命黨人中活動，以贊成倒袁的姿態準備賣軍火給急需武器的革命黨人。發財的夢想折磨著哈莫斯，他暫時地放棄了自己正在從事的中國文化研究。對於一位十分迷戀這一領域裏的研究的漢學家來說，這種放棄給哈莫斯帶來了巨大的煩惱。爲了能更快地繼續埋頭從事自己心愛的研究，哈莫斯越來越不擇手段，但是就像是命中注定不能發財一樣，他總是在大筆錢款就要到手之際功虧一簣，煮熟的鴨子說飛了就飛了。

美國鈔票公司經過愼重地研究，決定將哈莫斯騙到美國以後，再向他提出起訴。因爲只要哈莫斯人還在中國，美國人的法律便對他無可奈何。由於哈莫斯正在做軍火生意的消息已傳了出去，美國鈔票公司乾脆以一家軍火製造廠家的口吻給哈莫斯寫了一封信，在信中，用一種誇張的熱情邀請他去美國共商大事。哈莫斯一口允諾，來來往往不停地寫信，然而就是遲遲不動身。也許哈莫斯憑直覺感覺到了他不能去美國，也許他壓根就對眞正地做軍火生意沒興趣。反正那些信件只是爲他行騙時用來裝裝門面。二次革命失敗以後，哈莫斯繼續向那些盤踞在各地擁兵自重的軍閥兜售並不存在的武器。

事實證明，哈莫斯只是一個不高明的騙子，而且根本不是做生意的料子。就像他自己一再抱怨的那樣，他一直是個命裏注定沒有錢的倒楣蛋。另外，他對中國文化的迷戀也使他費去太多的精力，他總是不能眞正地放棄自己正在進行的研究。他寫了《中國的瓷器》、《中外邦交史》和《中國古代人的夢想》等一系列著作。一方面他作爲騙子在商界聲名狼藉，另一方面，他的每一本著作都被西方漢學界推崇備至。行騙並沒有給哈莫斯帶來什麼實際的好處，騙人最後達到什麼樣的結局，對他來說已無關緊要，重要的是騙人本身能給他帶來巨大的樂趣。他在騙別人的同時，也在毫不留情地騙自己。他把自己塑造成他所想像的樣子，陶醉於這種美好的不切實際的想像中。

哈莫斯從來不曾擁有過一把屬於自己的槍，即使是在年輕時，他周遊中國四處冒險，在敵視洋教的中國人之間出沒，他也不相信僅僅靠一枝槍，就能救得了一個人的性命。他的想像力總是無限制地擴大，大得讓人不敢相信和哭笑不得。袁世凱擊敗了革命黨人，正做著當皇帝的美夢時，第一次世界大戰正在各戰場打得如火如荼。法軍在馬恩河挫敗了德軍對巴黎的進犯，歐洲各主要強國都專心致志地準備進行長期戰爭。今後的戰鬥缺乏足夠的槍砲彈藥已經成爲一個嚴重問題。一篇哈莫斯所撰寫的舊文章，引起了英國陸軍部諜報人員的重視，這篇文章煞有介事地報導了一條讓人振奮的消息，這就是發生在中國東北的日俄戰爭留了大量武器下來，戰爭結束以後，被繳獲的大批俄國步槍曾在當地出售過。英國陸軍部通過外交部做中介，決定委託哈莫斯以私人的身分，搜集這些武器，以便供協約國的英國和俄國使用。

由於中國嚴格禁止軍火出口，而且向協約國出售軍火，將直接破壞了中國在這次世界大戰中所保持的中立立場。但是夸夸其談的哈莫斯最終使陸軍部和外交部相信，他將運用他獨特的方式，報效自己的祖國。只要英國政府能夠提供足夠的費用，提供足夠的運輸工具，並且做到絕對的保密，哈莫斯保證可以私下以每枝槍三英鎊十先令的價格，購買一九一一年或一九一二年造的毛瑟槍和曼利夏步槍，附帶說明的是，這批槍枝不附有彈藥。哈莫斯的大膽謊言讓陸軍部深信不疑，在正式任命後不久，哈莫斯又寫信詢問陸軍部是否想要一百一十五門一九一一年製造的斯科達速射野戰砲，這些野戰砲配有全副的砲架和彈藥車，每門的價格爲六百英鎊。此外，還有一百門一九一一年製造的克虜伯野戰砲，口徑爲七十五毫米，同樣配件齊全，每門的價格爲九百五十英鎊，並帶有二萬五千發砲彈，每發砲彈價格爲八英鎊。

英國的陸軍部每隔一段時間，就能收到一封讓他們歡欣鼓舞的情報。在一封封後來看起來完全是天方夜譚的信中，哈莫斯描述了自己怎麼和總統本人一起吃早飯，怎麼送禮給中國的官員，怎麼向總統和官員的親信行賄。在一次陪同中國的一位督軍的打獵中，他如何爲了騙得督軍的同意，不惜冒險向督軍心愛的一位小妾調情。「中國有句俗話，就是英雄難過美人關，」哈莫斯在信中強調說，由於他恰到好處地獻了殷勤，才使得這位以難說話聞名的督軍大人，在枕頭邊屈從了小妾的勸告，「督軍大人似乎忘記了他的行爲，將丟掉一向被中國人最看重的烏紗帽。」當然，在這封信的結尾，哈莫斯以不是很輕鬆的筆調宣布，一旦督軍大人發現了他和他心愛的小妾之間的私情，不難想像嫉妒發狂的武夫會做出什麼什麼舉動來。「對於中國的軍人來說，戴綠帽子是他們絕對不可能容忍的事情。」

在這筆大宗軍火生意的最後階段，哈莫斯用事先準備好的藉口爲自己下臺階。他先是很認眞地寫了一封信給陸軍部，聲稱日本人正用更高的價格，收買他好不容易才搜集到的武器。這些武器已經被祕密運往武漢集中，由於日本人從中作梗，剛裝上船的武器已經封存。在下一封信中，哈莫斯告訴陸軍部被封存的武器衝破層層阻撓，終於啓航，正沿著長江而下，很快就可以到達上海，經吳淞口入海，然後繞道去福建，再經廣州，如果沒有意外的話，滿載著武器的輪船不久就能到達目的地香港。香港是英國的殖民地，軍火運到那裏，一切便大功告成。但是當這封信到達陸軍部的時候，一個更讓陸軍部頭疼的消息卻提前到達，這就是德國和奧地利已經風聞了這樁軍火交易，兩國公使拜訪了袁世凱總統，向大總統提出了最強烈的抗議。

儘管大總統一口否定有這樣的交易，但是除了大總統本人和哈莫斯自己，無論是英國的陸軍部，還是德奧兩國的政府，都對這事實上根本不存在的軍火交易半信半疑。由於一切都是在絕密的狀態下進行的，這一傳言有損於中國在大戰中保持中立的形象，英國公使不得不硬著頭皮出來闢謠，而闢謠本身卻又使得軍火交易好像是眞有這麼一回事一樣。袁世凱及其他的手下聲明他們根本不認識一個代號叫R，而他的眞實名字叫哈莫斯的英國人。陸軍部和外交部就究竟是誰把這件事搞糟了，吵得一塌糊塗，既然這是一件不能公開的交易，英國政府只好在最小的範圍裏宣布哈莫斯是一個大騙子。有關哈莫斯是騙子的說法已經很多，哈莫斯本人並不在乎這種來自背後的攻擊。他公開的身分是著名的漢學家，他正隱居在中國的某個地方做著他那深奧的學問，沒人會相信哈莫斯竟然捲入到了一件大宗軍火走私的醜聞中去。西方人總是用一種遊戲的心理來看待發生在中國的事情，他們相信一定是中國人在裏面搗鬼。

哈莫斯的一次戀愛冒險，他筆下的中國妓院

哈莫斯愛上了瑪麗小姐，這是他在中國的故事中，最富有浪漫色彩的一個樂章。故事的開始就和它的結束一樣突然。在從武漢開往上海的江輪上，哈莫斯有幸認識了正和未婚夫一起遊覽三峽歸來的瑪麗小姐。這時候，哈莫斯已不再年輕，他站在船頭上構思著他的文章，突然被瑪麗小姐的笑聲吸引住了。這位天眞的比利時姑娘爽朗的笑聲，竟然蓋過了老式的轟轟作響的機器噪音。在中國，可愛的來自外國的女孩子實在太少了，以至於哈莫斯相信自己倘若眞決定在中國待下去，就必須做好一輩子打光棍的準備。他不屬於那種性欲衝動的男人，起碼在年輕的時候是這樣，多少年來，他已經習慣了自己在想入非非的時刻，就通過讀書來排遣。出身於平民的哈莫斯對自己的身體非常珍惜，他童年時期所受的教育，使他相信自瀆意味著自己受到了魔鬼的誘惑。迷戀了中國的古老文化以後，哈莫斯又從中國古代聖人那裏得到啓示，堅信「天元之壽精氣不耗者得之」的遺訓。

然而瑪麗小姐放肆的笑聲，這一次幾乎使在女色面前很少動心的哈莫斯不能自制，江風吹過來，不住地撩著瑪麗小姐身上穿著的白色長裙，他的眼睛一次次發直。終於找到了說話的機會，哈莫斯通過談話，了解到當瑪麗到達上海以後，便要和她的未婚夫去教堂結婚。瑪麗的未婚夫看上去是一位比哈莫斯年齡還要大的波蘭籍猶太人，在江輪上，他像父親照顧女兒一樣地照顧著瑪

麗。這是一位在中國發了大財的商人，他一眼就看出了哈莫斯不名一文，不加任何考慮地就把未婚妻交給哈莫斯照管，他自己卻毫不掩飾地去追逐別的女人。看得出已經發胖而且禿頂的猶太商人，是個見了漂亮女人就心花怒放的好色之徒，而瑪麗小姐似乎對未婚夫的放蕩行爲也不是太放在心上。

在漫長的旅途中，除了睡覺和吃飯，哈莫斯都是和瑪麗小姐在一起。猶太商人好像因爲有了哈莫斯陪著他的未婚妻，放心大膽地和船上一名有錢的寡婦打得火熱。在江輪最後到達上海之前，哈莫斯做成了兩件事。第一件事是恰到好處地向瑪麗小姐表達了他對她的愛慕之情，恰到好處這詞絕非誇張，因爲他發現她原來是和自己一樣寂寞，一樣心懷鬼胎，當哈莫斯猶豫著是否應該向瑪麗小姐大獻殷勤的時候，熱情的瑪麗小姐已開始首先主動勾引起他來。哈莫斯做的第二件事，是說服了那位猶太商人在梅城買下了一棟別墅，以便在炎熱的夏天可以帶著他的太太去度假。

一年以後，哈莫斯在梅城又一次會見了正在那避暑的瑪麗。經過一年多的祕密通信，他們在那座落成不久的新別墅裏，就在猶太商人的眼皮底下，毫不猶豫地偷起情來。那一年的夏天特別熱，即使是在避暑勝地的梅城，人們做什麼事也是揮汗如雨，熱得喘不過氣來。猶太商人大部分時間都是把自己泡在一個裝滿涼水的木桶裏，他一開始就把哈莫斯看成了一個書呆子，而且是一個沒有錢只能寫幾個字騙騙人的書呆子，作爲一個相信錢是萬能的猶太商人，他不相信自己年輕的妻子會看上哈莫斯。「這傢伙不是個性無能，便是一個該死的同性戀，」猶太商人向哈莫斯問起梅城中妓女的情況，哈莫斯答非所問，驚惶失措極度尷尬，猶太商人因此不容置疑地提出了自己的結論，他冷笑著對瑪麗分析說，「只要想想一個經常在外面周遊的男人，一個活生生的男人，身邊只有一位年輕的中國僕人陪著他，就不難想像這沒出息的傢伙，會幹些什麼！」

猶太商人只在梅城待了幾天，便藉口要回去處理一批生意，迫不及待溜回上海。瑪麗有充分的理由相信他趕回上海是爲了別的女人，因此態度堅決地表示要和他一起走。「你別得意，以爲這只有哈莫斯一個男人，要是你眞扔下我不管的話，我就去找別的野男人，」她向丈夫發著嗲，故意纏著他不放，心裏卻恨不得他立刻就走。

結果就像一年前初次見面時一樣，猶太商人寬宏大量地把瑪麗又一次交給了哈莫斯。在碼頭上，猶太商人挺著胖胖的肚子，頻頻揮手和妻子以及因爲羞愧而臉紅的哈莫斯告別。天氣忽然之間就涼爽起來，猶太商人用手圍著嘴，對自己的妻子喊道：「多待些日子，想什麼時候離開再離開好了。」

「我不走了，我就住在這了，免得在你面前讓你看了不順眼！」瑪麗仍然說著氣話，依依不捨地向已經鳴響汽笛的江輪揮手。

這是哈莫斯有生以來第一次陷入情網，他被瑪麗出色的表演，弄得神魂顚倒，年輕了二十歲。充滿活力的瑪麗就像一頭不肯安生的小母馬，她喚醒了哈莫斯被壓抑了多年的情欲，彷彿最高明的教師一樣，很快就治癒了哈莫斯的早洩。熱情有餘能力不足的哈莫斯最初總是在剛進入的時候，就讓人感傷地一洩如注。他被一種莫名的犯罪心理糾纏得心煩意亂，老是擔心在做愛時被女僕人發現，擔心猶太商人會出乎意外地出現在他面前，甚至害怕瑪麗的怪笑。瑪麗在做愛時常常會發出一種乾巴巴的笑聲，她的本意也許只是想讓哈莫斯變得放鬆一些，然而客觀的效果，卻是他感到更加緊張。

瑪麗在梅城一待就是三個月，她藉口梅城氣候怎麼有利於她的身心健康，一封接一封地寫信向猶太商人抱怨，讓他趕快放下手中那些該死的事務，到梅城來好好地和她待上一陣。所有的信都是哈莫斯起草的，信寫得情意綿綿活靈活現，恰到好處的誇張，最大限度地表現了獨守在梅城的瑪麗的思念。也許猶太商人就沒想到瑪麗會在梅城幹些什麼，也許他根本就不在乎她做了什麼，反正他回信說，只要瑪麗高興，她樂意在梅城待多久都可以。

三個月裏，猶太商人曾去梅城看望過一次年輕的妻子，讓他感到吃驚的，瑪麗並不像她信中描繪的那樣憔悴，恰恰相反，她的氣色不僅好得不能再好，而且和過去相比胖多了。所有的一切都證明，梅城的生活對瑪麗的健康是多麼有利，以至於猶太商人不得不以不容置疑的語氣，命令瑪麗繼續在梅城住上一陣。猶太商人終於明白瑪麗不肯離開梅城的眞正原因，因爲他發現自己的妻子正在寫一本上個世紀法國風味的小說，當然只是一篇短篇小說，上面布滿了完全是由於手誤抄錯的錯字和別字。毫無疑問，它是根據哈莫斯的一封底稿抄襲而成。當猶太商人無意中提到哈莫斯這個話題時，瑪麗很隨意的一句話，就把自己的丈夫打發了：

「別提你那位該死的同性戀，梅城這地方不是男人待的地方。」

三個月以後，哈莫斯發現瑪麗已經對他感到厭倦。他發現過去的三個月中的浪漫故事，不過是一個放蕩女人生涯中的微不足道的小插曲。一切在突然之間都變得不眞實起來，通宵達旦的尋歡作樂，枕頭邊一次次信誓旦旦的詛咒，都像美麗的肥皂泡一樣，說破就破一無所有。爲了討瑪麗的歡心，哈莫斯不惜帶著好奇的她去訪問妓院，訪問縣政府，在小小的梅城裏到處招搖。瑪麗對哈莫斯的熱情，消逝起來就和開始時一樣快，當哈莫斯在情網中越陷越深，提出讓瑪麗和猶太商人分手，自己準備正式娶她爲妻的時候，瑪麗就像他們剛做愛時，由於配合得不好，發出怪笑一樣大笑起來，笑得哈莫斯自慚形穢信心全無，臨了落荒而逃，再也沒有臉去見瑪麗。

陪瑪麗去妓院是哈莫斯在梅城裏做的轟動一時的荒唐事，完全被愛情沖昏頭腦的哈莫斯，當時什麼也顧不上。爲了滿足瑪麗的好奇心，哈莫斯在第一次涉足中國妓院的時候，竟然是和一個洋女人一起去的。不用說，哈莫斯和瑪麗出現在妓院中，立刻引起了妓女和嫖客的騷亂。鴇母十分尷尬地接待了他們，只是因爲他們屬於惹不起的洋人，才沒有把他們轟出去。瑪麗興致勃勃地詢問了妓女的接客標準，從價格到時間，以及接待的人數，好像她自己就準備下海當妓女，或者準備自己開妓院一樣。鴇母忐忑不安地回答著她的提問，心裏七上八下不知禍福。

「爲什麼你不寫一本關於妓院的書呢？」從妓院出來，瑪麗隨口說著。

和瑪麗分手以後，瑪麗在妓院門中隨口說過的那句話，老是不停地在哈莫斯耳邊回響。哈莫斯突然想到，瑪麗的建議不失爲是一個好主意。一位來自巴黎的出版商曾向他提過類似的建議，並許以豐厚的稿酬。不久前，一位法國的浪蕩子寫的一本關於歐洲妓院的小册子，成爲該出版商有史以來發行量最大的一本暢銷書。哈莫斯雖然已經在西方建立了自己的漢學家的聲望，但是如果僅僅做一些學院式的東方研究，沒有廣大西方讀者的支持，再大的漢學家也沒什麼了不起。有一個小小的例子，可以充分說服哈莫斯嘗試表現中國妓院的生活，儘管哈莫斯已經有多種著作問世，但是迄今爲止，賣得最好的一本書，卻是他最新翻譯的一本《中國的俚語研究》，這本書因爲記載了許多下流話，評價不高銷路頗好，結果是一本根本不起眼的小册子，反而讓哈莫斯小小地發了一筆橫財。

失戀的哈莫斯也需要通過寫作，醫治自己心靈上所受的傷害。他的年齡不小了，可是瑪麗畢竟是他的第一位情人。幾年後，哈莫斯決定在梅城定居，他正式成爲這座城市的一位公民，這就能說和他想追回失去的時光無關。和瑪麗分了手的哈莫斯，一個月以後，成爲省城一座新成立的大學裏的第一位外籍教授，給學生上課談西方哲學的流變。由於哈莫斯對西方哲學旣無了解，而且毫無興趣，因此只好用他的母語英文在講臺上大膽老臉地胡說一氣。好在那些學生的英文程度實在不怎麼樣，十句中，也不過只能生呑活剝的知道六七句，他因此也就特別顯得有學問。校方本來只想請個洋人裝裝門面，派人去聽課，聽他咿里哇啦地說著洋文，頓時佩服得不得了。

《中國妓女的生活》是哈莫斯當大學教授後寫的第一部學術專著。雖然這本書影響很大轟動一時，它和哈莫斯後來寫的一本愛情虛構小說《懺悔》，成爲他在西方最有號召力的兩本書，但是它們共同點都在於是打著眞實的幌子，事實上卻絕對地不眞實。《中國妓女的生活》是一本大雜燴，裏面充滿了道聽塗說和想像力，有不少資料都是從晚淸的狹邪小說上抄來的。習慣於騙人的哈莫斯從來沒有嫖過妓，而對於中國的妓院來說，任何不是到妓院去尋花問柳的男人，都將被認爲是不受歡迎的人。《中國妓女的生活》裏描寫到的所謂第一手資料，都是哈莫斯通過間接的辦法得來的，他是一個在女人面前生性靦腆的男人，進了妓院便立刻成爲一個害羞的小男孩。他所擅長的騙術對賣身的妓女毫無用武之地，一切都是赤裸裸的現貨交易，一手交錢，一手交貨，只要付了錢，剩下的事便是關門撒野。哈莫斯曾經嘗試冒充嫖客和妓女一起進過房間，付了錢以後，他顯得不知所措，腦子裏一片空白，原來準備好的問題無影無蹤。語無倫次的哈莫斯讓久經沙場的妓女感到好笑，她像安慰小孩子一樣讓他不必緊張，結果失態的哈莫斯只好託口突然肚子疼，在妓女不懷好意的笑聲中，奪門而去逃之夭夭。

爲了獲得所謂第一手資料，在寫《中國妓女的生活》一書時，哈莫斯不得不向他的學生和同事求教。大學生嫖妓自然不會是件好事，但哈莫斯很快就發現他的學生們在這方面，要比他有經驗得多。中國人的性放縱，遠比西方人所想像的開放，而且嫖了妓的人往往樂意向人們訴說自己的冒險故事，只要哈莫斯答應保密，大學生們便津津有味地一吐爲快。同樣的道理，道貌岸然的大學教師中間，也不缺乏冶遊的好手。嫖妓對於中國男人來說，實在是一樁風雅的事情，哈莫斯在序言中寫道：

> 中國男人的這種世界觀，催化了中國境內的妓院的繁榮。由於中國男女的婚姻，都是由通過媒妁之言父母做主，也就是新文化屢屢呼籲要推翻的包辦婚姻，客觀上，中國的男人既然得不到法定妻子的愛情，便只有掉頭向妓女去尋求溫暖。這種說法可能不道德，但是無疑言之成理，擊中了社會弊病的要害。中國的妓院的生活要比西方人想像的要豐富得多，中國的妓女也比西方的娼妓有感情得多。

在「奇異的中國妓女」這一章中，哈莫斯用大量的篇幅，幾乎純色情的筆調，描寫了所謂中國妓女的奇異之處。和那些被譽爲「嫖界指南」的下流書差不多，爲了吸引西方讀者，哈莫斯的筆端時不時地流露出了玩賞的味道。傳說和無聊的想像被糅合在了一起，寫到山西妓女時，有一段是這麼寫的：

中國山西大同府的婦女的性器官，有重門疊户之宜。我曾熟悉的一位知縣，在大同府做官時，爲山西婦女的這一奇異之處，讚不絕口。他親口對我説過，重門疊户可以在三重門，每一重門都可以爲之製一聯一匾。第一重門聯爲「鳥宿林邊樹，僧敲月下門」，匾曰「別有洞天」；第二重門聯爲「山窮水盡疑無路，柳暗花明又一村」，匾曰「漸入佳境」；第三重門聯就是「雲無心兮出岫，鳥倦飛而知遠」，匾曰「極樂深處」。

《中國妓女的生活》算不上一本好書，正如前面說過的一樣，它只是一本胡亂拼湊起來的大雜燴。然而它畢竟和當時風行中國的那些狹邪小說不一樣，哈莫斯畢竟不是嫖客，雖然有許多格調低下的地方，雖然有許多中國舊文人的詩詞很難翻譯，哈莫斯不得不在自己的著作中，附上大量看上去學術氣很重，而西方讀者根本看不懂的原文，然而總的來說，仍然是一本值得一讀的學術著作。它的致命弱點是不眞實，可是它說到底，還是一部打著研究東方文化招牌出現的作品，有意無意地對中國的妓女現象進行了觀照。抄襲也罷，道聽塗說也罷，《中國妓女的生活》反映了中國文化中有其獨特性的一方面，它比哈莫斯後來定居梅城時寫的那本《懺悔》好得多。《中國妓女的生活》是一面變了形的鏡子，通過這面鏡子，撇開那些被扭曲了的下流貨色，我們多少能看到一些我們所不知道的東西。

哈莫斯定居梅城，和鼠疫奮戰，愛情虛構小說《懺悔》

哈莫斯定居梅城之初，對於梅城的居民來說，並不是一件太重要的事情。梅城是一座特殊意義的城市，人們已經習慣了各種各樣的洋鬼子，把像候鳥一樣一會兒來一會兒去的洋人看作是賺錢的機會。別墅區彷彿是這座小城之外的另一個組成部分，它彷彿是人身上長在危險部位的一個腫瘤，惹不起碰不得。哈莫斯成爲別墅區的新住戶以後，一改往日在梅城只是作客的傳統，他以迅雷不及掩耳之勢，拜訪了當時的縣長和警察局長，幾乎立刻和梅城的紳士們交上了朋友。與來到梅城的其他外國人不一樣，哈莫斯不是把自己關在住處不出來，而是力圖成爲這座城市中最普通的一員。他像浦魯修教士那樣在城裏到處招搖，用純熟的中國話和當地人交流信息。用不了多少時間，梅城的人都知道有一個叫哈莫斯的洋人，他不像浦魯修教士那樣傳教，也不像經營實業的小鮑恩父子那樣種植葡萄園和葡萄酒廠，他只是個古怪的人，正隱居在他們的城市裏做著有關東方文化的學問。

哈莫斯定居梅城時，他仍然在省城的大學裏當兼職教授。剛開始，他一半的時間花在學校裏，另一半時間便居住在梅城當隱士。雖然路途遙遠，由於他可以免費享用一家外國輪船公司的二等艙，因此一點也不覺得有什麼不方便。他已經習慣了在中國的旅行，把時間扔在旅途上，對他來說，實在算不上什麼浪費。哈莫斯從來也不曾眞正富有過，教授的薪金不算太少，可是一個習慣於做發財夢的人，一個到處收購珍本圖書，見了骨董文物就忍不住想買，而且屢屢遭人騙的書呆子，哈莫斯幾乎永遠是欠了一屁股債。定居梅城有利於他躲避債主的討帳，當然也更有利於他認認眞眞地靜下心來做學問。

哈莫斯成爲梅城的著名人物，和他在梅城最大的一次鼠疫流行期間所做的努力有關。自從進入二十世紀以後，鼠疫就斷斷續續地威脅著梅城居民的生命。起初，無知的居民們並不把這瘟疫當回事，每年鼠疫流行期間，少則十幾人，多則幾十人，死了也就死了，挖個坑深深埋掉就算完事。沒人會想到經常在街上出現的死老鼠，和到那日子人們就會無緣無故地發起高燒，然後無可阻擋地死去有著密切的聯繫。人們相信發高燒只是因爲觸怒了神靈，因此，每當鼠疫流行剛有預兆的時候，家家便在神龕上供上香，而且在每天天亮前，噼里啪啦地在房間大放爆竹。從發現街上的第一隻死老鼠開始，直到城市裏埋葬了死去的最後一位病人，這種儀式始終被大家頑固不化地執行著。

然而在哈莫斯定居梅城的第二年，鼠疫以一種前所未有的凶猛勢頭，像一羣餓瘋了的猛虎下山，在短短的一個星期內，便使得七百名梅城的居民喪生。在鼠疫發生最嚴重的一條街上，有十一戶人家所有的人都死光了，有的人家因爲家裏接二連三的有人死去，結果沒錢買棺材，只好用蘆席將人捲了拖出去掩埋。軍隊封鎖了所有進出梅城的通道，只許進不許出，任何想逃離梅城的人，都被當作攜帶病毒的危險分子送回去，故意違令者立刻就地槍決。來勢凶猛的鼠疫已經讓縣政當局處於癱瘓狀態，當醫療隊姍姍來遲趕到時，梅城中的死亡人數已經又翻了一番。

一支長期在印度的國際紅十字會的醫療隊，得到急救電報以後，迅速派了兩名醫生趕往梅城。

這兩名醫生沿途又招募了幾名具有獻身精神的醫護人員，組成了一個特別的醫療小組。一到達目的地，他們便毫不遲疑把梅城分割成一個個小方塊，把所有的病人集中在醫院裏，嚴格隔離，不許任何家屬接近。同時小方塊之外的居民也不許互相來往，醫療人員由持槍的軍隊陪同，日夜在城市中巡邏，一發現有病人就毫不手軟地帶走。死神扇動黑顏色的翅膀，威脅著梅城的每一位居民，由於不可能迅速地遏制住死亡的勢頭，大家都把滿腹的怨氣，撒到醫療人員身上，人們往醫生的臉上吐唾沫，向護士和負責保護使命的士兵身上扔石塊。每位被帶走的病人，存活的可能性很小，因此在阻攔自己的親人被帶走這一點上，梅城的居民們完全失去了理智。他們拿著菜刀和棍棒，歇斯底里地呼喊著，當這種反抗被證明是徒勞的時候，大家開始將傳染上鼠疫的病人藏起來。

哈莫斯在浦魯修教士的說服下，也投身於和鼠疫的奮戰中。他身上的那種書呆子似的熱情被煥發出來。教堂和學校都被臨時當作了醫院，哈莫斯和浦魯修教士根據醫生的指示，分別擔任說服教民和非教民的工作。鼠疫在流行最嚴重的一條街上肆虐以後，正向臨近的街上蔓延，幾乎每一家都不間歇地有人在發著高燒，死亡的事隨時隨地發生。哈莫斯似乎相信自己對鼠疫有一種天生的免疫能力，他將街上的居民盡可能地召集起來，集中在街角的拐彎處，向他們解釋鼠疫的傳染渠道。他一遍遍地重複著醫生說過的話，向還活著的居民宣傳說，鼠疫不僅是接觸傳染，桿菌還可以通過皮膚的擦傷處，譬如從光著的腳丫上，赤裸的手臂上，此外更重要的途徑是害蟲的叮咬，很顯然，臭蟲是這場鼠疫得以大規模流行的最直接的兇手，是臭蟲將老鼠或病人身上的鼠疫桿菌，帶到了健康人的身上，因此當務之急，就是必須堅持每天洗澡，一旦發現病人，就立刻堅決徹底的隔離。

「要麼是你有機會活下去，要麼是大家一起死，」哈莫斯向鼠疫正蔓延過去的那條街上的居民莊嚴宣布，他已經獲得了當局的特批，這就是，如果人們仍然那麼頑固，繼續拒絕將患病的親人送去隔離，醫生將不再硬著頭皮過問他們的死活，軍隊也不會再和病人玩貓捉耗子的遊戲。「既然自己不想活了，那就死了拉倒。」當然，如果願意合作，而又捨不得將病人送走，也可以採取在家中隔離治療的辦法，但是重要的前提是一旦發現病人，就必須立刻報告。大家必須明白，這條街上目前爲止，已經發現十起鼠疫病例，死了七個病人，形勢沒有任何可以樂觀之處，大規模的突然死亡隨時都可能發生。

哈莫斯的想像力得到了一次充分發揚，他相信自己的鼓動能力，絕不在浦魯修教士之下。他充分地以死亡作爲威脅，以能夠活下去作爲釣餌，讓那些雖然抱有敵意，但是畢竟怕死的老百姓乖乖地接受了他的建議。在街的兩頭，搭起了簡易的男女浴室，男男女女像馴服了的鴨子一樣，被成羣結隊地趕進了浴室。剛開始，女人們還不習慣於赤身裸體地擠在一起，然而幾天過去，女人們便不再害羞，她們發現了洗澡的樂趣，爭先恐後地往浴室裏擠，都想早點洗完澡了事。

人們不再拒絕醫療隊來把病人拖走，由於這個城市已經死了近兩千人，人們的感情開始有些麻木。倖存的願望終於占了上風，既然死是不可避免的，活著的人便變得越來越理智。哈莫斯不僅要求居民們按照他的提議，每天排著隊洗澡，他還要求大家把自己所有的床板的草席，放到開水和漂白水桶裏去煮一下。無數的臭蟲被消滅了，街道上牆角裏積水的坑被填平，所有的糞坑都加了蓋子。哈莫斯從居民中挑了十五個領頭的，十男五女，全是能說會道樂意站出來說話的人，由他們代替那些只會拉槍栓吆喝的士兵。在未來的一週內，除了原有的三名鼠疫病人死亡之外，只發現了三名新的鼠疫病人，由於隔離和搶救及時，不但未造成想像中的蔓延之勢，而且這三名病人似乎也正在恢復之中。幾乎與此同時，在不屬於哈莫斯照料的另外一條街上，大規模的死亡駭人聽聞的發生了，最厲害的一天裏，連續有三百人嚥了氣。

哈莫斯的經驗立刻得到推廣，很快，這個城市裏到處都搭起了男女浴室。街上是地方就放著裝有漂白水的大木桶，任何人只要一發現有發燒的症狀，便主動地送往隔離處，人死了立刻挖坑深埋。雖然人們習慣於打赤腳，可是當人們相信哈莫斯所說的，鼠疫桿菌有可能從他們受了傷的腳部得到感染，一個個老老實實地把鞋穿了起來。哈莫斯第一次感受到了組織起來的中國人的可愛，通過迷信和對死亡的恐懼，哈莫斯找到了有效的控制他們的辦法。想像力自始至終幫著他的忙，一名醫生的關於如何有效滅菌的談話對他也有幫助，哈莫斯相信許多宗教儀式一定有它衞生上的根源，當鼠疫在這個絕望了的城市處於僵持徘徊階段時，他說服了特別醫療小組允許進行一次聲勢浩大的遊行。這次遊行被稱之爲送瘟神運動，癱瘓了的縣政當局緊急調來了大量的爆竹，遊行的隊伍呼著口號，在各自被封鎖的小方塊裏兜著圈子，每所房子裏都把點燃了的爆竹噼里啪啦往街上扔。整個街道都充滿了硫黃氣味，哈莫斯相信，這些瀰漫在空氣中的煙霧起著殺菌消毒的作用。不過這還不夠，哈莫斯讓人把發了霉的含毒鹽漬和硫黃合製成熏蒸菌類的煙霧劑，發放到各家，在供著神龕的房間，當作香點上，讓刺鼻的煙霧一天到晚瀰漫在房間裏。

驚心動魄的鼠疫的季節終於過去了，哈莫斯因爲自己在對付鼠疫的戰鬥中的卓越表現，深得了梅城中平民百姓的好感。他一度成爲這個遭受極大人員傷亡的城市中，最受大家歡迎的外國人。

相形之下，同樣是和鼠疫做著殊死鬥爭的浦魯修教士和醫療人員，就遠沒有哈莫斯那麼露臉出鋒頭。很多幹了許多實事的人在事後顯得沒沒無聞，無論是在自己寫的文章中，還是別人寫的發表在報紙上的報導，哈莫斯的作用都被誇大了。這場空前絕後的災難，給梅城帶來了空前絕後的巨大損失，兩名國際紅十字會的醫生中的一名，在搶救病人時，被一名歇斯底里的病人咬了一口，因此感染上了鼠疫而不治身亡。沒人知道這名來自國際紅十字會的外國醫生究竟是哪一國人，也沒人知道他究竟多大年紀。人們隱約還能記得的，是他在臨死前，提出的唯一要求，就是把他和那些由於鼠疫而喪失性命的平民百姓，挖一個深坑埋在一起。

哈莫斯成了梅城的榮譽公民，人們都知道他是個有學問的人，正在省城的大學裏當著教授。在省城有個差事，人卻花大量的時間，居住在梅城，僅僅是憑這一點，就足以讓大家感到驚奇了。省城是梅城人心目中的大都市，凡是去過那兒的人士，說起省城來天花亂墜，彷彿是去過了天堂一樣。人們看著哈莫斯在固定的時候，沿著鮑恩家的碼頭，踏上或跳下路過的外國輪船公司的大鐵輪，羨慕得不知所措。

「爲什麼是洋鬼子，就都有錢呢？」人們無可奈何地嘆著氣。

事實上，從來就沒有眞正的有過錢的哈莫斯，儘管不斷地做著發財夢，還是不間斷的寫作。他喜歡寫作，就像他喜歡騙人一樣。第一次世界大戰吸引了人們的注意力，到這次大戰快結束的時候，哈莫斯發現東方的傳奇故事，又一次開始能喚起西方人的熱情。戰爭使人們感到疲憊，大家都盼著有些輕鬆一些的東西來調劑和慰藉受傷的心靈。《中國妓女的生活》在西方獲得了預想的成功，雖然漢學家們對這本書的格調低下提出了異議，可是出版商連續一版又一版地印刷了此書，並希望哈莫斯能夠立刻著手從事下一步的寫作。豐厚的稿酬誘惑著哈莫斯，發財的夢想又使他變得不安分起來。

幾乎是在和鼠疫奮戰的同時，哈莫斯和出版商簽訂了一本叫作《懺悔》的回憶錄的合同。由於這本回憶錄將牽涉到許多不名譽的事情，哈莫斯提出此書最終將用筆名發表。「這是一本讓人名聲掃地的書，它的大膽將成爲這個世紀裏的一件大事，」哈莫斯在給出版商的信中寫道，「我不能用一個眞實的名字來發表它，不僅僅是因爲這樣將影響到我的聲譽，更糟糕的是，將傷害一系列我可能傷害到的人。大膽和眞實是我的信念，陳述事實的科學的精確性，始終是我在提筆的時候不能不想到的老問題，然而——請理解我要求使用化名的眞實苦心。」

《懺悔》的出版，的確在西方引起了軒然大波。這本書被認爲是不道德和猥褻的，剛出版，便立刻遭到了查禁。儘管發表時用了筆名，然而此書的眞實作者是哈莫斯的消息，仍然不脛而走。熟悉哈莫斯的人相信，這本書對於他來說，不過是又一次地替人捉刀，就像他剛被《泰晤士報》炒了魷魚以後，常幹的事情一樣。讀過此書的人普遍認爲，在中國，用第一人稱寫成的《懺悔》一書的主人公確實存在，他向哈莫斯如實地敍述了自己荒唐的不道德的經歷，而哈莫斯所做的，不過是用文字的形式將其固定了下來。鑒於此書用的是一個大家都不知道的筆名，這更說明了《懺悔》的主人公不可能是哈莫斯。

人們對誰可能是《懺悔》一書眞正的主人公做了種種猜測，由於這本書中提到了許多用字母代替的女人，更多的人開始給這些女人對號入座。人們注意到，書中的有個細節，和公使夫人的一樁風流傳說十分相似，因此可以毫不含糊地確認，書中的R夫人，其實就是已經奉召回英國的前任公使赫本太太。還有B小姐和Z夫人，都露出了可能是誰誰的蛛絲馬跡。有一打可能會是《懺悔》一書主人公的候選人，人們對究竟應該是誰喋喋不休，鬧得不可開交。雖然《懺悔》在英國遭禁，可是此書的法文版很快便以刪節本的形式出現，緊接著又是刪節過的義大利文版，美國的一家出版公司也購買了此書的版權，正在爲是出版全本還是出版刪節本，和檢查部門打著交道。

哈莫斯本人對於《懺悔》一書的反響所知甚少，他本來只寄希望於這本書能獲得豐厚的版稅，然而書出版以後，他從出版商那裏所聽到的，都是有關這本書遭禁以後，得到了多大多大損失的抱怨。《懺悔》只是他寫的一本虛構小說，是一本糟糕透頂無聊之極的下流小說。所謂眞實不過是一塊胡編亂造的遮羞布，這本在和鼠疫奮戰之餘構思，後來在來往於梅城和省城之間輪船上僞造的回憶錄，不過只是哈莫斯一系列下流想像的集中，是一次利用和蹧蹋文學的大手淫。許多不要臉的念頭都被傾瀉在這本書裏，如果說《中國妓女的生活》一書只是有些地方誤入歧途，那麼這本名噪一時的《懺悔》，整個就是在墮落的深淵中無可救藥。

《懺悔》描寫了一個無恥的英國紳士在中國的墮落史。故事開始時，一個和哈莫斯年齡相仿的英國青年，來到神奇的中國探險。他是個性變態，對異常的性行爲和偷情有著極大的熱情，喜歡中國男孩和勾引有夫之婦，成了構成這本書的重要線索。他帶著漂亮的中國男孩到處旅遊，又在各個著名的城市裏，肆無忌憚地勾引中國和外國的貴夫人。在豪華的遊輪上，在列車的軟臥包廂裏面，他和他的孌童與欽差大臣的小妾怎樣尋歡作樂，與一個叫作C夫人的法國女人以及她的中國女傭，怎樣通宵達旦的做愛。

這眞是一本不堪入目的下流書，哈莫斯沉溺於津津有味的色情描寫，有些章節不過是對中國古代的一本色情小說《肉蒲團》的摘抄。有關同性戀的描寫則顯然取材於中國的另一部淫穢小說，因爲哈莫斯在中國時，雖然隨身總是帶著男僕，但是任何見過他的男僕的人，都會相信和《懺悔》中的變童毫無共同之處。就算是哈莫斯本人具有同性戀傾向，但是絲毫不能就此證明，他和中國的男僕之間就有這種曖昧關係。「哈莫斯的男僕總是土頭土腦的，而且骯髒無比，」一位熟悉哈莫斯的人，在背後議論哈莫斯時，曾經這麼說過，「他老是拖欠僕人的工錢，以至於他的僕人跟他不久就會向他提出辭職。另外，說句老實話，他的男僕通常都是上了歲數的人。」

在和女人的交往上，熟悉哈莫斯的人，也一致認爲他是個害羞的男人。他不可能是一個偷情的好手，因爲他在和女士談話的時候，甚至都不好意思正視對方的眼睛。了解中國近代史的人，一眼就可以看出其中的一個大破綻。這個大破綻就是《懺悔》的主人公曾是曾國藩太太的情人。晚清重臣曾國藩太太的年齡，甚至能當哈莫斯年輕的祖母。除了和這個老夫人通姦之外，他還和袁世凱的九姨太有私情。出現這個重大破綻的原因，是哈莫斯想向西方宣布，像曾國藩這個被譽爲中國封建社會的完人，如果不是在枕頭邊聽了太太的讒言，他完全有能力對付西方的入侵。

爲了使這本書更適合西方的讀者，哈莫斯把他和中國貴夫人的私通，說成一切都是爲了大英帝國。他勾引曾國藩的太太，其目的是擔心曾國藩會妨礙大英帝國的在華利益，而後來勾引袁世凱的九姨太，卻是爲了誠心誠意地幫助袁本人建立洪憲帝國，因爲這時候大英帝國的對華方針已經有所改變，希望有一個精明強幹的中國人出來主持政務，以免這個古老的大帝國的徹底崩潰。哈莫斯把自己描述成翻雲覆雨似的人物，他頻繁出現在中國的政壇上，舉足輕重出謀畫策。他和老夫人和九姨太的私情寫得栩栩如生，在這部書的後半段，他似乎也意識到自己行文的大破綻，把這兩個不同時代的女人放在一起寫，顯然要引起讀者的懷疑。由於書的前半部分已經繳稿，哈莫斯不得不用中國的養生術來胡亂敷衍，他把自己描寫成一位性事剛剛開竅的少年，聲稱老夫人善於養生，雖然都是老太太了，肌膚仍然像少女一樣豐腴，而且還能過一種特殊樂趣的性生活，這種性生活對一個少年是大有好處的。

《懺悔》中最駭人聽聞的部分，就是袁世凱稱帝的鬧劇，很快以失敗而告結束，不是因爲民衆的強烈反對，不是因爲討袁軍的興起，而是袁世凱在這個關鍵的時候，發現了男主人公和九姨太的私情。對於中國的皇帝來說，戴綠帽子是不能忍受的要被衆人恥笑的事情，嫉妒得快要發狂的袁世凱想派人刺殺他，但是又怕得罪了曾經支持他的大英帝國。結果，袁世凱把他找了去，義正辭嚴地痛斥了他一頓，並當著他的面，把九姨太碎屍萬段。就在這時候，南方的討袁軍成立了，一名軍官進來報告了這不幸的消息，袁世凱最先感到的不是驚慌，而是不可抑制的憤怒，他覺得自己被一系列的人出賣了，被自己的女人，被自己所相信的來自大英帝國的朋友，被自己的親信和部下，於是這位不可一世的梟雄，把自己關在房間裏痛喝傷心酒。以袁世凱的魄力，他可以不費吹灰之力地消滅那些反抗他的烏合之衆，然而由於失去了他一向最寵愛的九姨太，萬念俱灰的袁世凱決定主動退出歷史大舞臺。幾個月以後，袁得了一場重病，在病中，他夢到了被他殺掉的九姨太，醒過來之後，他不停地喊著九姨太的名字，終於一命嗚呼。

哈莫斯定居梅城之二，和胡天胡地打交道，遭人勒索

人們已經記不清楚哈莫斯什麼時候，辭去了在省城大學當教授的差事，反正很長的一段時間內，再也沒有在鮑恩家的碼頭上，看見神氣活現的他登上來來往往的輪船。若干年過去以後，大家已經習慣了在梅城隱居的哈莫斯，事實上，哈莫斯已經正式成爲這個城市中的一員，他住在只是旅遊季節裏才會熱鬧的別墅區裏，經常冷不丁地從他的房子裏走出來，在梅城的大街上無所事事地漫步，在小茶館裏喝茶，站在路旁的小餛飩擔邊上，吃擱了許多辣椒醬的小餛飩。他的打扮也已經完全中國化了，他穿著中國的長袍馬褂，元寶口的中國黑布鞋，手上拿的也全是線裝本的中國書籍，說著一口流利的中國話。

哈莫斯顯然爲定居梅城做了最充分的準備，他收集了許多珍本的古籍書，以至於他的房子裏，除了線裝書之外，沒一樣值錢的東西。他的藏書都是通過各種不同的途徑得到的。有地攤上買的，這類書在地攤上照例很便宜，幾個大洋可以買一大堆。有跟人要的，所謂要，就是騙來的，很多中國紳士常常不好意思拒絕外國人。更多的是借的，他借書從來不還，在他的藏書中，有許多都堂而皇之地蓋著不同的圖書館公章。中國古代讀書人有個笑話，把書借給別人是呆子，借了書再還給別人同樣是呆子。哈莫斯的原則是他的書絕不借人，而借了別人的書，也絕對不會再還給別人。

早在周遊中國的時候，哈莫斯就想到了日後要找個地方，好好地靜下心來做學問。隨著他對中國問題的研究的越來越深入，他對中國文化的迷戀也越來越鬼迷心竅。他已經爲許多不值得做的事情，浪費了太多的精力。他過人的聰明才智許多都用在了邪門歪道上面，既然寫那些胡編亂造的書，並沒有讓人發財，哈莫斯決定正經八百地開始做學問。他在中國已經待了許多年，可謂見多識廣，他打算要寫的下一部書是《中國的「士」》。中國的官場實在值得寫一下，從學而優則仕，到花錢買功名，中國的士階層既是中華文化的創造者，同時又是毀滅者。士是中國古代文明的一塊活化石，是讀書人活著的目的，也是讀書人最終的墳墓。哈莫斯決心對中國的「士」進行一番有益的曝光。

一個晴朗的上午，哈莫斯扛著一根釣魚竿，來到江邊離鮑恩家碼頭不遠的地方，坐在一塊突出的石頭上，興致勃勃地釣起魚來。對於梅城的人來說，這是一件忽發奇想的事，一羣正在江邊玩耍的小孩子，嘰嘰喳喳七嘴八舌圍了過來。幾個小時過去了，哈莫斯一條魚也沒有釣到，看熱鬧的孩子換了一批又一批，他依然興致不減地釣著魚。天黑之前，他扛著長長的魚竿空手而歸，在教堂門口碰到了浦魯修教士。

「你這是幹什麼？」浦魯修教士看著他扛的釣魚竿，吃驚地問著。

「這是上帝的意思，」哈莫斯笑著說，「是上帝讓我去釣魚的。」

從那以後，哈莫斯經常坐在老地方釣魚。沒人見他釣到過魚，大家都譏笑這個洋鬼子有些神經不正常。是否能夠釣到魚對哈莫斯來說似乎不重要，他一本正經地坐在那，餓了，便把釣魚竿插在石縫裏，狼吞虎嚥一通自己隨身帶著的乾糧。人們還注意到，哈莫斯常常一邊釣魚，一邊看他隨身帶著的線裝書。即使是在釣魚的時候，他的腦子裏也彷彿在想著別的什麼事。有時候，男僕人也會給他送飯來，哈莫斯的男僕是一個五十多歲的老頭，他看見哈莫斯老是去釣魚，以爲他對魚有一種特殊的興趣，於是不停地買了各種各樣的魚燒給哈莫斯吃。哈莫斯總是一邊吃，一邊向男僕請教自己吃的究竟是什麼魚。

終於有一天，哈莫斯瞎貓撞到了死耗子，釣到了一條活蹦鮮跳的大魚。這是一件應該好好慶祝一番的事情，哈莫斯拎著那條大魚，十分招搖地從大街上走過，一大羣孩子跟在後面起鬨。他這次出人意外的釣魚成功，發現了一個前所未知的魚的資源，多少年後，梅城的紳士和前來度假的外國人，在那個特定的季節裏，可以從江裏釣到一種溯長江而上匆匆趕來產卵的魚，這種魚的味道極鮮美，以至於梅城除了可以避暑，品嘗這種味道鮮美的魚羹，也成了人們在那個特定季節裏到梅城遊玩的藉口。

就在釣到大魚的那天中午，哈莫斯應邀參加胡天召集的一個宴會。在對待胡天胡地的態度上，哈莫斯採取了兩種截然不同的作風，對於前者，哈莫斯盡可能的敬而遠之，就算是胡天成爲了梅城的最高行政長官，哈莫斯也沒有和他太套近乎。雖然在浦魯修教士第一次被綁架時，哈莫斯曾作爲調停人去過土匪的老巢獅峯山，可是他對胡天眼睛裏流露出的那股殺氣，那股對洋人的蔑視，感到不寒而慄。他不能不想到胡天和早已被砍頭示衆的胡大少之間的聯繫。在宴會上，胡天笑著和他乾杯，笑著問知道不知道他爹是怎麼死的。哈莫斯第一次在中國的官員面前失去了控制，他結結巴巴地說：「我見過你父親。」

「你見過？」胡天的個子太矮了，他必須仰起頭，才能看清楚哈莫斯的眼睛，「你怎麼會見過？」

哈莫斯覺得現在最好的辦法，就是向胡天表示對他父親的敬意。「你的父親是條好漢，」哈莫斯紅著臉，很誠懇地恭維著，「他是個了不起的人。」

胡天哈哈大笑起來：「我爹會了不起，鳥，了不起的應該是我！」

正是因爲這次宴會，哈莫斯和原來只有點頭之交的胡地，開始長達十年之久的友誼。和滿是土匪氣的胡天比起來，胡地彷彿是天生的紳士，散席以後，胡地喊住了哈莫斯，熱情地邀請他去作客。他們一人坐了輛黃包車，來到了胡地的住宅。在客廳裏，胡地彬彬有禮地請哈莫斯喝茶，讓他談談他所熟悉的胡大少。事實上，哈莫斯對胡大少所知甚少，但僅僅憑青年時期曾親眼見過被砍頭前的胡大少，便可以海闊天空胡謅一通。哈莫斯對胡大少脫口而出的讚美之辭，足以引起胡地由衷的驕傲，然而他不動聲色，十分平靜地聽哈莫斯說下去。

胡地對哈莫斯的年齡產生了疑問，既然此人見過自己的父親，那麼他現在無疑應該是個老頭子了。哈莫斯說得津津有味的時候，胡地突然很斯文地打斷了他，問他今年究竟多大年紀。哈莫斯一怔，笑著說，自從過了五十歲以後，他便決定不再去考慮自己的年齡。「五十歲是一道門檻，一個人一旦跨進這道門檻，歲月已經變得無所謂了。」

「你看上去，絕不像過了五十歲的人。」胡地注意到哈莫斯孩子一樣細嫩的皮膚，注意到他額頭的皺紋和已經開始發白的鬢角。

「五十歲已經是幾年前的事了，」哈莫斯感嘆說。

哈莫斯在胡地的帶領下，饒有興致地參觀了胡地的後宮。這一天，胡地的心情特別舒暢，有心讓哈莫斯大開眼界。他甚至帶哈莫斯去六姨太的房間裏又坐了半天。他們一見如故，無話不談，胡地毫無顧忌地向哈莫斯大談自己的姨太太，他談到了她們的不同特點，她們各自的愛好，她們的嫉妒程度，她們的日常生活。哈莫斯在中國這麼多年，如此隨便地走進婦人的內室，還是第一次。除了和瑪麗的那段短暫熱烈的戀情之外，哈莫斯甚至都沒跟別的女人睡過覺。在酒精的作用下，胡地的充滿淫蕩氣氛的後宮，彷彿在哈莫斯本來很平靜的內心深處，掀起了狂風巨浪，多少年來，哈莫斯一直壓抑著自己對女人的欲望。對於一個已經可以稱之爲老人的人來說，哈莫斯早就覺得自己已經不需要女人了，然而從胡地家回去以後，他變得有些不能控制，臨睡覺前，他又一次想到了瑪麗，等到睡著時，他卻夢到了別的女人。

幾天以後，哈莫斯依然坐在江邊釣魚的時候，一位後來叫作陳媽的年輕女人，向他走了過去，時常有人站在一邊看哈莫斯釣魚，因此在一開始，哈莫斯並沒有把這位和他的晚年發生重大聯繫的年輕女人，突如其來的出現當回事。年輕的女人在一邊顯然站累了，便坐在江堤上漫不經心地看著，並出於好奇地問：「喂，能釣著魚嗎？」

哈莫斯回過頭，用一種從未有過的輕浮語調說著：「只要魚願意上鉤，自然就能釣到了。」話音剛落，果然有魚咬起鉤來，哈莫斯連忙拉起魚竿，魚已經跑了。年輕女人在一旁看得大驚小怪，哇哇亂叫，連聲喊著可惜。接下來，魚又咬了幾次鉤，但是釣魚技巧拙劣的哈莫斯每次都落了空。年輕女人終於哈哈笑起來，結果，到哈莫斯起身打算回家的時候，他還是一條魚也沒有釣到。不過，這一次他回家也不能算空手而回，因爲他十分冒失地把那位自稱是無家可歸的年輕女人，不懷好意地帶回了家。

年輕女人自稱是丈夫剛剛死了，想出來找點活幹。從她絲毫沒有悲傷的樣子，說起話來一套一套，哈莫斯就應該能夠斷定她是在說謊，然而他既然有些鬼迷心竅，就根本不可能引起警惕。年輕的女人的皮膚很好，白裏透紅，一看就不像是吃過苦的人。長得也很漂亮，細眉大眼，一口小玉米一般的牙齒，笑起來還帶著幾分天眞。年輕女人藉口自己無處可去，希望哈莫斯能收下她當女僕。在中國已經待了幾十年，哈莫斯從來沒想到過要雇用一個女僕，可是在梅城定居的哈莫斯如今卻突然鬼使神差，幾乎不加任何思索，就一口答應了年輕女人的要求。

「只要有口飯吃，就行了，」年輕女人笑著說，然而等她說完這句話的時候，眼睛卻紅了。

幾乎從一開始就可以預感到會發生什麼事，兩天過去了，哈莫斯便開始深深後悔，覺得自己在中國待了那麼多年，不趁早雇用一個女僕實在大錯特錯。女僕做的菜是那樣的可口，相比之下，年老的男僕給他做的只能算是豬食。哈莫斯不是個講究飲食的人，但是自從有了這位女僕以後，他似乎第一次體會到了什麼叫作美味佳肴。哈莫斯的胃口大開，吃飯時，對女僕所做的每一道菜讚不絕口。他的讚揚當然有些做作，讚揚下的女僕也顯得十分矯情，以至於年老的男僕不僅全心嫉妒，而且一眼就看出了他們之間，各自都沒安著什麼好心。這位男僕跟著自己的主人已經有好多年了，他話裏有話地提醒主人，對於一個來歷不清楚的女人，過分熱情也許不是件什麼好事。按照中國人的習慣，來歷不清楚的女人，十有八九不是好東西。

「難道你認爲我就是個好東西嗎？」哈莫斯對自己的男僕嚴肅地說。他彷彿一下子年輕了十歲，開始像自己文章中所描寫的浪蕩子那樣，和來歷不清楚的年輕女僕調情。由於在對付女人方面，哈莫斯毫無實踐經驗，因此他永遠停留在口頭浪漫上面。他像追求上流社會的女人那樣，不斷地用一些華而不實的詞彙招惹她，動輒說一些模稜兩可的瘋話。哈莫斯盡量把自己想像成很有魅力的樣子，雖然他已經有了絕對的把握，可以十拿九穩地把年輕女僕喚到自己的床上去，但是他總是缺少最後的果斷。

哈莫斯的猶豫不決，很容易讓人聯想到他在生理方面，是否有什麼不妥或缺陷。當哈莫斯用於調情的話，說得太過分的時候，他便用年齡已經不小了，來為自己遮羞。「不用擔心我這樣的老頭，會有什麼非分之想，」他會一本正經地說，「用你們中國人的話來說，就是君子動口不動手，不是嗎？」即使在哈莫斯謊話連篇之際，他也仍然表現得像一名紳士。他顯然有那麼一些駕馭不了自己，又時時出於本能地控制著自己，他的年齡畢竟不小了，不會輕易地把自己的非分之想付諸行動。

臨了著急的只是哈莫斯的男女僕人，年老的男僕和年輕的女僕，都為哈莫斯遲遲不做出進一步的行動，感到莫名其妙。於是兩位僕人無形中達成了一種默契，這就是有心促進一件事情的成功。他們思路想到一起去了，既然他們的主人是那麼想幹一樁不太好的事，煞費苦心仍然猶豫不決，那就乾脆去鼓勵他幹好了。年老的男僕是個明白事理的人，他知道阻擋如果不成，最好的辦法就是促進。為了不妨礙男主人的好事，他整天躲在自己的小屋裏不敢出來。年輕的女僕卻按捺不住，索性主動勾引起哈莫斯，她老是找藉口跑到哈莫斯的房間裏去，磨磨蹭蹭不肯離開。剛到哈莫斯的住處時，年輕女僕輕易不敢走進他的臥室，可不久以後，不是哈莫斯三番五次地攆她走，她就一直厚著臉皮待在他那裏。

哈莫斯在半推半就中，接受了年輕女僕的獻身。儘管水到渠成，一切仍然太突然，他意識到有些不太對頭，於是事情剛剛開始，就很遺憾地結束了，以至於他不得不重新戴上老花眼鏡，用繼續看書的辦法，來遮掩自己的窘態。事情過去以後，年輕女僕拎著褲子，心滿意足大功告成地離去了，他卻一直在擔心自己如何有臉面再見到她。第二天，他坐在餐桌前看著一本書，就跟什麼也沒發生過一樣，年輕女僕忐忑不安地端了菜上來，然後坐在他身邊，風情萬種地看著他吃飯。哈莫斯裝作看書看入了迷，一直到她提醒他菜冷了，才放下手中的書，心猿意馬地吃起來。年輕女僕一肚子心思，有一句無一句地和他說著什麼，哈莫斯心懷鬼胎支支吾吾，不敢正眼看她。到晚上，重複的事情又一次發生了，以後不到一個月的時間裏，類似的事情發生了四次。

事態的發展和預料的完全一樣，擔心可能會出現的麻煩很快發生了。有一天，年老的男僕發現年輕女僕在自己的房間裏，和一個陌生的男人說著話。兩個人顯然是在爲什麼事吵架，壓低著嗓子你一句我一句，各不相讓。說著說著就動起手來，年輕女僕自然不是對手，終於被打得哇哇亂叫，又似乎是怕別人聽見，硬是把聲音憋在了喉嚨裏。年老的男僕連忙衝進去解救，把房間裏正扭打著的男女嚇了一大跳。

「哪來的野小子，跑這來撒野？」男僕凶神惡煞地叫了一聲。

沒想到那男的比男僕更凶更惡，齜牙咧嘴地說道：「老不死的，管你什麼鳥事？我打自己老婆，還要得到你的允許。」那男的長得熊腰虎背，一臉的鬍子，話音剛落，揚手給年輕女僕就是一記耳光，打得又脆又響。年輕女僕讓打痛了，而且見事情已經敗露，索性嚎啕大哭起來，那男的不肯善罷甘休，照年輕女僕的屁股上又是一腳，將她踢翻在地上，然後轉過身來，一把揪著男僕的胸襟，用勁一擰，惡狠狠地說：「狗奴才，你那主子不是他娘的人，睡了我老婆，我饒不了他！」那男僕本來就是銀樣鑞槍頭，不過是仗著洋人不可侵犯的勢嚇唬嚇唬人，對方一凶，自己反倒沒了主意。他踮著腳，嘟嚕著不肯服氣，邊解釋邊埋怨，畢竟又不是他睡了他老婆。

「不是說你死了嗎？」他突然想到年輕女僕剛來時說過的話，理直氣壯地問起來。

「問題是我他娘的還沒死，不是嗎？」

哇啦哇啦的聲音驚動了正在讀書的哈莫斯，他捧著一本線裝書，來到女僕的房門口。他的突然出現，頓時使聲音安靜了下來，房間裏的三個人，都刷地回過頭來，大眼小眼一起瞪著哈莫斯。凶惡的男人氣焰立刻有所收斂，哈莫斯意識到苗頭有些不對，扭頭想走，那男人大聲喊了起來：

「喂，洋人你他娘別走，我好端端的老婆難道就讓你白日了？」

從天而降的年輕女僕的丈夫，使哈莫斯明白事情有些麻煩。他明白自己落進了一個別人事先安排好的圈套，想脫身並不是件容易事。面對這樣的醜聞，照例只有多花些錢才能了結。如果哈莫斯表現得強硬一些，事情也許完全是另一樣的結局，因爲他正和一位典型的無賴在打交道。和這樣的無賴打交道，任何畏縮和退步，只可能帶來更進一步的勒索。事實上，年輕的女僕和這男人根本不是夫妻，他們只是一對私奔的野鴛鴦。年輕女僕從小就被賣到一家大戶人家做丫頭，早在十五歲的時候，被主人家的大少爺破了身，而在十九歲的時候，又被二少爺的太太發現她和自己男人有一腿。她顯然是一位不太懂得如何拒絕男人的女人，雖然她和這家男主人在書房裏幹過的事，還沒有暴露，但是作爲一個不受歡迎的狐狸精，很快被貼了些錢嫁了出去。

年輕的女僕被迫嫁給了一個老實巴交的鄉下人，嫁過去以後，無論是舊東家的兩位少爺，還是東家本人，都尋找藉口來看過她。老實巴交的丈夫竟然連吃醋都不會，反正只當著自己是白撿了個老婆，天塌下來也睜隻眼閉隻眼。既然男人這麼窩囊，年輕的女僕乾脆破罐子破摔，誰想沾她便宜都來者不拒。臨了，終於和這個無賴勾搭上了，丈夫仍然不過問，爭風吃醋的族人卻不幹了，嚷著要出來主持公道。那無賴吃喝嫖賭無一不好，本來是在外面闖蕩過世面的人，三十六計走爲上，便騙了年輕女僕和他一起私奔。於是來到梅城，那無賴是個好吃懶做的主，自己沒能耐賺錢，只好想辦法坑蒙拐騙。最省事的辦法就是放白鴿，年輕女僕有幾分姿色，不愁找不到上當的男人。哈莫斯對中國社會雖有研究，放白鴿這詞在書上也見過，但是他自然做夢也想不到自己一把年紀了，會被別人當作放白鴿的對象。

幸運的是哈莫斯並沒有什麼細軟可以捲走，年輕女僕始終弄不明白主人的金銀財寶，到底藏在什麼地方，更幸運的一點，則是年輕女僕對這位洋主人產生了巨大的好感，她決定饒了哈莫斯，重新回到無賴身邊，繼續尋找下一位放白鴿的對象。偏偏那無賴堅決不幹，大吵大鬧找上門來，目的無非從哈莫斯那訛幾個錢出來。哈莫斯的慌亂讓他明白自己有機可乘，他把哈莫斯攔在了房間裏面，裝作要拚命的樣子。

「不是幾個錢，就可以把這事打發了，」無賴接二連三的唾沫星，只往哈莫斯的臉上飛濺，他惡狠狠地說，「你日了我女人，我他娘不跟你拚命，跟誰拚命？」

年老的男僕在一旁好言相勸，力圖大事化小，小事化了。無賴冷笑著說：「狗奴才，這洋人要是日了你老婆，你也就這麼輕易地把這口鳥氣嚥下去，眞是的，別給我人五人六地在一旁瞎雞巴囉嗦！」

「用不著多說了，你打算要多少錢？」事情都到了這一步，哈莫斯盡量不失紳士風度，摸出手絹，擦了擦臉上的唾沫星。

哈莫斯被勒索之二，胡地的好朋友，重整雄風

哈莫斯把無賴打發走了以後，深深地喘了一口氣，然後抱著腦袋，一邊揪著頭髮，一邊苦思冥想。這是哈莫斯和中國人打交道，吃的最大的一次虧，他不得不先拿出些錢來，讓那位所謂戴了綠帽子的丈夫，先回家消消氣。哈莫斯遠不像人們想像的那樣有錢，因此一旦想到那個無賴過了幾天，還要上門討自己親口答應要賠的錢，他便感到心煩意亂六神無主。雖然他自己就是一個無賴，在對付中國的官場時，哈莫斯處處感到如魚得水遊刃有餘，然而對付一個比他小得多的無賴，他第一次感到走投無路。也許最好的辦法就是逃之夭夭離開梅城，也許哈莫斯將不得不重新開始周遊世界。

猶豫不決的哈莫斯又一次來到年輕女僕的房間裏，眼睛直直地看著她，好半天才說出話來。他向她說出了自己準備再次周遊的打算，並且告訴她，如果她不反對的話，將帶著她一起周遊。「只是可惜我的這麼多書不能帶走了，」哈莫斯在這一刹那間，突然明白了兩件事，首先他發現自己眞的喜歡上這個年輕的女僕，他發現自己義無反顧地愛上了她，雖然是她騙了他。其次，哈莫斯明白自己也不可能離開梅城，他像愛上這個女人一樣，愛上了這座城市。

「也許我該弄些錢，把你從那渾蛋的丈夫那兒，解救出來？」哈莫斯立刻放棄了離開梅城的主意，他決心勇敢地面對困難，「你那男人，不就是要訛點錢嗎？」

「他的錢，你給不得，」年輕女僕說。

「他不就是要錢嗎，如何給不得？」

年輕的女僕忍不住哭了起來，一邊哭，一邊如數家珍，她喋喋不休地說出自己的來歷。說完了，她擔心地說：「他不會放過誰的，你給他的錢越多，越是沒個夠。」

哈莫斯把自己關在了書房裏，開始從自己的藏書裏尋找對策。怎麼樣對付無賴，書本上似乎找不到什麼現成的答案。不過，名不正則言不順，既然那無賴並不是什麼明媒正娶的原版丈夫，事情就好辦得多。哈莫斯一下子彷彿有了主意，幾天以後，僞裝的丈夫神氣活現地上門討帳，胸有成竹的哈莫斯只拿出事先說好的十分之一的錢來打發他。「你昏了頭了，怎麼就這一點點？」那無賴知道有什麼地方出了些差錯，把錢往桌上啪地一扔，嘴依然還是凶。

「要是嫌少的話，」哈莫斯十分平靜地說著，「我們就一起去見官，你們的地方官，怕是饒不了你。拐騙了良家婦女，還詐騙，哼！」

上一次的驚慌已不復存在，哈莫斯完全恢復了勇氣。他顯得充分的自信，對和女僕私通這一醜聞，可能會傳播出去，做好了充分的心理準備。在中國文化中，和女僕睡覺從來不是什麼大不了的事，只要想明白了這一點，哪怕這無賴就算是女僕的丈夫，也沒什麼大驚小怪的。在中國古代的文學作品中，不長進的男主人睡女僕，似乎天經地義。美婢這個辭的涵義中，便潛藏著這種顯而易見的用心。哈莫斯的自信幫了自己的大忙，就像當年的行騙生涯中屢試不爽那樣，他振振有辭地說起來，引經據典裝腔作勢，甚至忘記了自己是誰，也忘了自己正在幹什麼，結果把前來勒索錢財的無賴，說得啞口無言，一陣陣發怔。

那無賴臨了，伸出胳膊，像捲什麼似的，將原來扔在桌上的銀元，統統抱在自己懷裏，憤憤離去，走出去一截了，又扔下一句話來：「你狠，你日你洋奶奶的，騎驢子看唱本，我們走著瞧！」

過不了幾天，無賴又找上門來，他賊頭賊腦地溜進了書房，十分討好地對正在看書的哈莫斯說：「這女人你日就日了，上次是我不好，都怪我，不該說那樣的話。」哈莫斯讓他說得有些丈二和尙摸不著腦袋，眼睛瞪大著，隔著老花眼鏡看著他。無賴又說：「與人方便，與己方便，不是嗎，也是我沒見識，怎麼能和你這樣的大好佬爭一個女人。」無賴這一次全是軟的，目的很簡單，仍然是叫哈莫斯再拿出一點錢來。哈莫斯紳士氣十足地闔上書，很嚴肅地問他是怎麼進來的。無賴涎著臉說：「門開著，我也就大膽老臉地進來了。」哈莫斯板著臉，手舉起來，指著門，叫他立刻滾蛋。無賴點頭哈腰，笑著說：「這就滾，這就滾，隔幾天，待你心情好了，我再來。」

哈莫斯說：「你來也沒用，我沒錢給你。」

「洋人還會沒錢，」無賴做出說什麼也不相信的樣子，「洋人眞要是缺錢花了，我們還有日子過嗎？你拔根汗毛，夠我們吃喝一輩子。」

這以後，隔了幾天，那無賴就上門來糾纏。哈莫斯關照緊鎖大門，不讓他進來，他就隔著大門鬼喊鬼叫，次數多了，耐心也沒了，因爲他覺得這書呆子兮兮的洋人，實在是比自己還要無賴。鬧到臨了，無賴便隔著圍牆往哈莫斯的住處扔石頭，嘩的一下，把一塊玻璃給砸碎了，無賴見眞闖了禍，嚇得掉頭就跑。這一去，安生了好一陣，然而到秋高氣爽的日子裏，哈莫斯都快把那無賴忘記了，無賴卻領著年輕女僕的丈夫，又一次吵上門來，氣勢洶洶說：「好你個洋鬼子，靑天白日，拐騙人家的老婆，這一下還有什麼話說。你不是要見官去嗎，走，誰含糊了，就不是人日出來的。」

和那魁梧的無賴比起來，年輕女僕的鄉下丈夫又瘦又小，一看就是個沒任何主意的窩囊貨。他唯唯諾諾，說什麼話之前，都要先看那無賴一眼，就害怕自己說錯了什麼。哈莫斯又一次陷入了慌亂的境地，既擔心鄉下丈夫眞會把年輕女僕帶走，又遺憾自己拿不出錢來打發眼前這兩位男人。正猶豫著，那無賴一看哈莫斯心虛了，上前一把衣領，揪住了便嚷著要去縣府評理。鄉下丈夫看了這陣勢，嚇得連忙喊無賴鬆手，這兩人來時一路商量好的，要是不能把老婆接回去，便從洋人那訛點錢抵押。這動手揪洋人的衣領，事先可沒說好，鄉下丈夫怕眞得罪了洋人要吃官司，結結巴巴地喊著：「有話、好好說。」

無賴惡狠狠地說：「好好說個屁，他都日了你老婆了，你還這麼沒有用。」

哈莫斯被無賴一直揪到了縣府門口，圍了許多人看。梅城的規矩，向來是洋人碰不得的，難得有這麼熱鬧的場面可以圍觀，都不肯放過機會。哈莫斯一次次想掰開無賴的手指，然而他畢竟老了，遠不是熊腰虎背的無賴的對手。好在梅城的居民中，有不少已經熟悉哈莫斯，由於他在鼠疫中的傑出表現，大家對他印象不錯，因此終於有人站出來說話，讓無賴把手鬆開，別仗著自己有些鳥力氣撒野。哈莫斯掙脫開了，很有風度地理了理扯亂的衣服，臉上露出不在乎的微笑。這一天，正好胡天不在縣府辦公，衆人都起鬨，說去紅梅閣肯定能找到他。那無賴也不考慮後果，硬拉著哈莫斯去了紅梅閣。

大家前呼後擁地來到紅梅閣，胡天爲了兩位督軍大人要來打獵，弄得心情很不好。當無賴和哈莫斯一起來到紅梅閣的門前時，一夜不曾闔眼的胡天正在呼呼大睡。首先被吵醒的是一枝花，她披了件衣服，扯開了窗簾的一角，往樓下看。街面上站了許多人，胡天的保鏢衝了出去，對著衆人大聲吆喝。她一眼就看見了混在衆人堆裏最顯眼的洋人哈莫斯，哈莫斯滿臉的一本正經，好像正發生著的事情，和他沒有任何關係似的。爲了弄明白究竟怎麼一回事，一枝花索性把窗戶打開，居高臨下地進一步觀察。

嘰嘰喳喳的聲音吵醒了胡天，他赤條條地跳下床，走到窗前，一把推開一枝花，怒不可遏地往樓下看。他終於搞清楚這些人把他吵醒的原因，惡狠狠破口大罵：「日你祖宗八代，這種鳥事，也有臉來找我！洋人日了你老婆，你有能耐，也日了他老婆，沒能耐，就活該！」

鄉下丈夫叫胡天罵得擡不起頭來，那無賴也被胡天的怒氣沖沖，嚇得不知所措。他充滿委屈地嘀咕了一句，說難道這事就這麼算了不成。胡天大聲命令聚集著的人羣趕快散開，要不然，他就要喊衛兵擡一挺機關槍來。看熱鬧的也再不敢起鬨，偏偏這時候一位新趕來的，不問青紅皂白地喊起來：「這洋人睡了誰的老婆？」沒人回答他，這位楞頭青便一遍遍地問個沒完，最後，拉住了那無賴，楞頭楞腦地說，「喂，是不是睡了你老婆？」

「睡了你老婆。」無賴一腔怨氣正沒地方去。

就像小鮑恩和中國女傭生了個金髮碧眼的私生子，這事最後不得不由胡地出面擺平一樣，幫助哈莫斯從困境中擺脫出來的，最終仍然是除胡天之外的另一位傳奇人物胡地。由於胡天拒絕受理鄉下丈夫狀告哈莫斯的案子，哈莫斯又一次回到自己的住處，一頭鑽進了書房不肯出來。那無賴見從哈莫斯身上，實在撈不到什麼油水，便攛弄鄉下丈夫把老婆帶回去。年輕女僕說什麼也不肯和窩囊的丈夫一起回家，她大吵大鬧，說自己就是去當婊子，也不可能再回到該死的鄉下去。

無賴說，女人不要起臉來，眞是不得了，那洋人又不喜歡你，你賴在這有什麼意思。又說，他要喜歡你，早拿出錢來了，洋人怎麼會沒有錢呢？

被激怒的年輕女僕像一陣旋風那樣，衝進書房，搶過哈莫斯手上捧著的線裝書，咬牙切齒地說：「你是不是眞沒錢？」

哈莫斯很狼狽，紅著臉說：「我沒有那麼多錢。」

「那你就去借，跟有錢的人借。」

年輕女僕的想法和哈莫斯不謀而合，他站起身來，衣服也沒換，就直接去了胡地那裏。哈莫斯似乎已經盤算好了，事實上，手裏捧著線裝書的時候，他的腦海裏一直在想著同樣的問題。因爲他明白，一旦當眞向胡地開了口，胡地將把他的求援，當作是看得起自己的友好表示。他畢竟是梅城中的外國人，他畢竟還有著自己的優勢。時過境遷今非昔比，自從進入民國，在華的外國人的特權已經大大不如從前，但是外國人不能隨便受到侵犯，這一點依然無可置疑。哈莫斯從自己的藏書中，取了一卷殘本《玉房祕訣》，見了胡地以後，他開門見山地說出了處境。他談到了自己手頭的拮据，而拮据的原因，就是由於自己把太多的金錢都砸在了收集藏書上面。

哈莫斯爲胡地提出了兩種選擇，一是胡地出錢收購這本價值連城的孤本，一是乾脆借錢給他。胡地拒絕了這兩個選擇，他笑著讓哈莫斯心平靜氣地喝點茶，吩咐人立刻將還停留在哈莫斯住處的鄉下丈夫和那個無賴找了來。他很認眞地問鄉下丈夫，重新娶一個媳婦要多少錢。鄉下丈夫唯唯諾諾報了一個價，胡地笑著看了哈莫斯一眼，讓管家馬上付錢兌現，然後又讓管家寫了一紙賣妻字據，當場簽字畫押。這一切都安排妥當，胡地不動聲色地拿出一張名片，讓手下領著那無賴去見警察局長。無賴已經預感到事情不好，然而胡地的威嚴使他沒膽子說出一個不字。他跟著胡地的手下，忐忑不安地進了警察局。胖胖的警察局長一本正經地看了看名片，胡地的手下又趴在他耳朵邊說了幾句話，他二話不說，立刻喊人將無賴抓起來，以勒索罪關進大牢。

當哈莫斯站起來打算告辭的時候，胡地的手下辦完了事，已經從警察局長那裏回來。「其實哈先生早就可以來找我了，對付這樣的下流胚，根本用不到客氣。」胡地起身送客，眼光落在了那本《玉房祕訣》上面，「這本書，哈先生還是帶回去，一來我胡某人替朋友辦事，從來不圖回報，二來呢，不瞞你哈先生了，我恐怕也不是讀書人。」

哈莫斯書呆子氣地又一次坐了下來，儘管客廳裏還有別的人，他興致勃勃地向胡地大談這本書的妙處。哈莫斯絲毫沒有避諱的介紹，顯然引起了胡地的強烈興趣，他似信非信地看著哈莫斯，臉上帶著幾絲尷尬的微笑。哈莫斯談了一陣，怕胡地不相信，隨手翻開《玉房祕訣》，指著其中的一段，一邊念，一邊解釋。胡地揮了揮手，讓其他人退出去。一直到天黑下來，哈莫斯仍然還留在客廳裏和胡地談那本《玉房祕訣》，最後，被這本奇妙的房中術著作迷上的胡地，依依不捨地說：「書既是這麼有趣，哈先生就把它留在這吧，看完了，胡某人保證完璧歸趙。」

哈莫斯用學者的熱情，收集了大量的中國古典性學著作。他曾經打算寫一本有關中國房中術研究的專著。由於《懺悔》一書已經使他聲名狼藉，他一直沒有勇氣開始著手這本很有學術價值的書。另一方面，隨著他所收集到的淫書越來越多，各種互相衝突的觀點打著架，不同的性行爲方式和性學思想規範，在哈莫斯的腦海裏攪成一團。他曾寫了許多信出去諮詢，試圖以小册子的形式，在西方出一本能賺錢的書。但是沒有一家出版商，敢冒風險出這種肯定會遭禁的小册子。

胡地對《玉房祕訣》的濃厚興趣，突然讓哈莫斯明白，他完全有機會利用自己的藏書，從財產多得連自己也弄不清楚的胡地那裏，狠狠地宰上一刀。

也是從這一天開始，哈莫斯正式和年輕的女僕同居。女僕姓陳，她漸漸獲得了一個固定的稱號，這就是無論是哈莫斯，還是家中的其他僕人，以及街面上遇到的熟人，都清一色地叫她陳媽。陳媽成了家中的唯一女主人，隨著哈莫斯越來越離不開她，她的地位也越來越不可侵犯，哈莫斯的年齡大得足以做陳媽的父親，爲了不讓她在性方面感到失望，他開始利用自己的性學著作，來提高自己的實際作戰能力。哈莫斯從來就不是一個性欲亢奮的人，他已經習慣於壓抑自己對異性的欲念。多少年的獨身生活，他已經習慣於運用讀書來代替男歡女愛。他決定每一個月過三次性生活，並且把日子定在和七連著的這一天。他告訴陳媽，七是一個吉利的數字，在逢七的日子裏做愛，有利於陰陽之間的交流。

雖然他決定每個月只過三次性生活，可是就連這一個月三次的性生活，也過得十分糟糕。哈莫斯從來不曾正式擁有過一個女人，因此一旦他得到年輕的陳媽以後，他發現自己確實已經老了。在胡地面前，哈莫斯把自己吹噓成做愛的老手。他把自己在《懺悔》一書中濫用過的想像力，又一次說給胡地聽。哈莫斯成了胡地家最受歡迎的座上客，他們在客廳裏沒完沒了地說著話，所有的話題都和性有關。胡地被哈莫斯擁有的關於中國房中術的知識，以及他傳奇的豔遇，震驚得目瞪口呆。山外有山樓外有樓，胡地一向自恃技藝高強，經他之手的女人，沒有不俯首稱臣的。妓院裏那些身經百戰的妓女，送給他的綽號就叫「紅粉魔頭」。

「如果你是男人，來這的嫖客中，便再沒什麼男人了，」一個久經沙場的妓女又驚又喜，像發現了新大陸那樣宣布，「如果來的嫖客都是男人的話，那麼眞見了鬼，你可能就不是男人。」

哈莫斯爲自己的藏書，同樣編織了彌天大謊。他誇大了自己所藏圖書的價值，並爲自己如何得到這些藏書，製造了一個個天方夜譚似的故事。一本在地攤上購買的《肉蒲團》，被哈莫斯描寫成是一位清朝王公的鎭房之寶。由於收藏著這樣一本淫穢的禁書，王爺的對頭偷偷向朝廷告發了，於是王爺不得不匆匆割愛，把它出讓給哈莫斯。而那兩本《鴛鴦祕譜》和《夜夜歡》，則是一名大膽的竊賊，在一個沒有月亮的夜晚，從南京的一個世家中盜來的。胡地很快對哈莫斯的藏書入了迷，他成了一條吞食了魚餌的大魚，旣身不由己，又心甘情願。哈莫斯開始給那些已快遺忘的朋友寫信，讓他們寄一些無關緊要的舊書來，然後神色緊張地跑到胡地那裏，以一種絕對不合理的價格，向他說明某人由於什麼原因，不得不出賣一本以爲已經失傳的古典性學著作。

由於胡地的舊學功底幾乎等於零，哈莫斯用重金收買了胡地的古文先生。當哈莫斯收藏的性學著作全賣過一遍以後，他便讓古文先生參照這些著作，重新僞造一些新的性學著作。哈莫斯的造假天才，和古文先生的純正逼眞的桐城筆法，水乳交融天衣無縫。他們說好了五五分成，從富得流油的胡地那裏，痛痛快快撈足了錢。胡地從來沒有懷疑過後來的這些文章都是假的，對於他來說，眞也好，假也好，有實用價值就是最好的。哈莫斯和古文先生已吃透了房中術的精神實質，依照葫蘆畫瓢，僞造起來沒有任何難度。不僅沒有難度，而且通過僞造，哈莫斯和古文先生明白了書攤上的那些所謂孤本絕版書，很可能也是運用同樣的辦法炮製出來。

不可一世的胡天的土匪被官軍剿滅以後，洋人不可冒犯的地位，重新得到了恢復。陳媽帶來的醜聞很快被人淡忘，隨著錫克教士兵開始在別墅區巡邏，哈莫斯又一次大出了一回鋒頭。作爲洋人的代表，鑒於在以往的和鼠疫的鬥爭中的突出貢獻，他成爲一所新創辦的平民醫院掛名的名譽院長。創辦這所醫院的經費，就是那筆準備拯救浦魯修教士，最終卻沒有派上用場的贖金。用這筆贖金辦的醫院的名譽院長，自然只有請一名外國人來擔當才最爲合適。哈莫斯做夢也不會想到，自己的晚年會如此寧靜祥和，雖然談不上富裕，但是因爲小城的生活水平很低，加上陳媽善於精打細算，哈莫斯發現自己過得非常幸福。他已經完全成爲梅城的一位普通公民。他已經完全中國化了，他的黃頭髮幾乎全部變白了，藍眼睛也失去光彩，他說著中國話，讀著中國的古書，穿著對襟的中式棉襖，和梅城的紳士們交往，愛喝很稠的本地產大米熬成的白粥。童年在英國的生活，青年時代周遊中國的冒險經歷，對於他來說，遙遠得彷彿已經是別人的故事。

「這座城市將是我最後的歸宿，」平民醫院開始接待第一位病人的時候，在接受採訪時，哈莫斯對本地一家報紙的記者這麼說著。他本來想說，這座城市將是自己的墳墓，然而話到嘴邊，他意識到公衆可能不喜歡這樣的比喻，便笑著把話嚥了回去。

哈莫斯的最後結局

哈莫斯晚年的最大遺憾，就是自己畢竟不是中國人。他常常忘了自己的來歷，成了眞正的讀書人，成了眞正的讀中國書的人。和胡地成爲好朋友以後，哈莫斯時不時地爲自己欺騙了胡地，感到於心不忍和深深內疚。沉溺於房事的胡地變得無可救藥，哈莫斯不得不從自己的藏書中，搜羅一些有關禁欲養生的書來，對執迷不悟的胡地進行規勸。然而只要一提到禁欲的主張，胡地便把那些書扔到了一旁。

胡地顯然不是中國眞正的讀書人。讀書人永遠是有智慧的人，哈莫斯把胡地的無可救藥，而且最終在壯年時，就因爲過分沉浸於色欲中一命嗚呼，看作是一種沒有文化的暴發戶的必然下場。哈莫斯曾經想到過學習中國的書法，但是他很快就發現自己和這門古老的中國藝術無緣，竹桿與狼毫製成的毛筆他無論如何也控制不好，他已經習慣於用那種又粗又大的自來水筆，並且對豎著書寫漢字感到彆扭。「羅襪一彎，金蓮三寸，是砌墳時破土的鍬鋤。」他用自來水筆在宣紙上寫下了那句摘自《原本金瓶梅》的警世格言，然後把這句裝在鏡框裏，掛在自己的書房。讓哈莫斯感到不能理解的是，在一本更好的版本萬曆四十五年的《金瓶梅詞話》上，卻沒有這句充滿了哲理的話。

在哈莫斯看來，眞正的中國讀書人，就是那種既能縱情聲色，又能及時懸崖勒馬的智者。好色爲人之天性，所以中國讀書人的祖師爺孔夫子，在幾千年前會感嘆說，「吾未見好德如好色者也。」禁欲和好色兩種形同水火的主張，只有在眞正的中國讀書人那裏，才能得到最完好的結合。哈莫斯感到悲哀的，是當他開始對中國的房中術，產生了濃厚興趣的時候，他已經令人遺憾地衰老了。從一開始，他就不相信採陰補陽能夠返老還童的邪說。關於採戰之術的記載，一度曾經使他走火入魔，他唯一的一段讓人想起來就臉紅的經歷，就是爲了治療自己的陽痿和早洩，他指示陳媽爲他準備了一小袋米，吊在書房裏，然後像練習拳擊一樣，每天用自己的陰莖對米袋撞擊一百五十次。練習的結果，一週以後，他的睪丸腫了起來，陰莖該勃起的時候不奮起，不該勃起的時候，卻像根棍子似的豎在那，連小便都困難。

哈莫斯並沒有在邪路上走得很遠，陳媽的愛情拯救了他。這位不同尋常的女人，發現了他的祕密，毫不客氣地把米袋裏的米倒出來餵雞。她要他向她發誓，再也不去搞那些邪門歪道的玩意，否則將一把火，燒掉哈莫斯引以爲自豪的所有藏書。陳媽從來就是一位說到做到的女人，她雖然沒有和哈莫斯正式結婚，然而隨著時間的推移，她的女主人的地位不僅不容置疑，而且哈莫斯事實上對她的話，已是言聽計從不敢有半點違抗。越是接近垂暮之年，哈莫斯的行爲舉止越是像一個小孩子。在陳媽的要求下，哈莫斯又開始去江邊釣魚，胡地去世以後，在江邊釣魚成了哈莫斯晚年的唯一消遣。

在哈莫斯的晚年，梅城的人常常看到哈莫斯和陳媽，手拉著手十分招搖地從大街上走過。雖然年齡確實不小了，在大街上，哈莫斯很少表現出老態龍鍾的樣子。即使是在生命的最後時刻，哈莫斯的舉動，仍然像教養十足的紳士。晚年寧靜的愛情生活，使得哈莫斯保養得越來越好，越活越精神。梅城仍然在發生著悄悄的變化，生活在其中的人也許還感覺不出來，但是，如果誰隔了很長一段時間再來到梅城的話，便會非常吃驚地發現，梅城正在逐漸變爲一座陌生的城市。屬於胡天胡地時代的故事，除了繼續在人們的口頭流傳，屬於那個時代的許多流行風尚，彷彿過了時的女人，再也沒有了往日的光輝，小小的梅城和古老的中國一樣，進入了短暫的民國盛世。

第一位通過縣長考試的新縣長，在春暖花開的日子裏，正式走馬上任。新上任的縣長掀起的第一股熱潮，就是聲勢浩大的新生活運動。妓女必須從良，嫖客一經發現，便大張旗鼓地登報批評。性病的危害性被幾十倍地誇大了，娶妾也被認定是違法的。新縣長提高了梅城中文化人的待遇，他親自出面給縣中學的教師漲薪水，特邀縣中學的校長爲縣政府參議。年老的哈莫斯也被當作隱居在梅城的大學者，在打扮得花枝招展的陳媽的攙扶下，請出來亮相，爲大家作了一次「中西文化之消長」的即興演講。哈莫斯對於中國文化淵博的知識，讓所有聽演講的中國人目瞪口呆。人們不敢相信從一個洋人的嘴裏，自己古老的文化積澱中，有那麼多美妙的東西。對於聽演講的人來說，通過聆聽哈莫斯的一席話，無疑是接受了一場最好的愛國主義教育。

梅城昌盛的賭風也得到了遏制，新縣長不僅下令禁止推牌九，而且也不許打麻將。唯一可以玩的娛樂項目是撲克牌。商店裏的撲克牌被一搶而空，無論男女老少，只要是識數的，就都對一種叫作二十四點的遊戲，產生了強烈的興趣。這種利用加減乘除，將幾張撲克牌算成二十四點的遊戲規則，風靡了城市的每一個角落。學生在課堂上，茶客在茶館裏，夫妻在上床前，都興致勃勃地玩這種遊戲。遊戲的高手們，往往在牌剛翻開來的時候，便能算出二十四點來。遊戲剛開始風行之際，一道難題曾經使很多人束手無策，這就是如何將五張五，換算成二十四點。一段時間內，這幾乎是一個死題，然而一名小學生在上廁所的時候，突然令人難以置信地算了出來。三十年以後，這位只有四年級的小學生，成爲全國著名的數學家。

新縣長不許嫖娼不許納妾的主張，似乎壓抑了梅城裏人們的性能力。由於新生活運動來勢凶猛，不安分的男人不得不採取別的通融辦法。大家注意到新縣長的太太，是新縣長和農村的黃臉婆分了手以後新娶的。這個了不得的發現頓時被男人們加以合理利用，新生活運動開展了三個月以後，一場新的聲勢浩大的離婚熱潮，像瘟疫一樣在梅城裏流行。人老珠黃的女人們，紛紛在解除包辦婚姻的幌子下，從家裏被攆了出去。而被逼從良的妓女，卻打著戀愛自由的招牌，堂而皇之地進入了尋常百姓家。新生活運動還沒到半年，新縣長成了梅城中棄婦們唾罵的對象，這些棄婦中，既有被迫離婚的女人，也有因爲找不到男人，生活沒有了經濟來源的妓女。在一次公衆集會上，正演講著的新縣長，突然被一羣衝上主席臺的棄婦們揪住了。她們大喊大叫，揪著新縣長的頭髮，拉掉了他的金絲眼鏡，扯去了他第一次上身的新外套。一位刁悍的妓女，趁亂在新縣長的下身狠狠地踢了一腳，等到警察吹著哨子趕到主席臺上，新縣長像一隻蝦子那樣哈著腰，正捂著自己的要害在講臺下面打滾。

從這以後，無論新縣長出現在什麼地方，他的身邊，總是像狗一樣地跟著幾名警察。當人們私下裏議論新縣長的睪丸很可能破裂的時候，他已經又一次出現在週末的舞會上。全民大跳舞，是新縣長提倡新生活運動的一個重要組成部分。在本地鄉間流行著一種小秧歌，這種逢年過節在街頭自發表演的舞蹈，被新縣長賦予了新的寓教於樂的意義。提倡全民大跳舞的本義，是爲了提高大家的身體素質。中日的軍事對抗已經不可避免，作爲地方官員，新縣長覺得自己有義務，讓所管轄的老百姓一個個都像牛一樣結實，以便於在即將來臨的抗戰中，穿上軍裝便可能成爲戰士。每到週末，大街上拉著以往只有過春節才會有的彩燈，萬人空巷。人們踩著鑼鼓點子，興高采烈地跳到半夜。

步入晚年的哈莫斯常常產生一種隔世的感嘆，這是典型的老年人的心態。在年輕時，所有發生在中國的巨大變化，他似乎還能預料一些，可是到了風燭殘年的垂老之際，他的思維開始跟不上社會發展的節拍。他的思路開始混亂，不止一次把已經過去了的歷史事件混淆在一起。梅城的變化實在太大了，哈莫斯第一次出現在這個城市的時候，不過只有一條骯髒不堪的街道。那時候的梅城和中國其他的南方小城沒有兩樣，落後保守充滿著強烈的排外情緒，男人們的腦袋後面拖著一根辮子，這辮子曾經被西方人譏笑爲豬尾巴，女人們則一律三寸金蓮的小腳，跑起路來，像風擺荷葉一樣晃個不停。幾十年過去以後，哈莫斯重新走在梅城的大街上，他根本無法相信這座喧囂的城市，確實就是過去的那座城市。小伙子在街上騎著租來的自行車，戴著小墨鏡，小分頭抹得油光鋥亮，後面載著女學生一樣的年輕姑娘。傳統的旗袍兩側的開衩越來越高，用陳媽的話來說，就是高得露出了屁股才好。

保守這樣的字眼已經不適合形容梅城人，離婚早已不是醜聞，改嫁也沒什麼大不了的，自由戀愛成了一句口頭禪。大街上，從沿街的窗口裏，用竹竿挑出了紅紅綠綠的女人內褲，肆無忌憚地曬著太陽。從女人的內褲下走過會不吉利的忌諱已不復存在，輕薄的男人們常常停下步來，彷彿看西洋鏡一樣，昂首注視那些紅的綠的內褲，然後竊笑著議論一番。落伍的哈莫斯也失去了繼續寫書的興趣，他陶醉於自己的藏書中，對梅城所發生的日新月異的變化越來越難理解。在大街上漫步的哈莫斯，和在書房裏讀著中國古書的哈莫斯，是兩個截然不同的人，他們分別生活在中國的現實和歷史兩種不同的空間裏。大街上的哈莫斯對梅城的現實充滿了不理解和懷疑，而書房中的哈莫斯卻對中國的歷史五體投地，敬佩到了極致。從大街上走過的時候，哈莫斯想不明白，爲什麼在這樣一座城市裏，會出現胡大少這樣的歷史人物，會出現胡天和胡地，也想不明白爲什麼自己會在這定居，最終也成爲這座城市歷史的一部分。

戰爭說爆發就爆發了，日本人先是在華北，然後在上海，和中國的軍隊展開激戰。很快華北淪陷了，上海淪陷，首都南京也讓日本人占領。小小的梅城和大上海的租界一樣，成了處於淪陷區中四面被日本人包圍著的孤島。由於梅城的別墅區住著不少西方人，有許多屬於外國人的財產，日本人對梅城網開一面，一直讓它處於十分奇怪的中立狀態。提倡新生活運動的縣長帶著一幫游擊隊，沿著胡天當年逃竄的路線，和日本人頑強地周旋著，終於在兩年以後，在獅峯山下，在日軍和僞軍的合圍中，全軍覆沒，縣長本人壯烈犧牲。

大量難民像饑饉的年代那樣湧向梅城，結果梅城的物價在短期內，迅速飛漲，漲到了讓窮人都快活不下去的地步。教堂門口，又一次架起了熬粥的大鐵鍋。爲數衆多的漢奸也跟著混入了梅城，他們到處搧風點火造謠惑衆，結果本來就陷於混亂之中的梅城，變得更加混亂不堪。當對日本人就要入城的謠言開始感到厭倦的時候，物極必反的老百姓，乾脆打心眼裏希望日本人進城拉倒。人們開始像當年風聞日本人要來時，彷彿沒頭蒼蠅湧向梅城那樣，毫不猶豫地又一次逃向城外。日本人占領區的物價大大低於梅城，這一被廣泛證實了的消息，嚴重地動搖了困守在梅城中義民們的心。本地居民和外來的難民越來越敵對，由於縣政府已經不復存在，梅城的行政管理處於癱瘓狀態，地痞流氓趁機滋事，他們趁火打劫，爲搶占地盤一次又一次的火併。

在漢奸的操縱下，梅城中的自治會開始成立。哈莫斯拒絕了要他在自治會掛名的建議，他讓陳媽將送來的錢，原封不動地退了回去。日本人用那種純係和平的方式向梅城中滲透，他們脫去了軍裝，不帶任何武器，像觀光客一樣偷偷地進入這座不設防的城市。爲了消除梅城居民可能產生的恐慌，日本人爲此做了大量細緻的工作，他們拆除了設在這座城市外圍的封鎖線，鼓勵城裏和城外的中國人之間進行貿易往來。一張由日本人出資所辦的小報，以免費的方式向人們贈送。在報上，大肆宣傳一種大東方主義的思想，同時不遺餘力地煽動人們的仇西方情結。這些小報，儘管只是被人們拿回家包東西，或者當草紙擦屁股，然而對日本人有好感的情緒，正在潛移默化地產生著。

與世隔絕的哈莫斯，不明白世界究竟會發生什麼樣的變化。他拒絕接受朋友們讓他再也不要離開別墅區的請求。說實話，他並沒有把日本人放在眼裏。自從南京淪陷，國民政府遷都重慶，好幾年都過去了，日本軍隊遲遲不敢開進梅城，被哈莫斯認爲是對西方神話的懼怕，甚至當太平洋戰爭已經打響，他還認爲那不過是日本人在吹牛。噼里啪啦的爆竹聲也沒有把哈莫斯震醒，當全副武裝的日本兵開進梅城的時候，哈莫斯想不明白的是，爲什麼一直高喊著抗日救亡的中國人，會打著紙糊的彩色小三角旗，夾道歡迎日本人的進城。哈莫斯混在看熱鬧的人羣中，被擠得喘不過氣來，臨了不得不在別人的幫助下，退到人羣的後面，坐在一塊大石頭上，用拳頭捶擊自己的胸脯。陳媽一邊拍他的後背，一邊埋怨他不該出來起鬨：「你都是快入土的人了，一把老骨頭，也不怕讓人給擠斷了。」

三名錫克教士兵被解除了武裝，日本兵不僅橫衝直撞衝進了別墅區，而且堂而皇之地宣布，將沒收別墅區中一切屬於同盟國公民的財產。梅城中仇視西方人的情緒，令人難以置信地又一次被引發了，人們在自治會的率領下，失去理智地再次去放火焚燒教堂。日本人扮演著主持公道的救世主的角色，好像正是因爲有了他們，中國人讓西方人奪去的神聖領土，才得到了無條件的歸還。爲了慶祝別墅區重新歸爲梅城人所有，梅城的老百姓舉行了聲勢浩大的遊行，學校的學生在老師的帶領下，第一次意氣奮發地走進近在咫尺，卻從來沒有參觀過的別墅區。享有著特權的別墅區，長期以來都是梅城人的心病，人們既羨慕，同時又是非常地嫉妒它的存在。一個有錢人家的小孩子撿起一塊磚頭，扔向哈莫斯書房側面的一塊彩色的窗玻璃，他的目的很簡單，就是想試一試那紅紅綠綠的玻璃，是不是能打碎。

哈莫斯的最後結局，是病死在離梅城不遠的一個集中營裏。這個集中營裏關著許多國軍的戰俘，以及在中國南方居住屬於同盟國的外國人。這是哈莫斯做夢也不會想到的一個結局。一小隊日本兵毫不含糊占據了哈莫斯的住處，他們把哈莫斯的藏書當作柴禾，扔進壁爐裏燒，把桌子供著的一個漢朝的土罐，當作了尿壺。僕人們都被攆走了，剩下的哈莫斯和陳媽，趕到了下人的房間裏去住。一個月以後，哈莫斯被送往集中營。臨走的那天晚上，陳媽爲他收拾行李，一邊收拾，一邊暗暗落淚。就是在這最後的時刻，哈莫斯也沒忘了保持紳士風度。他向那些占據他書房的日本兵要求帶兩本書走，一個鬍子拉碴的日本兵先是一口拒絕，後來又隨手扔了一本書給他。陳媽收拾行李的時候，哈莫斯在搖晃的油燈下面，戴著老花眼鏡，聚精會神地讀起那本書來。

顯然哈莫斯只是做出了聚精會神的樣子，事實上，他剛看了一會書，眼睛就開始強烈的疼痛。

陳媽一把奪過他手中的書，塞進正收拾的包袱裏，命令他早一點上床。哈莫斯一臉的委屈，像個聽話的孩子那樣，擦了一把臉，然後在陳媽的幫助下，洗屁股。陳媽爲他洗完了屁股，聞見了一股強烈的尿臭，又換了盆水，替他清洗前面的部分。哈莫斯的陰莖已經萎縮成短短的一小截，在陳媽的撥弄下，沒有任何反應。多少年來，哈莫斯和陳媽相依爲命，兩個人像一個人似的活著，誰也離不開誰。即將來臨的分別讓他們感到束手無策，流著眼淚的陳媽，想像不出沒有了自己照顧的哈莫斯會怎麼生活，她小心翼翼地替他洗著已經完全沒有了男人欲望的玩意，洗著洗著，忍不住抽泣起來。

這一夜，哈莫斯和陳媽都無法入眠，都睜著眼睛等待天亮。這一夜，陳媽就沒有停止過流眼淚。他們睡在一個被窩裏，像熱戀著的情人那樣，哈莫斯朝天躺著，聽憑陳媽撫摩著自己，感到一陣陣無可奈何。陳媽捏著他身上凸起的一把把老骨頭，心疼地說：

「你一個人，怎麼活下去呢？」

哈莫斯無話可說，神情恍惚地躺在黑暗中不能動彈。他想像著自己剛剛見到陳媽時的模樣。那時候，陳媽是那麼年輕，那麼漂亮，他忘不了他第一次和她做愛的窘態。她的胸脯和臀部是那麼豐滿，欲火是那麼熾烈。她把一個女人所能有的愛，全部都奉獻給了哈莫斯。如今的陳媽已經到了更年期，燦爛的青春也正在接近尾聲，作爲男人，他知道自己的表現從來就不算出色，他知道自己甚至都不能算一個眞正的男人。在這即將分別的時刻，哈莫斯突然明白自己是眞正地老了，老得無可救藥，老得充滿了一股腐朽的味道。他想像著自己會又一次勃起，像個正常的男子漢那樣，向陳媽豎起他的利劍，他想像著自己正在重新占有年輕的陳媽，年輕的陳媽也正渴望著他的占有，然而在想像的陳媽的呻吟中，他知道這已經不可能。一切都已經結束，一切都已經淪爲歷史。那個出身於英國平民家庭的男孩子，那個在說謊方面有著天賦，如魚得水一般混跡中國官場的大騙子，那些漢學家的頭銜和爲數衆多的漢學著作，那個被強大的中國文化淹沒了的西方人哈莫斯，彷彿都沒有存在過。存在的將是一段不斷被人修改的歷史，是一系列誤會和故意歪曲。存在的將是梅城這座被人虛構出來的城市。存在的將是那些不存在。

一九九三年三月二十五日

——一九九四年一月二十六日

葉兆言創作年表

書名	文類	版本
〔大陸部分〕		
死水	長篇小說	一九八六 江蘇文藝出版社
夜泊秦淮	中篇小說集	一九九一 浙江文藝出版社
路邊的月亮	中篇小說集	一九九二 江蘇文藝出版社
去影	中短篇小說集	一九九二 長江文藝出版社
採紅菱	中篇小說集	一九九三 華藝出版社
綠色陷阱	中短篇小說集	一九九三 北方文藝出版社
五異人傳	中短篇小說集	一九九三 中國社會科學出版社
花煞	長篇小說	一九九四 今日中國出版社
		一九九五 作家出版社

花影	長篇小說	一九九四	南京出版社
走進夜晚	長篇小說	一九九四	春風文藝出版社
流浪之夜	散文集	一九九五	江蘇文藝出版社
葉兆言文集	綠色咖啡館	一九九五	江蘇文藝出版社
	殤逝的英雄	一九九五	
	棗樹的故事	一九九五	
	古老話題	一九九五	
	愛情規則	一九九五	
	作家林美女士	一九九七	
	風雨無鄉	一九九七	
一九三七年的愛情	長篇小說	一九九六	江蘇文藝出版社
又綠江南	語絲畫痕叢書	一九九六	上海書店出版社
南京人	隨筆集	一九九七	浙江文藝出版社
燭光舞會	中篇小說集	一九九八	泰山出版社

魔方　中短篇小說集　一九九八　山東文藝出版社

失去的老房子　散文集　一九九八　陝西人民出版社

錄音電話　散文集　一九九八　湖南文藝出版社

舊影秦淮　散文集　一九九八　江蘇美術出版社

〔港臺部分〕

豔歌　中篇小說集　一九九一　台灣遠流出版公司

夜泊秦淮　中篇小說集　一九九二　台灣遠流出版公司

棗樹的故事　中篇小說集　一九九二　台灣遠流出版公司

綠色陷阱　長篇小說　一九九二　台灣麥田出版公司

懸掛的綠蘋果　中篇小說集　一九九三　台灣遠流出版公司

殤逝的英雄　中篇小說集　一九九三　台灣麥田出版公司

最後一班難民車　中篇小說集　一九九三　台灣遠流出版公司

紅房子酒店　中篇小說集　一九九四　台灣麥田出版公司

今夜星光燦爛　長篇小說　一九九五　台灣麥田出版公司

愛情規則	中篇小說集	一九九五	台灣遠流出版公司
花影	長篇小說	一九九六	台灣麥田出版公司
		一九九六	香港天地圖書公司
花煞	長篇小說	一九九八	台灣麥田出版公司

〔國外部分〕

花影 (*La Jeune Maîtresse*)	長篇小說	一九九六	法國彼楷爾出版社 (Philippe Picquier)

國家圖書館出版品預行編目資料

花煞／葉兆言作. -- 初版. -- 臺北市：麥田
出版：城邦文化發行，1998［民87］
面；　　公分. -- (當代小說家；11)

ISBN 957-708-524-5(平裝)

857.7　　　　　　　　　　87002622